DES FLAMMES DANS LE VENT

DU MÊME AUTEUR
AUX ÉDITIONS BELFOND

L'homme qui venait de nulle part, 1996
Au cœur de l'Ouest, 1997
La Passion d'Emma, 1998
Péchés de chair, 2000

PENELOPE WILLIAMSON

DES FLAMMES DANS LE VENT

Traduit de l'américain
par Valérie Bourgeois

belfond
12, avenue d'Italie
75013 Paris

Titre original :
WAGES OF SIN
publié par Warner Books Inc., New York

Ce livre est une œuvre de fiction historique. Afin de donner une idée de l'époque, certains noms de lieux ou de personnages réels ont été cités. Toutefois, les événements décrits ici sont inventés, et les faits ou personnages non historiques sont le fruit de l'imagination de l'auteur ou utilisés de manière fictive. Toute ressemblance avec des personnes ou des événements réels, passés ou présents, serait pure coïncidence.

Si vous souhaitez recevoir notre catalogue
et être tenu au courant de nos publications,
vous pouvez consulter notre site Internet, www.belfond.fr
ou envoyer vos nom et adresse, en citant ce livre,
aux Éditions Belfond,
12, avenue d'Italie, 75013 Paris.
Et, pour le Canada,
à Interforum Canada Inc.
1050, bd René-Lévesque-Est,
Bureau 100,
Montréal, Québec, H2L 2L6.

ISBN 2-7144-4023-1

À Samantha et Danielle, avec toute mon affection…

1

La Nouvelle-Orléans, 1927

Ce soir, il lui écrirait avec son sang.

Il pensait à cette lettre depuis le jour où il avait vu ce film, une superproduction dans laquelle une jeune paysanne russe gisait, agonisante, avant d'être saignée par un médecin. Le réalisateur avait effectué un gros plan sur la lancette s'enfonçant dans la chair et ouvrant une veine au-dessus d'un bol. À cet instant, un assistant avait inondé l'objectif d'hémoglobine. Celle-ci provenait sûrement d'un cochon, mais à l'écran on eût dit de l'encre. C'était alors que l'idée de lui lancer un avertissement en lui écrivant avec son sang avait surgi dans son esprit.

Il ne s'était pas embarrassé d'une telle mise en garde avec les autres. Il ne leur avait pas accordé de réelle chance de salut. Tant pis pour elles. De toute façon, elles ne l'auraient pas écouté. Chaque fois qu'il avait choisi une fille, il s'était plu à croire qu'elle serait différente. Mais après les avoir observées, après avoir sondé leur cœur et les avoir vues telles qu'elles étaient vraiment, il avait toujours fini par accepter l'inévitable :

même la mort ne pouvait racheter les âmes irrémédiablement perdues.

Bon, d'accord, de temps à autre il les baisait avant de les supprimer. Il ne s'agissait que de sexe après tout, et il ne se montrait jamais égoïste dans ce domaine. Il s'efforçait de leur faire passer un bon moment à elles aussi. De leur donner quelques instants de plaisir, si fugace soit-il, avant le grand sommeil postcoïtal.

Enfin, les filles... considérez-les comme de petits sacrifices expiatoires, si vous voulez, parce que, au bout du compte, elle seule pouvait prétendre à la rédemption. Elle n'était pas une simple élue, elle était *l'*élue, et la sienne qui plus est. Elle était son amour, sa destinée, son unique raison de vivre. Et si la tuer constituait le seul moyen de la sauver, alors il lui faudrait se tuer lui aussi. Ils devraient mourir ensemble, comme Juliette et son Roméo.

— Roméo, articula-t-il à voix haute en essayant de rire – sans succès. Oui, voilà ce que je suis pour toi, chérie. Je suis ton putain de Roméo, alors ne m'oblige pas à faire ça. Tu entends, hein ? Ne m'oblige pas à faire ça...

Nom de Dieu ! il détestait les histoires qui se terminaient mal. Lui, le pauvre crétin assis au dernier rang, dans le noir, espérait toujours jusqu'au cruel dénouement voir Juliette se réveiller avant que Roméo n'avale le poison et ne meure.

Le jour où ce projet avait germé en lui – sacrifier un peu de son sang dans le but de sauver sa bien-aimée –, il avait tenté de se piquer avec un canif et de lui écrire à l'aide de son doigt sanguinolent. Devant le pitoyable résultat de lettres sales et brouillées, il avait froissé brutalement sa feuille.

Tous ses murs étaient tapissés de portraits d'elle. Des photos de tournage sur papier glacé, des pages arrachées dans des magazines. Des clichés au grain épais extraits de journaux à sensation et des instantanés qu'il avait pris lui-même. Il s'était entouré de son image parce qu'elle était superbe et qu'elle lui appartenait, mais son trésor, son souvenir le plus précieux, il l'avait placé à côté de leur lit dans un cadre en argent. La tête rejetée en arrière, la bouche méprisante, elle riait, les doigts dans ses cheveux bruns coupés à la garçonne. Même si le monde entier l'avait vue adopter cette pose des centaines de fois, lui seul en savait la signification.

— Hé, t'inquiète pas, bébé, la rassura-t-il ce jour-là en embrassant le verre froid qui recouvrait son visage. Pas la peine de se presser. Quand le moment viendra, faudra que tout soit parfait.

Ce dont il avait besoin, ainsi qu'il le lui avait expliqué, c'était un coffret de lancettes chirurgicales.

Seulement, ç'aurait été trop beau s'il avait pu se procurer ce genre d'article au drugstore du coin. Peut-être n'avait-il pas assez cherché en fait. Et puis, ce matin-là, alors qu'il déambulait le long de Rampart Street, sans même penser à elle pour une fois, son attention avait été attirée par un objet dans la vitrine d'un magasin de curiosités. Devant le manche épais en écaille de tortue et les trois lames déployées en éventail, il fut facile à Roméo de reconnaître l'instrument dont le médecin s'était servi sur la jeune paysanne russe.

Aussi ridé qu'une cosse de haricot séchée, le propriétaire de la boutique portait des lunettes à peine plus grandes que des empreintes digitales. Il avait examiné Roméo d'un air entendu derrière ses drôles de petites besicles.

— Ce sont de belles lames, avait-il dit en les polissant avec un chiffon graisseux. Très, très belles. Notre époque juge les saignées barbares, alors qu'elles sont souvent plus bénéfiques que nuisibles. Elles abaissent la température du patient et le plongent dans un état d'esprit calme et serein. Certaines sociétés antiques les considéraient même comme un rite purificatoire.

— Sans blague ?

Roméo se foutait complètement des sociétés antiques, mais son amour pour cette femme était si rare, si noble et surtout si pur qu'il méritait à coup sûr un rite particulier.

Il était rentré chez lui à pied, sans hâte, les lancettes dans sa poche, se délectant de sentir leur poids et anticipant déjà l'usage qu'il en ferait. À l'angle de Canal Street, il avait rejoint un attroupement devant le nouveau Saenger Theatre. Des poseurs d'affiches s'employaient à encoller l'énorme panneau publicitaire installé sur le toit du bâtiment. Peu à peu, elle lui était apparue, d'abord ses yeux, puis sa bouche, puis son cou, jusqu'à s'étaler entièrement devant lui, allongée en travers d'un lit telle une amante épuisée – la tête pendante, inerte, sur le côté, les bras grands écartés –, pour promouvoir son dernier long-métrage, *Âmes perdues*. Ce film d'horreur très novateur retraçait l'histoire d'une morte dont l'âme tourmentée, incapable de trouver le repos, s'échappait la nuit de sa tombe et, prenant la forme d'une chauve-souris, suçait le sang des vivants. Seule une star de sa trempe pouvait incarner un tel rôle.

Roméo avait éclaté de rire, si bien que quelques personnes dans la foule s'étaient retournées. Il s'en moquait bien. Ce n'étaient que des imbéciles, surtout les femmes. Toutes se peindraient les lèvres en rouge vif et porteraient des capes de vampire avant la fin de la semaine. Elles désiraient tant lui ressembler qu'elles copiaient sa coupe de cheveux, se fardaient de façon à pasticher l'exotisme de ses traits et s'efforçaient même d'imiter sa démarche fluide et langoureuse. Elles s'imaginaient que leurs flatteries et leur adoration leur conféraient un droit sur elle, alors qu'elle n'appartiendrait jamais qu'à lui.

Il s'était shooté assez souvent pour savoir comment poser un garrot et faire saillir une veine, mais l'étrangeté des lancettes le rendait nerveux. Chacune possédait deux lames – la première, longue, terminée par une pointe crochue, et la seconde plus petite et de forme triangulaire, à l'autre extrémité. Laquelle utiliser ? Il n'en avait aucune idée et cela l'inquiétait. Je ne vais pas me saigner comme un porc et y laisser ma peau, merde ! jura-t-il en lui-même. Ce serait tout de même un comble de quitter ce monde cruel sans elle.

Un sourire finit par se dessiner sur ses lèvres, une fois testé le tranchant de l'un des instruments. Il était assez coupant pour entailler et la peau, et les chairs, et les artères.

En fredonnant, il sortit son matériel de sa cachette, puis attrapa un bol à soupe dans un placard de la cuisine. Il éprouvait une sensation de défonce, mais de défonce pure, engendrée par l'instant présent. Après avoir posé son garrot, il ferma le poing. Les veines au creux de son coude se gonflèrent et se détachèrent, toutes bleues, sur sa peau.

Il contempla la lancette. Son sentiment de bien-être vacilla, glissant peu à peu vers la peur. Vas-y, bordel ! Il la saisit et en pressa la pointe sur une veine.

Un petit cri de douleur lui échappa et la lame tomba à terre lorsque gicla le sang carmin. Son sang. Effrayé et enthousiasmé à la fois, il le regarda jaillir de sa chair en arc de cercle, rouge, épais, jusqu'à ce qu'il songe enfin à placer son bras au-dessus du bol.

Ce sang était d'une telle beauté. Il le laissa s'écouler longuement, oubliant presque de desserrer le garrot.

Il appuya ensuite la paume de sa main sur l'incision, clignant des yeux et titubant. Sa tête et son corps lui semblaient lourds, comme après un somme. Hébété, il promena les yeux autour de lui et découvrit les éclaboussures sur le papier peint jaune pâle, ainsi que les taches sur le linoléum marron. Déjà, il se la représentait au moment où elle déchiffrerait ses mots, où elle comprendrait qu'elle avait intérêt à réagir et à sauver son âme – à sauver leur âme à *tous deux* – avant qu'il ne soit trop tard. Finis, les autres hommes, finies, les aventures. Ne resteraient plus que Juliette et son Roméo.

Il ne commettrait pas l'erreur d'envoyer le pli par la poste. Elle recevait vingt mille lettres de ses fans par semaine, auxquelles les secrétaires du studio répondaient avec soin en tapant invariablement le même texte, suivi du tampon de sa signature. Il tenait à ce qu'elle seule lise son mot, ce qui signifiait qu'il devrait le déposer lui-même dans un endroit accessible à nul autre.

Il prit le stylo à plume acheté spécialement pour l'occasion – un outil de professionnel, selon la jeune vendeuse de la papeterie, dont se servaient les graphistes publicitaires et les calligraphes. Il avait réfléchi durant des heures au contenu de son message : une phrase unique, parfaite, qui lui ouvrirait les yeux sur l'urgence de la situation et sur la nécessité pour elle de changer au plus vite de comportement.

Il remplit de son sang le corps en nacre du stylo et marqua un temps d'arrêt devant la feuille vierge. Puis il se lança.

N'as-tu pas encore peur, Remy ?

2

Acculé au bout de la jetée, Carlos Kelly sentait le canon d'un gros revolver plaqué derrière son oreille gauche. L'eau du fleuve, noire et huileuse, léchait les piliers de bois sous ses pieds. Le vent puait le poisson mort, la boue et les pommes de terre bouillies qui fermentaient dans les alambics des distilleries implantées le long du quai. La vie lui paraissait bien douce malgré tout, et il n'avait aucune envie de mourir.

— Oh, non, faites pas ça ! supplia-t-il.

Le type se contenta de ricaner en renforçant la pression de son arme contre la tête du garçon.

Celui-ci laissa échapper un sanglot et ferma les yeux.

— Donnez-moi une journée, d'accord ? Juste une journée et je rembourserai Tony.

— Ben voyons, se moqua l'autre avec un rire semblable au crissement d'une scie émoussée sur du bois vert. T'as eu bien assez de temps, c'est terminé pour toi.

— S'il vous plaît. J'ai une mère, une sœur. (Il pleurait à présent, les joues baignées de larmes, la morve coulant de son nez.) Oh, non, pitié, faites pas ça. Non !

Carlos Kelly, dix-sept ans, n'avait jamais pensé mourir un

jour. Mais là, même s'il ne parvenait pas encore à accepter cette idée, il savait qu'il était dans un sale pétrin.

La faute aux cartes, tout ça ! Comment aurait-il pu se douter que sa déveine se prolongerait un mois entier ? Alors, parce qu'il fallait bien payer pour jouer, il avait piqué quelques billets dans un sac qu'il avait transporté pour le compte de Tony le Rat, lequel s'en était aperçu et employait maintenant les grands moyens. Sauf que Tony le Rat ne s'embarrassait pas de coups-de-poing américains ni de matraques. Briser des mâchoires et des rotules était trop subtil pour lui. Non, quand il vous confiait à son homme de main, c'était pour vous envoyer ad patres.

Le vent tomba, et le clic d'un chien que l'on arme retentit.

Oh, non !

Un coup de feu troubla la surface de l'eau. Carlos Kelly s'effondra à quatre pattes. Ses paumes le brûlèrent et ses narines se remplirent de l'odeur âcre de l'urine. Alors il comprit : si je me pisse dessus, c'est que je ne suis pas mort !

Le type l'avait pigé lui aussi. Après s'être détourné en entendant la détonation et les cris qui l'avaient accompagnée, il fit volte-face pour le remettre en joue.

L'adolescent roula sur lui-même et lui décocha un coup au moment où il appuyait sur la détente. Pour la première fois de sa jeune existence, Carlos Kelly eut de la chance. Sa lourde chaussure atteignit l'autre derrière le genou. Déséquilibré, l'homme effectua un grand moulinet avec son bras, si bien que la balle se perdit au loin lorsqu'il tira. Carlos Kelly le frappa de nouveau.

Son adversaire trébucha, le talon coincé entre les planches gauchies. Il vacilla, puis bascula dans le fleuve.

Carlos ne demanda pas son reste. Sitôt sur pied, il fila en direction du Vieux Carré et de son dédale de ruelles miteuses.

Même après deux heures du matin, le quartier ne dormait pas. Simplement, la vie s'était retranchée derrière les portes closes et les fenêtres obstruées des bars clandestins. Les prostituées et les poivrots qui traînaient encore dans les rues n'étaient plus en mesure d'aider qui que ce soit.

Carlos Kelly se réfugia sous le large porche de pierre d'une usine de macaronis désaffectée et tendit l'oreille en guettant d'éventuels bruits de pas. Sa respiration sifflante et les palpitations assourdissantes de son cœur l'empêchaient de percevoir autre chose que sa propre terreur. Ses jambes tremblaient tant il peinait à tenir debout.

Il se laissa aller contre un mur de brique couvert d'affiches annonçant un match de boxe passé depuis longtemps. Les carreaux cassés de l'imposte au-dessus de sa tête s'entrechoquaient et gémissaient sous l'effet du vent. La grande double porte du bâtiment avait été cadenassée, mais le fermoir s'était détaché. Quelqu'un avait dessiné un graffiti sur le bois : deux lignes parallèles ondulées barrées de cinq doubles traits. Il se fichait pas mal de ce que cela pouvait signifier. Tout ce qui l'intéressait, c'était de trouver une planque.

Une bourrasque se leva, glaçant sa peau moite. La peur l'avait fait transpirer par tous les pores. Pourtant, bien qu'elle le tenaillât toujours, il éprouvait une certaine honte au souvenir de son comportement, de ses supplications et de ses larmes. En plus de ça, il empestait l'urine.

Une poubelle fut soudain renversée à proximité, du verre se fracassa sur les pavés et quelqu'un jura. Il s'en fallut de peu que Carlos ne mouille encore son pantalon.

Il s'apprêta à détaler, mais la rue était déserte et illuminée par la lumière crue des lampes à incandescence. Il se tapit sous le porche et chercha à tâtons le cadenas de la porte derrière lui.

Une fois qu'il l'eut décroché du bois pourri, il poussa prudemment le battant en priant pour que les gonds ne grincent pas.

L'obscurité régnait à l'intérieur, percée çà et là par une infime clarté qui filtrait entre les planches barricadant les fenêtres. Un bruissement l'amena à scruter une passerelle grillagée au-dessus de lui. Il surprit du coin de l'œil un battement d'ailes noires et manqua fuir à toutes jambes lorsqu'un couinement strident résonna dans les chevrons du haut plafond.

Des chauves-souris…

Le sang cognait à ses tempes. Un cri lui enserra la gorge, qu'il réussit toutefois à contenir. Il détestait les chauves-souris, mais il préférait encore leur compagnie à un nouveau tête-à-tête avec le gorille de Tony le Rat.

Il resta immobile un long moment, osant à peine respirer, le temps de s'habituer à la pénombre. Quand il leva les yeux vers la grille métallique de la passerelle, ces sales bestioles avaient fichu le camp.

Autour de lui, les machines de l'usine jetaient des ombres massives sur les murs : bacs en ciment, longs abreuvoirs en bois, roues et poulies énormes reliées par d'épaisses courroies de ventilateur, comme des lance-pierres géants. C'est alors qu'il remarqua un feu dans le coin le plus éloigné de lui.

Des vagabonds, supposa-t-il. Contrairement aux chauves-souris, eux ne l'effrayaient pas. Leur présence lui serait même agréable vu les circonstances, et peut-être pourrait-il se joindre à eux au matin quand ils monteraient en fraude dans un train. Il avait tout intérêt à quitter cette ville le plus vite possible.

Conscient que ces gens-là ne voyageaient pas sans arme, il s'arrangea pour faire du bruit en s'avançant.

— Hé ! lança-t-il d'un ton amical.

Il huma l'odeur de la viande grillée, mais, à mesure qu'il approchait, il constata que ce qu'il avait pris pour un feu était en réalité un ensemble de cierges votifs. Au-dessus de leur flamme, quelque chose pendait de la traverse d'un grand séchoir.

Une chose qui geignait, et qui émit un son horrible quand il parvint à sa hauteur. Ce son, il ne l'avait entendu qu'une fois auparavant mais ne l'avait jamais oublié : c'était le gargouillis d'un homme qui se noyait dans son sang.

La scène lui apparut soudain dans sa totalité, et pour la deuxième fois ce soir-là Carlos Kelly tomba à genoux, en larmes.

3

Le stock de bouteilles de marque avait été épuisé une heure plus tôt et le champagne que buvait à présent l'inspecteur Daman Rourke avait le goût d'un solvant dragéifié. Il s'attaquait à ses dents et engourdissait ses lèvres.

Comme presque toutes les personnes qui se pressaient dans le salon de l'élégante demeure, il regardait Remy Lelourie jouer son propre rôle. Sous la lumière éclatante des lustres en cristal, les bras et les jambes de la jeune femme se paraient de la même couleur dorée que la fine combinaison qui lui tenait lieu de robe. Elle ne portait rien d'autre. Ni bandeau, ni bijou, ni bas, ni même de chaussures. Juste cette robe de soie et ce visage incroyable, stupéfiant.

La presse à scandale voyait en elle la plus belle femme au monde. Elle n'avait peut-être pas tort.

La nuit de ce vendredi d'octobre était bien avancée et, dans la vieille propriété coloniale surplombant le bayou St. John, Remy Lelourie présidait à ce que les journaux appelaient la Soirée du siècle – alors même que celui-ci n'avait que vingt-huit ans. La Nouvelle-Orléans avait toujours adoré les bals et les défilés, mais cette fête-là se démarquait des autres en ce sens que Remy Lelourie, l'une des actrices les plus célèbres du moment, était aussi une enfant de la ville. Elle lui appartenait en somme.

La scène se déroulait dans sa maison familiale, Sans Souci, une bâtisse dotée de blanches colonnades et de larges galeries qui, un siècle plus tôt, avait fait partie d'une plantation de canne à sucre, avant d'être le théâtre d'un meurtre brutal et odieux l'été précédent. Les studios Bright Lights n'en avaient cure cependant. Toute publicité, quelle qu'elle fût, était bonne à prendre dans la mesure où elle profitait à leurs affaires.

La plupart des invités, employés par ces mêmes studios, tournaient en extérieur depuis trois semaines dans les marais à l'est de La Nouvelle-Orléans – une histoire romantique de cape et d'épée intitulée *Fine Lame*, dont l'héroïne, une belle du Sud, devenait pirate et écumait la mer des Caraïbes en quête de son amant disparu. Ce soir-là, tous célébraient la vie et l'amour avec autant de faste que les films auxquels ils participaient.

Sous les lustres du salon, un quintette interprétait *Three O'Clock in the Morning*, alors même qu'il n'était que deux heures trente. Des domestiques noirs en smoking blanc servaient du champagne de contrebande dans des verres à peine plus gros que des rince-doigts. Il y avait de l'électricité dans l'air, comme si chacun attendait encore le moment où la soirée s'animerait vraiment. Pour l'heure, l'événement le plus marquant s'était produit autour de minuit, quand une starlette en herbe s'était déshabillée et avait dansé nue sur le piano à queue avant de s'écrouler dessous, ivre morte.

Appuyé contre un mur, Daman Rourke observait Remy Lelourie flirter avec un type maigrelet censé être plus ou moins écrivain pour les studios. Un scénariste, quoi. L'homme avait des cheveux noirs lustrés et un petit grain de beauté au-dessus de la bouche qui semblait avoir été dessiné à l'encre – ce qui était peut-être le cas. Il était affublé d'un pantalon assez large pour accueillir les pattes d'un éléphant – dernière mode lancée par des étudiants d'Oxford.

Remy Lelourie, actrice à la réputation sulfureuse, n'était que douceur et gentillesse ce soir-là. D'ailleurs, après seulement deux minutes en sa compagnie, le scénariste au pantalon ample affichait déjà une mine identique à celle de bien d'autres avant lui : il semblait avoir été frappé de plein fouet par un marteau. Même sans le vouloir, Remy Lelourie tenait n'importe quel homme à sa merci.

Sous les yeux de Rourke, elle s'esclaffa à une remarque de son interlocuteur et rejeta la tête en arrière, offrant sa gorge à la lumière des lustres. Puis elle se mordit la lèvre pour réprimer un nouvel éclat de rire, tout en passant les doigts dans ses cheveux. Une vague de désir submergea Rourke, mêlée à un brin de jalousie.

— Est-ce que j'ai l'air de souffrir d'un blocage sexuel ? s'enquit une jeune voix féminine tout près de lui.

Il découvrit une fille qui exhibait un long fume-cigarette en argent. Elle le fixa droit dans les yeux après qu'il lui eut offert du feu, puis détourna le visage pour exhaler la fumée.

Bouche en cœur et paupières fardées, elle arborait une robe constituée essentiellement de franges ondulantes, sans rien en dessous. L'effet produit était ensorcelant.

— A priori non, répliqua Rourke.

Elle souffla encore un peu de fumée dans un long soupir et avala une gorgée du gin qu'elle tenait dans son autre main. Ajoutez à cela sa pose parfaite, à mi-chemin entre l'ennui et l'amusement, elle incarnait à merveille le côté m'as-tu-vu de ce milieu.

— Freddy prétend que si, reprit-elle avec une mimique aussi intrigante que sa robe à franges. En fait, il est juste vert de rage que je n'aie pas voulu coucher avec lui. Je lui ai dit qu'une femme avait besoin de *toute* l'attention de son compagnon. Vous me suivez ?

À en juger par la direction de son regard languissant, Rourke supposa que le distrait en question devait être Alfredo Ramon, le dernier *Latin lover* à avoir crevé l'écran. Pour le moment, bien qu'engagé dans une conversation animée avec le réalisateur de *Fine Lame*, il se concentrait surtout sur son reflet dans le miroir accroché au manteau en marbre jaune de la cheminée.

— Remy est une valeur sûre au box-office, lui expliquait le réalisateur. La meilleure dont dispose le studio.

Affublé d'un monocle à l'œil gauche, celui-ci manifestait un goût immodéré pour les guêtres à l'ancienne et ponctuait ses paroles en fendant l'air de sa barbe taillée en pointe.

— Sans moi, on ne t'incluait pas dans le casting, alors lâche-moi.

En guise de réponse, Freddy eut une moue sensuelle à la Rudolph Valentino et gonfla ses narines. Ses cheveux enduits de brillantine luisaient comme de la laque.

— Freddy le croit fou de Remy, commenta la jeune fille. Mais bon, tout le monde partage son avis.

Ses larges bracelets tintèrent lorsqu'elle vida son verre et les glaçons s'entrechoquèrent. Elle scruta Rourke avec des yeux vitreux.

— Vous êtes connu ?

Débarrassée soudain de tout artifice, elle se révélait plus jeune encore qu'il ne l'avait pensé. Jeune, dure, naïve et affamée. Il eut pitié d'elle.

— Non, je suis un simple flic.

Elle l'examina de ses chaussures en daim noir jusqu'à sa bouche, et s'attarda sur celle-ci.

— On jurerait pourtant le contraire.

Rourke sourit en secouant la tête.

— Freddy vient de vous lancer un coup d'œil.

Lorsqu'elle se fut éloignée sans un mot, il s'aperçut qu'il ignorait son nom.

Les musiciens avaient fumé de l'herbe toute la soirée ; leurs instruments lançaient à présent des notes discordantes qui s'échappaient par la porte ouverte.

Seule sur la galerie supérieure, les mains sur la balustrade, elle contemplait la nuit. Une lune toute ronde dansait au-dessus du bayou, tandis que les étoiles pétillaient dans le ciel. Il distinguait à peine la courbe de sa mâchoire, ourlée de lumière, mais ses cheveux courts dévoilaient sa nuque blanche, dont le délicat renflement rendait toujours une femme si vulnérable. *Bon Dieu*, songea Rourke, *je l'ai vraiment dans la peau !*

— Besoin de quelque chose, inspecteur ? demanda-t-elle dans l'obscurité, lui tournant partiellement le dos.

— Mmmm. (Il avait apporté une coupe de champagne et en but une bonne gorgée.) J'ai bien réfléchi à votre attitude pendant la réception, et je crains de devoir vous arrêter pour avoir tenté de soudoyer sexuellement un officier de police. (Il s'avança tout contre elle, l'effleurant à peine.) Je vais vous traîner au poste et m'occuper personnellement de votre cas.

Elle fit volte-face et se pencha en arrière en s'accoudant sur la rampe. Un sourire se dessina sur ses lèvres ; son regard devint brûlant, langoureux. La douce Remy avait disparu pour céder la place à la vamp sexy et dénuée de scrupules, capable de jeter son dévolu sur n'importe quel homme et de le saigner à blanc avant de l'abandonner.

Elle mima un tremblement.

— Waouh. Le grand flic costaud. Dois-je avoir peur ?

— Oui, très.

— Rappelez-moi pourquoi vous m'arrêtez, inspecteur, murmura-t-elle. J'adore vous entendre prononcer ces mots. Ils me donnent des frissons.

— Quels mots ?

Elle laissa s'écouler deux secondes, puis articula, d'une voix basse et sensuelle :

— Soudoyer sexuellement.

— Et voilà, vous récidivez. Vous êtes un vrai danger public !

Emporté par son élan, il renversa un peu de champagne sur sa main. Elle la saisit aussitôt et lécha les gouttes.

— C'est une honte de gaspiller, le morigéna-t-elle.

— Il est imbuvable. Il *mérite* d'être gaspillé.

Elle éclata de rire, et il sentit la chaleur de son souffle sur sa peau humide.

— Vous êtes pourtant déjà bien imbibé, non ?

— Pas du tout, nia-t-il.

Il l'était. Juste un peu.

Elle lâcha sa main et enroula les bras autour de son cou pour l'attirer vers elle.

— Je t'aime, Day Rourke, dit-elle en l'embrassant.

— Fichons le camp d'ici, proposa-t-il dès qu'il put reparler.

Elle refusa et effleura ses lèvres avec les siennes.

— Impossible. On ne le croirait pas comme ça, mais je travaille.

Elle l'embrassa de nouveau et s'abandonna complètement à son étreinte. Il savoura l'instant tout en sachant que, avec Remy Lelourie, plus dure serait la chute.

Le flash d'un appareil photo crépita soudain près d'eux. Éblouis, ils s'écartèrent brusquement l'un de l'autre.

— Hé, les tourtereaux ! cria un reporter.

Il braquait son appareil sur eux en même temps qu'il reculait vers les escaliers desservant la galerie par l'extérieur.

— Un sourire pour *The Movies*.

— Une minute, le pria Rourke en affichant le sourire réclamé. Que diriez-vous d'un scoop pour accompagner la photo ?

Le journaliste s'arrêta, puis revint sur ses pas.

— Vraiment ?

C'était un type maigre avec un gros nez, de grandes oreilles, et des dents aussi carrées et jaunes que des grains de maïs. Il se déhanchait fortement en marchant, comme s'il avait une jambe plus courte que l'autre.

— Vous vous êtes fiancés, je parie ?

Rourke souriait toujours lorsqu'il lui arracha son appareil pour l'écraser contre le mur. Le soufflet se déchira, le boîtier en bois se fracassa. Par acquit de conscience, il réitéra son geste, pulvérisant la base du flash.

Rourke tendit le tout au reporter, sans se départir de son affabilité.

— La prochaine fois, je vous étrangle avec. Maintenant, dégagez.

— Allons bon ! grommela une voix rauque derrière lui. Je ne peux pas te laisser seul cinq minutes.

Un individu imposant vêtu d'un costume en pongé froissé se tenait dans l'encadrement de la porte du salon. Fiorello Prankowski, coéquipier de Rourke à la brigade criminelle. Tous deux étaient de repos ce soir-là. Sa présence signifiait donc qu'un assassinat avait eu lieu quelque part à La Nouvelle-Orléans.

Fio haussa les sourcils sans souffler mot. Son visage creusé de rides profondes, tel un arbre desséché, accusait la même fatigue que d'ordinaire.

Il souleva son chapeau devant Remy.

— Mademoiselle Lelourie, salua-t-il d'un ton sec.

Fio demeurait convaincu que la plus belle femme du monde avait tué son mari à coups de couteau et s'en était tirée impunément.

Le reporter lambinait au sommet des escaliers. Rourke lui décocha un regard mauvais.

— Vous êtes encore là, vous ?

— Day, je peux te parler ? l'interrompit Fio en s'interposant entre eux.

Il était sérieux, et Rourke sentit sa nervosité ; quelque chose de grave avait dû se produire.

— Il faut que j'y aille, chérie, s'excusa-t-il auprès de Remy en lui caressant la joue.

— Je sais. Tu travailles, toi aussi.

Elle ne sembla pas s'en formaliser. Certes, elle avait l'air un peu hagarde, mais pas plus que d'habitude. Et puis, c'était ce côté de sa personnalité que capturait si bien la caméra. Il faisait partie de son charme. De sa séduction.

Rourke et Fio descendirent les escaliers extérieurs. Le vent agitait les branches chargées de mousse des énormes chênes et les feuilles des grands palmiers. Dans la maison, la fête se poursuivait entre strass et jazz. Remy Lelourie n'avait pas bougé. Rourke se délectait de la saveur de son baiser, une saveur particulière qui l'inquiéterait s'il l'analysait davantage. Il avait donc probablement intérêt à l'oublier.

Le temps d'un été, onze ans auparavant, tous deux avaient été amants, jusqu'à ce qu'elle les abandonne, lui et La Nouvelle-Orléans, pour devenir riche et célèbre. Depuis quatre mois, ils avaient renoué leur liaison et, désormais, il attendait le jour où elle partirait de nouveau, il en guettait les signes avant-coureurs dans le moindre de ses gestes, la moindre de ses paroles. Sauf qu'à force de jouer à ce jeu-là il finirait par provoquer ce qu'il redoutait et il n'aurait plus qu'à s'en mordre les doigts... Un peu comme quand on se risque à agacer un serpent avec un bâton.

Pourtant, ce baiser... il y avait perçu un je-ne-sais-quoi. Pas un au revoir, mais quelque chose...

— On y va avec la Cat, décida-t-il.

— Laisse-moi le temps de sortir le matos de la voiture de patrouille, alors, rétorqua Fio en s'éloignant.

Son coéquipier patienta près de son véhicule, un roadster Stutz Bearcat jaune canari. Quelques hommes s'étaient regroupés sur la pelouse, dans l'ombre noire des chênes. Ils bavardaient bruyamment, riaient, se passaient une bouteille enveloppée d'un sachet en papier. La plupart étaient équipés d'appareils photos, et Rourke remarqua que le reporter qu'il avait molesté s'en était procuré un autre. Le type de *The Movies.* Il avait l'impression de l'avoir déjà vu avant. Depuis le meurtre de son mari, ces messieurs de la presse avaient transformé la vie de Remy Lelourie en un véritable enfer.

Rourke aida Fio à caser la trousse médico-légale dans le coffre de la Bearcat, puis tous deux se glissèrent sur les sièges luxueux en peau de buffle.

Rourke démarra à toute allure, fonçant droit sur l'amas de

reporters. La lumière de ses phares les lui révéla pétrifiés de stupeur, avant qu'ils s'éparpillent et plongent sur le côté dans un concert de hurlements. Il sourit.

Moteur rugissant, la Bearcat poursuivit sur sa lancée vers une trouée entre les arbres, creusant des sillons dans l'herbe tendre au passage. Mais l'écart entre les troncs parut soudain se rétrécir, laissant se profiler un autre chêne juste devant eux, aussi large que l'entrée d'un tunnel.

Rourke commença à fredonner.

Impossible de le rater.

Il vira brusquement. Le roadster fit une série de violentes embardées. De la mousse fouetta le pare-brise, les pneus crissèrent. Rourke éclata de rire.

Il évita de justesse encore deux arbres avant d'en finir avec ses dérapages et de se retrouver sur l'allée. Une fois franchi le portail en fer forgé, le moteur de la Bearcat ronronnait tranquillement.

Rourke s'engagea sur Esplanade Avenue. Ils roulaient en silence depuis quelques secondes lorsqu'il coula un regard vers Fio.

Ses rares cheveux, aussi raides que l'herbe des prés salés, semblaient à cet instant tenir debout sur sa tête.

— Ne refais jamais ça, articula-t-il.

— D'accord.

— Parce que si jamais tu oses, je serai obligé de t'arranger le portrait.

Rourke se mit à chanter.

— « Qu'un sourire soit ton parapluie… »

Fio le fixa d'un air effaré.

— Je suis coincé dans une voiture avec un mec complètement givré, marmonna-t-il.

— Mais oui, mais oui. (Le sang de Rourke battait une folle mesure à présent qu'il ressentait les premiers effets de cette course.) Où allons-nous maintenant ? Et qui est mort ?

Fio respira lentement et cessa de s'agripper au tableau de bord.

— Quelqu'un a découvert le cadavre d'un prêtre dans une usine de macaronis désaffectée, à l'angle d'Ursulines Street et de Chartres Street. (Il haussa les épaules.) Le flic de permanence a dit… je sais pas, j'ai dû mal comprendre. Il a dit que le gars avait été crucifié.

4

L'usine se situait dans un quartier mal famé, entre un bordel et un asile de nuit qui, pour une misère, offrait le gîte sur un lit de camp. De l'autre côté de la rue, un grillage rouillé et avachi délimitait un garage de voitures volées investi par la police et fermé la semaine précédente dans le cadre de la dernière croisade contre le crime menée par le maire.

Le visage en feu, la poitrine douloureuse comme si on venait de le tabasser à coups de batte de base-ball, Rourke descendit de la Bearcat et s'arrêta pour examiner les alentours. Il redoutait le spectacle qui allait s'offrir à lui. Puis il se raisonna : il y avait deux cent soixante-quinze prêtres à La Nouvelle-Orléans. La victime ne serait donc pas forcément son frère, Paulie.

Mais ce serait tout de même celui de quelqu'un d'autre.

Un jeune flic en uniforme était appuyé contre le mur de brique, les yeux baissés sur une flaque de vomi entre ses pieds. Il se redressa à l'approche de Rourke et posa un regard trouble sur son insigne.

— C'est vous qui avez signalé le meurtre ?

L'homme déglutit et s'essuya la bouche du revers de la main.

— Non, c'est mon coéquipier. Il est à l'intérieur. On a reçu l'ordre de rester près du corps en vous attendant, mais je n'ai pas pu... (Il s'étrangla.) Oh, mon Dieu !

— Respirez par la bouche.

Il hocha la tête en avalant une grande goulée d'air.

Rourke adressa un signe à Fio, qui extrayait du coffre des appareils photos, une lampe torche et le nécessaire pour relever les empreintes.

— Vous pourriez peut-être l'aider ? ajouta-t-il à l'intention du jeune agent, pensant que cela l'occuperait et l'empêcherait de ressasser ce qu'il avait vu.

Le novice acquiesça et inspira encore profondément, le teint déjà moins verdâtre.

Rourke étudia l'entrée de l'usine. Le vent avait entassé des bouts de journaux, des feuilles mortes et des emballages alimentaires dans un coin du porche ; des morceaux de verre brisé tombés de l'imposte jonchaient le sol ; le cadenas de la porte était fracturé.

— C'est vous qui avez fait ça ?

— Non, inspecteur. On l'a trouvé comme ça. Le gosse qui a découvert le corps... On était dans un bar et, euh..., pour pisser un coup, quoi, quand il a déboulé en hurlant qu'un prêtre avait été crucifié. Allez savoir si c'est pas lui qui l'a crocheté.

— D'accord.

Rourke se servit d'un mouchoir pour ouvrir le battant, conscient toutefois que les deux agents de police, et Dieu sait qui d'autre, l'avaient probablement déjà couvert de leurs empreintes.

Le bâtiment n'était pas abandonné au point qu'on y eût coupé l'électricité. Des paniers métalliques suspendus par des chaînes aux chevrons du plafond supportaient des lampes dont la moitié au moins possédaient encore une ampoule en état de marche. Rourke voulut savoir si elles étaient allumées à l'arrivée des deux policiers, mais le jeune agent avait déjà rejoint Fio.

L'usine, longue et étroite, abritait toujours les machines

nécessaires au malaxage, au roulage, à la coupe et au séchage des macaronis. Un autre flic en uniforme était posté à l'extrémité du bâtiment, à côté de quelque chose qui ne présageait rien de bon.

Les boutons et l'insigne de sa chemise luisaient sous la lumière jaune. Il attrapa une cigarette et, sans quitter Rourke des yeux, gratta une allumette qu'il jeta ensuite par terre. Puis il se mit à balancer sa matraque.

Les talons de Rourke claquèrent sur les dalles. Sa respiration se fit laborieuse, douloureuse. À mesure qu'il approchait, l'odeur du sang l'assaillait, ainsi qu'une autre à laquelle il ne s'était pas préparé – celle de la chair brûlée.

Le corps pendu était bien celui d'un prêtre. Du moins en avait-il la soutane noire et le col blanc.

Rourke enfonça les mains dans ses poches afin de masquer leur tremblement. Il avait toujours été du genre à parier. Sa Bearcat, il la devait à ses gains au jeu. Et il avait déjà perdu cent dollars aux courses sans en éprouver le moindre regret. Un parieur acceptait les risques. Deux cent soixante-quinze contre un.

Ce n'était pas son frère.

La stature ne correspondait pas du tout – trop petite d'au moins huit centimètres et bien trop maigre. Cependant, même la mère du défunt aurait eu du mal à le reconnaître. Il avait les pommettes cassées, le nez écrasé, et l'on ne distinguait plus ses yeux. Sa bouche, gonflée, était maculée de sang.

Quelqu'un l'avait cloué par les poignets à la traverse de l'un des séchoirs. Ses pieds, nus, ligotés avec une corde, présentaient des cloques à vif et ensanglantées – l'homme ayant été pendu de telle sorte qu'ils se trouvaient juste au-dessus des cierges.

Rourke s'accroupit et constata que la cire des bougies était encore molle.

Il se pencha sur les pieds de la victime – fins, bien dessinés, pâles aux endroits non brûlés, ils lui semblaient comme tous les pieds nus empreints d'une touchante vulnérabilité. Dieu que cet aspect de son travail lui répugnait ! Examiner les cadavres. Les cadavres de victimes d'assassinats.

Il s'intéressa ensuite à l'agent de police. L'homme devait avoir à peu près son âge, guère plus de trente ans. Physique avantageux, teint rougeaud et cheveux roux d'Irlandais. La chemise bleue de son uniforme peinait à contenir sa large poitrine et son ventre qui trahissait déjà une tendance à l'embonpoint. La présence de Rourke sur le lieu du crime le faisait visiblement ricaner.

— Ces cierges brûlaient-ils quand vous êtes entrés ? s'enquit Rourke.

Le flic prit le temps de tirer une bouffée sur sa cigarette avant de répondre.

— Nan. Mais le macchabée était si frais que son dernier pet puait encore.

Rourke se força à respirer. Le sang pulsait dans ses mains. Il avait envie de frapper quelque chose.

L'assassin avait pris le soin de déchausser sa victime, avant de lui ôter ses chaussettes, de les rouler en boule et de les placer dans ses souliers. À côté gisait un chiffon ensanglanté, semblable à un bout de drap déchiré, dont les extrémités entortillées suggéraient qu'elles avaient été nouées.

— Il était bâillonné ?

— Merde, on a touché à rien, d'accord ? On savait bien qu'on se prendrait un savon par les petits péteux à la con de votre espèce, sinon.

Rourke se releva en pivotant à demi sur ses talons, de façon à lui faire face. Quand votre père a été un poivrot et que les mêmes démons vous hantent, vous repérez sans peine un homme qui tient une bonne cuite. Les yeux injectés de sang, les cernes, la manière dont il agrippe sa matraque pour dissimuler son tremblotement convulsif d'alcoolique – ces signes ne trompent pas. Tout comme l'odeur du whisky de seigle bon marché qu'il exsude par tous ses pores.

— Je n'ai pas saisi votre nom, je crois, articula Rourke avec une lueur mauvaise dans le regard.

— Jack Murphy, répliqua l'autre, goguenard.

— Eh bien, continuez dans cette voie, agent Jack Murphy, poursuivit-il en tapotant le badge de ce dernier. Continuez de sourire et de faire le lèche-cul, et peut-être qu'un jour vous aussi, vous deviendrez un petit péteux à la con.

Fio laissa échapper un grognement à la vue du prêtre mort.

— Seigneur !

Rourke s'avança vers le corps et glissa une main dans la poche de sa soutane. Il en extirpa un rosaire, quelques pièces de monnaie, deux clés accrochées à un anneau et une carte de bibliothèque.

— Père Patrick Walsh, lut-il.

— Bon sang, pas lui ! grommela Fio. Pourquoi il faut toujours qu'on se coltine les patates chaudes ?

Sur les deux cent soixante-quinze prêtres que comptait La Nouvelle-Orléans, seul le père Patrick Walsh faisait figure de célébrité. Ses homélies avaient été rassemblées dans un livre qui avait accédé au rang de best-seller dès sa parution, et les gens accouraient d'aussi loin que le Texas et le Mississippi pour l'entendre célébrer la messe dominicale en son église Notre-Dame-du-Saint-Rosaire. Parce qu'il prétendait avoir été baptisé dans l'esprit de Jésus, qu'il chantait des gospels et entrait en transe durant ses prêches, il présentait plus d'une affinité avec le courant évangélique – ce qui, ajouté à ses extravagances et à son anticonformisme, lui avait valu bien des démêlés avec sa hiérarchie catholique. Ses ouailles et ses fans l'adoraient cependant et le surnommaient affectueusement « notre Père Pat ».

C'était du moins ce qu'avait affirmé le *Times-Picayune* dans un article consacré au personnage peu de temps auparavant. Le journal, se souvenait Rourke, l'avait décrit comme un orphelin ignorant tout de ses origines. Il avait été recueilli par un foyer pour enfants abandonnés à Paris, en Louisiane, une petite ville qui vivait de la culture de la canne à sucre à cent kilomètres au nord-ouest du bayou Lafourche. Ce prêtre n'avait été le frère de personne, finalement.

— On est sûr qu'il s'agit de lui ? lança Fio en positionnant l'appareil photo sur un haut trépied. Une carte de bibliothèque, ça ne prouve pas grand-chose. C'est peut-être quelqu'un d'autre.

— Non, c'est lui.

Vivant, le père Patrick Walsh avait eu les yeux verts, une grande bouche et l'ossature épaisse propre aux habitants des collines du nord de la Louisiane. Rourke discernait à présent ce qui restait de ses traits malgré les coups qui lui avaient été infligés.

Fio prit un cliché du corps, répandant avec son flash une lumière crue sur le visage barbouillé de sang, les pieds nus et brûlés, les clous plantés dans la chair tendre.

— Où est le marteau ? s'enquit Rourke. On s'est servi de quoi pour le crucifier ?

Fio examina les alentours du séchoir.

— Une chaussure, peut-être.

— Pas assez lourd.

— Ouais, possible. (Fio considéra le bâtiment.) On va avoir besoin de sacrés renforts pour passer tout ça au peigne fin. Je vais chercher des empreintes, mais il doit y en avoir des tas dans ce genre d'endroit.

— Cantonne-toi aux cierges et aux zones autour des clous. Qui sait si on n'aura pas de la chance ?

L'agent de police, qui avait manipulé sa matraque avec un sourire narquois en les observant s'affairer, ne put réprimer un ricanement.

— Voici Jack Murphy, expliqua Rourke à son coéquipier. Il ne nous aime guère : on est des petits péteux à la con d'après lui. Enfin bon, il est peut-être juste de mauvais poil parce que, cette fois, le cadavre est celui d'un prêtre. Ça veut dire pas de diamant monté en épingle de cravate ni d'argent à récupérer avant de signaler le meurtre.

L'homme lui décocha un regard de mise en garde, mais ne souffla mot. Rourke n'était sûrement pas très loin de la vérité. Dans la grande tradition des agents corrompus et chevronnés, Jack Murphy avait dû fouiller le défunt en quête d'un quelconque objet de valeur à dérober pendant que son jeune partenaire rendait tripes et boyaux à l'extérieur.

Rourke fixa Murphy bien en face jusqu'à ce qu'un infime tressautement agite l'œil droit du policier, qui finit par s'écarter de lui.

— Et l'auteur de la découverte, où est-il ?

Murphy ne répondit pas tout de suite. Il tira une nouvelle bouffée sur sa cigarette avant de lui désigner de sa matraque l'angle le plus éloigné de l'usine, là où la plupart des ampoules avaient grillé. Rourke y décela la silhouette d'un garçon assis sur un bidon d'huile, une main menottée à un tuyau au mur.

— Il s'appelle Carlos Kelly, ajouta Murphy. Il a probablement rien fait, mais vous pouvez toujours le coffrer. Votre principal souci, à vous autres inspecteurs, c'est de vite boucler votre enquête histoire d'être bien notés, hein ? Et une petite frappe comme lui, avec une mère ritale, ça sera pas une grosse perte pour la société.

Il plongea la main dans sa poche pour y prendre la clé des menottes, qu'il jeta à Rourke.

— Sauf si vous préférez coller ça sur le dos d'un nègre. J'ai quelques noms en réserve pour vous au cas où.

Rourke attrapa la clé au vol et s'adressa à Fio en soupirant :

— Et toi qui disais qu'on allait en baver avec cette affaire.

Avec ses lèvres charnues, ses épaisses boucles noires et ses yeux bleu céruléen, Carlos Kelly, si terrifié et crasseux fût-il, se serait vu donner le bon Dieu sans confession. Ses menottes semblaient presque une insulte à sa beauté.

Rourke les lui ôta avant de redresser un deuxième bidon et de s'asseoir dessus. Il laissa le silence s'installer. L'odeur du sang et de la chair brûlée ne s'était pas répandue jusque dans cette partie de l'usine, où l'on sentait juste la poussière, la rouille et l'huile qui avaient imprégné le sol des années durant.

Carlos Kelly contemplait ses poignets en les massant. Il leva les yeux vers le cadavre, puis les détourna aussitôt.

L'inspecteur sortit une flasque de la poche de son smoking et la lui tendit sans rien dire. Les mains de l'adolescent tremblaient tant lorsqu'il but que ses dents heurtèrent à plusieurs reprises le goulot d'argent.

Il lui rendit la bouteille avec un pauvre sourire.

— Tu es mal barré, Carlos, lui annonça Rourke en martelant ses mots. Bon sang, tuer un prêtre ! Le juge va estimer que faire tâter à l'assassin de notre chaise électrique toute neuve sera pour lui un châtiment trop doux.

Le garçon réagit comme si on l'avait frappé.

— Hé, attendez... qu'est-ce que vous... Mais c'est pas moi ! Pourquoi je serais allé demander de l'aide, sinon ?

Rourke resta muet. Carlos gémit et se pencha en avant, les coudes sur les genoux, pour enfouir sa tête entre ses mains.

— Parfois, déclara Rourke d'une voix douce, les gens s'attirent des ennuis dont ils finissent par ne plus pouvoir se dépêtrer.

Carlos Kelly pressa plus fort ses mains sur sa figure, puis inspira profondément.

— Vous connaissez le prêteur sur gages Tony le Rat ?

— Oui, s'amusa Rourke. Entre lui et moi, c'est une vieille histoire.

Tony Benato était un usurier qui touchait parfois au trafic de cocaïne pour ses besoins personnels. Il devait d'ailleurs son surnom de Tony le Rat à son nez pointu ravagé par des années passées à sniffer n'importe quelle substance susceptible de le faire planer.

— Eh ben, ma mère est tombée malade et, comme il fallait qu'elle soit opérée si elle voulait pas mourir, j'ai emprunté deux mille dollars à Tony. Seulement, les intérêts étaient de cinquante pour cent... J'arrivais pas à les payer, et encore moins à attaquer le remboursement de la somme de départ. Même en faisant les deux-huit sur les docks.

— Dur, en effet. Il a donc envoyé quelqu'un s'occuper de toi pour l'exemple, conclut Rourke, prétendant gober ce triste tissu de mensonges dans l'espoir qu'une partie au moins se parait du vernis de la vérité.

Carlos Kelly opina vigoureusement du chef.

— Le gorille de Tony, il m'a obligé à le suivre jusqu'au quai, au bout d'Esplanade Avenue, et là, il a dégainé son flingue, un gros vieux flingue à canon scié. Il me l'a appuyé sur la nuque, mais juste à ce moment-là un coup de feu a été tiré quelque part et quelqu'un a crié. J'ai profité de ce que le type était distrait pour m'enfuir.

Rourke ne lui demanda même pas le nom de cet homme de main. Tony le Rat était un usurier de pacotille doublé d'un dealer amateur qui ne disposait que d'un seul collecteur de fonds. Fait ironique, ce dernier était également surnommé le Rat. Guido le Rat. Parce que, enfant, en échange de dix *cents*, il arrachait la tête de ces rongeurs avec ses dents.

— Après lui avoir échappé, l'interrogea Rourke, pourquoi es-tu venu ici ?

— J'ai pas réfléchi. J'ai couru, c'est tout.

Fio avait déniché un autre bidon d'huile sur lequel grimper afin de couvrir la traverse de poudre dactyloscopique. Carlos Kelly l'observa un instant en déglutissant.

— Je pensais qu'à me dégoter une planque, vous comprenez ? (Il frissonna.) J'aurais dû filer dès que j'ai aperçu ces saletés de chauves-souris.

Rourke s'étonna. Des papillons et des insectes bourdonnaient autour des lampes, mais aucun petit corps poilu n'était visible sur les poutres.

— Des chauves-souris ?

Carlos Kelly agita la main en direction de la passerelle qui ceignait l'usine aux deux tiers de la hauteur du mur.

— Elles étaient perchées là-haut – ou accrochées, je sais pas comment on dit. Il y a eu un battement d'ailes et je les ai entendues couiner. C'est à ce moment que j'ai remarqué le feu de camp. Ou plutôt, ce que j'ai cru être un feu de camp. Je m'attendais à tomber sur des vagabonds qui se préparaient à manger en picolant, mais quand je me suis approché, je... je l'ai vu, lui. Pendu. Il avait du mal à respirer... il crachait des bulles de sang. Il a murmuré « ... ayez merci », comme s'il priait Dieu de lui pardonner, ou plutôt de lui venir en aide. (L'adolescent eut un hoquet.) J'avais supposé que c'était de la viande qui grillait, mais c'étaient ses pieds !

— Alors tu as éteint les cierges.

La lumière fit briller ses larmes lorsqu'il hocha la tête. Il pleurait depuis un moment déjà.

— Il était vivant quand je suis sorti chercher du secours, je le jure. Il était vivant...

— D'accord, d'accord.

Carlos Kelly n'était vraisemblablement qu'un imbécile, un racketteur à la solde d'un usurier minable, qui avait tenté de flouer son employeur et manqué payer le prix fort en retour. Cependant, il avait dû lui falloir un certain courage pour quitter sa cachette en sachant que l'homme de main de Tony Benato était lancé à ses trousses.

Songeur, Rourke étudia la tête penchée du jeune garçon, puis le corps mutilé du prêtre. Fio avait terminé ses relevés d'empreintes et prenait des gros plans des poignets. Le coroner de La Nouvelle-Orléans venait d'arriver.

— Je peux demander à ce qu'on t'emmène en ville et qu'on t'y garde incognito en tant que témoin.

— Combien de temps ? souffla Carlos Kelly, visiblement soulagé.

— Tu as de la famille, des amis ? (Le jeune homme acquiesça.) Alors assez pour qu'ils tentent de régler ton différend avec Tony Benato. (Il tapota l'épaule de l'adolescent en se relevant.) Un conseil, tiens-toi à l'écart de ces mecs et de leurs magouilles. Ces types-là vendraient leur propre mère.

Le rire de Carlos Kelly se noya dans un sanglot. Il s'essuya la figure, examina sa main, l'air surpris qu'elle soit mouillée, puis se signa.

— Il faisait sombre quand je suis entré ici, balbutia-t-il, rougissant, après avoir constaté que son geste n'avait pas échappé à Rourke. Avec les machines, les chauves-souris, les flammes… j'ai eu l'impression d'être en enfer. Et puis je l'ai vu cloué là-haut. Maintenant, je me dis… qui d'autre que le diable aurait pu faire ça à un prêtre ?

L'agent Jack Murphy fulminait auprès de Fio.

— Ça doit être une plaie de bosser avec un type pareil – un beau gosse bardé de diplômes. Monsieur s'imagine chier des roses, tout ça parce qu'il a un ange gardien haut placé et qu'il se tape une vedette de cinéma ? Je parie que vous vous farcissez tout le boulot mais qu'il est le seul à avoir sa tronche dans les journaux.

— Ma foi, la vie n'est pas toujours facile, avoua Fio.

Il ne souriait pas au moment où il croisa le regard de Rourke. Tous deux travaillaient ensemble depuis près d'un an, et leur collaboration n'allait pas sans heurts. Fio soupçonnait son coéquipier de savoir qui avait lacéré de coups de couteau le mari de Remy Lelourie un soir du mois de juillet, cette année-là, et de taire la vérité. Rourke, quant à lui, ne pouvait détromper son collègue tant celui-ci avait raison sur toute la ligne. Oui, il savait ce qui s'était passé et il taisait la vérité. La méfiance s'était donc installée entre eux, telle une dent gâtée que l'on tâte du bout de la langue sans réussir à l'oublier.

Cigarette au bec, le coroner du comté scrutait de près la bouche de la victime en marmottant quelque chose.

— Ah, inspecteur ! lança-t-il à Rourke. Celui-là est donc à vous. Splendide, splendide !

Petit et grassouillet, Moses Mueller s'accoutrait de redingotes démodées, se rendait sur les lieux d'un crime dans une Packard verte conduite par un chauffeur et se procurait à ses frais les dernières inventions médico-légales. Quiconque avait affaire à lui le surnommait « le vampire » en raison de son vif intérêt pour la mort et de l'odeur rance qui flottait en permanence autour de lui, quelle que soit la quantité de Lucky Tiger dont il s'aspergeait. De son côté, Mueller méprisait les policiers en général parce que, ainsi qu'il l'avait confié à Rourke de sa voix pédante à l'accent européen, ils n'étaient que « des ignares pour qui une autopsie s'apparentait à une cigarette après un rapport sexuel ».

Seul Rourke semblait trouver grâce à ses yeux, ce qui lui valait bien des railleries de la part des autres inspecteurs. Ceux-ci pariaient même sur le jour où le vampire l'inviterait à dîner dans son antre.

Pour l'heure, dressé sur la pointe des pieds, le coroner se concentrait sur le poignet droit du père Patrick Walsh.

— Voilà qui est curieux, déclara-t-il. Votre assassin a fait les choses dans les règles de l'art.

— Quoi ? s'esclaffa Fio, aussitôt imité par Jack Murphy. Parce qu'il y a un mode d'emploi à respecter dans ces cas-là ?

Moses Mueller soupira si longuement que son triple menton tremblota.

— Vous ne comprenez pas, comme d'habitude, monsieur Prankowski. Prenez les sculptures et les tableaux consacrés à la crucifixion du Christ. Qu'y voyez-vous ? Des clous plantés dans la paume des mains. Pourtant, on ne procédait pas ainsi. Le condamné avait en général les bras écartés et attachés sur une barre horizontale, le *patibulum*, à l'aide de cordes ou bien de clous fichés dans les poignets. Entre le radius et le cubitus. Cicéron considérait cette mise à mort comme la plus horrible de toutes.

Rourke se forçait à fixer son attention sur les pointes métalliques. Leur tête avait la grosseur d'un pouce et leur tige devait mesurer au moins quinze centimètres si l'on tenait compte de l'épaisseur du poignet et de la profondeur à laquelle il avait fallu les enfoncer dans la poutre pour supporter le poids du corps. La peau était devenue bleu pâle autour, et le sang avait coulé le long des bras du prêtre, absorbé ensuite par ses manches. Il n'en avait cependant pas perdu assez pour que cela seul ait pu provoquer sa mort.

— Quelle est la cause du décès ?

Fait rare, le vampire ébaucha un sourire.

— Ah ! je ne peux pas encore me prononcer. La cause médicale de la mort par crucifiement n'a jamais été vraiment élucidée. Peut-être est-elle due à un arrêt cardiaque, à une forme d'asphyxie. Ou à l'épuisement quand la victime est restée longtemps pendue...

— Notre témoin affirme avoir entendu un cri et un coup de feu bien avant de découvrir le corps.

— Ben voyons, ironisa Fio. Ça tombe sous le sens. Quelqu'un se serait donné la peine de clouer un type à un séchoir à pâtes pour ensuite le flinguer ?

— Ouais, renchérit Jack Murphy. Il a peut-être été abattu pendant qu'il tentait de s'enfuir...

Le coroner les toisa avec mépris.

— Vous pensez à un *coup de grâce**, concéda-t-il à Rourke. Je ne remarque aucune blessure par balle, mais je ne serai sûr de rien tant que je ne l'aurai pas examiné à la morgue. (Il recula et scruta lentement le défunt de la tête aux pieds.) Je me demande pourquoi il n'a pas été déshabillé. Les Romains le faisaient toujours, eux.

Une brume épaisse s'élevait du fleuve et serpentait dans les ruelles du Vieux Carré, semblable à de la gaze mouillée. Debout sous le porche, Rourke aspirait l'air frais et humide en essayant de libérer ses poumons de l'odeur du sang et de la chair brûlée.

À l'arrivée du fourgon de la morgue, le père Patrick Walsh avait été descendu de sa croix, enveloppé d'une couverture grise et transporté sur une civière. Le vampire, lui, était reparti

---

* Tous les mots en italique suivis d'un astérisque sont en français dans le texte. *(N.d.T.)*

dans sa Packard verte. Fio avait terminé de photographier les lieux et de chercher des empreintes, et les deux agents avaient été postés en faction à l'intérieur de l'usine au cas où l'assassin reviendrait. Cela s'est déjà vu, songea Rourke – encore que lui-même n'ait jamais eu cette chance lors de ses enquêtes.

Le dos voûté et la tête baissée, comme pour parer un coup, Fio le rejoignit en tirant la porte derrière lui. Puis il sortit un Castle Morro.

— Bon Dieu ! pesta-t-il une fois son cigare allumé, j'ai déjà enquêté sur des horreurs, mais là...

Le vent souffla vers Rourke le doux parfum du tabac de La Havane. Il ferma les yeux. De l'autre côté de la rue, une feuille de journal claquait contre le grillage du garage et le panneau Victory Gasoline oscillait en grinçant sur ses chaînes. Une boîte de conserve vide roula le long du caniveau.

— Commence pas à me faire ta gueule des sales jours, Day.

— Je vais bien.

Les mains au fond des poches, Rourke serrait les poings. Il se força à les ouvrir, à respirer. Tout le monde lui répétait qu'il prenait trop à cœur chaque cadavre battu, massacré, déchiqueté. Il finissait presque par s'en convaincre.

Fio sonda son coéquipier du regard.

— Parfait, alors venons-en à cette enquête. Devant un gars à qui on a cramé les pieds, on conclut forcément à un coup de la mafia. Seulement, c'est pas leur genre de dégommer un prêtre.

— Ils vont à la messe tous les dimanches, ils baptisent leurs enfants dans la foi chrétienne, ils s'arrangent pour que l'archevêque en personne prononce leur éloge funèbre, et pourtant, ils buteraient le pape si leurs affaires devaient s'en porter mieux après. Mais ils emploieraient une autre méthode. Le type qui a tué le père Patrick Walsh n'a pas agi pour le compte de la mafia. Ce passage à tabac... on dirait une vengeance personnelle. L'assassin connaissait le prêtre et il était fou de rage contre lui.

— Parce que le clouer à une poutre, ça n'a rien de personnel ?

— Non. Les clous et les cierges ont une autre signification.

Rourke l'avait ressenti de manière presque palpable à l'intérieur de l'usine, comme si le tueur avait laissé un miasme derrière lui – un miasme sur lequel il ne parvenait pas encore à mettre un nom. La fureur. La frustration. La détresse. Le désespoir…

Fio se frottait les yeux, peut-être pour tenter d'effacer le souvenir de ce spectacle.

— On n'arrête pas de dire *lui*, mais deux hommes n'ont pas dû être de trop pour l'accrocher là-haut.

— Non, un seul pouvait y arriver. À condition d'assommer d'abord sa victime.

— Le journal a consacré tout un article à Walsh il y a plusieurs semaines. À supposer que notre assassin mène une vendetta contre l'Église catholique, il a pu choisir ce prêtre modèle pour en faire son punching-ball. Un exutoire à sa haine.

— Sauf que le corps n'était pas dénudé.

— Merde, tu es pire que le vampire. Quelle importance qu'on l'ait désapé ou pas ?

— L'assassin ne s'est pas trompé avec les clous. Il les a plantés dans les poignets. Et pourtant, il n'a pas déshabillé le père Walsh. S'il voulait crucifier symboliquement l'Église, il aurait suivi le rituel à la lettre.

— Ma foi, peut-être. Je crois qu'on peut aussi écarter le crime sexuel. J'ai eu un cas similaire à Des Moines il y a quelques années. Un mec qui s'éclatait en trucidant des religieuses. Seulement lui, il les foutait à poil avant de les sau… de s'occuper d'elles.

Fio jeta par terre son cigare à demi consumé. Il atterrit dans une pluie d'étincelles et s'immobilisa, encore rougeoyant.

Il fallait du temps pour que des bougies brûlent la plante des pieds d'un homme jusqu'à la réduire à des chairs noircies et des cloques suintantes. L'assassin avait donc rassemblé le matériel nécessaire à l'avance : les cierges, les clous et ce qui lui avait servi de marteau. Puis il avait conduit sa proie là, conscient que son supplice durerait un certain moment.

— Cet endroit lui était familier, déduisit Rourke à voix haute. Il travaillait peut-être là avant la fermeture de l'usine.

— À moins qu'il habite le quartier, nota Fio, dont les articulations craquèrent lorsqu'il étira les bras. Ô bonheur ! Pense à tous les tripots et tous les bordels qu'on va visiter. J'empesterai tellement le whisky et le parfum à deux balles en rentrant chez moi que ma femme m'obligera à dormir sur le canapé pendant une semaine.

Les deux inspecteurs échangèrent un sourire. Leur antagonisme de la nuit s'estompait peu à peu.

— Il y a encore un truc qui me chiffonne, ajouta Fio.

— Ah ouais ? Quoi ?

— Comment on fabrique les macaronis ?

Rourke se mit à rire.

— Alors là, tu me poses une colle.

Il balaya de nouveau l'usine du regard. Ce matin, car le jour ne tarderait pas à se lever, ils reprendraient leur investigation depuis le début. Au fond de lui, une petite voix sarcastique lui disait que des gens mouraient partout de manière choquante, et que l'iniquité et la souffrance allaient bon train en ce bas monde, mais il réclamait justice pour cette mort-là. Il la réclamait de tout son être.

— À ton avis, pourquoi des clochards tiendraient-ils à éviter une usine abandonnée à même de leur fournir un abri et plein de bois à brûler quand il pleut ?

Fio, qui s'éloignait déjà, se retourna vers lui.

— Hein ?

Rourke lui montra le graffiti dessiné à la craie sur la porte.

— Quelqu'un a averti les gars de passage que l'usine n'était pas sûre.

Son collègue se pencha sur les marques, avant de hausser les épaules.

— Voyons les choses en face : on n'est pas au Ritz, ici.

Une fois à sa voiture, Rourke marqua une pause afin de contempler l'immensité du ciel. Il restait si peu de place entre les étoiles que même les poches d'obscurité s'emplissaient de lumière. Il laissa vagabonder ses pensées, cherchant une piste, puis il sourit... L'assassin avait eu un plan, et le cran de le mener à bien au mépris de toutes les difficultés. Il était futé. Futé, prudent et arrogant. Assez futé et prudent pour essayer de s'en tirer impunément, assez arrogant pour s'attendre à réussir.

— On le coincera, Day, déclara Fio, le front plissé d'inquiétude devant le sourire cruel de Rourke, dont il ne connaissait que trop bien la signification.

— Non, on va le crucifier, ce salopard.

5

La fête s'était prolongée jusqu'à cinq heures trente du matin, heure à laquelle l'alcool avait manqué et l'orchestre plié bagage. Les invités semblaient s'être tous éclipsés en même temps, abandonnant là Remy Lelourie.

Il n'y a rien de plus triste qu'un salon à la fin d'une soirée, pensa-t-elle. Les ampoules du lustre inondaient d'une lumière trop vive les plateaux d'argent couverts de miettes et les verres en cristal, maculés de traces de rouge à lèvres, dans lesquels fondaient des glaçons. Des cercles humides tachaient les tables, la fumée des cigarettes embrumait l'air. La maison sentait le champagne et le gin citron.

Après avoir congédié les extra, elle ordonna à Mlle Beulah, sa gouvernante, d'aller se coucher sans se soucier du désordre.

Puis, seule, complètement seule, elle arpenta les planches de cyprès de la galerie supérieure, là où les femmes de sa famille déambulaient autrefois avec leurs jupes à crinoline et leurs éventails. Le soleil levant teintait de bronze les eaux du bayou. Des bandes de brume s'insinuaient entre les fourrés de canne, chassées ensuite par un vent plus fort.

Elle frotta ses bras nus en tremblant un peu. Elle avait les nerfs à fleur de peau, comme cela lui arrivait parfois après le tournage d'une scène, quand elle entrait dans son personnage au point de s'y perdre. Le monde se transformait alors en film surexposé : lumineux, rugueux, brut.

Une nouvelle rafale détacha la mousse des chênes et fouetta les branches mortes des cyprès noyés. Elle serra plus fort ses bras contre elle. Ses amis et ses ennemis l'affirmaient tous capable par moments de friser la démence – avis qu'elle partageait. Elle éprouvait un vide au plus profond d'elle-même, une soif intense et immense, insatiable. Et c'était ce vide qui la poussait à toutes les audaces, qui faisait naître en elle des désirs impérieux, des envies de se livrer à certains actes, même lorsqu'elle les savait contraires à ses intérêts.

Le diable s'était présenté à elle ce soir-là sous les traits de Max Leeland, patron des studios Bright Lights. Il était venu en train depuis la Californie pour l'appâter en lui offrant plus d'argent que Dieu lui-même ne pouvait en fabriquer, ainsi qu'un contrôle artistique absolu sur tous les films dans lesquels elle choisirait de jouer. Personne ne jouissait d'un tel privilège. Pas même Mary Pickford. Les gens ne voyaient dans le cinéma qu'une affaire de gloire et de richesse, mais les membres de la profession n'ignoraient pas que celles-ci ne constituaient qu'un moyen d'accéder au plus important : le pouvoir.

Max avait donc débarqué avec dans ses valises des cadeaux et un contrat qui ferait d'elle la femme la plus influente de Hollywood. Parce qu'elle répétait depuis des semaines que *Fine Lame* serait son dernier film, parce qu'elle était de retour chez elle, qu'elle avait retrouvé son homme et qu'elle était heureuse, heureuse, heureuse, les studios avaient dû finir par prendre au sérieux son intention de mettre un terme à sa carrière. Sinon, Max n'aurait jamais accompli un si long voyage afin de l'en dissuader. Tout cela ne manquait pas de piquant, d'autant plus que, avant même son arrivée, sa folle frénésie s'était de nouveau emparée d'elle.

Une planche craqua dans son dos. Elle se retourna lentement, souriante, tranquille. Jamais aucun bruit nocturne ne pourrait effrayer Remy Lelourie. Elle s'était exercée des années auparavant à s'immuniser contre la peur, n'hésitant pas à flirter avec elle et à l'embrasser pour mieux lui cracher à la figure ensuite.

Pourtant la galerie était déserte, sans autre mouvement perceptible que celui des rideaux de gaze de sa chambre agités par la brise. Un bref instant, elle crut distinguer une ombre. Puis la silhouette disparut, comme lors d'une coupe sèche dans le montage d'un film.

Day.

Un violent frisson d'excitation la parcourut, mais à peine l'eut-elle ressenti qu'une pensée s'imposa à elle : rappelle-toi cet émoi, ma fille. Rappelle-t'en pour plus tard, quand tu auras à interpréter le rôle d'une femme si amoureuse de son amant que la simple vue de son ombre lui perce le cœur.

Elle avait dû faire erreur ; il n'était pas là.

La sonnerie stridulante du téléphone posé sur son bureau retentit alors. Elle tendait la main pour décrocher lorsque son attention fut attirée par son lit, un Sheridan aux pieds hauts de trente centimètres, décoré d'ananas en bois censés symboliser l'hospitalité. Le couvre-lit avait été rabattu et, bien qu'elle ne se fût pas encore couchée, les draps de soie étaient froissés et l'oreiller creusé.

Remy Lelourie fixa l'appareil, soudain haletante.

Lentement, elle souleva le combiné et colla l'écouteur contre son oreille. La ligne grésilla. Il lui sembla percevoir une respiration, à moins qu'elle ne confondît avec le murmure du vent à l'extérieur.

Puis elle approcha le microphone de ses lèvres.

— Allô ?

La personne au bout du fil souffla plus vite, l'air exalté.

— Tu as lu mon petit mot, Remy ? demanda une voix basse et étouffée.

C'est alors qu'elle remarqua une enveloppe crème sur sa coiffeuse, appuyée contre le miroir rond. Son nom figurait dessus, en lettres épaisses tracées avec une encre d'une étrange couleur rouille.

Le combiné glissa de son crochet et heurta bruyamment le bureau lorsqu'elle voulut raccrocher. Comme dans un film, elle s'avança vers la coiffeuse d'une démarche flottante, puis contempla longuement la lettre avant de la saisir et de la décacheter d'un ongle écarlate.

N'as-tu pas encore peur, Remy ?

Les dernières étoiles s'étaient évanouies et le ciel se colorait de jaune safran à l'horizon. Au volant de sa Stutz Bearcat, l'inspecteur Daman Rourke longeait le fleuve et son cortège de sacs de café empilés sur les quais, de charrettes emplies de bananes et de lougres oscillant doucement au bout de leurs amarres. La sirène des remorqueurs geignait dans le brouillard compact au-dessus de l'eau.

Alors qu'il croyait son coéquipier assoupi, celui-ci bougea sur son siège et tapota le pare-brise de son gros doigt.

— Hé, pourquoi on n'a pas pris Canal Street ?

— Parce qu'on va à Notre-Dame-du-Saint-Rosaire.

— Oh, non ! pas question. Non, non, non ! martela Fio. Tu veux qu'on se fasse virer ou quoi ? poursuivit-il devant le silence de Rourke et son refus de se diriger ainsi qu'ils l'auraient dû vers le tribunal, qui abritait également leurs bureaux. Toi, tu ne risques rien parce que tu as un ange gardien haut placé et que tu es avec une vedette de cinéma, seulement moi, je perdrai mon boulot et ma femme m'obligera à dormir un mois sur le canapé.

— Si un flic était découvert dans les mêmes conditions, quel réflexe aurait-on ?

— Bon Dieu ! j'ai pas envie d'écouter ça.

— On chercherait à savoir s'il était pourri, et ensuite on le couvrirait.

— Selon toi, le père Patrick Walsh était pourri ?

— Je préfère juste me renseigner sur lui avant que

l'archevêque batte le rappel de ses troupes pour les avertir de sa mort et avant que chacun se dépêche de protéger ses fesses.

Rourke coula un bref regard vers Fio, lequel le dévisageait avec effarement.

— Tu veux que je vienne avec toi arracher des prêtres à leur sommeil ?

— Je les réveillerai en douceur.

— Mouais. (Fio retroussa sa manche pour tenter de déchiffrer l'heure à la lumière intermittente des réverbères.) Il est six heures moins dix.

— Les religieux se lèvent à l'aube. Il n'y a que les pécheurs comme toi et moi qui ont besoin de faire la grasse matinée pour récupérer de leur nuit.

— En somme, je suis censé aller frapper avec toi à la porte du presbytère à six heures du matin pour annoncer à ces gens qu'un des leurs a été assassiné et leur demander s'ils sont coupables.

— Mon papa me le répétait toujours : quand il y a de la bagarre dans l'air, cogne le premier.

Fio montra les dents en guise de sourire.

— Tu ne devais pas les réveiller gentiment ?

— J'ai peut-être menti. (Rourke se tut un moment.) Je t'ai déjà dit que j'avais un frère ?

Quelques instants s'écoulèrent avant que Fio lui réponde.

— Ça fait onze mois qu'on bosse ensemble, je t'ai raconté des trucs que même ma femme ignore, et c'est la première fois que tu mentionnes l'existence de ton frère.

— Oui, eh bien il est prêtre au Saint-Rosaire.

Notre-Dame-du-Saint-Rosaire se dressait sur Coliseum Square, dans un quartier dont la population se composait de Noirs, d'immigrés irlandais et allemands, ainsi que de vieilles familles américaines capables de faire remonter leur arbre généalogique avant la guerre de Sécession.

Le square avait la forme d'un triangle bordé à sa base, sur

Race Street, par l'église de style gothique, côté lac par l'école du Saint-Rosaire, et côté fleuve par le presbytère – le tout construit au milieu du siècle précédent avec des briques de Louisiane qu'embrasait la lueur du jour naissant. La charrette d'un laitier était arrêtée le long du trottoir devant la cure.

Rourke et Fio patientèrent dans la voiture pendant que l'homme emplissait des bouteilles de verre puis franchissait le portail de la propriété délimitée par une clôture en fer noire couverte de chèvrefeuille. Il se signa en passant dans l'ombre du clocher octogonal et laissa le lait sur le perron de la cuisine.

Fio l'épiait avec attention. Rourke, lui, observait un prêtre qui marchait à grandes enjambées dans le square en se retournant de temps à autre. Il le vit ensuite traverser la rue au pas de course, gravir les marches du porche et pénétrer dans l'église par les lourdes portes en bois.

— Attends-moi, lança-t-il à Fio.

Il se hâta sur le trottoir défoncé par les racines des arbres et jonché de feuilles jaunies que le vent faisait tourbillonner à ses pieds. Celles des bananiers cliquetaient tels des couteaux au-dessus de sa tête, tandis que les branches noueuses des vieux figuiers jetaient des ombres mouvantes sur les murs de briques rouges.

Ces briques, la grand-mère paternelle de Rourke en avait porté dans son tablier pour aider à bâtir St. Alphonsus, l'église près de laquelle il avait grandi dans l'Irish Channel, le quartier irlandais de La Nouvelle-Orléans. Tout comme elle, les femmes qui vivaient autour du square des générations plus tôt avaient probablement contribué à la construction de Notre-Dame-du-Saint-Rosaire. Leurs jeunes descendants devaient à présent servir la messe, de même que lui dans son enfance, et certains des fils, frères et oncles de leur famille se destiner à entrer dans les ordres.

L'intérieur de l'édifice sentait la cire brûlée et l'encens. Rourke découvrit le religieux devant un petit autel du transept nord. Avec sa robe noire, il se fondait dans la semi-pénombre des voûtes, à l'exception de ses mains blanches jointes devant lui. Il ne courbait pas la tête. Tout entier tendu vers la pietà de marbre disposée sur l'autel, les épaules et le dos raides, les doigts crispés, il semblait plus adresser un cri de désespoir qu'une prière à la Vierge Marie.

— Elle te répond quand tu lui parles ?

Le père Paul Rourke fit aussitôt volte-face en clignant des yeux comme si on lui avait braqué une lampe torche en pleine figure.

— Day ? Qu'est-ce que tu fabriques ici ?

Sa voix résonna, puis mourut dans le silence pesant de l'église.

Rourke étudia le visage de son frère. Son menton rond d'Irlandais et ses joues rebondies mal rasés donnaient l'impression d'être saupoudrés de suie. Quant à ses yeux, un peu tombants, qui lui conféraient depuis son enfance une expression mélancolique, ils présentaient ce matin-là des cernes aussi foncés que des contusions.

— Qu'y a-t-il ? s'enquit l'ecclésiastique alors que Rourke l'examinait sans un mot.

Un ensemble de cierges brûlait au pied de la statue. Rourke s'en approcha et plaça sa main juste au-dessus de l'un d'eux. La sensation de chaleur céda la place à la douleur.

— Sais-tu ce qui se passe quand on fait flamber suffisamment longtemps de la chair humaine ?

Son frère le fixa, hypnotisé. La flamme vacilla, dansa sous la paume ouverte. La souffrance atteignit un pic semblable au sifflet strident d'une locomotive.

— Arrête !

Paul agrippa son poignet et l'écarta.

— Elle cuit, conclut Rourke.

— Mon Dieu, Day ! Dans quel pétrin t'es-tu fourré ?

Rourke éclata de rire et noua un mouchoir autour de sa brûlure.

— Offrirais-tu de m'entendre en confession ? Mes paroles iraient de mes lèvres aux oreilles de Dieu. Mais c'est peut-être à moi de t'écouter aujourd'hui. Après tout, un prêtre qui s'en revient chez lui en douce, à l'aube, avec sur le dos ses habits de la veille, n'a certainement pas respecté l'intégralité des dix commandements.

Même dans la lumière tremblotante des cierges, il surprit la peur dans le regard de son frère. Un soupçon vibrant s'insinua en lui.

Mal à l'aise, le père Paul Rourke considéra les recoins distants de la nef, les bancs vides, la chaire, l'autel.

— Je dois dire la messe de huit heures ce matin, déclara-t-il, et tu sais combien les homélies me rendent malade. Il me faut un temps fou pour les rédiger. Pendant des heures, je prie, je sue sang et eau et, à ma grande honte, je jure parfois. J'ai veillé toute la nuit à cause de celle-là. Il y a un banc dans le square, sous un vieux figuier tordu, sur lequel je m'assois souvent pour méditer. Tu as dû me voir...

Rourke empoigna à deux mains le visage de son frère pour le secouer rudement, puis il baissa la tête jusqu'à ce que leurs fronts se touchent et que son geste se transforme en accolade.

— Paulie, Paulie, Paulie. Tu as toujours été un si mauvais menteur.

6

Fio les attendait sur les marches de la cuisine du presbytère, avec dans chaque main une bouteille de lait et, coincée sous le ruban de son chapeau, une rose qu'il avait cueillie au treillage encadrant la porte.

— Quelqu'un est déjà debout à l'intérieur et prépare le petit déjeuner, annonça-t-il. Cette personne aura peut-être fait du café pour accompagner le pain perdu que je sens d'ici, et, dans ce cas, il y a des chances pour qu'elle apprécie d'y verser un peu de ce bon lait frais. Voilà ce qu'on appelle un raisonnement par déduction. C'est la spécialité des inspecteurs, pas vrai, Day ? (Il fit un grand sourire au prêtre derrière son coéquipier.) Hé, vous n'auriez pas un frère flic par hasard ?

Paulie scruta tour à tour les deux hommes.

— Day, pour l'amour de Dieu, que se passe-t-il ?

— Entrons, ordonna Rourke en tirant la porte-moustiquaire et en s'effaçant devant son frère. Je boirais bien un jus.

Claire, spacieuse, avec des rideaux de chintz jaune aux fenêtres et vue sur un jardin, la cuisine embaumait la chicorée, le lait bouilli et la cannelle du pain perdu mis à frire sur la cuisinière.

Un religieux était assis à une belle table ronde en chêne poli, les coudes de part et d'autre d'une tasse fumante de café au lait, la tête enfouie entre les mains.

— Je suppose que tu n'as guère dormi toi non plus, déclara-t-il sans bouger.

— Mon père, répondit Paulie d'une voix un rien trop forte, la police est là.

L'autre sursauta à ces mots, et Rourke perçut sa stupeur et son effroi derrière ses lunettes épaisses.

Ses larges dents en avant lui donnaient l'air de pincer les lèvres ; ses cheveux frisottés et presque bruns, plaqués sur son crâne, et sa peau couleur olive à l'aspect fraîchement frictionné suggéraient qu'il sortait tout juste d'un bain ou d'une douche.

En tant que recteur de Notre-Dame-du-Saint-Rosaire, le père Frank Ghilotti avait autorité sur tous les prêtres de son église. Rourke ne l'avait rencontré qu'une fois – et brièvement encore –, lorsqu'il était venu écouter Paulie célébrer la messe un mois plus tôt à l'occasion de sa nomination au rang de recteur adjoint. À La Nouvelle-Orléans, où les liens de parenté et les relations primaient tout, Ghilotti affichait une appartenance familiale singulière : il était le fils unique d'un chef de gang spécialisé dans le racket des blanchisseries de la ville.

Il avait de ce fait grandi dans un monde où le vernis de la richesse et du pouvoir masquait la dureté de la rue – dureté qui transparut en partie quand, recouvrant son calme, il se leva et tendit la main à Rourke.

— Inspecteur. À une heure si matinale, vous ne pouvez que nous apporter une mauvaise nouvelle.

Il se tourna ensuite vers Paulie, et tous deux semblèrent échanger un message silencieux. *Oh merde !* pensa Rourke.

— Je ne suis au courant de rien, se défendit son frère d'une voix encore haut perchée, le teint rouge et les tempes moites de sueur. Ils ne m'ont rien dit.

— Je crains que la mauvaise nouvelle en question ne vous concerne tous les deux, intervint Rourke. Le père Patrick Walsh a été découvert mort vers deux heures du matin dans une usine de macaronis désaffectée du Vieux Carré.

Paulie poussa un cri et tituba en arrière jusqu'à s'effondrer sur une chaise, heurtant au passage si violemment la table que du café au lait se renversa de la tasse oubliée. Sur la cuisinière, le pain perdu commençait à dégager de la fumée.

Le père Ghilotti avait de nouveau pâli, mais Rourke attribua cette fois sa réaction à la seule surprise. Dans le même temps, il devina une certaine défiance dans les yeux écarquillés qui les dévisageaient, Fio et lui, derrière les verres épais. De la défiance ainsi qu'un esprit vif et calculateur.

— Je ne comprends pas, s'étonna Ghilotti. Que faisait-il à cette heure dans un endroit pareil ?

— Nous espérions que vous pourriez nous éclairer.

— Eh bien non. Je n'arrive même pas à imaginer une raison plausible.

Rourke guetta la réaction de son frère. Les joues baignées de larmes, les mains soudées l'une à l'autre, celui-ci ne détachait pas ses yeux de la table. *Et toi, Paulie ? Tu y arrives ?*

— Êtes-vous resté au presbytère toute la nuit, mon père ? l'interrogea Fio, qui avait posé les bouteilles de lait sur l'égouttoir et s'était adossé à celui-ci, les bras croisés, dans une attitude imposante.

Le père Ghilotti le sonda du regard, puis se détourna vers le fourneau.

— Mon petit déjeuner est en train de brûler.

Il fut à deux doigts de saisir le manche de la poêle, mais se ravisa au dernier moment et se servit d'un torchon plié. Il s'essuya ensuite soigneusement les mains.

— Hier soir, nous étions tous conviés chez des paroissiens, expliqua-t-il. Nous avons même plaisanté sur le fait que notre popularité allait finir par nous engraisser et permettre à l'Église de réaliser des économies sur notre pension. Après le dîner, j'ai disputé une partie d'échecs avec mon hôte. Il était tard quand je suis rentré. Tous les autres s'étaient déjà retirés dans leur chambre.

— Y compris le père Pat ?

— Je n'ai pas inspecté leur lit, si telle est votre question. Je dirige une paroisse, pas une prison.

Rourke espérait que Paulie invoquerait lui aussi une invitation, mais il était toujours prostré, renfermé en lui-même comme à son habitude quand les choses se gâtaient.

Un dimanche qu'ils étaient enfants, et avant son départ pour le séminaire, Paulie avait proposé à un prêtre de St. Alphonsus qu'il affectionnait particulièrement de venir chez eux partager leur repas. Sans que l'on sache comment, il avait arraché à leur père la promesse de ne pas picoler ce soir-là. Rourke l'avait alors jugé bien stupide de nourrir des espoirs en dépit du bon sens. Bien que du genre à se battre dans les bars sans autre arme que sa rage et ses poings, l'officier de police Mike Rourke avait vécu chaque jour de son existence la peur au ventre – la faute à la solitude qu'il traînait avec lui à tout instant, estimait Rourke avec le recul. À défaut de la bannir, l'alcool la rendait moins cuisante.

Les choses empiraient toujours en fin de journée, quand la nuit se profilait, vide et creuse. Mike Rourke offrait alors le spectacle de ses mains tremblantes serrées autour d'un verre plein, une bouteille tout juste entamée à côté de lui, jusqu'au moment où il s'écroulait ivre mort sur la table.

À la surprise générale pourtant, et peut-être même à la sienne, il s'était présenté sobre, et vêtu de son unique costume, celui qu'il réservait aux mariages, baptêmes et veillées funèbres du quartier. Il l'avait d'ailleurs bien usé au fil des ans, la vie étant rude et les décès fréquents dans l'Irish Channel.

Ironie du sort très appréciée des habitants alentour, il se trouvait que l'invité de Paulie, le père Josey O'Connor, buvait en secret, et qu'il buvait même beaucoup. Il avait apporté sa propre bouteille, et Mike Rourke et lui n'avaient pas tardé à se soûler. La soirée avait démarré gaiement, puis pris une tournure larmoyante avant de dégénérer, tant et si bien que tous deux s'étaient colletés comme des voyous devant la maison à une heure du matin. Tout le voisinage en avait fait des gorges chaudes, sauf Paulie, qui était allé s'allonger sur son lit, face au mur de sa chambre, et ne l'avait pas quitté pendant trois jours. Réfugié en lui-même.

Rourke remarqua combien les cheveux châtains de son frère, autrefois épais, se clairsemaient à présent au sommet de son crâne. La petite marque en forme de croissant sur sa tempe droite, souvenir d'une chute sur une jetée un été, était en revanche toujours là. Il souffrit soudain de le voir ainsi, la tête courbée, comme si l'humiliation et la déception qu'il avait éprouvées des années plus tôt étaient encore vivaces.

Fio décroisa les bras et se redressa de toute sa hauteur.

— Chez qui le père Pat a-t-il dîné hier soir ?

Le père Ghilotti se pencha en avant en se ramassant légèrement sur lui-même, comme saisi d'un désir impulsif de se jeter sur Fio au milieu de la cuisine et de s'expliquer avec lui à coups de poing.

— Chez les Payne Layton, l'informa-t-il d'une voix cinglante. M. Albert est le conseiller financier du Saint-Rosaire et Floriane de Lassus Layton préside le comité qui gère nos associations caritatives.

Rourke connaissait les Layton. Il les avait rencontrés, au printemps, en marge d'une enquête qui mettait en cause un jeune ramoneur noir du nom de Titus Dupre, accusé du viol et du meurtre d'une jeune Blanche, et suspecté dans le cadre de la disparition d'une autre. La fille des Layton, Della, ayant été une camarade de classe des deux victimes, Rourke l'avait interrogée brièvement à l'école pour filles Saint-François-d'Assise.

— S'il avait un rendez-vous après ça, il devrait être consigné dans son agenda, qui se trouve à l'étage, dans sa chambre. Je vais vous le chercher.

— Non, fit Rourke. Nous y allons.

La pièce empestait la fumée de cigarette.

Les quelques affaires personnelles du père Patrick Walsh ne leur révélèrent cependant pas d'autre vice. Les meubles se résumaient à un lit métallique étroit peint en blanc, une commode et un petit bureau à cylindre assorti. Un ventilateur électrique constituait la seule concession au confort.

Dans un angle, un prie-Dieu faisait face à une représentation d'un Sacré-Cœur ensanglanté. Le coussin en avait été ôté, ce qui rendait certainement la position agenouillée inconfortable, voire douloureuse au bout d'un moment. La prière se doublait donc d'un acte de pénitence.

Il repéra une brosse et un peigne en fausse écaille sur la commode, mais pas de miroir. Il n'y en avait nulle part, d'ailleurs. Les murs étaient nus en dehors de l'image du Sacré-Cœur et d'un crucifix en bois au-dessus du lit. Aucune photo encadrée, aucun souvenir d'une vie antérieure à la prêtrise n'égayait ce décor.

Rourke inspecta le lit : de simples draps en coton rugueux et fibreux recouvraient une fine paillasse posée sur une planche épaisse.

— Un vrai moine, commenta-t-il.

— Tu t'attendais à quoi ? ironisa Fio. À un boudoir hollywoodien ? (Il parcourut les titres des livres classés sur l'étagère du bureau et en prit un.) Saint Thomas d'Aquin, lut-il au dos, avant de le secouer pour voir si quelque chose en tombait.

— C'était pourtant un prêtre diocésain. Il avait fait vœu d'obédience et de célibat, mais pas de pauvreté, donc l'Église lui versait un salaire en plus de lui fournir le gîte et le couvert. À quoi employait-il son argent ?

Fio replaça le livre sur l'étagère.

— À jouer aux courses peut-être. Ou à entretenir une maîtresse, voire une tapette. Il n'aurait pas été le premier…

Sur la table de nuit figuraient une bible, un bréviaire, une lampe à col-de-cygne. À l'intérieur étaient rangés des paquets de cigarettes, des allumettes, un crayon et un bloc-notes à spirale bon marché dans lequel le défunt griffonnait ses réflexions et ses idées en vue de futures homélies. Rourke le glissa dans sa poche.

La commode ne renfermait que des habits, à l'exception du tiroir supérieur dans lequel il découvrit l'agenda. Relié en cuir vert gaufré, doré sur tranche, il lui parut étonnamment coûteux au regard de l'existence spartiate suggérée par la chambre.

Rourke le feuilleta. Le père Patrick Walsh avait eu des journées bien remplies, à tel point qu'il avait planifié un temps de prière tous les après-midi à quatorze heures. La fin du carnet regorgeait de noms, de numéros de téléphone et d'adresses.

Il revint à la page correspondant à la veille. Le dernier mot, qui couvrait la plage dix-neuf - vingt-deux heures, tenait en trois lettres : Flo. Pas Floriane de Lassus Layton, ni Mme Layton, mais Flo. Et, alors que les autres rendez-vous avaient été notés d'une écriture soignée, celui-là se caractérisait par son trait ample, comme si la personne avait été excitée, heureuse. À moins, se tempéra-t-il en se moquant de lui-même, qu'elle n'ait été simplement pressée.

Le carnet n'entrait pas dans sa poche, aussi le coinça-t-il sous son bras.

— Tu as quelque chose ? demanda-t-il à Fio, occupé à fouiller le bureau.

— Rien d'extraordinaire. Des reçus, de la paperasse. Plus des tas de lettres expédiées par ses lecteurs. « Cher père Pat, vous avez changé ma vie » et autres conneries du genre.

— Emportons-les. Qui sait si la vie de l'un d'eux n'a pas changé en pire.

Laissant Fio en terminer avec ses recherches, Rourke se dirigea vers la porte. Il s'arrêta pour examiner de plus près le crucifix. Les petits clous en cuivre étaient plantés dans les paumes du Christ, non dans ses poignets.

Au bout du couloir, une chapelle avait été aménagée à l'intérieur d'une alcôve vitrée donnant sur le jardin. Les délicats rayons du soleil matinal illuminaient l'autel en acajou et le crucifix de bronze. Rourke vérifia les clous.

Dans les mains.

Un bruit de pas retentit derrière lui. Un vieillard habillé d'un simple caleçon long démodé avait surgi à l'entrée de la chapelle, les yeux lourds de sommeil. Ses cheveux d'un blanc neigeux incertain formaient une couronne de mèches folles autour de sa tête.

— Vous n'avez rien à faire ici, tonna-t-il. Dehors !

Le père Ghilotti apparut à son côté.

— Ce n'est rien, mon père, l'apaisa-t-il tout en passant un bras autour de ses épaules pour l'éloigner. Pourquoi n'iriez-vous pas vous habiller ? Je vais préparer un peu plus de pain perdu et nous déjeunerons ensemble.

Rourke s'approcha de la fenêtre pendant que le père Ghilotti raccompagnait le vieil homme dans sa chambre. Le jardin en contrebas s'agrémentait d'hibiscus et d'hortensias roses et bleus en pleine floraison, ainsi que d'une statue en plâtre de la Vierge Marie. Des fleurs blanches d'osmanthe encadraient la niche creusée dans le mur de pierre qui l'abritait. Assis devant, sur un banc, à l'ombre d'un mimosa dont le vent agitait les branches, le frère de Rourke était courbé en deux, les mains agrippées à ses cuisses.

— Excusez le père Delaney, déclara Ghilotti lorsqu'il le rejoignit. Il souffre depuis peu de crises de démence. Bien qu'il ait pris sa retraite il y a longtemps, il a été recteur du Saint-Rosaire durant quarante ans et il est ici chez lui. Je n'ai donc jamais supporté l'idée de l'envoyer ailleurs. (Il fit une génuflexion devant l'autel puis se tourna vers Rourke.) Ne pensez-vous pas que je suis en droit de savoir comment le père Patrick Walsh a été assassiné ?

— Je n'ai jamais dit qu'il l'avait été.

— Pas de manières avec moi, inspecteur. Il ne peut pas être décédé de mort naturelle dans une usine de macaronis du Vieux Carré à deux heures du matin.

— Le coroner n'était pas sûr de la cause exacte du décès. Il est en train de pratiquer une autopsie.

Un sourire étrange, indéchiffrable, se dessina sur les lèvres de Ghilotti.

— La balle est dans votre camp, inspecteur. Je suppose que

j'en suis réduit pour le moment à attendre que vous perdiez votre service… Je vois que vous avez mis la main sur l'agenda du père Pat. Je le lui avais offert à Noël. Lui ne s'achetait pratiquement jamais rien. Il avait grandi dans la pauvreté et ne témoignait guère d'attrait pour quelque forme de raffinement que ce soit.

— Et vous, mon père, quels sont vos penchants ?

— À votre avis ? rétorqua-t-il avec une ironie bien perceptible. Le vin, les femmes. Tous les plaisirs défendus. (Il enfouit la main dans la poche de sa robe et en sortit un rosaire dont il caressa les perles d'ébène.) Vous l'apprendrez vite, alors autant vous prévenir : le père Pat et moi avons eu une violente altercation hier après-midi.

— Violente comment ?

De nouveau ce sourire étrange.

— Ne croyez pas que ce soit de l'eau bénite qui coule dans nos veines. Nous avons haussé le ton. Échangé des injures. Un presbytère ressemble à une famille, et toutes les familles connaissent des désaccords.

— Chez moi, quelqu'un finissait en général par recevoir une bonne raclée dans ces cas-là.

Les mains du prêtre se crispèrent autour du crucifix. Il releva la tête.

— Le père Pat a été battu ?

— Quelle était la cause de votre querelle ?

Quelques secondes s'égrenèrent lentement.

— En tant que prêcheur, le père Pat avait un style pour le moins… peu orthodoxe. Difficile de vous le décrire si vous n'avez jamais assisté à l'une de ses messes. Il se montrait joyeux, exubérant, tapageur. Très tapageur. Cela pouvait presque s'apparenter à une kermesse religieuse.

— Quelle importance, du moment que les gens chantaient alléluia et venaient assez nombreux pour remplir les paniers de la quête ?

— Oui, admettons. Il rassemblait probablement deux fois plus de fidèles lors de ses offices que nous tous réunis. Sauf que ces derniers temps, ses sermons s'opposaient sur certains points aux enseignements de l'Église. J'ai dû lui interdire de prêcher. Je lui ai dit qu'il pourrait célébrer l'office pour les sœurs du couvent, mais plus pour les laïcs. Et plus question d'homélies. Un prêtre doit exhorter ses paroissiens à la vertu et les mettre au défi de devenir meilleurs, pas réécrire l'Évangile. Il s'est vexé et nous en sommes venus à nous disputer comme des chiffonniers.

— Pensez-vous que quelqu'un aurait pu le détester au point de le tuer ?

Le recteur accusa le choc.

— Mon Dieu ! j'aurais juré jusqu'à ce matin que tout le monde le vénérait ! Et je suis persuadé qu'il était très aimé de Notre-Seigneur. Aimé et élu par Lui.

Son regard se porta sur le crucifix de bronze au-dessus de l'autel. Rourke crut y déceler une lueur de douleur, mais peut-être n'était-ce dû qu'à un reflet du soleil sur les verres épais de ses lunettes.

— Quand j'étais petit, enchaîna le père Ghilotti, j'avais un oncle que j'adorais et qui se trouvait être aussi mon *parrain**. Il m'offrait des jouets hors de prix pour mes anniversaires et m'emmenait en promenade, par exemple à West Park ou au zoo. Le jour de ma confirmation – j'avais douze ans –, ma famille a organisé une grande réception. Il était présent, bien sûr, mais une fois la fête terminée, il est parti avec quelques-uns des gros bras de mon père. Je ne l'ai plus jamais revu. (Il s'interrompit et ferma les yeux, avec l'air de prier ou bien de revivre ces instants.) Cette façon que mon père et lui ont eue de se fixer avant qu'il monte dans la voiture… Il savait le sort qu'on lui réservait, et pourquoi. Ils avaient beau être frères, les affaires restaient les affaires. (Constatant qu'il crispait toujours le poing autour de son rosaire, il le fourra dans sa poche.) Personne n'est jamais à l'abri, conclut-il. Pas même un prêtre apprécié de tous.

— Est-ce vous qui l'avez tué ?

— Non, ce n'est pas moi, répondit-il avec une expression à

la fois dure et franche. Le jour où j'ai prononcé mes vœux, j'ai cessé d'être le fils de mon père.

Rourke dirigea de nouveau son attention vers le banc où son frère se tenait toujours recroquevillé sur lui-même, comme dans l'attente d'un jugement inévitable et terrible.

C'est faux, songea-t-il. On est et on demeure à jamais le fils de son père.

Assis à la table de la cuisine, le père Delaney serrait une tasse de café et une cigarette allumée entre ses doigts jaunis et tremblants. Il s'anima lorsque Rourke traversa la pièce en direction du jardin.

— Vous êtes le nouvel assistant du recteur ? Le père Paul, hein ?

Rourke marqua un temps d'arrêt, la main sur le bouton de la porte. Le père Delaney avait éveillé cette partie de lui-même qui souhaitait affranchir le monde de toute affliction et de toute folie. Il n'imaginait rien de plus horrible que de vieillir quand la raison vous quitte petit à petit.

— Non, je suis son frère.

Les yeux bleus vitreux du vieillard se plissèrent.

— Deux prêtres dans une même famille ! Votre mère doit être fière.

— Non, je ne suis pas... Oui, corrigea-t-il en lui rendant son sourire. Elle est très fière.

Rourke n'avait jamais estimé ressembler à Paulie, ni sur le plan physique, ni sur aucun autre. Il se demanda quel rapprochement le prêtre avait établi entre eux dans sa démence.

Le père Delaney désigna l'agenda avec sa cigarette.

— Vous êtes venu pour ça. Parce qu'il est mort.

— Oui. Je suis désolé.

— C'était un homme bon, particulièrement béni, mais...

Il laissa sa phrase en suspens et contempla son café, soudain perplexe quant à la manière dont celui-ci avait atterri là.

— Oui… ? l'encouragea Rourke, qui cependant n'espérait guère de réponse cohérente.

L'ancien recteur sembla toutefois recouvrer à demi ses esprits.

— Il était seul, lâcha-t-il d'une voix plus forte. Oh ! je sais, nous le sommes tous plus ou moins, parce que nos cœurs vivent en proie au tourment tant que nous ne reposons pas en paix auprès de Notre-Seigneur. Mais lui, il souffrait d'une solitude de l'âme.

Guidé par le parfum des fleurs d'osmanthe, Rourke suivit un chemin dallé jusqu'au banc où son frère s'était isolé. Le soleil, déjà haut, brillait si fort que ses rayons le frappaient comme autant d'éclats de verre.

Paulie leva sur lui des yeux rougis et gonflés, puis les détourna. Rourke prit place à son côté sans un mot. À la vue de la Vierge en robe bleue, de ses mains jointes sous son menton et de la douceur peinte sur son visage, il envisagea presque de s'adresser à elle en prière – ce qui le perturba. Il y avait longtemps qu'il n'entretenait plus de relations cordiales avec les icônes de la foi catholique.

Au bout d'un moment, il appuya ses avant-bras sur ses genoux.

— Paulie…

— Alors, ça a donné quoi, cette Soirée du siècle ?

De la part de son frère, cette question était des plus inattendues. Certes, tous les journaux avaient évoqué la grande fête organisée par les studios Bright Lights, mais jamais il n'aurait cru que Paulie s'intéressait aux événements, mineurs ou autres, rythmant la vie de la jeunesse dorée de la ville.

— Ma foi, mon père, elle offrait tous les plaisirs possibles et imaginables, rétorqua-t-il d'une voix quelque peu traînante. Alcool à volonté, orchestre jazzy et pépées bien roulées.

Une fossette se creusa au coin de la bouche de Paulie – sa version d'un sourire.

— Quoi ? s'étonna Rourke devant cet amusement silencieux et prolongé.

— Je me demandais simplement ce qu'on éprouvait à faire l'amour avec une déesse du sexe. Je ne veux pas de détails, note bien, s'empressa-t-il de préciser. Mais on dirait que même la présence de la Vierge ne suffit pas à stopper mes interrogations.

— Bon sang ! jura Rourke, incrédule.

Paulie saisit soudain son cadet par le poignet et tira sa main vers lui. Une vilaine brûlure marquait sa paume.

— Et ça, ça rimait à quoi ? Tu brandis encore le poing devant Dieu ?

Rourke se dégagea et replia les doigts sur sa blessure. Ce faisant, il remarqua du sang sur la manche de sa chemise. Il n'avait pourtant pas le souvenir d'avoir touché le cadavre.

— J'ai fréquenté une pensionnaire de maison close, plaisanta-t-il. Selon elle, Dieu avait créé le péché le septième jour parce qu'il s'ennuyait trop.

— Aucune prostituée n'a jamais rien dit de tel. Je t'entends encore servir cette théorie blasphématoire à la sœur Mary Joseph en primaire. Elle t'a renvoyé chez nous, ce qui était précisément ce que tu voulais vu qu'il y avait un match amical de base-ball au City Park ce jour-là. Résultat, tu y as assisté sans avoir à faire l'école buissonnière ni à pâtir des conséquences que cela aurait eu.

— Eh, si ! Elle m'a administré au moins une bonne demi-douzaine de coups de règle sur les doigts, et je peux t'assurer que Babe Ruth lui-même ne manie pas sa batte avec une telle adresse.

Paulie esquissa un sourire, qui se transforma en rictus.

— Le père Pat a connu une mort horrible, n'est-ce pas ? Je le devine à ta tête.

— Oui.

Paulie s'inclina en arrière et fixa d'un air absent les branches du mimosa. Des nuages blancs se bousculaient dans un ciel du même bleu cendré que les huîtres.

— Que Dieu me vienne en aide, Day. Pourquoi suis-je devenu prêtre alors que je ne peux pas… ?

Il s'interrompit, pinçant les lèvres de cette façon qui lui avait toujours été propre face à une contrariété, comme s'il en ressentait un goût amer.

— J'enviais le père Pat, mais pas pour les raisons que tu supposes. Il a peut-être été un saint, un vrai, seulement je ne voudrais pas d'un tel fardeau – parce que la sainteté est un lourd fardeau, Day, ne va pas te figurer le contraire. Je me moquais qu'il soit le favori de tout le monde, y compris du père Frank et de l'archevêque, et ce malgré les ennuis continuels que lui valaient ses incartades. Ça m'était égal car moi aussi je l'appréciais plus que n'importe quel autre prêtre…

Rourke ne put s'empêcher d'avoir honte pour son frère à la vue des larmes qui roulaient sur ses joues. Un legs de leur père qui les raillait toujours et les traitait de mauviettes lorsqu'ils pleuraient.

— Mais je le détestais parfois, Day, poursuivit Paulie. J'étais si jaloux de lui, de l'amour qu'il vouait à Notre-Seigneur. Jaloux de ses fichues certitudes sur le sens de la prêtrise et la manière de bien l'exercer, alors que moi…

Il joignit les mains et courba le dos de telle sorte que Rourke le crut plongé dans ses prières.

— Le jour où j'ai administré ma première extrême-onction, continua-t-il, j'ai eu affaire à un garçon de dix ans qui avait pointé un revolver sur son père et pressé la détente. Quelqu'un avait recouvert le défunt d'un drap que j'ai soulevé pour oindre son front. Sauf qu'il n'avait plus de tête. C'est à ce moment-là que j'ai compris. Je ne serais jamais qu'un prêtre de pacotille. Je n'arrivais pas à pardonner son geste à cet enfant, je n'arrivais pas à pardonner à son père ce qu'il avait dû lui faire endurer, et je n'arrivais pas à pardonner à Dieu d'avoir permis que ce drame ait eu lieu. (Il tourna vers Rourke un visage sur lequel se lisait toute la souffrance de son âme.) Un prêtre est censé être l'instrument du pardon divin, mais c'est au-dessus de mes forces, Day. J'en suis incapable.

Les mots manquaient à Rourke pour réconforter son frère. Paulie se reprochait ce qui leur avait été infligé dans leur enfance – il le savait parce que lui aussi s'en voulait. Par rancœur, il avait choisi une vie de célibat, d'obédience et de prières, une vie qui, même si elle l'avait accueilli à bras ouverts, ne l'avait pas pour autant sauvé. Rourke, lui, avait recherché les doux sentiers de la perdition chaque fois que la folie s'était emparée de lui. Et parfois – souvent même –, il les avait trouvés.

— Raconte-moi ce qui s'est passé cette nuit.

Paulie s'était raidi, comme s'il redoutait de se briser en mille morceaux.

— Je ne prétendrai pas que les prêtres ne commettent jamais de péché, commença-t-il. Ni qu'aucun d'entre eux n'a jamais tué. Mais personne au presbytère n'aurait fait le moindre mal au père Pat. Nous l'aimions tous.

Rourke resta muet.

Paulie pinça tellement fort les lèvres qu'un muscle de sa joue se mit à tressauter.

— Je suis ton frère, lui rappela-t-il.

— Dis-moi où tu étais cette nuit.

Le silence se prolongea, lourd de tension, jusqu'à se remplir du pépiement des oiseaux moqueurs et du vrombissement d'une voiture au pot d'échappement troué.

— Non, répondit-il enfin, si bas que Rourke l'entendit à peine.

— Je le découvrirai. Tôt ou tard.

— Mon Dieu ! s'exclama Paulie d'une voix déchirée. Sais-tu au moins combien tu fais peur avec ce sourire ? Tu soutirerais la vérité même à un cadavre, à supposer qu'il en ait une à dévoiler.

— J'ai toujours réussi à t'effrayer, Paulie. Ça ne m'amusait même plus au bout d'un moment.

— Il faut sans cesse que tu gagnes. Déjà, petit, quel que soit le jeu auquel on jouait, tu finissais toujours par l'emporter.

Le silence retomba entre les deux frères, qui se perdirent dans des souvenirs douloureux et pourtant réconfortants, parce que partagés.

— Tu te souviens de ce que répétait papa ? lança Paulie. « Dans quel triste monde on vit ! »

— Oui. Il ne contribuait d'ailleurs guère à l'améliorer.

— Est-ce que… (Les mots se bloquèrent dans sa gorge.) Est-ce que tu le haïssais ?

— Parfois.

Rourke attendit que Paulie lui demande s'il avait pardonné à leur père. Et à leur mère. Jamais son frère n'avait pu parler d'elle, ni de la blessure que lui avait causée son départ.

Il ignorait quelle serait sa réponse, mais peu importe : le sujet ne fut pas abordé.

Paulie observa Rourke s'éloigner de sa démarche sévère et assurée, frappé pour la première fois par sa ressemblance avec leur père. Day avait hérité de lui ses cheveux blonds, ses yeux d'un bleu saisissant, sa bouche large et cruelle. Grand, mince sans être maigre, carré d'épaules comme un boxeur, il avait aussi sa manière de se tenir bien d'aplomb sur ses pieds, qui lui donnait l'air de chercher la bagarre.

Toujours si sûr de lui. Si impitoyable.

Mike Rourke avait élevé ses deux fils dans le but d'en faire de vrais durs, avant de s'employer à leur montrer que, malgré tous leurs efforts, ils ne pourraient rivaliser avec leur vieux père, le plus coriace de tous les Rourke. Il n'avait eu aucun mal à convaincre Paulie, qui toute son enfance s'était senti sans défense devant lui. Day, en revanche, avait systématiquement refusé de s'avouer vaincu. Quelles qu'aient été la violence et la fréquence des coups dont il avait écopé, il s'était relevé chaque fois, prêt à l'affronter encore.

Deux ans seulement les séparaient, et pourtant Daman Rourke demeurait une énigme pour son frère. Toutes les heures qu'ils avaient passées à se battre, à rêver et à pécher ensemble durant leur enfance n'y changeaient rien : il ignorait toujours où il puisait son courage et sa hargne. En fait, il ne le connaissait pas vraiment.

Mais jusqu'à quel point peut-on déchiffrer quelqu'un ? Jusqu'à quel point peut-on percer le fond de son âme ? À n'en pas douter, songea Paulie, moi-même je ne me connais pas tout à fait.

Au-dessus de la porte du séminaire, dans lequel, encore enfant, il s'était réfugié, figuraient ces mots du Christ : *Quiconque ne porte pas sa croix et ne me suit pas ne peut être mon disciple.* En la franchissant, il avait cru rayer de sa mémoire son milieu d'origine : ne lui suffisait-il pas de respecter cette règle pour avoir le cœur en joie ? Il se trompait. Certes, il aimait l'Église, ses saints sacrements et ses cérémonies, mais il n'avait rien oublié, la joie l'avait ignoré, et il dissimulait cette honte comme une faute tue même au confessionnal.

Et maintenant, en raison des derniers événements, en raison de ce qu'il avait fait, et de ce qu'il continuait de faire, son péché allait être révélé aux yeux de tous.

Il sursauta lorsque le recteur posa sa main sur son épaule, bien qu'il eût entendu le claquement de la porte-moustiquaire de la cuisine et des pas sur les dalles du chemin.

— Que faut-il décider, Paul ? le questionna Ghilotti.

Il voulut rire, mais craignit de se mettre à brailler comme un bébé.

— Excusez-moi ? articula-t-il péniblement.

— Nous allons avoir ces inspecteurs sur le dos pendant quelque temps, et nous savons ce qu'ils risquent de dénicher si rien n'est entrepris.

Paulie ne réprima pas son rire cette fois.

— Auriez-vous une suggestion, mon père ? Parce que, dans ce cas, gardez bien une chose à l'esprit au sujet de mon petit frère. Même quand il le frappait avec une chaîne de vélo, notre père ne réussissait pas à lui faire courber l'échine. Day ne reculera devant rien ni personne.

La réponse du père Ghilotti se noya presque dans la rafale de vent qui souffla dans les branches de mimosa au-dessus de leur tête.

— Espérons alors que Dieu nous accordera sa grâce quelles que soient les circonstances.

— À la grâce de Dieu, acquiesça docilement Paulie.

Mais il ne se berçait d'aucune illusion. Il n'y aurait aucune grâce, aucune expiation pour lui. Aucun pardon.

7

Le bruit des boules de billard et les notes d'un banjo filtraient à travers les volets pourris du bar clandestin situé à l'angle de la rue dans laquelle s'engagea Daman Rourke. Sa Bearcat rangée au garage, il regagnait sa maison créole de Conti Street, dans le faubourg Tremé, un vieux quartier de La Nouvelle-Orléans où les propriétaires des plantations logeaient autrefois leurs maîtresses de couleur.

À cette heure matinale, l'air était frais sous les colonnades en fer forgé, et juste à côté les draps humides étendus par-dessus le balcon d'un bordel claquaient au vent. Tout en longeant le trottoir de brique, il songea à son frère... Son frère qui paraissait plus que ravi de rompre le pain avec les familles de sa paroisse, mais qui refusait ses invitations à dîner.

Paulie n'avait jamais voulu mettre les pieds chez lui car c'était là que leur mère était venue habiter après les avoir abandonnés, là qu'elle avait vécu dans le péché durant trente ans avec son amant, lui-même marié à une autre. À présent qu'elle était partie, sa maison était devenue celle de Rourke – ce qui signifiait sans doute qu'il avait passé l'éponge sur cette histoire. Encore qu'elle ne lui eût rien demandé. Au cours de l'une de leurs dernières conversations, elle avait même avoué ne rien regretter.

Sa voisine d'en face, une Noire plus ou moins versée dans les pratiques vaudoues, nettoyait son perron avec de l'eau et de la poudre de brique.

— Si vous comptez jouer au *bourré** toutes les nuits, cria-t-elle à Rourke, vous auriez intérêt à m'acheter un de mes *gris-gris**.

— Qu'est-ce qui vous fait croire que je n'étais pas en galante compagnie ?

— J'ai ce qu'y faut pour ça aussi. Vous aurez tellement la trique que votre machin se redressera tout seul pour saluer le drapeau américain.

Rourke éclata de rire et lui envoya un baiser en ouvrant son portail. Il remonta ensuite une allée jusque dans la cour, où Remy Lelourie montrait à une petite fille vêtue d'une robe chasuble bleue et d'une casquette de base-ball comment réaliser la figure du chien avec un yo-yo.

Il s'arrêta à l'ombre d'une bougainvillée pour les observer. Sous le soleil qui mouchetait les pavés autour d'elles, leurs rires se mêlaient mélodieusement au bruissement des feuilles de bananier et au clapotis de l'eau dans la fontaine.

La petite fille l'aperçut la première. Ses lèvres s'étirèrent aussitôt en un large sourire ravageur qui le frappa en plein cœur.

— Papa !

Elle courut vers lui à toutes jambes. Rourke cueillit sa fille Katie dans ses bras et la serra, la serra très fort, en respirant son parfum de fraise.

Remy Lelourie s'avança à son tour, mais plus lentement. Elle était belle comme le jour avec son pull orange-rouge et son pantalon de coupe masculine – à cette différence près qu'il moulait ses hanches et ses fesses, lui conférant ainsi une allure autrement plus sexy.

— Salut, toi, jeta-t-il.

Elle leva le menton et inclina sa tête coiffée d'un béret rouge.

— Salut toi aussi, répondit-elle.

— Je vous l'avais dit, mademoiselle Remy, pépia Katie. Je vous l'avais dit qu'il rentrerait bientôt.

— En effet, ma puce, s'amusa Remy. Le voilà de retour avec l'air joyeux d'un opossum en train d'avaler une guêpe.

Déridé, Rourke reposa Katie à terre, non sans renverser la casquette crasseuse qu'elle portait partout, y compris au lit. Il la rattrapa au vol et s'apprêtait à la lui remettre quand il constata que toutes les tresses de sa fille – ses jolies tresses châtaines qui lui tombaient jusqu'au bas du dos – s'étaient envolées.

— Qu'est-il arrivé à tes cheveux ?

— Je les ai coupés, pouffa-t-elle en minaudant. À la garçonne, comme Mlle Remy.

— Et elle l'a fait toute seule, ajouta celle-ci, une lueur espiègle dans le regard.

L'enfant semblait s'être servie d'une tondeuse à moutons. Seigneur ! il distinguait même le rose de son crâne par endroits. *Ils repousseront*, se rassura-t-il, pris d'une soudaine envie de pleurer.

— Ça ne te plaît pas, papa ? Moi je trouve ça classe.

Il se pencha pour embrasser le sommet de sa tête ravagée.

— Quel effet veau ! déclara-t-il.

En riant, elle lui décocha un petit coup de poing dans le ventre. Elle adorait mémoriser les expressions argotiques qu'elle entendait à la radio et les réutiliser à la première occasion.

— Banane ! Tu mélanges tout. On dit « quel effet bœuf ».

— Tu es sûre que ce n'est pas plutôt « singe » ?

Elle lui donna un nouveau coup, plus fort cette fois.

— D'après Mme O'Reilly, heureusement que j'ai un chapeau. (Elle fronça les sourcils en direction de la cuisine, où sa dernière gouvernante en date s'affairait derrière les fenêtres aux persiennes vertes.) Je ne l'aime pas.

Rourke n'en fut pas étonné. Âgée de quarante ans et issue du comté de Kerry, Mme O'Reilly lui évoquait la douceur d'un matin en Irlande, et il avait fondé de grands espoirs sur elle lorsqu'il l'avait engagée trois jours plus tôt. Depuis peu, les gouvernantes défilaient chez lui à une vitesse telle que les draps de leur lit n'avaient même pas le temps d'être changés avant leur départ. Lancée dans une guerre sans pitié contre ces femmes, Katie se révélait un vrai Napoléon en jupon.

Il avait sa petite idée sur les raisons de son attitude, sans pour autant savoir comment y réagir. Sa femme était morte six ans plus tôt, un an après la naissance de leur fille, et il avait presque tous les jours l'impression qu'élever une enfant constituait le défi le plus terrifiant auquel il eût jamais été confronté.

Agrippée à lui, Katie tentait de l'entraîner près de la fontaine, vers un banc sur lequel était posée une boîte en forme de cerf-volant et aux couleurs de la bannière étoilée.

— On y va, papa. Sinon on n'aura plus assez de vent.

— Katie.

Il l'attrapa par les épaules et s'accroupit face à elle, les yeux dans les yeux. Ils avaient prévu d'essayer son nouveau cerf-volant au Congo Square ce matin-là, et il savait qu'il allait la décevoir. Une fois de plus.

— Je ne peux pas aujourd'hui, ma chérie. On m'a confié une grosse affaire cette nuit et je vais probablement travailler dessus tout le week-end.

Les lèvres tremblantes, elle s'écarta de lui.

— Katie, que dirais-tu d'être mon invitée sur le plateau de *Fine Lame* ? intervint alors Remy en lui prenant la main. Nous devons tourner la scène du duel.

La fillette se dégagea violemment et croisa les bras sur sa poitrine.

— Non. Je veux jouer au cerf-volant avec mon papa.

Rourke lui caressa la joue du revers de la main.

— On ira un autre samedi. Bientôt, c'est pro…

Promis. Il ravala le mot avant de le prononcer trop à la légère. Katie avait tendance à tenir le compte de ses promesses, et il avait pour l'heure manqué à la majorité d'entre elles.

— Écoute, lui proposa-t-il en compensation. Je ne peux pas

arrêter les méchants avec le ventre vide. Ça te tenterait d'aller manger des gaufres ?

Il lui fit un sourire dans l'espoir d'avoir droit au sien en retour. En vain.

Buglin' Sam porta à ses lèvres son clairon de l'armée et sonna le réveil sur Jackson Square. Aux anges, Katie s'élança vers sa roulotte. Elle avait déjà le nez dans une gaufre au sucre lorsque Rourke et Remy la rejoignirent.

Buglin' Sam, le marchand ambulant, s'était posté en face de la cathédrale St. Louis, le long de la grille ceignant le square, afin d'inciter les fidèles qui s'en retournaient chez eux après la messe à rompre leur jeûne à la vue de ses friandises. Il lui fallait néanmoins composer avec la concurrence : dans l'air flottaient les odeurs alléchantes du café, du pain et des fraises du marché français, situé à proximité, ainsi que du boudin et du fromage de l'épicerie centrale. Et à deux pas de là, une femme coiffée d'un turban rouge faisait frire des huîtres, du jambon et des œufs dans un bidon à huile.

Rourke acheta des gaufres pour Remy et lui, puis tous deux déambulèrent lentement main dans la main devant les aquarelles et les croquis au fusain accrochés aux grilles du square par quelques artistes ambitieux. Les passants n'étaient pas encore nombreux à cette heure, mais la présence de la star de cinéma ne leur avait pas échappé, et tous la dévisageaient et la pointaient du doigt en échangeant des propos à voix basse. Rourke détestait cet aspect de leur vie commune, tout en sachant qu'il était inévitable.

Il se demandait ce qui avait amené Remy chez lui. Pour autant, il ne l'interrogea pas. Il se sentait si bien avec sa main dans la sienne. Non, plus que bien. Il nageait en plein bonheur. Le bonheur version adulte, quand la satisfaction et la tendresse se teintent d'une pointe de tristesse à l'idée que ces doux instants, loin de durer éternellement, ne pourront être ressentis que comme une caresse passagère.

— Quand tu auras coincé les méchants, tu les feras rôtir vivants ? le questionna soudain Katie en s'emparant de sa main libre avec ses doigts collants.

Choqué, il scruta le visage de sa fille. Le sucre avait dessiné une moustache autour de sa bouche et la visière de sa casquette ombrageait ses yeux. Elle tenait de sa mère leur couleur vert-de-gris aux reflets dorés, aussi changeante que celle d'un lac par temps nuageux.

— Katie, où…

Il comprit où, cependant. À moins de vingt mètres devant eux, une reproduction agrandie de la une du *Morning Tribune's* s'étalait devant un kiosque à journaux. En gros titre, on lisait RÔTI VIVANT SUR LA CHAISE DE LA MORT, au-dessus d'un montage photo accolant la tête d'un jeune Noir au corps d'un homme assis sur une chaise électrique. La tête était celle du ramoneur Titus Dupre, qui, le soir même, aux douze coups de minuit, subirait ce supplice à la prison de La Nouvelle-Orléans pour avoir violé et tué Nina Duboche. Nina Duboche, mais aussi une autre fille, comme le croyait l'opinion publique – même si, le corps de celle-ci n'ayant jamais été découvert, il n'avait été jugé et condamné que pour le meurtre de la première.

Parce que toutes les exécutions avaient lieu dans le comté où une personne était déclarée coupable, une chaise électrique serait apportée en camion dans la matinée, ainsi que le générateur nécessaire à son fonctionnement. Les partisans de cette méthode dernier cri avaient mis en avant le caractère horrible et archaïque des pendaisons pratiquées d'ordinaire en Louisiane afin de convaincre le gouvernement de cet État de procéder à un essai sur le jeune Titus Dupre.

Embarrassé, Rourke se tourna vers Remy en quête d'un soutien, mais elle observait le spectacle offert par un *spasm band*[1], dont les membres dansaient sous l'une des arches de

1. Musiciens des rues, souvent jeunes, qui utilisaient des instruments rudimentaires et dont le style a préfiguré le jazz. *(N.d.T.)*

stuc du marché français en s'accompagnant d'une planche à laver et de couvercles.

Sa question déjà oubliée, Katie montrait à Buglin' Sam comment réaliser une nouvelle figure avec son yo-yo – ce qui évita provisoirement à Rourke de devoir expliquer à sa fille de sept ans pourquoi l'État de Louisiane avait décidé d'envoyer deux mille volts dans le corps d'un garçon attaché à une chaise en bois.

Le regard de Rourke revint vers le groupe. Les danseurs avaient fixé à leurs chaussures des capsules de bouteilles qui jetaient des étincelles au contact des briques du trottoir. Derrière eux, un boucher découpait un morceau de bœuf saignant sous l'avant-toit du marché.

Nom de Dieu ! Il était cloué à une poutre comme une carcasse animale. Un prêtre. Et où était Dieu, à ce moment-là ? Où était Dieu ?

Il inspira à fond et souffla lentement, soudain fatigué. Katie lançait des bouts de gaufre aux pigeons. Il lui cria qu'il était temps d'y aller.

— Attends, Day, l'arrêta Remy. Avant ça...

L'intensité de sa voix lui donna la chair de poule, alors même qu'elle ne lui avait pas encore tendu l'enveloppe. Son nom figurait dessus, écrit avec force fioritures, mais sans adresse ni timbre. Déjà ouverte, elle ne contenait qu'une simple feuille de papier.

— Qu'est-ce que c'est ?

— Je l'ai trouvée cette nuit sur ma coiffeuse. Enfin, tôt ce matin pour être plus précise. Le type a dû s'introduire dans ma chambre pendant la soirée. Une fois tout le monde parti, il m'a téléphoné pour me demander : « Tu as lu mon petit mot, Remy ? »

Rourke déplia la feuille et lut la phrase finement calligraphiée, *N'as-tu pas encore peur, Remy ?*, puis la signature aux lettres plus larges et plus épaisses.

— Qui est Roméo ?

— C'est bien là le problème, Day. Je n'en ai aucune idée. Je n'ai jamais entendu parler d'un quelconque Roméo en dehors du personnage théâtral, et cette pièce est l'une des rares de Shakespeare que je n'ai jamais interprétées. Tout au plus ai-je passé une audition il y a de ça des années, à l'époque où j'essayais de percer sur scène à New York, et on ne m'a même pas rappelée.

— Tu n'as pas reconnu sa voix ?

— Non… enfin, peut-être. Elle était étouffée, comme s'il avait recouvert le combiné de coton, mais quelque chose dans la manière dont il a prononcé mon nom… Je ne sais pas. C'est juste une impression.

Rourke orienta la feuille vers le soleil. Il s'agissait d'un papier filigrané, dont il serait facile de déterminer l'origine. L'encre lui parut bizarre.

— Qui que ce soit, je pense qu'il veut s'amuser, ajouta Remy.

Il lui sembla percevoir une légère excitation en elle, et cela le terrifia. En un sens, il connaissait Remy Lelourie mieux que lui-même : tous deux avaient déjà joué à la roulette russe avec un revolver chargé, et même fait la course avec un train. Aucun d'eux n'avait jamais reculé devant le moindre défi.

— Ne t'aventure pas sur ce terrain-là, Remy.

Elle éclata de ce rire franc et insouciant qu'il n'aimait pas toujours.

— Et ce conseil m'est prodigué par celui-là même qui a manqué foncer dans un arbre cette nuit ? J'étais persuadée que Hollywood n'avait pas son pareil pour vous procurer le grand frisson, avec ses bains au champagne, ses soirées dansantes et ses coucheries, mais ce n'est rien à côté de La Nouvelle-Orléans ! À peine de retour chez moi, je suis emprisonnée pour avoir assassiné mon mari, et voilà maintenant que quelqu'un s'est peut-être mis en tête de me tuer.

— Bon sang, Remy ! insista-t-il, en baissant la voix car Katie s'approchait d'eux au milieu de ses pigeons. Ce type cherche à attirer ton attention, alors n'entre pas dans son jeu. Laisse-moi m'occuper de ça.

Ces derniers mots sonnèrent ridiculement à ses oreilles. *Laisse-moi m'occuper de ça.* Daman Rourke, le superflic. Remy Lelourie s'était très bien débrouillée toute seule jusqu'à présent, et ce avec une redoutable détermination. Jamais elle n'avait sollicité l'aide d'un homme ni même éprouvé le besoin de le faire. Il s'attendait presque qu'elle lui reproche vertement d'avoir suggéré le contraire, mais elle se contenta de lui sourire.

Il contempla ce visage à la beauté si lumineuse qu'elle en devenait parfois une souffrance. À l'image du soleil quand on le regarde en face.

Parce qu'elle le soupçonnait de vouloir rétorquer quelque chose qu'elle n'avait pas envie d'entendre, elle le bâillonna de sa main.

— Je t'aime quand même, murmura-t-elle.

Quand même ? Je t'aime *quand même.* Bon Dieu ! Que pouvait-elle bien insinuer par là ?

Il saisit son poignet, porta ses doigts à ses lèvres pour les embrasser. Serrant le poing sur ce baiser, elle se détourna et leva les yeux vers les deux flèches étincelantes de la cathédrale. Elle eut alors un geste étrange. Elle tendit lentement la main en l'air avant de la déplier, comme pour libérer une poignée de papillons.

Au même instant, les cloches se mirent à carillonner, et tous les oiseaux massés autour de Katie prirent leur envol dans un concert de battements d'ailes, s'interposant entre eux et le soleil.

Rourke avait les yeux qui le brûlaient après sa nuit blanche, et bien qu'il se fût douché, rasé et changé – troquant son smoking contre un costume en lin couleur crème –, il se sentait encore sale. Les jours précédents avaient été frais pour un début d'octobre, mais le vent s'atténuait à présent et la journée s'annonçait étouffante. Sous sa veste, sa chemise adhérait déjà à sa peau moite.

Un attroupement massif s'était formé devant le palais de

justice et la prison adjacente, l'empêchant de regagner son bureau, et ne contribuant guère à apaiser son agacement. Bruyants, agités, la plupart des gens n'étaient probablement là que par curiosité, pour assister à l'arrivée de cette nouveauté : la chaise électrique. Pourtant, la colère couvait dans Tulane Street, juste aux abords du palais qui, en plus du tribunal, abritait le siège de la police municipale et la salle des inspecteurs dans laquelle travaillait Rourke.

Il parvint à se garer dans Canal Street, en face du Saenger Theatre. Un jeune vendeur de journaux maigrichon aux oreilles décollées et aux joues constellées de taches de rousseur se précipita vers lui.

— Je vous la surveille pour un dollar, inspecteur, lui proposa-t-il.

Ce gosse était amoureux de la Cat.

— D'accord, à condition que tu ne grimpes pas dedans. Le volant était tout poisseux la dernière fois.

Rourke lui glissa cinquante *cents* et s'éloigna. Il se figea toutefois devant l'énorme panneau juché sur le toit du Saenger Theatre. Vingt-quatre feuilles avaient été nécessaires pour le placarder entièrement et un puissant projecteur l'illuminait la nuit de façon à le rendre visible de presque tout le centre-ville.

Remy Lelourie dans toute sa splendeur.

Il était en train de la perdre, il le pressentait. Sitôt le tournage de *Fine Lame* achevé, elle partirait retrouver Hollywood, ses bains au champagne, ses soirées dansantes et ses coucheries. Et pour peu qu'elle décidât de le quitter de la même façon que des années plus tôt, il n'aurait même pas droit à un bye bye chéri.

Avec ses briques couleur rouille et ses tourelles de grès, le palais de justice ressemblait à un château médiéval – château pour l'heure assiégé. Nombre d'hommes à l'avant de la foule portaient une robe blanche surmontée d'une pèlerine, une croix noire autour du cou et un chapeau conique, qui oscillait au rythme de leurs incantations et du tam-tam d'un tambour. Certains agitaient des pancartes sur lesquelles on lisait « Brûle, négro, brûle », ainsi que d'autres épithètes, plus injurieuses encore.

Le Ku Klux Klan était de retour, avec une soif de vengeance.

Les trois arcades de l'entrée étaient bloquées par des barricades de chevalets que défendaient quelques agents nerveux aux uniformes trempés de sueur. Un individu au cou épais et aux dents en avant, avec des chaussures en toile jaune et des bretelles violettes sur une chemise jaune elle aussi, s'employait à y punaiser des posters figurant un Noir pendu à un arbre. Aucun des policiers ne se donna la peine de l'arrêter.

Le ton montait entre certains membres du Klan et une femme ceinte de l'écharpe blanche du Culte humanitaire, qui tentait en vain de distribuer des tracts en faveur de l'abolition de la peine capitale. Pas le moins du monde désarçonnée, elle répliquait crûment à toutes les insultes.

Rourke s'était frayé un chemin jusqu'à la barricade lorsqu'il repéra un jeune Noir dégingandé aux longs cheveux emmêlés, vêtu du haut-de-forme et de la redingote sombre des ramoneurs. Cornelius Dupre, frère cadet de Titus.

Alors que quarante pour cent des habitants de la ville étaient de couleur, Cornelius Dupre semblait leur seul représentant dans cette foule et, selon Rourke, ce n'était certainement pas pour admirer la chaise électrique qui allait tuer son frère qu'il avait fait le déplacement. Leurs regards se croisèrent. Celui du garçon n'exprimait rien d'autre que sa haine.

Juste au moment où Rourke s'apprêtait à lui dire un mot, la femme du Culte humanitaire commit l'erreur d'arracher une affiche sur un chevalet. L'homme aux dents de lapin fonça aussitôt sur elle. L'un des policiers l'empoigna par le bras, mais fut repoussé si violemment qu'il trébucha en arrière. Rourke le rattrapa à temps pour l'empêcher de s'écrouler.

— Fichez-lui un coup de matraque, lui ordonna-t-il en l'aidant à se redresser.

— Quoi ? balbutia le jeune flic, désemparé et effrayé.

Bien que la femme eût entre-temps lâché l'affiche, son adversaire ne la tenait pas quitte. Rourke perçut une tension palpable dans les rangs du Klan, une tension qui allait croissant et menaçait de dégénérer. Le type s'empara des tracts contre la peine de mort et les déchira tout en abreuvant sa victime d'injures inintelligibles – en dehors de « pute à moricauds » – et de postillons. La zélée propagandiste répliqua en lui crachant à la figure. L'homme, fou de rage, flanqua le tout dans le caniveau et brandit le poing.

Avant qu'il ait pu décocher son coup, Rourke saisit la matraque du policier et frappa le forcené derrière l'oreille, l'assommant juste assez pour le faire tomber à genoux.

— Relève-toi et je recommence, le défia-t-il. Seulement cette fois, tu verras des étoiles pendant une semaine.

L'un des membres du Klan esquissa un pas vers lui, l'air mauvais. Devant l'expression de son visage, il se ravisa et tourna les talons. Rourke fixa ensuite ses compagnons droit dans les yeux jusqu'à ce que, tête basse, ils s'écartent de la femme, laquelle ramassait calmement, à quatre pattes, ce qui subsistait de ses tracts.

Rourke rendit son arme au policier.

— Le premier qui provoque un incident, vous l'embarquez pour coups et blessures, incitation à la violence, opposition aux forces de l'ordre et tout ce qui vous viendra d'autre à l'esprit.

Stupéfait, le jeune agent s'essuya la bouche d'une main tremblante et récupéra sa matraque. Rourke scruta les alentours à la recherche de Cornelius Dupre, mais le garçon avait disparu.

À l'instant où il franchissait la barricade pour gravir les petites marches du palais, il aperçut Fiorello Prankowski qui l'attendait près de la porte avec sa mine résignée habituelle.

— Mon vieux, déclara celui-ci, la journée va être longue, et elle ne promet rien de bon.

À l'intérieur, l'inspecteur Nate Carroll régalait ses collègues du récit détaillé de sa propre nuit.

— … Je me retrouve donc en face de ce type qu'est assis à la table de la cuisine avec un couteau planté dans le crâne, aussi gros qu'une bite d'éléphant, et puis j'entends un bruit derrière moi. Je me retourne, et là je vois la femme du mec avec une putain de hache dans les mains. Elle rigolait pas, ça non…

Il s'interrompit, laissant son histoire en suspens dans l'espoir qu'une âme charitable lui donnerait la réplique.

Le sourire aux lèvres et une chique coincée au coin de la bouche, l'officier de permanence accepta de se dévouer :

— Tu l'as embobinée pour qu'elle pose sa hache, et maintenant le maire va te refiler une médaille ?

Les boucles rousses de Nate Carroll rebondirent autour de sa figure angélique lorsque, soudain sérieux, il secoua la tête.

— Ben non. Je me suis cassé en vitesse et j'ai appelé les flics.

L'officier de permanence envoya un crachat marron dans un pot à café à côté de lui et éclata de rire. Avisant alors Rourke et Prankowski qui se dirigeaient vers leur bureau, il les apostropha :

— Hé ! Le vampire veut vous parler avant de s'attaquer à votre crucifié. Doit y avoir un truc qui le démange parce qu'il arrête pas de téléphoner.

La puanteur du laboratoire assaillit Rourke, lui brûlant les yeux et les narines. Au milieu de la fumée épaisse des cigarettes, le vampire accrochait les clichés des lieux du crime sur un grand panneau de liège qui occupait presque toute la surface de l'un des murs jaunâtres.

— Ah, messieurs ! les salua-t-il lorsqu'ils ouvrirent la porte, semblable à celle d'un cachot avec ses renforcements métalliques. Merci d'être venus. (Il agita la main en direction de la table à disséquer sur laquelle gisait le corps du père Patrick Walsh, recouvert jusqu'au cou d'un drap sale.) Il faut que vous jetiez un nouveau coup d'œil au *corpus delicti*.

Les deux inspecteurs lui emboîtèrent le pas. Le sol carrelé avait été récemment nettoyé au jet, mais aucun savon ne parviendrait jamais à effacer le sang et les taches des jointures, pensa Rourke.

Le vampire tira le drap. Mâchoires serrées, Rourke enfonça les mains dans ses poches. Il détestait la vue des cadavres, surtout ceux étendus sur les tables de la morgue.

Puis il se résolut à se pencher sur le corps blanc et nu.

— Nom de Dieu…

— Mes aïeux ! s'exclama Fio.

— Eh oui, conclut le coroner. Votre prêtre est une femme.

8

Pour quelqu'un de son sexe, le père Patrick Walsh avait été grand et décharné, avec de larges épaules, des hanches étroites, de petits seins, un visage commun aux traits anguleux et des cheveux de la couleur des feuilles mortes, coupés très courts. Rourke concevait presque qu'elle ait réussi à faire illusion, du moment qu'elle veillait à ne jamais laisser personne la surprendre dans le plus simple appareil.

— Comme vous pouvez le constater, déclara le vampire, elle avait peu de poitrine, et elle l'aplatissait de surcroît en la bandant. Elle avait enfilé un gilet de corps et un caleçon sous sa soutane – lequel était en place.

— Elle n'a donc pas été violée ? demanda Rourke, qui avait suivi le fil de ses pensées.

— Je n'ai relevé aucune trace ni de viol ni de rapport sexuel consenti. Elle allait avoir ses menstrues. C'était une femme tout ce qu'il y a de plus normal – sur le plan physique, du moins. Son utérus et ses ovaires fonctionnaient normalement semble-t-il.

Rourke examina son entrejambe, où des poils pubiens clairsemés couvraient ce qui était bel et bien une vulve. De fines lignes blanches sillonnaient son ventre.

— On dirait qu'elle a eu un bébé.

— Oui, en effet. Son périnée porte les marques d'un accouchement, mais qui n'est pas récent.

Certes, le coroner s'investissait toujours beaucoup dans son travail, mais Rourke ne l'avait jamais vu afficher un tel enthousiasme. Son imposante carcasse oscillait comme sous l'effet d'une forte houle tandis qu'il se balançait d'avant en arrière sur ses pieds.

— Elle a une quarantaine d'années à mon avis, enchaîna-t-il. Si elle a mis cet enfant au monde dans sa jeunesse, il doit être adulte aujourd'hui. Ou elle, bien sûr.

Fio se frotta le visage de sa grosse main.

— Oh, merde ! Manquait plus que ça. C'est pire qu'une patate chaude, c'est… Je sais pas. Ça fout les jetons.

— Bravo. Alors là, je dis bra-vo.

Le capitaine Dan Malone s'accouda sur son bureau métallique et enfouit ses doigts dans ses cheveux blonds ébouriffés. Ce personnage sympathique possédait les bonnes manières d'un gentleman du Sud et un calme à toute épreuve. Aucun de ses hommes ne l'avait jamais entendu jurer, même dans une salle remplie de flics incapables de finir une phrase sans lâcher une grossièreté.

Cependant, même avec les êtres les plus conciliants, il y a des bornes à ne pas dépasser, et la patience de Malone avait visiblement atteint ses limites.

— Cette histoire de crucifiement – d'un prêtre, par-dessus le marché – a déjà causé un sacré raffut en haut lieu. Le téléphone n'a pas arrêté de sonner de toute la matinée, et maintenant vous m'annoncez que ce type était une femme. Seigneur !

Il laissa retomber ses mains et fusilla les deux inspecteurs du regard. Le seul fait de lui avoir transmis cette nouvelle semblait les rendre responsables à ses yeux de toutes les conséquences de celle-ci.

Rourke s'assit nonchalamment sur le fauteuil réservé aux visiteurs. Fio, lui, resta debout, bras croisés, adossé au montant de la porte. Le store de la vitre qui les séparait de la salle des inspecteurs était abaissé, mais pas celui de la fenêtre donnant sur la rue en contrebas. De là leur parvenaient les huées et les sifflets de la foule, ainsi qu'une voix solitaire appelant à la prière dans un mégaphone.

— Vous êtes sûrs de ne pas avoir été victimes d'une hallucination ?

Rourke et Fio prirent chacun une mine outragée.

— D'accord, d'accord. Bon, qui est au courant ? Personne au moins ?

— Juste nous trois, patron, répondit Rourke. Plus le vampire. Et peut-être celui qui a tué notre homme.

— Notre femme en l'occurrence, le corrigea Fio.

— Il a vécu presque toute sa vie sous les traits du père Patrick Walsh. À mon avis, il aurait préféré qu'on garde de lui cette image.

Fio appuya la tête contre le mur et se frotta de nouveau le visage.

— Y a de quoi devenir dingue, maugréa-t-il.

Malone pointa son index vers Rourke, qui était le plus près de lui.

— Au fait, j'ai eu droit à un savon de l'archevêque ce matin. Il paraît que vous avez tiré du lit ces braves pères de Notre-Dame-du-Saint-Rosaire sans plus de ménagement que s'ils étaient des malfrats. Et à l'aube en plus !

— Adressez-vous à Fio, répliqua Rourke. Moi, j'ai été gentil.

Son coéquipier le gratifia d'une grimace l'invitant à aller se faire voir, puis d'un large sourire.

Malone sortit une cigarette déformée de sa poche de chemise pour mieux réfléchir. Bien qu'il ne fumât plus depuis quinze ans, il en roulait tous les jours quelques-unes qu'il s'amusait ensuite à triturer. L'odeur du tabac stimulait sa matière grise, prétendait-il.

— Dites-moi où vous en êtes de votre enquête.

Rourke lui parla de Carlos Kelly, de Tony le Rat et de son gorille, Guido le Rat, du coup de feu, des cris, des chauves-souris et de la supplique du père Pat.

— Le tueur a peut-être travaillé à l'usine autrefois, ajouta-t-il. J'ai chargé quelqu'un d'éplucher le registre du personnel.

— On s'est déjà renseigné sur les coups de feu signalés dans le coin, renchérit Fio. Une fille a voulu flinguer son maquereau et la balle lui a arraché l'oreille. C'était lui qui beuglait.

— Vu ce qu'elle... ce qu'il a subi, remarqua Malone, il n'aurait pourtant pas été surprenant que le père Pat hurle comme un cochon qu'on égorge.

— On a ramassé un bâillon près du corps, mais il ne l'avait pas quand le gosse l'a découvert, ajouta Fio. On va interroger le voisinage au cas où quelqu'un aurait été témoin de quelque chose.

Malone poussa sa cigarette de-ci de-là sur sa paume, l'air soudain gêné.

— Vous croyez que c'est un prêtre qui a fait ça ?

Fio attendit que Rourke réponde à cette question, mais devant son silence il se lança :

— En tout cas, y a un truc pas net dans cette paroisse. On était à peine arrivés qu'ils tremblaient déjà de peur. (Il se gratta la nuque.) Ce n'est qu'une hypothèse, mais... ils connaissaient peut-être la véritable identité du père Pat. (Son regard glissa sur Rourke, avant de se fixer sur le sol. Le rouge lui monta aux joues.) Peut-être aussi que... euh... ils se la tapaient.

— Rien au presbytère ne trahissait son secret, médita Rourke à voix haute.

Il se rappela la chambre austère, dépourvue de miroir. Et, alors qu'elle devait bientôt avoir ses règles, ils n'avaient aperçu de serviettes hygiéniques nulle part. Qu'utilisait-elle à la place ? Des chiffons, probablement, qu'elle lavait en catimini le soir à l'extérieur.

— Entretenir un tel mensonge pendant vingt ans suppose une volonté de fer. Il faut s'y donner corps et âme.

Fio s'écarta du mur avec impatience.

— L'assassin savait que le père Pat était une femme – je serais prêt à parier un mois de salaire là-dessus. Il cherchait soit à éviter un scandale, soit à régler un vieux différend.

— Sauf qu'il n'y a pas eu viol. Et on l'a crucifié sans lui ôter ses habits.

Fio leva un regard exaspéré vers le plafond, implorant l'aide divine du plâtre suintant d'humidité.

— Et voilà, il remet ça !

Malone, dont l'attention s'était jusqu'alors partagée entre ses deux inspecteurs, se tourna vers Rourke.

— Quoi ?

— C'est juste une impression... Les gens confient à leur curé des choses qu'ils ne révéleraient à personne d'autre. Ils leur dévoilent les aspects cachés de leur vie. Le père n'a pas seulement été tué, il a aussi été torturé. Peut-être que l'un de ses fidèles s'est trop épanché.

Dehors, la foule se mit à rugir. Fio s'approcha de la fenêtre.

— Le vieux Sparky vient d'arriver.

Malone jeta sa cigarette contre le mur.

— Super. On avait vraiment besoin de ça.

Il se pencha pour ouvrir le tiroir inférieur de son bureau et en extirpa une bouteille sans étiquette, ainsi que trois gobelets en fer-blanc cabossés qu'il leur distribua après les avoir remplis de bourbon de contrebande.

Malgré l'heure matinale, Rourke savoura cette rasade d'alcool. À tel point d'ailleurs qu'il se força à s'arrêter dès la première gorgée.

Malone vida la bouteille dans sa tasse.

— Le recteur du prêtre mort – mon Dieu, peut-on seulement la qualifier de prêtre ? –, enfin bref, le recteur de la paroisse...

— Le père Frank Ghilotti.

— C'est bien le fils du racketteur ? Le truc louche que vous flairiez tous les deux s'explique peut-être, alors. Allez savoir si le Saint-Rosaire n'est pas complètement infiltré par la pègre. On a déjà vu pire. Le bruit court qu'un gang extérieur à la ville essaie de s'imposer chez nous maintenant que les Maguire sont hors du coup. On risque donc de se retrouver avec des tas de meurtres bizarres sur les bras.

— On va coffrer tous les truands répertoriés et les asticoter sec, lui promit Fio. Au cas où ils auraient quelque chose à cracher.

— Oui, très bien. Comme ça, j'aurai des faits concrets à rapporter à mes huiles.

Le timbre strident du téléphone retentit à cet instant. Malone le laissa sonner encore deux fois avant de soupirer et de décrocher.

— Capitaine Malone. Oui, monsieur. Euh… oui, il y a du nouveau…

Avec la mine d'un désespéré qui appelle Dieu à son secours, il fit signe à ses inspecteurs de sortir.

Ils s'exécutèrent. Quelques minutes plus tard, ils étaient de nouveau convoqués.

— Les journaux viennent de divulguer l'info, leur apprit-il. Des suppléments sont en vente à chaque coin de rue avec tous les détails de l'affaire : le crucifiement, les pieds brûlés… sauf le fait qu'il s'agissait d'une femme. Le chef de la police municipale veut rencontrer l'archevêque pour discuter avec lui de cette cerise sur le gâteau. Leur entrevue doit rester confidentielle, alors comme la mairie et la cathédrale grouillent de reporters, elle aura lieu chez lui, à Rosa Park. Il exige que vous soyez présents.

— Ô joie ! grommela Fio en s'apprêtant à quitter la pièce. Il y aura assez d'électricité dans l'air pour nous faire griller tous.

— Raison de plus pour vous en tenir à ces deux mots : oui monsieur.

Rourke allait suivre Fio lorsque son supérieur le retint.

— La remarque vaut surtout pour vous, Day. Vos conneries, ça suffit. Pas question de les envoyer balader. Quoi qu'ils vous ordonnent, obéissez.

Rourke sourit et porta la main à son chapeau en une parodie de salut.

Les barricades étaient toujours en place devant le palais de justice, mais la foule avait reflué dans la rue pour se presser autour d'une camionnette au chargement recouvert d'une toile plastifiée noire. Aux coups de klaxon inutiles du conducteur s'ajoutaient ceux des véhicules immobilisés derrière, l'ensemble générant un tintamarre continu qui mettait les nerfs de Rourke à rude épreuve.

Plusieurs hommes du Klan s'étaient hissés sur le plateau de la camionnette et s'employaient à enlever la bâche. Seuls devant l'entrée du tribunal, Rourke et Fio se figèrent un instant entre les piliers de stuc des arcades. Bientôt apparut une chaise en chêne avec un grand dossier et des lanières en cuir, puis le générateur.

— Elle n'est pas aussi grosse que je le pensais, remarqua Fio.

Rourke la jugeait quant à lui bien assez imposante. Les acclamations de la foule agirent soudain comme un marteau-piqueur contre ses tempes. Au même moment, quelqu'un lança une série de pétards.

Il n'aurait su dire ce qui l'incita alors à lever les yeux vers le toit de l'hôtel Blue Bayou, de l'autre côté de la rue, mais, ce faisant, il distingua le reflet d'un rayon de soleil sur le canon d'un fusil.

Rourke se jeta aussitôt sur son coéquipier et le plaqua au sol. Les pétards crépitèrent autour d'eux, mêlés aux klaxons, au rugissement des sirènes de police et aux cris de la foule, « Brûle, négro, brûle », si bien qu'ils n'entendirent pas les détonations. Des bouts de stuc volèrent cependant en éclats au-dessus de la tête de Rourke.

Le chapeau de Fio fut soufflé. Il le rattrapa et s'en recoiffa derechef.

Les explosions s'estompèrent, sans que le vacarme faiblisse pour autant. Revolver au poing, les deux inspecteurs s'accroupirent derrière les piliers en scrutant le sommet de l'hôtel.

Une ombre glissa furtivement devant une cheminée.

— Ce salaud est en train de filer ! s'exclama Fio.

Ils se précipitèrent dans la rue et slalomèrent entre les

voitures, les charrettes et les gens attroupés autour de la camionnette. Personne ne semblait s'être rendu compte que des coups de feu avaient été tirés.

Le modeste hôtel de cinq étages disposait d'un escalier de secours qui débouchait sur une allée. Rourke s'engouffra dans le bâtiment par la porte principale à tambour pendant que Fio courait bloquer le passage à l'arrière.

Dans le hall, il avisa un petit ascenseur en fer forgé noir. La cabine étant au dernier étage, il ouvrit la grille afin de l'empêcher de redescendre, puis grimpa les escaliers quatre à quatre.

Il n'y avait pas âme qui vive sur le toit en terrasse couvert de goudron et de gravier. Rourke repéra toutefois un endroit près de la cheminée d'où le tireur avait pu sauter sur l'immeuble voisin, moins élevé. Tout en sachant qu'ils arrivaient trop tard, il cria à Fio de surveiller aussi ce dernier.

Il se dirigea ensuite vers le côté d'où l'on dominait le tribunal. Le sol y était jonché de douilles de calibre 30. Une carabine Springfield, peut-être. Il les ramassa à l'aide de son mouchoir et les fourra dans sa poche. Le vampire avait récemment acquis un nouveau gadget, baptisé microscope comparatif, censé leur permettre de procéder à des tests balistiques. Bien qu'ils ne s'en fussent pas encore beaucoup servis, Rourke fondait de grands espoirs sur cet appareil.

La porte de l'escalier grinça derrière lui. Il fit volte-face et découvrit Fio.

— Qu'est-ce qui se passe, nom d'un chien ? haleta celui-ci, le teint rouge.

— Tu me demandes ça à moi ? s'amusa Rourke. C'est pourtant ton chapeau qu'on a dégommé.

— Seulement parce que tu t'es baissé, riposta Fio en ôtant son couvre-chef et en enfilant un doigt dans le trou. Merde ! il était presque neuf.

Rourke éclata de rire. Le chapeau en question devait avoir dix ans, si ce n'était plus. La partie supérieure s'affaissait en son centre depuis des lustres, et les bords avaient tendance à gondoler par temps humide.

— Mon chapeau se fait canarder et tu trouves ça drôle ! s'indigna Fio en l'enfonçant sur sa tête d'un air exagérément digne.

Il commençait à rebrousser chemin quand Rourke nota le sang qui maculait sa veste en haut de la manche gauche.

— Il n'est pas le seul à avoir souffert.

— Hein ?

Fio se pencha sur le point que lui désignait Rourke et palpa son bras.

— Oh, Jésus Marie et tous les saints ! Je crois que la balle est encore là.

— Je t'avais dit que c'était toi qu'on visait.

— Ouais, admettons. J'aimerais bien savoir qui alors, et ce qu'on me reproche, déclara Fio en examinant le toit en terrasse comme s'il s'attendait que le tireur bondisse de derrière la cheminée pour s'expliquer.

Weldon Carrigan, chef des forces de police de La Nouvelle-Orléans, habitait une élégante demeure datant d'avant la guerre de Sécession et située dans un riche quartier résidentiel. Il en était devenu propriétaire grâce à son mariage, lequel lui avait également apporté une petite fortune qu'il avait fait fructifier. Du simple bleu au capitaine de district, la plupart des flics de la ville étaient corrompus et, de par son grade, Carrigan recevait les pots-de-vin les plus juteux. Bootleggers, maquereaux, usuriers et racketteurs confondus, tous les criminels de la ville lui versaient des appointements, ainsi qu'à nombre de responsables municipaux.

Weldon Carrigan était plus qu'un supérieur pour Rourke. Il était le père de sa femme, Jo, et donc le grand-père de Katie – son cher pépé, ainsi qu'elle le surnommait. Il était aussi son ange gardien, le protecteur qui lui avait permis d'être promu au rang d'inspecteur et de gravir précocement les échelons de la hiérarchie. Leurs rapports n'en connaissaient pas moins des hauts et des bas. Weldon Carrigan avait un jour offert cinquante mille dollars à Rourke pour qu'il renonce à épouser sa fille ; et quand son beau-père avait descendu un flic pourri, Rourke avait dû fermer les yeux en échange du droit de conserver son poste et de conduire ses enquêtes comme bon lui semblait.

Devant la maison de Carrigan était garée la Jackson noire de l'archevêque, dont un chauffeur en uniforme astiquait les chromes déjà rutilants. Entre la fusillade et son détour par l'hôpital pour que Fio se fasse soigner, Rourke avait infligé près d'une heure d'attente à deux des hommes les plus puissants de la ville.

Le majordome l'introduisit dans un petit salon confortable qui donnait sur la piscine et le superbe jardin de sa belle-mère.

Larges épaules, cheveux grisonnants en contraste avec la haie de ses sourcils noirs, yeux gris métalliques : Weldon Carrigan en imposait autant par son physique que par sa position sociale.

Posté près de l'une des fenêtres, les poings crispés dans le dos, il ne se retourna que lorsque Rourke eut traversé la pièce.

— Ce n'est pas trop tôt.

— Et moi qui pensais que vous me seriez reconnaissant de m'être déplacé, plaisanta Rourke en serrant la main de son beau-père.

Weldon Carrigan avait une poigne de fer à vous broyer les os. Malgré cela, Rourke ne cilla pas.

L'archevêque Peter Hannity patientait près de la cheminée, dans un fauteuil au dossier semblable à celui d'un trône. Petit, le nez crochu, les yeux bleus perçants et les paupières tombantes, il détenait encore plus de pouvoir que Carrigan, et Rourke n'ignorait pas qu'il en userait sans retenue pour sauvegarder le caractère sacré de la prêtrise catholique. Quitte à protéger un assassin.

Il se courba et embrassa l'anneau épiscopal.

— Bonjour, monseigneur.

Un sec hochement de tête récompensa son salut.

Une domestique au tablier et à la coiffe amidonnés surgit en poussant un service de Sèvres sur un chariot argenté. Rourke s'assit dans un fauteuil en cuir rembourré, lequel soupira sous son poids, et étudia ouvertement l'ecclésiastique tout en sirotant son café. À travers les fenêtres garnies de tulle, le soleil jetait une lumière indécise sur le visage du vieil homme. Rourke comprit alors combien il était choqué. Peter Hannity paraissait en réalité aussi fragile qu'une porcelaine de Chine, et bien plus âgé que ses soixante-dix ans.

Sa voix ne trahit pas la moindre émotion lorsqu'il prit la parole, mais Rourke visualisa les plateaux d'une balance se déplaçant derrière ses yeux vifs, évaluant ce qu'il pouvait dévoiler et marchander. Et ce qu'il fallait enterrer.

— Mesurez-vous bien les enjeux de cette affaire, inspecteur ?

— J'en ai une petite idée.

— Oui, je m'en doute, acquiesça l'archevêque dont les traits s'adoucirent légèrement. La question, bien sûr, est de savoir si cette idée est juste. (Il examina Rourke. La balance oscilla de nouveau, jaugea, pesa le pour et le contre.) Dites-moi : aimez-vous Dieu plus que tout au monde ?

Aimer Dieu ? Rourke réprima une forte envie de rire, de peur qu'elle ne dissimule autre chose. La plupart du temps, croire en l'existence du bien lui semblait déjà relever de la gageure.

— Voyez-vous, poursuivit l'archevêque, il est possible d'aimer ce qui vous brise continuellement le cœur.

— Je ne voudrais pas avoir l'air de vous apprendre votre métier, monseigneur..., l'interrompit Weldon Carrigan, jusqu'alors occupé à allumer un long cigare. (Il exhala un nuage de fumée devant lui et le contempla avec amusement.) Mais quand on essaie d'acheter l'âme d'un homme, on a intérêt à connaître son prix. Ce que mon gendre aime plus que tout au monde, c'est être flic.

Rourke observait par la fenêtre un geai bleu qui barbotait dans la fontaine. L'oiseau s'en donnait à cœur joie, battant des ailes, secouant la tête et éclaboussant tout autour de lui. Il se demanda si cet animal était en mesure de ressentir du bonheur.

— Votre prêtre a été torturé, déclara-t-il. La plante de ses pieds a été brûlée avec des cierges et il a été cloué par les poignets à une poutre dans une usine de macaronis.

L'archevêque soutint le regard de Rourke en silence.

— Pour celui qui a commis ce crime, articula-t-il enfin, le jour du Jugement dernier se révélera plus terrible que n'importe lequel de nos châtiments. « La vengeance est mienne », a dit le Seigneur.

— Je concède à Dieu son droit à la vengeance, répliqua Rourke en riant cette fois de sa propre arrogance. C'est la vérité qui m'intéresse. Étiez-vous au courant du fait que le père Pat était une femme ?

L'archevêque eut un geste brusque, comme s'il avait voulu porter la main à sa gorge. Il se contenta cependant d'enrouler ses doigts fins autour du gros crucifix qui ornait sa poitrine et l'agrippa si fort que ses jointures blanchirent.

— Si j'étais au courant ? Comment l'un de nous aurait-il pu l'être et tolérer une telle mascarade des années durant ? Même maintenant, cela défie l'entendement. (Sa main retomba sur ses genoux.) J'aurais pourtant dû voir qu'il n'était pas un vrai prêtre. Il… Elle avait un comportement… rebelle, exubérant. Les propos qu'il tenait lors de ses homélies, cette manière qu'il avait d'ouvrir grand les portes de l'église et d'inviter Jésus à entrer quand il célébrait la messe, allant jusqu'à transformer la consécration de la chair et du sang en une sorte de spectacle salvateur… Il… (Ce mot dut soudain lui laisser un goût amer sur la langue parce qu'il grimaça.) Elle…

Il. Elle. Jusqu'à ce qu'il pénètre dans la morgue ce matin-là et découvre le corps nu du père Patrick Walsh, Rourke n'avait jamais vraiment saisi combien un simple pronom pouvait définir l'ensemble des tissus, des corpuscules et des os qui composent un être humain. Il. Elle. Savoir que Patrick Walsh était un prêtre revenait à se forger une certaine image de lui. Savoir que ce prêtre était une femme revenait à s'en forger une nouvelle, totalement différente, et en apparence incompatible.

— Le père Pat était pourtant très apprécié, et même aimé, de tous ceux qui le côtoyaient, vous y compris.

Il eut conscience de sa cruauté lorsque les joues parcheminées du vieillard tressautèrent et que ses mains tremblèrent. L'archevêque avait dû éprouver un sentiment de trahison aussi déchirant que celui d'une femme constatant que son époux était en fait marié à une autre depuis vingt ans.

— Cessez de l'appeler père, lui intima le prélat. Patrick Walsh, ou quel que soit le nom de cette… personne, ne l'a jamais été au regard de la religion catholique. Les prêtres interviennent dans la vie des croyants au nom de Jésus-Christ, ils sont ses disciples sur terre, et la femme n'a pas été créée pour tenir ce rôle.

— Il constituait peut-être une exception.

Peter Hannity pinça les lèvres et détourna les yeux.

— Vous raillez ce qui vous dépasse. Si le Seigneur avait souhaité l'ordination des femmes, Il aurait consacré sa propre mère, Marie, qui n'était pas salie par le péché, mais Il en a décidé autrement. Patrick Walsh n'était donc pas prêtre.

— Et que faites-vous des bébés qu'il a baptisés, des pécheurs qu'il a absous ? Il a dit la messe, marié les fidèles, réconforté les affligés et enterré les morts. Tout ça pendant vingt ans. S'il n'était pas prêtre, alors au nom de qui a-t-il accompli ces actes de foi et ces sacrements ?

Le visage de l'archevêque laissa cette fois transparaître sa peur et son angoisse.

— D'où la nécessité de ne pas dévoiler son identité ! Jamais. Certains fidèles seraient ébranlés dans leurs croyances, sinon. Il est fort probable que cette femme ait été le diable incarné ou l'un de ses suppôts envoyé ici pour trahir la prêtrise et la ridiculiser. Pourtant, si grand que soit le tort causé à la Sainte Église catholique par Patrick Walsh, vos efforts pour retrouver son meurtrier ne doivent pas avoir pour conséquence un tort plus grand encore. Ne négligeons pas le péril encouru par bien des âmes dans cette histoire.

Weldon Carrigan jeta son cigare dans le foyer vide de la

cheminée avec une telle force qu'il fit jaillir une gerbe d'étincelles.

— Pour le moment, on étouffe l'affaire, point final. (Il eut un sourire féroce de vieux loup.) Tu as intérêt à nous suivre sur ce coup-là, Day, sinon je te ferai bouffer de la vache enragée et notre cher archevêque expédiera ton frère dans une paroisse si paumée au fin fond de la cambrousse qu'il grattera la terre avec ses ongles pour se nourrir.

Rourke lui rendit son sourire. Ils avaient déjà joué à ce petit jeu, son ange gardien et lui.

Il replaça sa tasse à café sur une table incrustée de perles, se leva et s'adressa à l'ecclésiastique.

— Je n'ai pas l'intention de saborder cette enquête sous prétexte qu'*il* est devenu *elle* et qu'on a tous trop peur des implications réelles de cette découverte et de celles qu'on ne manquera pas de faire encore. Patrick Walsh était un être humain et il mérite que quelqu'un, même s'il ne s'agit que de nous trois, recherche qui l'a tué, et pourquoi.

L'archevêque le dévisagea attentivement.

— Vous pouvez vous montrer implacable, j'ai l'impression. Mais vous avez aussi du courage et le sens de l'honneur. Le moment venu, vous saurez quel est votre devoir et vous le remplirez. Approchez, mon fils. (Ses lèvres se retroussèrent légèrement tandis qu'il lui tendait son anneau.) Venez vous agenouiller afin de recevoir la bénédiction de Dieu et de votre Église – et si possible avec humilité.

Assis dans sa voiture, Rourke réfléchissait.

Les chênes verts parsemaient de flaques d'ombre le velours des pelouses et les profondes galeries, tandis que par une fenêtre ouverte de la maison voisine s'échappaient les accords mélodieux d'une valse de Brahms exécutée au piano. Deux petites filles de l'âge de Katie s'amusaient sous les arbres. Elles avaient enfilé une chemise de nuit de poupée à un gros chat tigré et, malgré sa farouche résistance, s'efforçaient de le coucher dans un landau. L'animal se débattit jusqu'à ce que l'une des fillettes le prenne dans ses bras pour le bercer.

Les gamines. Sa Katie à lui adorait le base-ball et se débrouillait comme un chef au hockey. Reste qu'il l'avait surprise quelques jours plus tôt à bavarder avec le garçon à tout faire du bar au bout de la rue, et que ses gloussements, ses dandinements et son air de paraître soudain dix ans de plus lui avaient fichu une frousse de tous les diables. Rourke s'interrogeait à présent sur le genre d'enfant qu'avait été Patrick Walsh dans cet orphelinat de Paris, Louisiane – si toutefois le *Times-Picayune* ne s'était pas trompé. Avait-elle eu des poupées et flirté avec les garçons ? Et à quelle période de sa vie était-elle devenue un homme ?

Les gens ne sont jamais vraiment ce qu'ils prétendent être. Même au confessionnal, on peut finir par se mentir à soi-même et à Dieu. Pourtant, qu'avait dit Paulie déjà ? *J'étais jaloux de lui, de l'amour qu'il vouait à Notre-Seigneur. Jaloux de ses fichues certitudes sur le sens de la prêtrise et la manière de bien l'exercer…* Et si le père Pat était entré dans les ordres non pour cacher ce qu'il était, mais pour laisser s'épanouir sa nature profonde ? Celle d'un être spirituel épris de Dieu.

La victime d'un meurtre évoquait parfois un kaléidoscope à Rourke. Il suffisait d'un léger tour pour obtenir un tableau totalement différent. Depuis l'instant où, à la morgue, le corps crucifié s'était révélé être celui d'une femme, le défunt prêtre lui apparaissait comme l'auteur d'un mensonge énorme, complexe et désespéré, mais qui de son côté n'envisageait peut-être pas les choses ainsi. Le père Pat avait très bien pu considérer que le seul véritable mensonge était celui dont Dieu, le hasard ou la biologie s'étaient rendus coupables envers lui. Un mensonge qui devait lui faire l'effet d'une blessure physique chaque fois que, contemplant sa nudité dans un miroir, il apercevait une image sans rapport avec celle qu'il avait de lui-même. Lui. Elle.

Mais alors, qui le tueur avait-il cloué à la poutre cette nuit-là ? Lui ou elle ? Le prêtre ou la femme ?

Tout en observant les fillettes et leur chat, Rourke ressentit une soudaine décharge d'adrénaline, comme un flash après un rail de coke. La plupart des crimes étaient commis sans réflexion, sous le coup de la passion ou de la stupidité, et donc facilement résolus. De temps à autre cependant survenaient des cas semblables, où l'assassin avait du sang-froid, une cervelle et un plan.

Il commençait à cerner Patrick Walsh maintenant. À bien le cerner, même. Cela s'apparentait presque à développer une photo – on affinait le contraste jusqu'à ce qu'à l'arrière-plan se détache le coupable, avec à la main le couteau, le revolver ou les clous.

Les clous. Plantés dans les poignets.

— Je te coincerai, salopard, jura Rourke à voix haute, avant de sourire.

Il avait envie d'aller secouer les prêtres du Saint-Rosaire et de voir ce qu'il en résulterait. Il avait envie d'avoir une petite conversation avec Floriane de Lassus Layton, cette « Flo » dont le nom avait été consigné d'une écriture enthousiaste dans l'agenda du père Pat. Il avait envie d'examiner les lieux du crime à la lumière du jour. Et puis aussi de discuter avec quelques-uns de ses contacts de la rue. Un bon flic se devait de connaître tous les indics de sa ville. Parfois, tout se résumait à dégoter celui qui vous désignerait le coupable.

Il fit gronder son moteur et engagea la première vitesse en chantant *Sweet Georgia Brown.*

Le grand chef avait raison : plus que tout au monde, il aimait être flic. Ça oui.

9

Un quart d'heure plus tard, garé devant Notre-Dame-du-Saint-Rosaire, Rourke vit avec étonnement Tony le Rat monter les marches de l'église et franchir les lourdes portes. Il patienta le temps que celles-ci se referment sur l'usurier, puis s'élança à sa suite.

Les rayons du soleil se déversaient à flots par la rosace, jetant des rais de lumière rouge et bleu sur les voûtes, les colonnes et les pilastres. Une jeune femme coiffée d'un chapeau rose vif et une autre, plus âgée et en habits de deuil, priaient à genoux sur les bancs les plus proches du chœur. Plus loin, un groupe d'écolières répétait un Kyrie eleison pour la messe du lendemain. Leurs voix s'élevaient jusqu'aux fresques du plafond, claires et belles comme le carillon des cloches sur la neige.

Rourke repéra Tony le Rat à l'extrémité sud de la nef. Le requin s'arrêta pour essuyer son nez qui gouttait constamment puis, après une génuflexion devant le chancel, se dirigea vers le confessionnal du transept ouest.

La porte était close et la lumière verte au-dessus du linteau allumée. Les deux isoloirs réservés aux pénitents étaient libres. Tony se glissa dans celui de droite et tira le rideau de velours rouge.

Rourke s'assit sur un banc. Cinq minutes plus tard, le malfrat ressortait, apparemment lavé de ses nombreux péchés. Il fléchit de nouveau le genou devant le chancel et quitta l'église comme il y était entré, en se signant en chemin avec de l'eau bénite.

Rourke envisagea de le rattraper à l'extérieur pour lui poser deux ou trois questions, avant de se raviser. On ne pouvait rien soutirer à un gars de la trempe de Tony le Rat sans un quelconque atout en main, et pour l'heure il n'en possédait aucun.

Il attendit donc quelques instants que le prêtre émerge du confessionnal – en pure perte, car la jeune femme au chapeau rose y pénétra à son tour.

Un vieillard au dos voûté surgit alors de la sacristie, les bras chargés de livres de cantiques qu'il empila sur une table à côté du tableau d'affichage de l'église. Probablement le sacristain. Rourke s'approcha en lui montrant son insigne d'inspecteur et lui demanda où il pourrait trouver son frère.

L'homme ajusta ses lunettes au bout de son nez, émit un bruit de succion et étudia soigneusement sa carte.

— Le père Paul n'est pas ici, répondit-il enfin. Il a été appelé à l'hôpital pour administrer les derniers sacrements à Mme Furillo.

— Ah bon, très bien.

Savoir que le prêtre qui venait de s'entretenir en privé avec Tony le Rat n'était pas son frère soulagea Rourke à un point qui l'étonna lui-même. Le désir d'absolution de l'usurier lui semblait en effet aussi improbable qu'un éventuel remplacement de Babe Ruth par un autre joueur dans l'équipe des Yankees.

— Le père Ghilotti en a encore pour longtemps ? s'enquit-il.

Le sacristain joua avec ses lunettes et aspira encore une fois la salive entre ses fausses dents.

— Le père Frank est à la salle de sport en ce moment. Les confessions ne commencent qu'à dix-sept heures.

Rourke fonça aussitôt vers le confessionnal. Il était vide.

Il rejoignit le sacristain et obtint l'accès au bureau de la chancellerie, d'où il téléphona au poste de police le plus proche afin d'exiger que Tony le Rat soit arrêté sous le premier prétexte venu – avoir traversé en dehors des clous ou craché sur le trottoir, peu importait. Il regrettait de ne pas l'avoir suivi à sa sortie de l'église pour le questionner, mais il n'était pas trop tard. De plus, l'usurier mesurerait peut-être mieux les attraits d'une coopération avec la police après avoir un peu transpiré et tourné en rond en état de manque dans une cellule.

Pendant ce temps, lui aurait un petit tête-à-tête avec le père Frank Ghilotti.

Le bruit de coups de poing assenés sur le cuir et le couinement de semelles en caoutchouc sur les demi-rondins du sol accueillirent Rourke à son arrivée. Le père Ghilotti stabilisa un punching-bag presque aussi grand que le gamin planté en face – un gamin dont les bras étaient si maigres que ses gants de boxe faisaient paraître ses mains trop lourdes pour lui.

— Tu retiens ton poing, lui reprochait le prêtre. Enfonce-le à fond dans le sac et mets-y toutes tes tripes.

Le garçon s'apprêtait à s'exécuter lorsque les pas de Rourke résonnèrent sur le plancher. Il fit brusquement volte-face.

— Mince, les flics ! lâcha le père Ghilotti.

Le petit ouvrit de grands yeux et recula jusqu'à heurter le punching-bag.

— J'ai rien fait, s'écria-t-il. J'vous jure, j'ai rien fait !

Les deux hommes éclatèrent de rire, et il sursauta comme si on l'avait aiguillonné avec un tison brûlant.

— C'est ta mauvaise conscience qui s'exprime ou je ne m'y connais pas, s'amusa le prêtre en posant doucement la main sur son épaule. Ce policier souhaite me parler à moi, Bobby Lee. Restons-en là pour aujourd'hui.

L'enfant acquiesça, déglutit avec peine et se dirigea vers la sortie, non sans maintenir une bonne distance entre l'inspecteur et lui. Puis il détala à toutes jambes.

— Il s'est fait pincer il n'y a pas longtemps alors qu'il essayait de voler un jambon sur le marché de Poydras, expliqua Ghilotti. Le boucher l'a laissé filer avec un avertissement, mais a menacé de porter plainte la prochaine fois. Ce gosse a quatre frères et sœurs et leur père les a abandonnés. (Il tendit la main à Rourke, s'aperçut alors qu'il n'avait pas ôté son gant.) Désolé, s'excusa-t-il avec un léger haussement d'épaules. Bobby Lee en veut au monde entier, et il saigne intérieurement. J'estime préférable que des garçons comme lui se défoulent sur un objet incapable de riposter et de ressentir quoi que ce soit.

La manière dont il considéra Rourke donna à penser que celui-ci contredisait sa première impression. Ou la confirmait.

— Vous auriez peut-être intérêt à pratiquer la boxe vous aussi, ajouta-t-il.

— Je m'entraîne à l'Athletic Club autant de fois par semaine que me le permet mon boulot.

Le père Frank Ghilotti offrait un spectacle insolite avec sa soutane aux manches relevées et ses gros gants. Pourtant, Rourke fut frappé une fois encore par l'impression de dureté qui émanait de cet homme. Voir débarquer dans son presbytère, aux premières lueurs de l'aube, deux inspecteurs de la brigade criminelle venus lui annoncer la mort du père Pat aurait pu le déstabiliser, mais il semblait avoir recouvré tout son aplomb.

— Le père Pat a souffert, lui assena-t-il dans le but de le prendre au dépourvu. Il a été crucifié.

Une peine sincère – ou qui du moins en avait l'air – se peignit sur le visage du prêtre.

— Oui, je sais. L'archevêque a appelé peu après votre départ ce matin et il nous a communiqué les détails. Pour être honnête, j'ai eu beaucoup de mal à en croire mes oreilles. Comment un tel supplice a-t-il pu lui être infligé ? Et pourquoi ?

— La plupart des meurtres sont motivés par la convoitise, la peur ou la passion. Il y a des chances pour que celui-là n'échappe pas à la règle.

Rourke promena son regard sur le club autour de lui, véritable temple de la virilité naissante avec ses rings et ses haltères. Il régnait là la même odeur de sueur et de serviettes humides que dans un gymnase.

— Le père Pat vous aidait-il à enseigner aux gamins à ne pas retenir leurs coups ?

Dans le silence qui suivit sa question, Rourke entendit des gouttes d'eau s'écraser quelque part et un ballon de basket rebondir sur le trottoir.

— Aimait-il trop les jeunes garçons ? lâcha enfin le père Ghilotti. Est-ce là le fin mot de cette histoire ?

Son visage n'exprimait que la douleur et une espèce de dégoût prudent – réaction intelligente et calculée s'il s'avère être l'assassin et s'il connaît depuis le début le secret du père Pat, supputa Rourke.

— Vous avez des raisons de le croire ?

Le recteur s'accorda le temps de la réflexion. Il paraissait avancer en terrain miné.

— Il jouissait d'une grande popularité qui le rendait fier et ambitieux – ce qui était somme toute humain. Je l'aurais pourtant juré chaste.

— Et maintenant, vous doutez de lui ?

— Quand votre archevêque s'entoure de certaines précautions, comme l'a fait Mgr Hannity ce matin, c'est en général parce que l'un des vôtres a fricoté avec des garçons. Ou des fillettes.

— Quel genre de précautions ?

— Le genre ne-dites-rien-à-personne-et-ne-posez-pas-de-questions.

— Et pourtant, vous me racontez tout ça et vous m'interrogez.

Derrière les verres épais de ses lunettes, les yeux du prêtre clignèrent une fois, deux fois.

— En 1908, il a été interdit aux joueurs de base-ball de lancer des balles humidifiées avec leur salive. Ça ne signifie pas qu'ils les ont bannies.

Ils échangèrent un sourire, et Rourke se surprit à apprécier cet homme, mélange étrange mais sincère de dévotion spirituelle et de rudesse. Dans des circonstances exceptionnelles, il n'excluait pas que le père Frank Ghilotti puisse tuer, mais il l'imaginait mal le faire autrement que de manière propre.

— Le père Pat était ambitieux, selon vous. Ses visées se heurtaient-elles aux vôtres ?

— Je veux devenir archevêque un jour, répliqua Ghilotti avec une pointe d'amusement dans la voix. Lui voulait sauver le monde.

— Et par quels moyens comptait-il y arriver ?

Le recteur tapa le punching-bag du bout de son gant, assez fort pour que celui-ci oscille en grinçant.

— D'un certain point de vue, il n'existe guère de différences entre un prêtre et un flic. Pour s'élever dans la hiérarchie, il faut bénéficier de la protection d'un ange gardien et savoir dans quels placards se cache un cadavre. Que diriez-vous d'un marché ? Une information en échange d'une autre.

— Vous d'abord.

Un demi-sourire se dessina sur les lèvres de l'ecclésiastique.

— Il y a quelques mois, le père Pat s'est occupé d'un projet. Une sorte de club. Il l'avait nommé l'Amicale des femmes catholiques, mais son but consistait à aider des épouses à surmonter leurs problèmes conjugaux. Je ne suis pas certain de ce qui se manigançait lors de ces réunions, mais des maris se sont plaints auprès de l'archevêque, et c'en a été fini des expériences du père Pat en matière d'émancipation féminine.

— Vous pensez qu'il a continué ?

— Pas du tout. Et si je l'avais soupçonné de désobéir, mon devoir m'aurait obligé à intervenir.

Rourke sentit un tiraillement dans ses tripes, comme une intuition qui prenait racine. Quelque chose se tramait là. Il était trop tôt pour dire quoi, mais il flairait quelque chose… oui, quelque chose…

— À votre tour, lui enjoignit le recteur.

— D'accord. On ignore ce que faisait le père Pat dans cette

usine de macaronis la nuit dernière, mais il a pu être le témoin involontaire d'une scène qu'il n'aurait pas dû voir. On suspecte un malfrat de bas étage du nom de Tony Benato d'avoir commis le meurtre ou de l'avoir commandité.

Aucun tressaillement des paupières, aucune crispation de la mâchoire ne trahit une quelconque émotion de la part du prêtre. Soit il avait été à bonne école auprès de son père, soit il ignorait tout de la personne qui s'était servie de son confessionnal pour un entretien privé avec Tony le Rat.

Rourke lui avait menti de toute façon, car il n'imputait pas l'assassinat à l'usurier. Celui-ci n'avait pas l'envergure nécessaire. Décidément, tout se passait comme si on lui octroyait des pièces de puzzle qui s'emboîtaient à merveille, mais ne formaient qu'une image dénuée de sens.

Avant de sortir, il s'immobilisa un instant sur le pas de la porte. Le père Frank Ghilotti faisait pleuvoir des coups de poing sur le punching-bag, jouant des épaules et sautillant sur place.

Dehors, le père Delaney étêtait les roses du treillage autour de la cuisine.

— Bonjour, mon père, le salua Rourke.

Le vieux prêtre leva les yeux et lui sourit sous le bord frangé de son chapeau de paille.

— Je vous connais, lança-t-il. Vous êtes le frère du père Paul. Le policier. Vous êtes venu chercher le livre.

— Oui, je l'ai maintenant. Merci.

Le vieillard jeta une fleur flétrie dans un panier posé entre ses pieds écartés.

— J'espère qu'il n'y aura plus de discorde.

Ses roses avaient la couleur des joues d'une petite fille rougissante. Leur parfum assaillit brusquement Rourke lorsqu'il s'approcha.

— De quelle discorde parlez-vous, mon père ?

— Celle entre le père Frank et le père Pat. Ils se disputaient et criaient. Seulement le père Pat est mort maintenant, alors je suppose… (Il commença à trembler et son regard se perdit au loin.) Je m'embrouille des fois…

— Avez-vous entendu leur conversation ? insista Rourke d'une voix douce et calme.

— Un pacte avec le diable, voilà ce qu'il a dit. Il refusait de conclure un nouveau pacte avec le diable.

— Qui ? Le père Pat ?

— On le prenait pour un saint, et lui-même craignait d'en être un, mais on se trompait tous. Il n'y avait pas eu de miracle. Tout ça, c'était dans sa tête.

— Le père Pat se prenait pour un saint ?

Les frissons du vieux prêtre s'accentuèrent et il entrouvrit les lèvres dans un effort pour retenir sa mémoire en fuite.

— Je ne sais pas… Je m'embrouille des fois…

Il tendit le bras vers une rose fanée, mais s'enfonça alors une épine dans le doigt, qu'il porta à sa bouche avec un cri de douleur. Puis il fixa Rourke en clignant des yeux et l'inspecteur devina qu'un voile obscurcissait son esprit tel un brouillard.

— Ma mère cultive des roses, raconta-t-il sans transition. Des American Beauties grosses comme des bols. Elle assistera à mon ordination demain. Elle n'était pas très contente quand j'ai choisi de devenir prêtre, mais elle s'en est accommodée depuis… Je suis désolé, on s'est déjà rencontrés quelque part ?

— Je suis le frère du père Paul. (Des gants gisaient par terre, à côté du panier. Rourke se baissa pour les ramasser.) Tenez. Il vaudrait mieux que vous les enfiliez, sinon vous risquez encore de vous piquer.

Devant le presbytère, un livreur en salopette verte se débattait avec une paire de pinces géantes pour pousser un bloc de glace sur le hayon d'un chariot de la Solano Ice Company. Quelques reporters s'étaient massés en face de l'église sur la pelouse du Coliseum Square.

Rourke regagna sa voiture. Les paroles du vieux prêtre

dansaient dans un coin de sa conscience, semblables à une vague idée sur le point de prendre forme, lorsque l'un des journalistes l'interpella :

— Hé, monsieur Rourke ! J'ai une question à vous poser.

Adieu belle idée…

L'homme traversa la rue à grandes enjambées maladroites et contourna le livreur – lequel, campé fermement sur ses deux pieds, s'apprêtait à charger le bloc de glace sur son épaule.

— Hé, monsieur Rourke ! Je suis Garrison Hughes, du magazine *The Movies*. J'ai une question pour vous, répéta-t-il. Remy Lelourie et Alfredo Ramon sont censés jouer quelques scènes d'amour dans leur dernier film. Comment réagissez-vous ?

En guise de réponse, Rourke pointa son majeur en l'air.

Garrison Hughes eut un rictus qui dévoila ses dents jaunies.

— Vous êtes au courant qu'il s'est tailladé les poignets quand elle l'a plaqué après leur premier film ? Le studio a étouffé l'affaire, mais la prochaine fois que vous en aurez l'occasion, visez un peu ses cicatrices.

N'as-tu pas encore peur, Remy ?

Rourke fit demi-tour et se dirigea vers le type. Toute la matinée, la menace implicite adressée à Remy l'avait hanté telle une sirène aiguë et crispante. Il ne comptait pas blesser le reporter, seulement l'interroger, mais son désir d'en découdre avec quelqu'un dut transparaître sur son visage parce que Garrison Hughes rebroussa chemin.

Ce faisant, le journaliste heurta de plein fouet le livreur, perdit l'équilibre et atterrit sur les fesses dans le caniveau. Entraîné par son fardeau, l'employé alla quant à lui percuter le hayon du chariot, provoquant le glissement d'un autre bloc de glace qui s'écrasa sur la jambe gauche du malheureux étalé par terre. Rourke perçut un craquement sec, comme une branche de noyer qui se serait brisée.

— Seigneur Dieu ! s'exclama le livreur. Il doit avoir la jambe bousillée !

Garrison Hughes tenta de se redresser sur ses avant-bras.

— Restez tranquille.

— Elle est bousillée, je le confirme, commenta-t-il avec un stoïcisme qui impressionna Rourke.

— C'est sûr qu'elle est foutue ! renchérit le livreur.

— Ne bougez pas, ordonna Rourke.

Secondé par l'employé, il parvint à soulever le bloc et à le déplacer sur le côté. Il fut alors soulagé de n'apercevoir aucune trace de sang ni aucun os saillant. Parce que, tout de même, vu le bruit…

— J'appelle une ambulance.

— Nan, pas la peine. J'en ai une autre dans le coffre de ma voiture.

— Hein ? s'étrangla le livreur, avant de lâcher un « ouah » ébahi lorsque le reporter remonta son pantalon et agrippa sa cheville pour retirer l'extrémité brisée de sa jambe.

— J'ai perdu l'originale en Argonne, expliqua-t-il. Maintenant j'en ai une en bois, plus une autre de rechange.

Rourke aida Garrison Hughes à sautiller jusqu'à sa vieille Model T et à fixer sa prothèse.

— Existe-t-il quelque part une liste de tous les films déjà réalisés et de leurs interprètes ? lui demanda-t-il.

Hughes réfléchit à la question, puis secoua la tête.

— Nan, je crois pas. Pourquoi ? Qu'est-ce que vous mijotez ?

— Rien qui vous concerne. Et vous avez intérêt à arrêter de me suivre avec ce satané appareil photo, ou la prochaine fois, c'est vos burnes qui trinqueront !

Sur ces mots, Rourke rejoignit sa voiture. Lui qui avait jusque-là conservé son sérieux éclata alors de rire au souvenir du craquement que la jambe de bois avait émis quand la glace était tombée dessus. Il rit au point d'en avoir mal aux côtes et de devoir appuyer le front contre son volant.

Il roula ensuite un peu trop vite dans Race Street, puis bifurqua vers le centre-ville à l'angle du square. Fio attendrait un peu. Il tenait d'abord à avoir une petite discussion avec Floriane de Lassus Layton.

Issue d'une vieille famille aisée, celle-ci fréquentait la haute société et maîtrisait toutes les règles du savoir-vivre. Présidente qui plus est des associations caritatives de la ville, elle avait aussi ses entrées dans les cercles religieux, ce qui signifiait qu'elle était certainement au fait de certains scandales, peut-être même de certains secrets. Rourke ne la connaissait pas personnellement, mais il n'avait pas oublié l'impression que lui avait laissée sa fille l'été précédent lors de son interrogatoire dans le cadre de l'affaire Titus Dupre. Comment se prénommait-elle ? Darla… Non, Della. Une gamine futée, avec une vive personnalité teintée d'une pointe de causticité. Comme la limonade. Jolie, d'immenses yeux noisette. Trop pressée de grandir toutefois. Peut-être causait-elle du souci à sa mère.

— Flo, dit-il à voix haute.

Il commençait à bien la cerner.

10

Mme Layton était déjà informée du meurtre. Dans la Cité du Croissant, les nouvelles horribles et les scandales se répandaient plus vite que la fièvre jaune dans l'ancien temps.

Elle s'apprêtait à donner une soirée de mah-jong quand un premier coup de fil l'avait avertie, aussi portait-elle un kimono rouge et des mules chinoises richement brodées à l'arrivée de Rourke. Elle avait pleuré.

Les Layton habitaient une belle villa surélevée de style néoclassique, dans Prytania Street. Courtier de son état, Albert Payne Layton avait récemment amassé des sommes folles sur le marché des changes, mais la maison avait le cachet et l'odeur des vieilles fortunes – en l'occurrence, celle que la famille de Lassus tirait de l'exploitation des raffineries de canne à sucre depuis une époque antérieure à la guerre de Sécession.

Floriane de Lassus Layton ne devait avoir que sept ou huit ans de plus que Rourke. À défaut d'être séduisant, son visage lisse et rond dégageait une impression de cordialité : cheveux d'un roux acajou profond, peau de la blancheur des magnolias, et surtout un air de fragile délicatesse impossible à cultiver ou à feindre. Il fallait être née avec.

Rourke lui trouva pourtant la mine honteuse et sombre,

chose rare parmi les femmes qui, comme elle, menaient joyeuse vie dans leurs demeures ancestrales.

— Madame Layton, attaqua-t-il une fois qu'ils se furent installés sur des fauteuils en soie vert et crème. Pourriez-vous m'indiquer l'heure à laquelle le père Pat vous a quittés hier soir, et s'il vous a précisé où il comptait se rendre ensuite ?

Elle le fixa avec perplexité, puis croisa les bras sur son ventre et se pencha en avant, estomaquée.

— Oh, mon Dieu ! Cette histoire est bien vraie alors. Je ne pouvais croire...

Elle serra plus fort ses bras contre elle en se balançant d'avant en arrière, et un long moment s'écoula avant qu'elle se redresse et s'essuie les joues du revers des deux mains.

— Je suis désolée, j'oublie mes bonnes manières. Me montrer ainsi... que devez-vous penser de moi maintenant ?

— Je pense simplement que vous venez de perdre un ami très cher, la rassura-t-il.

La bouche de Mme Layton se tordit en un sourire peiné. Si elle semblait n'attribuer sa compassion qu'à une ruse de policier, sa politesse l'empêchait, et l'empêcherait à jamais, de l'avouer.

— Le père Pat était ici hier soir, bien sûr, déclara-t-elle. Nous avons eu du vivaneau au dîner parce c'était vendredi, puis nous avons écouté une opérette de Gilbert et Sullivan sur le phonographe et il l'a accompagnée en chantant. Il a... il avait une très belle voix de contre-ténor. Il est parti à vingt-deux heures. Je me souviens que l'horloge de l'entrée a sonné l'heure quand nous nous sommes dit au revoir à la porte.

— M. Layton était avec vous ?

Ses doigts s'immobilisèrent après avoir jusqu'alors plissé son kimono.

— Albert ? Oui, évidemment. Il... (Les yeux baissés sur ses mains, elle tritura son alliance en la faisant tourner autour de son annulaire.) Il est absent aujourd'hui. Il joue toujours au golf le samedi matin.

— Faisiez-vous partie du club créé par le père Pat ?

Elle serra les poings.
— Son club ? Je ne sais pas de quoi…
— L'Amicale des femmes catholiques.
— Oh, ça ! (Elle se détendit légèrement et haussa les épaules.) J'ai assisté à ces réunions au début, mais j'étais si occupée par ailleurs que j'ai dû y renoncer. Les associations caritatives dévorent tout mon temps.
Rourke n'insista pas. Elle releva la tête au bout de quelques instants et croisa son regard. Une discrète rougeur envahit alors son cou.
S'extrayant de son fauteuil pour s'écarter de lui, elle marcha vers une porte-fenêtre tout en se frictionnant les bras. Le vent agitait la glycine qui grimpait après les colonnades de la galerie extérieure. Un couple d'oiseaux moqueurs voletaient ici et là au soleil.
Rourke continua de l'observer. Dans le silence, la brise se heurtait aux carreaux.
— Saviez-vous que mon mari avait lui aussi étudié à l'université de Loyola, inspecteur Rourke ? lança-t-elle enfin en se raccrochant à l'étiquette du Sud qui voulait que l'on se trouve des points communs avec ses invités, si infimes fussent-ils.
Avant même qu'il fréquente une star de cinéma, les affaires de meurtre très commentées élucidées par Daman Rourke lui avaient valu d'avoir sa vie étalée dans les pages des journaux à sensation. Il était donc habitué à ce que des inconnus détiennent sur son compte le genre d'informations que lui-même s'efforçait en général d'arracher aux autres. Son enfance dans le quartier défavorisé de l'Irish Channel par exemple. Son père policier. Son passé de pilote de chasse hors pair durant la Première Guerre mondiale. Son engagement dans les forces de l'ordre et son diplôme de droit obtenu à Loyola parallèlement à ses patrouilles de nuit. Cependant, les tabloïds s'étaient surtout intéressés aux scandales et aux tragédies qui avaient émaillé son parcours. Le départ de sa mère, qui avait abandonné son mari et ses enfants en bas âge pour aller vivre avec un homme marié. La mort de son père au cours d'une rixe

dans un bouge de Girod Street. Celle de sa femme, disparue subitement à vingt-deux ans à cause d'une malformation cardiaque.

Ils n'avaient pas encore percé tous ses mystères, mais ce n'était qu'une question de temps et de hasard. Tel est le propre des secrets, songea-t-il. Alors qu'on croit les avoir enfouis, ils se frayent un chemin vers la lumière. Cela, il aurait pu le dire à Floriane de Lassus Layton. Peut-être d'ailleurs le ferait-il avant la fin de cette enquête.

Il s'interrogea sur ce qu'elle-même dissimulait tandis qu'elle jacassait sans fin.

— Bien sûr, Albert vous y a précédé, alors je présume que vous ne vous êtes jamais rencontrés. (Elle se frotta de nouveau les bras avec l'air d'avoir soudain pris froid.) Fait-il chaud dehors ? J'ai bien l'impression que les températures ont grimpé en tout cas.

— Un peu, répondit-il. Mais le vent souffle.

Elle se détacha de la porte-fenêtre et s'avança vers un phonographe installé sur une console en marbre, à côté d'un chariot à liqueurs. Elle s'apprêta à mettre un disque mais se ravisa aussitôt. Ses yeux brillaient, et elle dut les fermer pour contenir ses larmes.

— Votre mari était absent hier soir, n'est-ce pas ? supputa Rourke. De même que votre fille. Vous avez écouté une opérette rien que tous les deux, le père Pat et vous.

Ses paupières se crispèrent comme si elle grimaçait intérieurement de douleur.

— Il ne s'est rien passé. Je le jurerai sur la Bible s'il le faut. Nous avons dîné, écouté de la musique et il est parti à vingt-deux heures. C'est la vérité.

Rourke se leva, mais se garda de trop s'approcher d'elle. Une partie de mah-jong allait sous peu être disputée sur une table basse en face de l'âtre, et dans la pièce flottait encore le parfum de l'encens qui avait brûlé dans le ventre du bouddha en plâtre ornant le manteau de la cheminée. Ce jeu remportait un tel succès que l'on pouvait en acheter à bon marché en Celluloïd dans n'importe quelle épicerie. Pour autant, celui-là n'avait rien d'un exemplaire ordinaire. Ses tuiles s'apparentaient même plutôt à des pièces de collection importées tout droit de Chine.

Bien qu'il sentît sa présence lorsqu'elle le rejoignit, Rourke veilla à ne pas la regarder en face. L'appétit, l'envie et le besoin sommeillent parfois en vous, médita-t-il. Ils se terrent pour remonter à la surface à l'improviste, sans que vous les en ayez priés. Le désir de posséder quelqu'un physiquement ne s'accompagne pas forcément de sentiments amoureux. Quand on aime en revanche, on a soif de toute la personne : de son cœur, de son esprit et de son âme autant que de son corps.

Si donc vous étiez Flo Layton, épouse et mère de famille, présidente du conseil des associations caritatives de Notre-Dame-du-Saint-Rosaire, si vous étiez cette femme et que vous ayez eu le courage d'attirer dans votre lit votre curé, l'objet de votre amour, de l'étreindre, de l'embrasser dans le noir, et peut-être de lui ôter ses habits, de le caresser, de le toucher et de lui tendre les bras comme à votre mari, et que ce curé, votre amant, se révèle être une amante... Si vous étiez cette femme, cesseriez-vous sur-le-champ d'être amoureuse ? Votre soif s'étancherait-elle aussitôt ?

— C'est ridicule, non, de jouer au mah-jong simplement parce que tout le monde ne jure plus que par ça ? reprit-elle. À dire vrai, les règles sont si compliquées qu'aucun de nous ne doit vraiment comprendre ce qu'il fait. Vous avez déjà essayé, inspecteur ?

— Non. J'ai bien peur que mon faible à moi soit plutôt le *bourré**.

— C'était aussi celui de mon père. Il prétendait que l'on pouvait jauger un homme d'après son comportement pendant une partie de *bourré**. La compétition acharnée, l'audace folle nécessaire pour risquer de tout perdre, la capacité à leurrer les autres et à détecter les coups de bluff...

Rourke cessa de contempler la table de mah-jong pour se tourner vers elle. Elle pleurait.

— Il serait donc stupide de ma part d'essayer de mentir à un inspecteur de police qui maîtrise ce jeu-là, n'est-ce pas ? lâcha-t-elle avec le profond soupir de celle qui se retrouve enfin confrontée à une épreuve longtemps redoutée. Nous étions amis, le père Pat et moi. De bons amis liés par une complicité quelque peu étrange. Presque comme si nous... (Elle chercha en vain les mots pour traduire sa pensée.) Vous pourriez dire que je l'aimais, mais notre relation n'a jamais pris la tournure horrible que vous supposez. Il n'était pas homme à trahir ses vœux, et je ne suis pas femme à... Je ne suis pas ce genre de femme.

Il ne savait pas s'il la croyait ou non. N'eût été son air honteux au début de leur entretien, son intuition lui aurait soufflé de se fier à elle.

En sortant, Rourke contempla la vue depuis la galerie sur la tour octogonale de Notre-Dame-du-Saint-Rosaire, qui s'élançait haut au-dessus des arbres et des maisons voisines. Avec un peu d'imagination, jugea-t-il, son horloge évoquait un gros œil toujours ouvert, témoin de toutes les vies, pécheresses ou vertueuses, qui se déroulaient à ses pieds.

Le plancher grinça derrière lui. Faisant volte-face, il découvrit une jeune fille qui semblait prendre la pose dans un rocking-chair en osier, au milieu de gros pots en terre cuite plantés d'hibiscus rouges et blancs.

Elle se leva et vint vers lui.

— Inspecteur Rourke ?

Il enfonça les mains dans ses poches, se balança en arrière sur ses talons et la gratifia du sourire dont il usait inconsciemment avec toutes les femmes depuis qu'il était en âge de saisir quels avantages il pouvait en tirer.

— Bonjour, mademoiselle Della.

Elle rougit un peu mais, dans le même temps, une lueur calculatrice se profila derrière les grands yeux noisette qui le dévisageaient.

— Vous vous souvenez de moi, dit-elle. Je craignais que ce ne soit pas le cas.

L'adolescente qu'il avait interrogée six mois plus tôt avait beaucoup changé. Si elle lui était apparue alors comme le type même de la sage écolière avec sa jupe plissée bleue et son gilet, il avait à présent en face de lui une vamp en herbe arborant un chapeau incliné bas sur la tête, de longs colliers de perles noués, une jupe courte et des bas couleur chair roulés pour dévoiler ses genoux poudrés de rose. Elle avait souligné ses yeux d'un trait de crayon noir, maquillé ses paupières avec un fard brillant et peint ses lèvres d'un rouge aussi vif que les hibiscus à côté d'elle.

— Je me souviens aussi que, selon vous, les cours dispensés par votre école ne sont que de la « foutaise », que vous aimez jouer au tennis et aller au cinéma et que votre actrice préférée n'est autre que Remy Lelourie.

Elle rit et fit papilloter ses yeux, flirtant avec lui, testant sa féminité fraîchement éclose.

— Je parie que tout le monde vous répète la même chose, observa-t-elle. Les gens doivent prétendre l'admirer parce qu'ils savent bien que vous êtes son amant.

Rourke examina les alentours, puis se pencha vers elle en baissant la voix.

— La plupart des trucs que racontent les magazines... ils sont inventés.

— Je m'en doute, chuchota-t-elle.

Elle gloussa, mais se reprit en plaquant sa main sur sa bouche. Son attitude redevenait celle d'une fille de seize ans qui ne se donnait pas l'air d'en avoir vingt et un.

— Reste qu'avec quelques copines de mon école, on a créé le club des Fantastics, enchaîna-t-elle. C'est une sorte de fan-club dédié à Remy Lelourie. Et je me demandais... enfin, puisque vous la connaissez... Vous pensez qu'elle accepterait de nous signer un autographe ?

— Bien sûr. Je peux même vous procurer à chacune une photo dédicacée. Combien êtes-vous ?

— Sept au total.

Rourke lui tendit son calepin et son stylo.

— Écrivez donc les noms. Comme ça, elle pourra personnaliser chaque mot.

— Ce serait super. Merci.

Elle sourit, avec de nouveau cette lueur calculatrice dans le regard, si bien que Rourke eut l'impression qu'elle n'espérait pas seulement de lui un petit numéro de charme et un autographe.

Au moment de saisir le calepin, elle jeta un œil par-dessus son épaule, comme si elle s'était sentie espionnée par quelqu'un depuis la fenêtre du salon. Rourke aperçut Flo Layton, mais celle-ci se trouvait près de la console. Tous deux l'observèrent tandis qu'elle plaçait un disque sur le phonographe. Le pavillon de l'appareil déversa les accords cuivrés de *The Lord High Executioner.*

L'adolescente afficha un air bizarre, que Rourke qualifia presque de joie horrifiée en son for intérieur.

— Je suis au courant pour le père Pat, lui annonça-t-elle d'une voix étonnamment éteinte eu égard à l'expression de son visage. Il paraît qu'il a été assassiné. Vous êtes venu parler de lui avec ma mère ?

— Simple routine. On s'intéresse aux derniers faits et gestes de la victime. Je crois qu'il était ici hier soir et que vous étiez de sortie ?

— J'ai dîné chez Mary Lou Trescher et, finalement, je suis restée dormir. (Elle s'écarta de la fenêtre avec un léger frisson.) Je n'aime pas manger à la maison le vendredi parce que je déteste le poisson. La mère de Mary Lou nous prépare toujours des macaronis au fromage.

— Le père Pat vous rendait souvent visite ?

Appliquée à écrire dans son calepin, elle fit d'abord mine de ne pas avoir entendu.

— Ma mère et lui s'impliquaient beaucoup dans des associations caritatives, répondit-elle enfin avec indifférence.

Elle lui restitua son carnet et son stylo et l'accompagna jusqu'à sa Bearcat, garée à l'ombre d'un orme.

Elle en fit le tour, effleurant le capot arrondi, la figurine chromée sur le capot, les ailes jaune vif.

— Ouah ! C'est à vous ? s'exclama-t-elle, sincèrement épatée. Elle jette son jus !

— Vraiment ? s'esclaffa-t-il.

« Elle jette son jus. » Il fallait qu'il retienne cette expression pour Katie.

Un silence empli de grésillements succéda à la fin du morceau. Floriane de Lassus Layton remonta le phonographe, remit le disque, mais se garda de chanter. Elle n'était vraiment pas assez douée. Pas comme le père Pat.

À un moment, le soir précédent, il s'était essayé maladroitement à une gigue de marin tout en entonnant les paroles d'une chanson. Ses genoux s'entrechoquaient, ses coudes fendaient l'air, tant et si bien qu'elle avait ri de cette piètre performance. Lui-même s'en était amusé, et elle se rappelait avoir pensé après coup, une fois leur hilarité retombée : voilà à quoi ressemble le bonheur.

Un bonheur qui lui avait pourtant fait l'effet d'un soleil qu'elle aurait scruté à travers les fines gouttelettes d'une fontaine. Devant une lumière si aveuglante, vous vous figurez voir des arcs-en-ciel, des prismes de couleur éblouissants, alors qu'il ne s'agit que d'une illusion. Pour peu que vous vous laissiez distraire par autre chose, tout disparaît.

Illusion cruelle, en ce sens que vous pouvez vous duper toute seule et imaginer l'espace d'un doux instant que vous n'êtes pas ce que vous êtes, Floriane de Lassus Layton, mère de Della, femme d'Albert Payne Layton. Maîtresse de…

La musique mourut. Elle actionna encore la manivelle, repositionna l'aiguille.

Maîtresse de…

Elle contempla le disque qui tournait, tournait, tournait…

Maîtresse…

Sa main vola, heurtant le bras de l'appareil qui érafla les sillons avec un bruit discordant.

— C'est malin, tu l'as rayé.

Elle se retourna brusquement en étouffant un cri. Son mari se tenait sur le seuil. Grand, roux, il avait le visage parsemé de taches de rousseur qui ressortaient sur sa peau pâle lorsqu'il était en colère.

Il était resté dans l'ombre du couloir de façon à dissimuler ses traits à son épouse, si habile à déterminer ses humeurs.

— Bertie, bafouilla-t-elle en détestant la crainte perceptible dans sa voix. Je ne t'attendais pas avant ce soir.

Il demeura immobile, silencieux, puis entra dans le salon en marchant droit sur elle. Les pieds rivés au sol, elle patienta. Il s'arrêta devant le phonographe, reposa le bras sur son support et souleva le disque.

— J'ai peur, ma chère, qu'il ne produise plus qu'un son comparable à un hoquet. (Elle regarda ses grandes mains, leurs tendons, leurs muscles, leurs poils roux aussi épais et raides que des fils de cuivre. Elle les regarda se contracter jusqu'à ce que le disque se brise en deux avec un claquement sec.) Oups ! il est vraiment fichu maintenant. (Il lui sourit, et elle nota que ses taches de rousseur avaient foncé.) Aucune importance, je t'en achèterai un autre.

Elle sentit tout son être se recroqueviller de l'intérieur, bien qu'il ne l'eût pas encore frappée – et bien qu'il n'envisageât peut-être pas de le faire. Parfois, alors qu'elle se résignait à ses coups, voire s'y préparait, il la traitait avec autant de délicatesse que si elle avait été en verre filé. Toute l'horreur de sa vie avec Albert Payne Layton résidait là : dans sa totale imprévisibilité.

Il laissa tomber par terre les morceaux du disque et lui fit face. Elle se serait enfuie cette fois, si du moins elle avait eu un endroit où se réfugier et si une partie d'elle-même n'avait estimé qu'elle méritait ce châtiment, qu'elle le méritait bien, parce qu'elle était Floriane de Lassus Layton, qu'elle l'avait trahi, et qu'elle s'était trahie elle-même.

— J'ai appris la nouvelle au sujet du père Pat, déclara-t-il. On m'a raconté qu'il avait été découvert mort tôt ce matin – assassiné d'une manière atroce qui plus est. Crucifié sur une poutre comme Jésus-Christ. Sachant combien tu l'appréciais, je me suis dit que tu aurais besoin de réconfort.

Il avait prononcé ces mots doucement, mais s'était emparé dans le même temps de sa main, qu'il serrait à présent avec une force effroyable. Il lui avait déjà infligé cette punition par le passé, lui broyant les doigts jusqu'à lui casser trois os.

Il approcha son visage du sien, si près qu'elle aurait pu compter ses taches de rousseur, aussi sombres que des gouttes de sang. Des traces de talc maculaient le col de sa chemise, au-dessus duquel son cou irrité par le feu du rasoir était couvert de boutons rouges.

— Un inspecteur vient de passer, l'informa-t-elle en luttant pour adopter un ton normal malgré la douleur dans sa main. Il s'est enquis de l'heure à laquelle le père Pat est parti hier soir. Il doit être encore dehors à discuter avec Della.

Albert éclata de rire, mais la lâcha.

— Oh ! très chère. Ma pauvre Flo. A-t-il poussé la grossièreté jusqu'à te demander si ton prêtre et toi couchiez ensemble ? Quelle humiliation. Tu ne sais donc pas que dans ce genre de circonstances les gens pêchent toujours des explications dans le caniveau ?

Il s'avança vers le chariot à liqueurs, attrapa une carafe en cristal taillé qui avait appartenu à l'arrière-grand-mère de Flo et se servit un bourbon.

— Un verre, chérie ? lui proposa-t-il. Ça ne te ferait pas de mal. En ce qui me concerne, bavarder avec ces messieurs de la police me donne toujours de l'urticaire.

Elle avait eu trop peur jusqu'alors pour en avoir conscience, mais elle le percevait maintenant – ce triomphe dans sa voix. Tout son être semblait exulter.

— Bertie, murmura-t-elle. Qu'as-tu fait ?

— Pardon ?

Il se figea et la considéra par-dessus le bord de son verre, les yeux écarquillés, la mine abasourdie. Il avait cependant le don de mimer à la perfection n'importe quelle émotion.

— Tu m'accuses de l'avoir tué ? Seigneur, c'est le comble ! s'exclama-t-il tandis que montait en lui un rire irrépressible qui la rendit nauséeuse.

Elle recula de quelques pas afin de se tenir hors de portée de son poing, bien qu'il ne lui eût encore jamais porté de coup à la tête. Il trouvait en général d'autres moyens de la blesser, des moyens qui la plupart du temps ne laissaient aucune marque.

Il affichait une telle suffisance... À croire qu'il était au courant de quelque chose. Peut-être la veille n'avait-il pas rejoint sa dernière traînée, après tout. Peut-être avait-il attendu dehors qu'ils quittent la maison pour les filer. En ce cas, il était assez intelligent pour avoir deviné... Et en homme rusé qui avait élevé la pratique de la cruauté au rang de plaisir – de plaisir et d'art –, il adorerait tout saboter, juste par jeu.

Perdue dans ses pensées, elle n'avait pas remarqué sa présence menaçante à côté d'elle.

— Tu me parais bien pensive, ma chère. Essaierais-tu par hasard de peaufiner ton alibi, de te rappeler tous les mensonges que tu as débités à ce policier afin de t'assurer que tu n'as pas commis d'impair, ou bien dévoilé par mégarde l'un de tes noirs secrets ? S'est-il intéressé par exemple à l'endroit où tu étais à deux heures ce matin ?

— Où étais-tu, toi ? balbutia-t-elle, avant de regretter aussitôt sa question.

Mais il se contenta de claquer la langue avec réprobation.

— Allons, allons, Flo. Souviens-toi des règles. Moi je peux baiser qui je veux, pendant que toi, tu restes à la maison à faire pénitence.

Une faible exclamation leur parvint de l'entrée du salon. Ils découvrirent leur fille Della dans l'embrasure de la porte, habillée à la dernière mode avec une jupe bien trop courte, les yeux et la bouche trop maquillés.

— Hello, trésor ! lança Albert. Tu es superbe.

— Merci, papa.

Elle lui décocha un grand sourire, puis se tourna vers sa mère. Flo n'aurait pas été surprise de la voir afficher un air très content d'elle-même car Della menait son père par le bout du nez. Sauf que le visage de sa fille n'exprimait que du mépris et une sorte de dégoût horrifié.

Elle sait, pensa Flo. Elle regarda son mari et lut dans ses yeux qu'il se riait d'elle. *Seigneur tout-puissant. Elle sait. Il lui a tout dit.*

11

Mary Lou Trescher vivait à seize ans le plus beau jour de sa vie.

Devant ses yeux ébahis s'étalait le pont d'un bateau pirate couvert d'écume. Du sang s'écoulait des dalots et la fumée de la bataille dérivait entre les espars, les mâts brisés et les voiles enchevêtrées. La coque en bois gémissait sous la houle. Dans l'air flottait une odeur de sel, de cordite et d'aventure.

Le navire lui semblait si réel, si criant de vérité – alors qu'il trônait en fait dans un imposant entrepôt fluvial où étaient autrefois stockés les bananes et le café en provenance d'Amérique du Sud. Les studios Bright Lights avaient racheté le bâtiment pour le transformer en ce lieu abritant un bateau immergé dans un énorme tank, avec des marais peints en toile de fond. Un écran géant qu'on eût dit en papier d'aluminium se déployait au-dessus de l'embarcation, là où aurait dû s'étendre le ciel.

Ce spectacle était si stupéfiant qu'elle devait se pincer pour y croire. Et pourtant, elle ne rêvait pas. Elle, Mary Lou Trescher, assistait au tournage d'un film de Remy Lelourie. Reginald Trescher, son cousin germain du côté paternel – qui avait travaillé comme électricien jusqu'à ce que, par miracle, il décroche un poste d'éclairagiste sur le plateau de *Fine Lame* –, s'était servi de ses relations pour lui obtenir un laissez-passer ce matin-là et lui permettre de les regarder filmer la scène du duel.

Les autres filles allaient être malades de jalousie quand elles l'apprendraient. Mary Lou aurait d'ailleurs aimé s'éclipser sur-le-champ pour courir les abreuver de détails, même s'il ne s'était pas encore produit grand-chose. Autour d'elle, quelques hommes chargés de *clip-boards* se frayaient un chemin entre les lourds câbles électriques qui jonchaient le sol. Ailleurs, les membres d'un petit orchestre accordaient leurs instruments. Reggie lui avait expliqué qu'ils interprétaient des musiques d'ambiance adaptées à chaque scène afin d'inspirer les acteurs. Quelqu'un brancha un ventilateur géant. Les voiles se mirent à claquer et les vagues à déferler par-dessus la rambarde du bateau jusqu'à ce que la soufflerie soit coupée.

Sept caméras montées sur trépied avaient été disposées autour du navire. Un barbu portant monocle, habillé d'une chemise ouverte, de jodhpurs et chaussé de bottes de cheval, ne cessait d'aller et venir de l'une à l'autre pour coller son œil aux viseurs et de griffonner des notes sur le scénario qu'il tenait roulé à la main.

Reggie le lui avait désigné comme étant le célèbre réalisateur allemand Peter Kohl. Selon lui, M. Kohl avait le souci de la perfection : costumes, maquillage, éclairage, tout devait être comme ceci ou cela, raison pour laquelle le moindre rien prenait tant de temps.

— Il nous faut des heures, lui avait-il dit, rien que pour planter le décor et imprimer quelques mètres de pellicule.

Le point le plus surprenant, que Mary Lou n'avait pas encore osé éclaircir, c'était que M. Kohl avait revêtu une tenue de cavalier alors qu'il tournait un film de pirates.

Pour l'heure, elle avait seulement entraperçu Remy Lelourie au moment où la star avait passé la tête hors de sa loge ambulante pour demander si tout le monde était prêt. Avec ses roues, cette loge constituait une merveille en soi, qui évoquait à

Mary Lou les roulottes de gitans qu'elle avait vues d'innombrables fois au cinéma.

De longues minutes s'étant écoulées sans que rien advienne, elle s'approcha d'une caméra et l'examina de plus près. De la grosseur d'un cartable d'école, celle-ci était plus petite qu'elle ne l'avait imaginé, mais comportait deux bobines de la taille de disques accrochées à son sommet.

— Touchez ça et vous êtes morte.

Il s'en fallut de peu qu'elle ne hurle d'épouvante, puis qu'elle s'évanouisse lorsqu'elle découvrit l'homme qui s'était adressé à elle. Elle le supposa d'abord maquillé, ou bien affublé d'un masque, car la moitié de son visage était atrocement défigurée par des cicatrices.

S'il se sentit insulté par sa mine terrifiée, il n'en montra rien. Il était de toute façon difficile de déchiffrer son expression tant sa peau balafrée avait l'aspect rigide et épais du cuir.

— Je suis Jeremy Doyle, se présenta-t-il. Chef-opérateur de cette folie cinématographique. Et la caméra que vous vous apprêtiez à toucher sans permission est la mienne.

Mary Lou bafouilla des excuses, bien en peine de savoir où poser les yeux. Les détourner aurait infligé un affront à cet homme en laissant entendre que sa vue lui était insupportable. À l'inverse, le fixer aurait eu un côté voyeur. Quoi qu'elle fasse, donc, elle risquait de le vexer. Soudain, une pensée lui traversa l'esprit. Jeremy Doyle s'était dit chef-opérateur. *Chef-opérateur.* Une actrice... qui déjà ? Hedda Hopper ? Norma Shearer ? avait été repérée par un chef-opérateur de la Warner Brothers dans un drugstore où elle sirotait un soda.

Elle s'obligea donc à le regarder en face et lui offrit sa main à baiser.

— Mary Lou Trescher, déclara-t-elle avec la moue blasée rendue célèbre par Remy Lelourie dans *Jazz Babies*. J'essayais seulement de me distraire en attendant que le plateau s'anime un peu. Les tournages sont-ils toujours aussi ennuyeux, monsieur Doyle ?

Sa bouche se tordit en une horrible grimace, et il fallut

quelques instants à Mary Lou pour comprendre qu'il s'agissait de sa version d'un sourire.

— Écoutez-moi ça. Vous n'allez tout de même pas me faire croire que vous n'êtes pas subjuguée ?

Il balaya le plateau d'un ample geste du bras et, comme sur un signal, des rangées de lampes à incandescence s'allumèrent à l'arrière du vaisseau, inondant le pont d'une lumière blanche.

Mary Lou poussa un doux soupir. Ce qui lui avait paru spectaculaire devenait maintenant presque irréel. Les chevrons du toit de l'entrepôt se fondirent dans le contre-jour, câbles, chariots, chaises pliantes et sunlights disparurent, et elle fut soudain une femme pirate voguant en haute mer.

Elle sentit l'attention que lui portait le chef-opérateur et rougit, gênée, mais aussi ravie bien sûr, parce que cela signifiait sûrement qu'il la trouvait jolie. De toutes les filles du club Fantastics, elle était celle qui, de l'avis général, ressemblait le plus à Remy Lelourie.

— Bon Dieu ! grommela-t-il. J'imagine que vous allez boucler vos valises et filer à Hollywood après ça. (Il tendit la main vers sa caméra, ôta le cache de l'objectif et actionna une manivelle.) Permettez-moi de vous donner un conseil, ma belle, même si vous n'en voulez pas et que je doute fort que vous l'appréciiez. Les studios grouillent de filles comme vous, avec vos airs de poupée et vos simagrées. Je peux d'ores et déjà vous assurer que vous n'avez pas les qualités nécessaires pour percer dans ce milieu, alors autant économiser le prix du billet de train et éviter de finir avec le cœur brisé.

Blessée, choquée, Mary Lou contempla les traits ravagés de son interlocuteur. Puis quelque chose se brisa en elle, et ses yeux s'embuèrent.

— Je savais bien que vous n'apprécieriez pas, conclut-il avant de tourner les talons.

L'adolescente s'enfuit dans la direction opposée. Aveuglée par ses larmes, elle manqua entrer la tête la première dans une porte. La poitrine soulevée par des sanglots contenus, elle s'immobilisa alors et s'essuya les joues – maculant ses gants blancs de mascara. La loge vide de Remy Lelourie s'ouvrait grand devant elle. Celle d'Alfredo Ramon, juste à côté, était quant à elle entrebâillée. Pas beaucoup, mais assez pour l'inciter à grimper les deux marches et à jeter un œil à l'intérieur. Ce qu'elle vit alors faillit lui arracher un cri d'exclamation.

L'acteur principal de *Fine Lame* était appuyé contre une coiffeuse en cerisier, un pied sur un petit tapis d'Orient rouge et bleu, l'autre ramené en arrière. La manche remontée de sa chemise noire dévoilait un lien en caoutchouc qui ceignait son bras. Le poing serré, les tendons rigides, il maintenait son avant-bras sur sa cuisse afin de s'injecter un produit dans le poignet à l'aide d'une seringue.

Ses lèvres pleines frémirent. Il exhala un soupir en pressant le piston, puis renversa la tête en arrière et ferma les yeux. Son visage se crispa comme sous l'effet de la douleur. Il demeura dans cette position, figé, à l'exception des violents à-coups de sa respiration et des tremblements qui agitaient ses muscles bandés.

Au bout d'un moment, son souffle reprit un rythme plus normal. Il se redressa lentement, détacha son garrot et retira l'aiguille, qu'il laissa choir en secouant la main. Son regard trouble s'éclaira.

— Salut chérie, lança-t-il, amusé. Qu'est-ce que tu regardes ?

Les joues en feu, Mary Lou crut qu'il l'interpellait, elle. Puis elle comprit qu'il parlait en réalité à Remy Lelourie, qui devait être postée derrière la porte entrouverte, parce qu'il poursuivit :

— Allez, Remy. Fais pas cette tête. Ce serait dommage de rider un aussi joli minois. Plus joli que le mien, je pense… enfin, peut-être pas. (Il éclata soudain de rire.) Ouahou ! Cette blanche-là, c'est quelque chose. T'es sûre que t'en veux pas un peu ?

Remy Lelourie s'avança assez dans la pièce pour apparaître entièrement à Mary Lou. Elle avait revêtu son costume de pirate : une chemise en satin noir, un pantalon en cuir moulant, noir lui aussi, des bottes, une épée pendue à la taille et un bandage ensanglanté autour de la tête.

— Bon sang, Freddy, on est à deux doigts de s'affronter en duel à l'épée et toi, tu planes complètement. Peter sait que tu as replongé ?

— Il s'en fout, rétorqua-t-il d'une voix mordante bien que pâteuse. C'est toi qui cartonnes au box-office, ma belle. Du moment que tu te tiens bien, tout baigne.

Remy s'écarta de lui, mais il l'attrapa par le bras et l'obligea à lui faire face.

— Tu t'envoies en l'air avec lui ?

Elle s'efforça de se dégager, sans succès.

— Freddy, arrête.

— Tu te souviens de notre dernier film ensemble ? Tu l'avais commencé dans mon lit pour finir dans le sien. Je me suis donc dit que si c'était d'abord lui qui couchait avec toi cette fois-ci, je le coifferais peut-être au poteau.

— Freddy, tu es pathétique. Lâche-moi.

Il baissa sur elle des yeux mi-clos, les joues possédées de légers tics nerveux sous ses pommettes saillantes. Il obtempéra et recula d'un pas.

Mary Lou redescendit les marches et tourna en toute hâte à l'angle de la roulotte avant que Remy Lelourie ne sorte de celle-ci.

Une main s'abattit alors lourdement sur l'épaule de l'adolescente, qui, surprise, faillit perdre l'équilibre. Sans doute le chef-opérateur revenu pour achever de l'humilier, se figura-t-elle aussitôt.

Mais non. Ce n'était que son cousin Reggie.

— Eh, tu es bien nerveuse ! la taquina-t-il. Tu n'as pas affaire à de vrais pirates, tu sais. Viens, je vais te présenter à Mlle Lelourie.

— Non, Reggie, tu n'y penses pas ! Enfin quoi, c'est une célébrité. On ne peut pas l'aborder comme s'il s'agissait de n'importe qui.

Sans l'écouter, Reggie la poussa en avant et héla l'actrice. Mary Lou eut à peine le temps de réagir que déjà elle échangeait une poignée de main avec la star en bredouillant des paroles incohérentes.

Si Remy Lelourie lui parut plus petite qu'à l'écran, son visage en revanche était presque trop beau pour être vrai. Encore que « beau » ne fût pas tout à fait le terme approprié. Il lui rappelait les orages en été, et les premiers instants après un éclair, quand l'air vibre d'électricité et que, saisi, l'on guette le grondement du tonnerre et la pluie battante qui lui succèdent.

— Je suis ravie que Reggie vous ait emmenée ce matin, mademoiselle Trescher, déclara l'actrice d'une voix rauque étonnamment timide. Veillez à ce qu'il vous installe bien au premier rang. Je vais avoir besoin d'une âme charitable pour m'encourager quand tout le monde se mettra à me houspiller pour ne pas avoir respecté les marques au sol.

Mary Lou doutait que Remy Lelourie ait jamais omis de respecter aucune marque. Elle voulut lui avouer qu'elle admirait son talent au point d'avoir vu ses films une demi-douzaine de fois chacun, mais ses mâchoires refusaient de se desserrer et sa langue de bouger.

— Respire, lui glissa Reggie à l'oreille – mais cela aussi semblait au-dessus de ses forces.

Mlle Lelourie s'était penchée vers elle, prête à ajouter autre chose, quand son attention fut attirée par Peter Kohl qui fonçait droit sur elle en fendant l'air de sa barbe taillée en pointe.

— Remy, Remy, mon indomptable pirate. Tu es là.

Il ignora Reggie et Mary Lou, relégués au rang de simples éléments du décor, et couva tendrement des yeux son héroïne, plus proche en cela d'un père aimant que d'un homme auquel elle avait accordé un jour ses faveurs.

— Voici ce que j'attends de toi, Remy chérie, enchaîna-t-il en l'entourant de son bras et en la guidant vers le bateau. Tu es en colère, et cette colère brûle en toi comme les feux de l'enfer. Tu es une hors-la-loi. Une écumeuse des mers qui a connu une sorte de rédemption morale car elle est amoureuse. Amoureuse ! (Il écarta les bras pour embrasser ce mot, les garda en l'air un instant, puis les laissa retomber.) Mais tu restes malgré tout une hors-la-loi, et c'est elle que je veux contempler, chérie. Montre-la-moi.

À la grande surprise de Mary Lou, Mlle Lelourie lui adressa un signe de connivence avant d'emboîter le pas au réalisateur. Elle hésita, ne sachant si elle était censée les accompagner, jusqu'à ce qu'elle eût l'étrange impression d'être épiée.

Adossé à la porte de sa loge, le bel Alfredo Ramon dardait sur elle un regard noir intense, tel un chat prêt à bondir sur sa proie. Mais la voyait-il vraiment ?

Elle ébaucha un sourire, songeant qu'elle l'avait espionné, elle, pendant qu'il se shootait. Elle courba la tête, vaguement honteuse. Il avait disparu lorsqu'elle la redressa.

— Avance ! la pressa Reggie. Tu prends racine, ma parole. On va commencer à tourner.

Remy Lelourie franchit la passerelle et gagna la poupe du bateau. Elle s'immobilisa là, les bras raides le long du corps, le menton légèrement en avant, et bien que Mary Lou ne distinguât aucun changement perceptible dans son expression, son être parut se métamorphoser de l'intérieur ; soudain, tout fut là, dans ses yeux, dans sa bouche, dans ses épaules et dans la courbure de son cou. Elle était une pirate, une hors-la-loi.

Peter Kohl avait suivi cette métamorphose dans le viseur d'une caméra. Il s'en détacha et plaqua une main sur son cœur en un geste théâtral empreint d'une étrange douceur.

— *Lieber Gott*, Remy chérie. Tu me tues.

L'actrice abandonna sa pose un instant, redevenant Remy Lelourie.

— Ne succombe pas tout de suite à mes charmes, plaisanta-t-elle par-dessus la rambarde. Le film n'est qu'à moitié terminé. (Elle souleva son bandage taché de sang et se gratta le crâne.) Pourquoi est-ce que je porte ce truc sur le front ?

— Parce que tu es blessée, Remy chérie.

— Peter *chéri*, j'ai reçu un coup de couteau dans le bras, pas à la tête. J'en suis certaine.

Il fit quelques pas vers l'énorme citerne et fixa la jeune femme d'en bas, les poings sur les hanches.

— Il a l'air plus romantique là où il est, décréta-t-il. À quoi rimerait un bandage autour du bras ? À rien. Ce serait rasoir. N'y touche pas et on s'occupera plus tard de régler ce détail.

Il s'empara d'un mégaphone posé sur sa chaise de réalisateur. « Tout le monde en place », cria quelqu'un. L'orchestre attaqua *La Chevauchée des walkyries*, le ventilateur géant fut mis en route, les vagues fouettèrent les flancs du bateau, les voiles se gonflèrent. « De la fumée ! Envoyez de la fumée ! » Une machine répandit aussitôt un brouillard blanc sur le gréement.

Remy Lelourie éclata de rire, dégaina son épée, et le charme opéra.

Elle savait qu'une scène passait bien à l'écran quand elle-même était séduite par la magie de sa propre image dans l'œil de la caméra, à laquelle elle se livrait corps et âme, sans la moindre retenue, liée à elle par un amour exigeant, avide et réciproque.

Ils effectuèrent douze prises avec pour chacune des plans d'ensemble, moyens et rapprochés. Dans un ronronnement incessant, les sept caméras Mitchell impressionnèrent des centaines de mètres de pellicule noir et blanc. Puis Jeremy Doyle monta à bord réaliser les prises de vues les plus novatrices avec son Eyemo 35 mm, filmant tantôt en plongée, depuis le nid-de-pie, tantôt en contre-plongée, couché sur le pont, tantôt de côté, dans le vide, les jambes accrochées à la rambarde – le tout pendant que Remy Lelourie et Alfredo Ramon croisaient le fer entre deux bonds par-dessus les espars brisés et les écoutilles embrasées, et que Peter Kohl, tel un chef d'orchestre, accélérait ou ralentissait le tempo.

La lumière diffusée par les tubes à vapeur de mercure se

réfléchissait sur le panneau tendu au-dessus du plateau, transformant celui-ci en véritable étuve. Les poussières brûlantes générées par les projecteurs Klieg et la fumée artificielle flottaient dans l'air, de sorte que tous avaient les yeux rouges et gonflés et les poumons irrités. À la cinquième prise, Freddy peinait tant à respirer qu'il lâcha des bordées de jurons entre ses dents avec son accent nasal du Bronx.

— Coupez ! rugit enfin Peter. Mesdames et messieurs, c'est dans la boîte !

Perché dans les cordages, Jeremy Doyle sauta sur le pont, où il atterrit juste devant Remy. Il maniait sa caméra comme elle son épée.

Elle ôta son bandage et rejeta la tête en arrière en passant les doigts dans ses cheveux humides de sueur.

— Alors, Jeremy ? s'enquit-elle, encore tout excitée et à moitié dans son rôle. Faisais-je assez hors-la-loi à ton avis ?

Le chef-opérateur lui décocha son rictus effrayant.

— Une hors-la-loi tout feu tout flamme !

En riant, elle lui souffla un baiser et retraversa la passerelle.

Peter Kohl allait et venait au pied de la citerne, annotant déjà le script en prévision de la journée du lundi et déployant une énergie fébrile qui témoignait de sa satisfaction quant à cette dernière scène. Après une série d'échecs, il avait besoin de ce film, et plus il était satisfait des rushes quotidiens, plus il redoutait qu'un incident quelconque ne se produise et ne ruine définitivement sa carrière.

Remy rejoignit sa loge après de multiples crochets pour remercier tous les techniciens. Sous son épais maquillage, sa peau la démangeait et elle n'aspirait qu'à mettre la main sur un pot de crème apaisante.

L'odeur l'assaillit dès qu'elle ouvrit la porte de la petite roulotte. Des pétales de roses écrasés – des pétales par centaines, semblait-il – jonchaient le sol, emplissant la pièce de leur parfum doux et capiteux. Et sur le miroir de sa coiffeuse, on lisait ces mots, rédigés par la même main :

N'as-tu pas encore peur, Remy ?

Mary Lou Trescher fut ébahie par la vitesse à laquelle le studio se vida sitôt le tournage achevé. L'heure du déjeuner approchait seulement quand les derniers projecteurs furent éteints, et chacun avait déjà disparu, qui dans sa loge, qui dans son bureau. Reggie lui avait expliqué que, une fois le film développé, tous se réuniraient dans l'après-midi pour visionner les séquences bouclées le matin même.

Bien qu'elle n'eût aucune envie de partir, Mary Lou se doutait que personne ne l'inviterait à la projection. Elle ne fut donc ni surprise ni déçue d'échouer dehors, sur les quais, au milieu des charrettes transportant des tonneaux de sucre et des ostréiculteurs déchargeant leurs bateaux.

Reggie projetait d'aller dans un bar arroser la fin de cette journée de travail avec quelques-uns des éclairagistes. Elle l'embrassa en le remerciant de son merveilleux cadeau, puis se dirigea seule vers l'angle de la rue, d'où elle comptait prendre un tramway pour rentrer chez elle. À cette heure, la circulation était dense au bord du fleuve mais, toujours sous l'emprise de ces instants féeriques, elle chemina le long du trottoir en rêvassant.

Il lui fallut un moment pour s'apercevoir que quelqu'un criait son nom, et pour déterminer d'où provenait cet appel. Elle repéra alors un homme qui lui faisait signe depuis une voiture arrêtée à un feu rouge. Elle le reconnut aussitôt et agita le bras dans sa direction en souriant.

Il se pencha par la vitre.

— Je peux vous déposer quelque part ?

Mary Lou inspecta les alentours. Aucun tramway en vue. Craignant que le feu ne passe au vert, elle se décida rapidement et s'élança sur la chaussée, presque sous le nez d'un cycliste qui lui hurla de s'écarter.

Elle courut ensuite pour éviter un camion de bière, sans songer que sa mère serait morte de honte en voyant sa fille unique traverser la rue comme une vulgaire sauvageonne.

L'homme sortit pour lui ouvrir la portière, et elle lui offrit son plus joli sourire – celui dont tout le monde disait qu'il évoquait tant Remy Lelourie.

— C'est chic de votre part, merci.

Le silence et la curieuse rudesse avec lesquels il accueillit sa remarque l'interpellèrent. Se tournant à demi vers lui, elle eut à peine le temps de distinguer le tranchant de sa main qui s'abattait sur le côté de son cou.

Ses jambes se dérobèrent et le monde devint flou. Il l'attrapa sous les genoux pour la glisser sur le siège.

— On va bien s'amuser, trésor, lui murmura-t-il à l'oreille. Promis.

12

— J'ai beaucoup réfléchi pendant que cette brute en blouse blanche me charcutait le bras pour extraire la balle, annonça Fiorello Prankowski. Et j'en suis arrivé à la conclusion que le tireur te visait, toi. Ouais, c'est après toi qu'il en avait, et moi je me suis juste trouvé au mauvais endroit au mauvais moment.

Rourke et lui avaient pris place sur des tabourets pivotants devant le comptoir en marbre chez Kress, sous une voûte de fougères suspendues. Son coéquipier ayant proposé de lui payer son déjeuner, Fio avait décidé de ne pas regarder à la dépense et d'opter pour un endroit plus luxueux qu'à l'ordinaire.

— Crois-le autant que tu veux si ça peut te faire plaisir, commenta Rourke. Et comme au final c'est toi qui as un bras en bandoulière et un chapeau troué, je me consolerai en pensant que notre homme est un sacré manche. Du moment que tu restes à mes côtés pour lui servir de cible, je ne cours aucun danger.

Fio, qui avait déjà bu deux cherry cokes et englouti un sandwich muffaletta et une assiette de pommes soufflées, lorgnait à présent une tarte à la crème et à la banane.

— Ouais, eh ben tu aurais intérêt à prendre du recul, parce que tu verrais alors qu'il est dans l'ordre des choses qu'on cherche à te flinguer. Cet été, tu avais la mafia de Chicago aux trousses. Des types qui balançaient des grenades et dégommaient tout autour d'eux avec leurs mitraillettes. Ils sont peut-être de retour pour te régler ton compte une bonne fois pour toutes.

Rourke fit passer la dernière bouchée de son sandwich aux huîtres avec une gorgée de café si chaud qu'il lui brûla le palais.

— Tu as terminé ? lança-t-il à Fio en attrapant son porte-monnaie. Parce que...

— Halte-là ! J'aurai terminé après le dessert. Après une part de tarte à la banane bien méritée vu tout le sang que j'ai perdu quand mon bras a intercepté la balle qui t'était destinée.

Rourke attendit que le serveur apporte sa commande à Fio.

Deux jeunes femmes discutaient à côté d'eux. L'une, fiancée depuis peu, racontait comment son amoureux avait caché sa bague dans un cornet de glace au chocolat au moment de lui demander sa main, si bien qu'elle avait failli l'avaler.

Remy Lelourie n'acceptera jamais de m'épouser, ruminait-il. C'était stupide de nourrir un tel espoir. Elle que presque rien n'effrayait avait une peur bleue du mariage. Il avait osé aborder le sujet avec elle un jour, et elle avait réagi en pleurant, puis en lui faisant l'amour sans lui répondre.

— Il m'a semblé apercevoir Cornelius Dupre quand tu as joué les preux chevaliers avec la fille du Culte humanitaire, lui signalait Fio. Juste avant qu'on te tire dessus.

— Ce n'est qu'un gamin, Fio.

— Il n'a que deux ans de moins que son frère, qui lui est assez âgé pour avoir violé deux filles avant de les étrangler et de les jeter dans le fleuve... enfin, dans le fleuve ou je ne sais où en ce qui concerne la première. Ce garçon se dit sûrement que, sans toi, Titus ne vivrait pas aujourd'hui ses dernières heures. Moi, je pêchais au bord d'un lac et je me chopais un bon coup de soleil sur la nuque quand tout ça est arrivé, alors les Dupre ne peuvent pas me reprocher grand-chose.

Rourke continua à boire son café en se gardant de le

contredire. Fio avait une façon bien à lui de travailler : il jacassait à n'en plus finir, pendant que son cerveau filtrait et soupesait chaque petit détail. Bien qu'il fût né, eût grandi et effectué presque toute sa carrière à Des Moines, dans l'Iowa, il comptait parmi les meilleurs inspecteurs de La Nouvelle-Orléans, où il avait débarqué sept ans plus tôt dans le cadre d'une enquête. Il y avait rencontré la chapelière du grand magasin Maison Blanche, l'avait épousée et ramenée à Des Moines mais, les femmes du Sud s'étiolant vite loin de chez elles, il était revenu s'installer là un an plus tôt.

Peut-être devrais-je m'armer de courage, acheter une bague à Remy et la lui offrir dans un cornet de glace, réfléchit Rourke.

— Ce que je refuse d'envisager, par contre, poursuivit Fio après quelques instants de silence béni, c'est que cette fusillade ait le moindre rapport avec notre crucifiement, parce que cette affaire-là s'annonce déjà tellement pourrie que j'en ai mal au crâne. Si tu veux mon avis, tout le monde essaie de nous mener en bateau. Et puis, qui sont les criminels au juste dans cette histoire ? Une bande de prêtres ? Je n'imagine guère l'Église découvrant que le père Pat était une femme et paniquer à la perspective du scandale au point de se débarrasser d'elle. De lui.

— Tu as déjà entendu parler des Borgia ?

— C'est un vieux clan mafieux de La Nouvelle-Orléans ?

— Une ancienne famille italienne, l'informa Rourke en retenant un sourire. Au XVᵉ siècle, l'un de ses membres a été pape. Sa méthode favorite pour éliminer ses ennemis, c'était le poison, mais il les faisait parfois aussi torturer à mort dans un cachot construit à cette intention. Et il aurait couché avec sa sœur, par-dessus le marché. Notre archevêque est un dur à cuire lui aussi. Il n'a pas dû monter aussi haut dans la hiérarchie sans se salir les mains. De là à supplicier un homme… Et puis, se débarrasser du problème que représentait le père Pat d'une manière qui attire justement l'attention dessus n'a aucun sens. Son secret n'a été percé qu'à l'autopsie.

— Bon sang, tu vas pas recommencer à divaguer sur le fait

qu'il n'était pas nu. (Fio repoussa son assiette vide, rota et se tapota le ventre.) Il faut qu'on ait une petite discussion entre quat'z'yeux avec Tony le Rat. Appelle ça de la déformation professionnelle si tu veux, mais je doute qu'il soit entré dans un confessionnal pour le salut de son âme.

— Probablement pas. Mais j'ai déjà ordonné qu'il soit interpellé, alors laissons-le mijoter encore un peu. J'aimerais d'abord inspecter l'usine à la lumière du jour.

À l'extérieur, sous les arcades décorées de mosaïques de l'épicerie, Fio s'arrêta pour allumer un cigare.

— Tu as déjà pensé à être prêtre ? s'enquit-il.

— Bon Dieu, non ! Et toi ?

— Mon père, un Polonais, se déclarait volontiers athée, juste pour le plaisir d'énerver ma mère, qui elle était une Italienne dévote comme pas deux. Elle priait à longueur de journée pour que l'un de ses fils prenne l'habit, alors, en grandissant, j'ai fini par avoir cette image d'un bras divin qui m'enverrait la vocation en pleine tronche, un peu à la manière d'une tarte. Du coup, je n'ai plus mis les pieds dans une église de peur que le vœu de ma mère soit exaucé.

— Et tu as donc choisi de devenir flic à la place.

Les lèvres de Fio s'étirèrent en un sourire autour de son Castle Morro.

— Ouais, la plaisanterie s'est retournée contre moi.

Rourke éclata de rire. Mais alors qu'il s'engageait dans la rue, il s'aperçut que son coéquipier ne bougeait pas.

— Quoi ?

— Ça m'embête de te poser cette question, mais j'y suis obligé. Tu crois que ton frère…

— Non, le coupa Rourke. Ou plutôt je l'ignore. Peut-être.

Fio le sonda du regard en silence.

— Je dirais que Paulie n'a pas l'âme d'un assassin, ajouta Rourke au bout d'un moment. Il est incapable de haïr ou d'aimer une personne assez pour la tuer. Les sentiments n'atteignent pas une telle intensité chez lui.

— Va savoir… Les gens ont parfois d'autres mobiles que la haine ou l'amour.

— Pas dans ce cas-là. Malgré toute la froide préparation qu'il suppose, ce meurtre a été inspiré par la passion.

L'usine de macaronis paraissait encore plus délabrée au soleil.

Elle occupait la majeure partie du pâté de maisons, à côté d'un asile de nuit à deux doigts de s'effondrer. Quelques mois plus tôt, se rappela Rourke, un cadavre vieux de quatre jours avait été retrouvé là, étranglé et caché sous un lit. La chambre n'en avait pas moins été louée durant ce laps de temps, les clients n'ayant pas remarqué la puanteur ou ne s'étant pas donné la peine d'en chercher l'origine.

Il se gara en face de l'usine, devant la concession de voitures volées. Le vent faisait toujours grincer les chaînes du panneau Victory Gasoline, mais quelque chose semblait avoir changé. Derrière le grillage, deux pompes à essence se dressaient, solitaires, leur tuyau traînant dans la poussière. Les planches intactes qui condamnaient les grandes portes du garage ne suggéraient cependant pas que quelqu'un s'en soit approché depuis que la garde nationale avait investi les lieux à l'aide de haches et de pinces à levier.

Outre le grincement des chaînes du panneau, Rourke perçut un autre bruit en arrière-fond, comme un cri étouffé qui lui arracha un frisson. Puis il entendit le tapotement de pattes griffues sur le trottoir, et un chien galeux surgit de l'arrière du bâtiment, grondant et montrant les dents.

Il fit demi-tour et rejoignit son coéquipier de l'autre côté de la rue.

— C'est calme dans le coin en milieu de journée, nota Fio alors que tous deux passaient devant un stand ambulant de spécialités mexicaines dont personne ne semblait s'occuper.

Rourke examina une dernière fois le garage derrière lui. Le chien montait toujours la garde près du grillage, la fourrure agitée par le vent qui, de temps à autre, charriait jusqu'à eux les odeurs du fleuve.

Un vieux clochard avait élu domicile sous le porche de pierre de l'usine. Il avait l'air de dormir mais, à leur arrivée, il leva vers eux son visage borgne aussi plissé qu'un gant de cuir longtemps porté. Un béret de marin témoignait du métier qu'il avait peut-être exercé autrefois.

— Vaudrait mieux pas qu'vous entriez là-dedans, leur conseilla-t-il. C'est pas un endroit fréquentable.

— Ah oui ? répondit Fio. Qu'est-ce qui vous fait dire ça ?

Le vagabond arbora un sourire rusé et édenté.

— Pass'que c'est la maison du diable.

— Est-ce la raison pour laquelle vous avez dessiné ces symboles sur la porte ? l'interrogea Rourke.

— J'ai que'que chose pour vous, se contenta de rétorquer le vieillard.

Il ouvrit son pantalon crasseux et tira sur son pénis, qu'il secoua de haut en bas sous leur nez. Un filet de salive s'écoula de la commissure de ses lèvres.

— Manquait plus que ça, grommela Fio. Un exhibitionniste. Rangez ça avant qu'on vous coffre.

À l'intérieur, l'usine empestait la saleté, le sang et les excréments. Elle offrait cependant une vision moins infernale en plein jour, les grosses cuves, les roues, les poulies et les énormes courroies des ventilateurs ayant recouvré leur simple aspect de pièces rouillées. De l'effroyable supplice du père Pat ne subsistaient que les taches de sang sur la traverse du séchoir et les boules de cire fondue sur le sol.

Rourke gagna la passerelle et la longea jusqu'à ce qu'il discerne l'issue de secours, à demi masquée par une pile de cartons moisis. Le cadenas en avait été récemment crocheté, à en juger par les entailles fraîches visibles dans le bois.

L'assassin s'était peut-être réfugié là quand Carlos Kelly avait forcé la porte principale pour échapper à l'homme de main de Tony le Rat. Dans tous les cas, Rourke avait le sentiment d'un acte interrompu. Ce que le bourreau espérait obtenir de sa victime – le plaisir de l'entendre crier grâce, peut-être, ou de la regarder agoniser – lui avait donc été refusé.

Telle était, du moins provisoirement, sa théorie. Afin de la tester, il recouvrit sa main d'un mouchoir et la posa sur la poignée de la porte. Les gonds crissèrent avec un bruit semblable au couinement d'une chauve-souris.

En face de l'usine de macaronis, une petite allée qui sentait la brique et l'urine abritait un bar connu pour les numéros de strip-tease de ses danseuses exotiques. C'était là, au Crazy Cat, que Carlos Kelly avait couru chercher de l'aide après sa macabre découverte.

Une rangée de maisons closes miteuses bordait ce passage peuplé d'ordinaire de prostituées presque nues, occupées à racoler les clients potentiels sur leur perron ou derrière les volets de leurs fenêtres.

Mais ces belles de nuit dormaient encore à cette heure. Seule l'une d'elles, vêtue d'un peignoir de soie rose délavé, fumait, assise sur une marche, tout en vidant une bouteille de whisky.

Elle paraissait très jeune – guère plus de seize ans – et ne faisait pas le trottoir depuis assez longtemps pour avoir perdu tous ses charmes. Ses longs cheveux blond pâle, coiffés en une tresse épaisse, tombaient par-dessus son épaule sur l'un de ses seins, et ses pommettes et son nez étaient mouchetés de taches de rousseur.

Peut-être par compassion, Rourke s'arrêta pour lui parler.

— Vous travailliez la nuit dernière ?

Elle le toisa, puis lui adressa un joli sourire moqueur.

— Vous avez jamais pensé à changer de quartier, vous les flics ? lâcha-t-elle avec la diction mal assurée des drogués. Faut déjà que j'taille une pipe gratos presque tous les soirs à c'te fumier de Jack Murphy.

— Et entre deux passes, gratuites ou autres, avez-vous été témoin d'un incident suspect ? la questionna Fio.

Elle porta la main à son cœur, écarquilla les yeux et ouvrit grand la bouche, faussement choquée.

— Quoi, quelqu'un aurait mijoté un mauvais coup ? Eh coco, t'en vois beaucoup dans les parages, des citoyens honnêtes ?

Rourke lui donna un dollar pour sa peine sous le regard désapprobateur de son coéquipier.

La porte du Crazy Cat était fermée, mais l'absence de videur leur permit d'entrer sans problème. Sur scène, aucune danseuse. Ils aperçurent juste un employé derrière le comptoir et un buveur solitaire installé à une table contre le mur du fond.

Dans l'air flottait l'odeur nauséabonde du muscat, de la fumée des cigarettes, de la couenne rôtie, du tabac à chiquer, du pot de pieds de porc et de saucisses débouché sur le bar, et de la sciure de bois humide qui moisissait à terre. Les lampes aux abat-jour en fer-blanc n'étant pas allumées, l'endroit baignait dans une pénombre fraîche que perçaient seuls les quelques rayons de soleil graisseux filtrant à travers les volets. C'était le genre de bouge où l'on jouait du couteau et de la bouteille.

Le barman, un homme aux yeux d'un blanc laiteux et au nez visiblement aplati des années plus tôt par une batte de base-ball, nettoyait son plan de travail avec un chiffon mouillé. Il ne concéda qu'un bref coup d'œil aux deux inspecteurs avant de leur tourner le dos.

Rourke se dirigeait vers lui quand son attention fut attirée par le client, un gosse au visage grêlé, aux cheveux bruns sales et aux épaules si osseuses que sa chemise pendait dessus comme sur un porte-manteau métallique.

Le jeune le repéra au même instant et bondit de sa chaise pour filer par la porte de derrière. Rourke le rattrapa dans les toilettes – des latrines à la turque – et l'agrippa par son manteau au moment où il tentait de passer par la fenêtre.

— Qu'est-ce que j'ai fait ? Qu'est-ce que j'ai fait ? ne cessa-t-il de répéter tandis que Rourke le traînait à sa suite et le forçait sans ménagement à se rasseoir sur le siège qu'il venait de quitter. Merde, inspecteur. Qu'est-ce que j'ai fait ?

— Tu m'as obligé à te courir après, Eddie. Tu n'aurais pas dû.

Fio prit place à la même table.

— Non, tu n'aurais pas dû, Eddie, renchérit-il. Et jusque dans les toilettes, pour couronner le tout. Tu n'as vraiment rien dans le crâne.

Le dénommé Eddie considéra les deux hommes avec effroi.

— Vous êtes qui, vous ? demanda-t-il à Fio. J' connais que vot' copain, et il est cinglé.

— À qui le dis-tu..., acquiesça tristement Fio. Voilà pourquoi tu n'aurais pas dû t'enfuir.

Rourke écarta le doigt que le gamin pointait vers lui.

— C'est toi qui me rends cinglé, Eddie.

— Eh, mec ! j'ai rien fait. Qu'est-ce que vous me voulez ?

Edward Durango vivait de cambriolages depuis l'âge de dix ans – activité à laquelle il s'adonnait avec soit beaucoup d'énergie, soit beaucoup de maladresse, parce que Rourke ne comptait plus le nombre de fois où il l'avait arrêté. Sa manie de toujours se soulager sur les lits des maisons qu'il dévalisait lui avait valu le surnom de Eddie la Merde.

Il existait cependant un domaine dans lequel il excellait : le mouchardage. À supposer qu'il en eût une, Eddie aurait vendu sa mère pour une bouteille de muscat, et le plus étonnant était que, malgré tous les renseignements qu'il fournissait à la police, il conservait depuis des années un réseau d'informateurs quasi infaillible.

Rourke s'assit à son tour de façon que tous trois puissent discuter autour de la table.

— Causons, Eddie.

Bien que peu enchanté, celui-ci hocha la tête en s'humectant les lèvres.

— J'ai le gosier à sec, se plaignit-il. J' peux pas dégoiser beaucoup dans ces conditions.

Rourke ordonna au barman de leur servir des bières et du whisky. L'homme feignit d'abord de ne pas avoir entendu, avant de lâcher son chiffon et de sortir une mallette en bois qu'il posa bien en évidence sur son comptoir. Ensuite seulement, il entreprit de remplir trois chopes.

— Faites pas attention, déclara Eddie. Il a peur que vous soyez venus lui réclamer de l'oseille, c'est tout, et comme il sait que Jack Murphy est pas du genre à partager, il se figure que ce qu'il va devoir cracher aujourd'hui s'ajoutera à ce qu'il allonge déjà pour assurer sa protection.

Rourke ne fut pas surpris d'apprendre que le policier rencontré la nuit précédente s'adonnait à ce genre de pratique. C'étaient en général les jeunes recrues qui écopaient des rondes de nuit dans les quartiers dangereux, mais les flics véreux voyaient dans ces affectations une véritable aubaine tant il y avait d'argent à la clé. Le salaire de ces agents se montait en effet à trois cents dollars par mois, alors que le racket pouvait leur en rapporter six cents par semaine dans le Vieux Carré – sans oublier l'alcool et les putes à volonté.

Le barman leur apporta leurs bières, puis revint quelques instants plus tard avec trois petits verres de whisky. Rourke commanda aussi une assiette de riz cajun aux haricots pour Eddie.

— Ce fumier de Jack Murphy est pas seulement pourri, ajouta celui-ci une fois que l'homme eut disparu derrière les portes battantes de la cuisine. Il s'est associé avec l'autre là-bas pour organiser des combats de chiens. Ils ont des enclos et tout et tout. C'est dégueulasse ce qu'ils font à ces pauv' bêtes, commenta-t-il avec un air chagrin. Vous devriez faire une descente ici un de ces quatre.

Il contempla les portes de la cuisine, les observa s'immobiliser peu à peu en pensant peut-être aux chiens. Puis il soupira et versa son whisky dans sa bière, qu'il avala d'un trait.

— Causons d'abord, lui rappela Rourke.

Eddie la Merde s'essuya la bouche avec son poignet.

— D'accord, d'accord, je devine pourquoi vous traînez dans le coin de toute façon. J'ai un tuyau pour vous. Un gros. (Il scruta le bar, comme s'il doutait encore qu'ils fussent les seuls à s'y trouver, et se pencha vers eux en baissant la voix.) Le bruit courait la semaine dernière que quelqu'un cherchait à amocher un prêtre, sauf que les volontaires se bousculaient pas. Un prêtre... Faudrait être malade.

Il passa un doigt sur le bord de son verre à whisky et le fourra dans sa bouche. Il se figea soudain.

— Bon Dieu ! Mais si, il a peut-être bien dégoté quelqu'un finalement...

— Seigneur ! grogna Fio.

Rourke ne quittait pas Eddie des yeux, tentant de comprendre pourquoi les propos du voleur lui semblaient si lumineux alors qu'ils s'opposaient à tout ce que son intuition lui soufflait depuis le début.

— Qui a accepté de le liquider ? l'interrogea-t-il.

Eddie la Merde haussa ses maigres épaules.

— Personne est au courant de rien, c'est donc que celui qui s'est chargé du boulot fait bien gaffe. Mais d'après ce que j'ai entendu dire, le but, c'était juste de tabasser le curé, pas de le liquider, et Tony le Rat devait intervenir comme intermédiaire pour le paiement.

Fio abattit si violemment sa main sur la table que celle-ci décolla du sol.

— Merde ! Je l'aurais parié !

Rourke se leva d'un bond.

— Une dernière question. Tony a-t-il indiqué à quelqu'un comment et où le contrat serait exécuté ?

— En gros, est-ce qu'il a demandé au gars de crucifier le curé dans une usine de macaronis ? Si un truc pareil s'était su, même vous vous auriez remarqué de l'agitation dans le quartier. Nan... (Il rota et essuya la graisse autour de sa bouche avec sa manche.) D'après le peu que j'ai glané – mais c'est même pas une rumeur, hein ? Plutôt une impression que j'ai fini par avoir –, le client de Tony voulait flanquer une correction au curé parce qu'il couchait avec sa femme.

— Bien, conclut Rourke en glissant cinq dollars sous le verre d'Eddie. Essaie de te tenir à l'écart pendant quelque temps, pigé ?

— Bon Dieu, pesta-t-il en remontant la petite allée. On aurait dû s'expliquer tout de suite avec Tony le Rat.

Ils regagnèrent sa voiture au pas de course. Là, ils tombèrent nez à nez avec Jack Murphy qui les attendait, assis sur l'aile avant.

— B'soir les gars, les salua-t-il avec un grand sourire goguenard.

Rourke fit le tour de sa Bearcat en vérifiant, comme si de rien n'était, qu'aucune éraflure n'émaillait la carrosserie. Il fut si soulagé de n'en apercevoir aucune qu'il en oublia presque de prendre son air menaçant.

— Alors, Murphy, on patrouille en dehors des heures de service ? C'est sûrement le jour de la paie.

Le policier se redressa.

— Jolie caisse que vous avez là, le félicita-t-il en faisant mine de frotter avec son mouchoir toute tache qu'il aurait pu laisser sur l'aile rutilante. Vous avez tort de la garer là. (Il soupira en secouant la tête.) Une belle voiture comme ça, sans surveillance, dans un quartier pareil... (Il examina les alentours, soupira encore.) La racaille manque pas par ici, et c'est tellement crade qu'on se croirait dans le cul d'une pute. Il aurait pu lui arriver quelque chose. Heureusement pour vous que je suis passé par là au bon moment.

Il s'éloigna en balançant sa matraque, mais se retourna presque aussitôt.

— Oh ! au fait... il paraît que vous avez donné l'ordre d'arrêter Tony Benato ? Nos gars ont dû ratisser toute la ville pour lui mettre la main dessus.

Voilà qui ne présage rien de bon, pensa Rourke.

— Oui, et alors ?

— Deux agents l'ont coincé, pour ça pas de problème. Il était dans un bordel de Basin Street. Sauf qu'il était trop tard. Ce bon vieux Tony avait sniffé tellement de coke que sa cervelle a explosé...

13

La maison de Basin Street, de style XVIIIe, avait été rénovée afin de présenter un décor digne des prostituées qui officiaient là : papier tontisse rouge aux murs, canapés de crin noir, palmiers en pot dans le salon, peintures obscènes et faux miroirs à foison. Dans l'entrée, un panneau promettait :

SATISFACTION GARANTIE OU DEUXIÈME VISITE GRATUITE.

La tenancière – une femme au physique quelconque, avec des cheveux gris relevés en un chignon serré, une robe noire semblant dater du siècle précédent et un lourd trousseau de clés à la ceinture – ne prit même pas la peine de vérifier leurs insignes.

— À gauche en haut des escaliers, leur indiqua-t-elle d'une voix suggérant qu'elle en avait vu d'autres. La trente-trois.

À l'étage, deux policiers en uniforme et des pensionnaires à demi dévêtues se pressaient devant une porte, dans un couloir desservant une série de chambres qui, pour quelque mystérieuse raison, portaient toutes le numéro trente-trois.

— Alors, qu'avez-vous appris ? demanda Rourke au policier responsable.

Taillé comme un tonneau avec une tête en forme de bille, celui-ci arborait des galons de brigadier sur sa chemise bleue.

— Tony Benato, c'est le camé que vous cherchiez partout ? Il s'est choisi une cocotte en bas et il est monté avec elle, mais ensuite il a décidé de se faire une ligne. La fille dit qu'il a clamsé aussitôt après l'avoir sniffée. Bim, bam, au revoir la compagnie. Ils sont tous les deux à l'intérieur.

Avec sa lampe coiffée d'un abat-jour à franges rouges et son lit à baldaquin garni de draps de satin noir, la chambre correspondait à ce que l'on pouvait attendre d'un établissement qui prétendait sans succès au bon goût et à l'élégance. Une prostituée y fumait sur un canapé couleur lie-de-vin, devant un âtre vide. Sa tenue était assortie aux lieux : peignoir de soie violet, corset rouge, bas de soie noirs, le tout complété par des cheveux bouclés d'un roux peu naturel et des seins aussi gros que des cantaloups.

Tony le Rat gisait sur le dos, au milieu d'un tapis d'Orient rouge et or, le visage empourpré, les yeux exorbités et les bras écartés, tel un crucifié. Une poudre blanche recouvrait ses narines ravagées et du vomi mousseux s'échappait des coins de sa bouche.

— Il est plus mort qu'un bout de corned-beef en boîte, constata Fio.

La fille émit un sanglot plaintif.

— Quoi ? se défendit-elle quand les deux hommes se tournèrent vers elle. Je l'aimais bien, ce type. C'est pas un crime, que je sache.

Fio et Rourke échangèrent un regard.

— Ça doit être sa beauté intérieure qui lui a plu, alors, supposa le premier.

Rourke s'accroupit près du bloc de cocaïne effrité qui se trouvait par terre à côté du bras tendu de Tony. Le morceau de papier servant d'emballage ressemblait à une page arrachée à un livre de cantiques.

— Il y a beaucoup de coke là-dedans, fit remarquer Fio.

— Mouais. Tony Benato n'en a probablement jamais eu autant d'un coup de toute sa vie. Il a dû croire qu'il irait tout droit au paradis avec ça.

— Et résultat, il a foncé en enfer.

Rourke se pencha sur le corps. Il lui sembla humer une légère odeur d'amandes brûlées.

— Du cyanure a pu être mélangé à la poudre.

— Bon sang… (Fio inclina la tête en arrière avec l'air d'en appeler au ciel, comme si seul le bon Dieu était en mesure de les sauver à présent.) Quelqu'un a criblé le plafond de balles, nota-t-il au bout d'un moment.

— C'est un client, expliqua la fille. Y avait une mouche qui volait et il a essayé de la tuer avec son six-coups. Il bossait pour le fisc.

Fio se mit à rire. Puis il baissa les yeux sur le cadavre.

— On est vraiment dans la merde.

Rourke se redressa, inspecta la pièce et traîna ensuite une chaise à barreaux près de la prostituée. Celle-ci le considéra nerveusement avant de se concentrer sur le bout de sa cigarette. Rourke se focalisa sur ses seins énormes, aux larges mamelons brun-rose. Un homme devait avoir besoin de ses deux mains rien que pour en tenir un.

— Tony Benato, commença-t-il. Vous le connaissiez bien ?

— Vous parlez du macchabée, là ? C'était la première fois que je m'occupais de lui.

Elle mentait sûrement, mais plus par habitude que poussée par un sentiment de culpabilité.

— Donc il est entré, il vous a repérée, et vous êtes venus ici…

— Sa marchandise, j'ai rien à voir avec, l'interrompit-elle avec véhémence, en appuyant son propos d'un signe de tête qui agita ses boucles rousses. C'est lui qui l'a apportée. Il m'en a proposé un peu, mais je lui ai répondu non merci, mon chou.

— Ah oui ? Pourquoi ?

— Ça me fiche la trouille, vous comprenez ? J'aurais peur de trop aimer ça. Y a déjà bien assez de choses auxquelles je suis accro, pas besoin d'en rajouter.

Rourke acquiesça. Oui, il comprenait. Il avait touché quelque temps à la coke après la mort de sa femme, et il y avait beaucoup trop pris goût. À tel point qu'il lui arrivait parfois encore de se sentir en manque.

— Vous avez bavardé un peu avant qu'il se came ?

— Je sais pas…

Elle haussa les épaules et tira sur sa cigarette. Elle avait une petite cicatrice près de la bouche qui se creusait comme une fossette quand elle fumait ou s'exprimait. L'effet produit était étrangement sexy.

— Il a dit que je lui plaisais, parce qu'il raffolait des rousses avec des gros seins. Après, je l'ai un peu tripoté… pour le mettre en condition, quoi, parce que l'heure tournait et Mme Pearl, ça la fout en rogne quand on lambine trop. C'est à ce moment-là qu'il a sniffé sa poudre et qu'il a eu sa crise.

Ses seins se balancèrent lourdement lorsqu'elle se courba pour faire tomber la cendre de sa cigarette dans une soucoupe. Elle le scruta à travers l'épais rideau de ses cils noirs.

— Peut-être bien qu'il a dit autre chose…

— Quoi ?… Décidez-vous, insista-t-il face à son silence, ou je serai forcé de vous embarquer.

Elle plissa les yeux en se mordant la lèvre inférieure. La petite fossette réapparut.

— J'ai pas tout pigé, alors c'est peut-être pas ses paroles exactes… « Allez, vas-y, fais-toi un rail, qu'il m'a répété. Ou deux même, parce que Dieu est dans son paradis et qu'il neigera en enfer aussi longtemps que ça dépendra de moi. »

— Non, c'est parfait. Ça nous aide beaucoup, la rassura Rourke.

Il lui posa quelques questions supplémentaires en l'attaquant sous différents angles, mais sans rien obtenir de plus. Après un dernier coup d'œil au cadavre, il sortit dans le couloir.

— Ne bougez pas d'ici jusqu'à l'arrivée du fourgon de la morgue, ordonna-t-il au collègue du brigadier. Prévenez tout le monde que la coke contient du cyanure, et veillez surtout à ce que nos gars se rentrent bien ça dans le crâne.

Sinon, continua-t-il *in petto*, une partie de la cocaïne saisie risquait de s'évaporer entre la maison close et l'armoire à scellés, et ils se retrouveraient avec un ou deux policiers morts sur les bras.

— Cette façon que tu avais de mater ses nichons pendant ton interrogatoire..., ironisa ensuite Fio dans les escaliers. J'ai cru que ta queue allait se mettre à danser le charleston !

— Je me suis contenté d'étudier les lieux du crime comme tout bon inspecteur qui se respecte, répliqua Rourke. Elle avait une marque de naissance en forme de cœur sur le sein gauche. Qui sait si ce n'est pas le genre d'indice capital grâce auquel on résoudra cette affaire...

Son coéquipier s'arrêta sur le seuil du lupanar pour observer une dernière fois les pensionnaires – et collecter lui aussi des indices.

— Bon Dieu, s'émerveilla-t-il. Des aussi grosses, j'imaginais pas que ça existait.

— Hé ! l'interpella Rourke, qui tenait la porte. Je peux en avoir une comme ça tous les jours de la semaine si je veux.

— Je parlais de leur poitrine.

— Ben voyons.

À l'extérieur, ils s'immobilisèrent sur le trottoir, envahis par le découragement devant cette enquête qui piétinait. Fio avait ôté son chapeau et s'amusait à glisser son doigt dans le trou.

— Ce salaud de Tony, maugréa-t-il. On n'est pas plus avancé maintenant.

Rourke garda le silence. Dans la lumière crue de l'après-midi, le Vieux Carré paraissait encore plus délabré que d'habitude. Les persiennes des maisons pourrissaient toutes, la peinture s'écaillait sur les portes, les perrons étaient jonchés d'ordures, les balcons en fer forgé s'affaissaient. Comme si rien n'était plus entretenu depuis quinze ans. Comme si... le quartier était mal aimé.

Fio enfonça son chapeau sur sa tête.

— Et le plus beau reste à venir. Il faut qu'on annonce cette bonne nouvelle au chef.

Ils repensèrent à l'homme de main de Tony Benato au moment où ils regagnaient la Bearcat. Après plus d'une heure de recherches, ils découvrirent que Guido le Rat faisait lui aussi route vers la morgue.

Les cinq cigarettes alignées sur le bureau du capitaine étaient toutes pliées, tordues, percées – signe révélateur de son humeur. Dan Malone avait l'oreille qui bourdonnait tant le meurtre du père Pat lui avait valu de coups de téléphone. Chacun y était allé de son appel : les divers journaux de l'État et même quelques autres, jusqu'à New York. Son supérieur et le bras droit de son supérieur. Le chef de la police et ses deux adjoints. L'archevêque et ses trois assistants. Le maire et tous les conseillers municipaux, sauf un – l'unique raison de ce sans-faute raté étant que le conseiller Pellagro se trouvait à Florence, où il mariait sa fille à un comte italien.

Dans l'intervalle, la foule avait continué à se masser devant le palais de justice, toujours plus agitée et plus bruyante alors même que la chaise électrique avait depuis longtemps disparu dans les entrailles de la prison et que sept heures étaient encore censées s'écouler avant l'exécution.

Et, pour couronner le tout, un fou dangereux se promenait dans la nature en canardant ses inspecteurs. Il y a de quoi se flinguer, déclara le capitaine Malone aux deux cibles concernées lorsqu'elles pénétrèrent dans son bureau.

Il écouta ensuite le récit des événements qui les avaient conduits d'une affaire de crucifiement au nez de Tony le Rat. De temps à autre, il cessait de se tenir la tête à deux mains et, les cheveux hérissés sur ses tempes, se redressait pour les fusiller du regard.

Adossé au montant de la porte, Rourke laissa à son collègue, assis quant à lui sur une chaise, le soin de livrer le compte-rendu de leur journée. Bien qu'il se fût débarrassé avec désinvolture de son écharpe à la sortie de chez Kress, Fio serrait à présent contre lui son bras en bandoulière.

— C'est pas Dieu possible ! gronda leur chef à la fin. Ma parole, vous vous êtes réveillés sans savoir quoi faire ce matin ? Ou vous avez décidé de mener une expérience pour voir à quel point vous pourriez me pourrir la vie ?

Fio s'éclaircit la voix.

— Ce n'est pas tout, chef. L'homme de main de Tony, Guido le Rat, il a dû heurter un pilier ou quelque chose quand il est tombé de la jetée cette nuit, parce qu'il s'est noyé. Un bateau de pêche l'a découvert échoué sur un banc de sable en aval. D'après le vampire, il a une bosse sur le crâne de la taille d'une balle de tennis et il a mariné environ dix heures dans l'eau.

— Mes aïeux ! (Malone saisit une cigarette et la lança contre le mur.) Pendant que vous tourniez en rond, vos suspects se faisaient avoir comme des rats… (Ses traits se détendirent soudain.)… si vous me permettez ce jeu de mots.

— C'est ma faute, intervint Rourke. J'aurais dû choper Tony Benato quand il a quitté le Saint-Rosaire. Et aussi celui ou celle qui se planquait peut-être dans le confessionnal pour lui refiler la coke. Je n'avais qu'à invoquer un comportement suspect ou sous influence, n'importe quoi.

Malone s'était levé pour ramasser sa cigarette. Le temps qu'il se réinstalle à son bureau et la range à côté des autres, il avait recouvré son équanimité habituelle.

— Ne soyez pas trop sévère envers vous-même, Day. Comment auriez-vous pu soupçonner quoi que ce soit ? Et puis, que se serait-il passé si la démarche de Tony le Rat avait été aussi sincère que le suggéraient les apparences ? Vous auriez malmené un prêtre innocent occupé simplement à remplir son devoir. Le Seigneur pardonne à ceux qui se repentent, même aux usuriers défoncés à la cocaïne, mais nos supérieurs ne nous auraient pas ratés.

— C'est quoi la suite des opérations, alors ? demanda Fio. On ne peut pas traîner l'archevêque et tout le clergé du Saint-Rosaire ici pour les cuisiner. On n'a aucune preuve contre eux. Que dalle.

Rourke s'écarta du mur et, les mains dans les poches, déambula dans la petite pièce en faisant tinter ses clés de voiture et sa monnaie.

— Je n'arrive pas à imaginer notre cher Tony Benato acceptant d'être impliqué dans un meurtre par crucifiement, surtout en sachant que la victime serait un prêtre. La promesse d'une grosse quantité de coke n'aurait pas suffi. Quelqu'un possédait un moyen de pression sur lui.

— Les Ghilotti sont bien placés pour ça, avança Malone.

— Non, ils se seraient épargné tous ces tracas en exécutant eux-mêmes le père Pat.

— Où veux-tu en venir ? l'interrogea Fio. On ne serait pas complètement dans la merde au bout du compte ?

Rourke cessa de faire les cent pas et scruta une fissure dans le plâtre jaune du mur.

— On a déjà tiré quelques conclusions : Tony le Rat est entré dans le confessionnal du Saint-Rosaire afin d'y chercher sa cocaïne et en échange il a servi d'intermédiaire dans l'assassinat du père Pat ; la personne qui lui a remis la drogue était un religieux ou quelqu'un en rapport avec l'Église ; Tony a ensuite été éliminé parce qu'il en savait trop. L'une ou l'autre de ces conclusions, voire toutes, sont peut-être fausses. On n'est même pas sûrs que la mort du père Pat ait été préméditée. Le bruit qui courait, c'était qu'un prêtre devait être tabassé, pas assassiné. Et puis… (Il s'appuya contre la cloison.) Et puis, quand un truand comme Tony le Rat veut liquider ou amocher quelqu'un, il y a plus de chances pour qu'il recrute une petite frappe qui assommera sa victime dans une ruelle mal éclairée, histoire de faire croire à une banale agression. Ce crucifiement… la mise en scène était trop élaborée, et le danger que le tueur soit surpris trop grand. Il a bien failli l'être, d'ailleurs. On dirait aussi qu'il entretenait une sorte de relation avec le père Pat.

— Pas plus tard que ce matin, objecta Fio, tu affirmais que ce crime n'avait rien de sexuel.

— C'était ce matin et j'ai le droit de changer d'avis. (Rourke rejeta la tête en arrière, la cognant légèrement à plusieurs reprises contre le mur.) C'est juste que… je suis persuadé que quelque chose nous échappe. On se soucie peut-être trop de la méthode utilisée et pas assez des mobiles. Eddie avait l'impression qu'un mari jaloux était mêlé à cette histoire…

— Je vois le tableau, le coupa Fio. Le type débarque chez lui, trouve sa femme au pieu avec un amant, lequel s'avère être un prêtre, lequel s'avère être une femme. Il y aurait de quoi énerver le pape en personne.

— Ma foi… (Malone ouvrit le tiroir inférieur de son bureau pour y caler ses pieds. Il bascula ensuite sur sa chaise, noua ses doigts derrière sa tête et considéra ses deux inspecteurs avec une mine trop bienveillante pour être honnête.) À moins que Tony le Rat n'ait décidé de tuer lui-même le père Pat, ce dont je doute fort à l'heure actuelle, il faut non seulement identifier l'individu qui a commandité ce meurtre, mais aussi celui qui l'a commis. Alors la suite des opérations, c'est que vous allez me coffrer ces gars-là si vous ne voulez pas que je vous vire avant la fin de la semaine.

Le capitaine avait affiché un grand sourire en prononçant ces paroles. Fio et Rourke ne l'avaient jamais entendu employer un tel ton ; ils échangèrent un regard : le premier haussa les épaules tandis que le second se détournait, de peur de trahir son amusement.

— Day, une minute, ordonna Malone alors que tous deux s'apprêtaient à partir. (Il attendit que la porte se soit refermée derrière Fio.) En étudiant le dossier de cette affaire j'ai remarqué que l'un des prêtres du Saint-Rosaire…

— Oui. Le père Paul Rourke est mon frère.

— Cela posera-t-il un problème ?

— Non.

— Parce que sinon…

— Ça ne posera aucun problème.

Assis les pieds sur le bureau de Rourke, Fio contemplait les traces d'humidité au plafond.

— Il m'a questionné au sujet de Paulie, annonça Rourke avant que son coéquipier ait pu placer un mot. Il voulait savoir si notre lien de parenté risquait de nuire à l'enquête. Je lui ai répondu que non.

Fio demeura impassible. Même ses yeux n'exprimaient aucune émotion.

— Très bien.

Ses pieds retombèrent lourdement sur le sol. Il se leva, récupéra son chapeau sur le sous-main et l'examina un long moment en jouant avec le trou à son sommet.

— Puisque de nous deux, ajouta-t-il, c'est toi le superflic aux idées géniales, et que moi je ne suis que le crétin de service qui t'accompagne, je m'en remets à tes décisions. On pourrait aller déloger de chez eux les amis de Tony Benato, sauf que je ne pense pas qu'il en ait eu. Ou bien...

— Restons-en là pour aujourd'hui, l'interrompit Rourke. Tu as l'air aussi crevé que je le suis, ton bras doit te faire souffrir et on ne résoudra rien ce soir de toute façon.

— C'est ça. On va rentrer à la maison, consacrer un peu de temps à nos familles, roupiller quelques heures, et tout reprendre depuis le début au point du jour, le cœur joyeux et plein d'entrain, même si demain c'est dimanche, et que le dimanche, hein, on n'est pas censés travailler... Mais, diable, on est les meilleurs inspecteurs de la ville, non ? et les meilleurs inspecteurs ne s'arrêtent jamais, et puis tu es comme ma femme : tu n'écoutes pas un mot de ce que je dis.

Rourke consulta sa montre. Presque dix-huit heures – la mort du père Pat remontait maintenant à seize heures. Malgré sa fatigue et son impression de ne pas avoir dormi depuis une éternité, il sentait en lui la même froide détermination qui le tenait parfois éveillé durant d'interminables parties de *bourré**.

— Vas-y, répliqua-t-il. On se reverra demain matin. J'aimerais encore rédiger deux ou trois rapports, passer en revue ce qu'on a appris et digérer les piques que tu m'as balancées toute la journée quand tu croyais que j'avais l'esprit ailleurs.

— Des piques..., soupira Fio en s'éloignant d'un pas nonchalant. Bon sang, on devrait pouvoir parler d'autre chose que de ta queue pendant au moins une heure ou deux, mais non, il faut toujours que tu ramènes tout à toi, toi, toi...

Rourke se procura le dossier relatif à l'assassinat du père Pat auprès du brigadier de permanence. De retour à son bureau, il sortit la bouteille de whisky qu'il cachait dans un tiroir, se remplit un verre et commença à compulser les divers documents.

Jusqu'alors, nota-t-il, cinq personnes s'étaient accusées du crime. Le capitaine avait probablement chargé quelqu'un de se renseigner à leur sujet, mais ce serait une perte de temps. Il se trouvait toujours quelques illuminés au lendemain d'un meurtre sanglant pour se déclarer coupables et prétendre avoir été guidés par une voix intérieure.

Nate Carroll et son coéquipier, George Lappin, avaient interrogé tous les habitants du quartier autour de l'usine – en vain. Ils avaient également rendu visite à la gouvernante du presbytère, laquelle leur avait confirmé que la victime et le père Ghilotti « avaient eu des mots » la veille. Elle n'était pas certaine de la cause de cette dispute, mais penchait en faveur d'une question d'argent.

Si le vampire n'avait pas encore remis son rapport d'autopsie, les photos de Fio avaient en revanche été développées. Elles étaient horribles. Le meurtre paraissait encore plus atroce en noir et blanc. Plus obscène. Une symbolique sexuelle se dégageait de ces gros plans de clous plantés dans des poignets. De ces mains et de ces bras d'une blancheur surnaturelle sur le noir de la traverse. De cette chair tendre pénétrée par des clous phalliques. De ce sang noir.

L'un des clichés laissait deviner des marques sur la poutre, juste à côté de la main. Rourke s'empara d'une loupe et constata le bien-fondé de ses soupçons. Il avait vu assez de suicides par pendaison pour reconnaître les traces imprimées dans le bois par une corde.

Il tapota la photo, pensif… Le père Pat était vraisemblablement évanoui lorsqu'on l'avait traîné à l'intérieur de l'usine. Son assassin avait dû se servir de cordes pour l'attacher à la traverse, et ensuite attendre qu'il revienne à lui. Il tenait sans nul doute à ce que le prêtre soit conscient au moment de son crucifiement. À ce qu'il sente les clous le transpercer. À ce qu'il souffre.

Dans le cadre d'un cours de droit à Loyola, Rourke avait eu à lire la thèse d'un psychologue de l'université de Notre-Dame, *La Mort aux mains des hommes : psychologie du meurtre*. L'ensemble se résumait pour l'essentiel à de sombres théories, mais une idée intéressante s'en détachait : celle selon laquelle la plupart des crimes résultaient d'un désir contrarié. Voilà qui expliquait peut-être le meurtre du père Pat, pensa Rourke. Il avait pu posséder une chose convoitée par le tueur et la lui refuser. À moins qu'il n'ait pas été en mesure de la lui céder…

Il ou *elle*… Peut-être s'agissait-il d'un crime sexuel, après tout : le tueur ou son commanditaire avait aspiré à un amour que la femme derrière le prêtre n'était pas capable de leur donner. L'amour qu'une femme espère d'un homme, par exemple, ou un homme d'un autre homme.

Un désir contrarié.

L'officier de permanence avait contacté les journaux afin qu'ils leur adressent toutes les coupures de presse concernant la victime. Rourke les parcourut. À l'article du *Times-Picayune* paru quelques semaines plus tôt était jointe une photo, prise à la fin d'une messe, sur laquelle le père Pat s'écartait de l'autel en levant la main pour bénir ses fidèles. Rourke distingua un gros point noir sur sa paume, mais ne parvint pas à en déterminer la nature. Il était trop sombre pour être imputé à de la saleté. Une tache d'encre peut-être ? une petite entaille ? Un défaut du négatif était envisageable, de même qu'un problème technique lors du développement – raison éventuelle pour laquelle la photo n'aurait pas été publiée avec l'article.

Rourke déplaça sa loupe. Le visage du père Pat exprimait une joie intense ce jour-là. Il rayonnait, tel le fanal d'un phare en pleine nuit. Pareille extase spirituelle devait être interprétée par certains comme un signe de sainteté, et la sainteté, assurément, constituait une forme de pouvoir.

Son pouvoir à lui. À elle.

Qui étiez-vous réellement, Patrick Walsh ?

Rourke se saisit du carnet à spirale du prêtre. Un numéro de téléphone griffonné sur la dernière page de garde attira son attention. L'indicatif ne correspondait pas à La Nouvelle-Orléans. Il commença à écrire un mot à Nate pour que celui-ci mène l'enquête, puis décida de s'en charger lui-même un peu plus tard. Il voulait aussi prendre le temps de compulser attentivement tout le carnet. Pour l'heure, il se contenta d'en feuilleter la fin. Le père Pat y avait rédigé le brouillon d'un sermon sur le libre arbitre, mêlant au gré de la plume ses réflexions personnelles à des citations bibliques et à des idées empruntées à d'autres sources.

> *Nous nous demandons*, avait-il noté, *pourquoi Dieu a donné au cœur humain la faculté de ressentir la douleur. Un Dieu tout-puissant et bienveillant ne nous aurait-il pas épargné cela ? Et pourtant, non seulement Dieu nous a rendus à même d'éprouver l'intolérable, mais Il nous a en plus octroyé une mémoire afin que nous puissions revivre indéfiniment cette souffrance. Pourquoi infliger un tel supplice à ceux qu'Il a créés à son image ?*
>
> *Mais à peine ai-je formulé cette question et laissé mon cœur s'ouvrir à la volonté de Dieu que la réponse surgit en moi : je dois tout offrir à Jésus-Christ, y compris ma douleur. Surtout ma douleur. Alors seulement, la paix m'inondera.*

Suivaient des citations, semblait-il. Rourke en repéra une de Socrate : « Une vie sans examen ne vaut pas la peine d'être vécue. » D'autres étaient tirées des Psaumes et du livre de Job.

Et il y avait cette phrase de l'apôtre saint Jean : « Vous connaîtrez la vérité et la vérité vous rendra libres. »

Chacun, avait ajouté en dessous le père Pat, *détient une vérité inaltérable au plus profond de lui. Le cœur seul est doué de volonté, et il se protège si bien qu'il demeure à jamais un mystère.*

Deux policiers affectés au service de nuit entrèrent à cet instant avec de grosses barquettes de crevettes et de riz cajun qui ne tardèrent pas à répandre des odeurs de friture dans toute la salle. Ils s'affrontaient au sujet des nouvelles balles de base-ball au noyau en liège imposées lors des matchs l'année précédente.

— C'est pour ça que Babe Ruth a réussi soixante *home runs* cette saison, affirmait l'un d'eux. Ces putains de balles vont si vite qu'elles gâchent tout le jeu.

— Là, tu te trompes, mon vieux. Babe Ruth a raté plus souvent la balle qu'il n'a réussi de *home runs*. Le base-ball, c'est pas un sport, c'est une métaphore de la vie. Le terrain représente l'éternité et la balle le parcours.

— Ah ouais ? Et la batte alors, hein ? Non mais vous entendez ça ? lança le premier flic à la cantonade – sans susciter de réaction.

Rourke ignora leurs plaisanteries et continua de parcourir le carnet en diagonale, jusqu'à ce que le nom de son frère lui saute aux yeux.

Un commentaire avait été gribouillé dans la marge à côté d'une homélie intitulée « L'arbre qui cache la forêt de Dieu ». L'écriture était irrégulière, les lettres appuyées et la page barrée de grands traits rageurs.

Un pacte odieux, si odieux. La femme ne peut être sacrifiée sur l'autel de l'orgueil et de la foi. Dois le faire comprendre à Paul.

Rourke s'accouda sur son bureau et pressa ses paupières avec le pouce et l'index.

— Merde ! jura-t-il.

Il fixa sans les voir les mots quasi gravés dans le papier bon marché. À leur place étaient apparues des images de Paulie remontant à l'époque où tous deux étaient encore des enfants. Des images jaunies sorties d'un album qu'il aurait mieux valu remiser quelque part, au fond d'un placard.

Ils avaient pourtant partagé de bons moments ensemble, non ? Comme cette fois, au bord du golfe du Mexique, où un crabe s'était pris dans ses cheveux, faisant rire Paulie tellement fort qu'il avait manqué s'étrangler. Et celle où lui, Day, avait accusé Gladys O'Toole d'avoir des poux dans sa culotte, si bien qu'elle l'avait baissée pour leur prouver le contraire – bon sang ! la tête de Paulie devant cette première vision d'un sexe féminin... Il n'avait plus su où se mettre.

Mais son meilleur souvenir restait peut-être cette journée d'été parfaite, de celles que Dieu destine spécialement au base-ball, quand Paulie leur avait permis de remporter un match à la toute fin de la neuvième manche en envoyant la balle dans le bosquet de cyprès qui délimitait le côté droit du terrain. Rourke n'avait pas oublié son poing dressé et son sourire radieux lorsqu'il avait passé la troisième base et rejoint la dernière à petites foulées, aussi heureux que si on l'avait proclamé roi du monde.

Un pacte odieux, si odieux... Ce vieux gâteux de père Delaney n'avait-il pas parlé d'un pacte lui aussi ? Un pacte avec le diable.

Rourke rangea le carnet dans sa poche et farfouilla parmi les coupures de presse pour en extraire une qu'il avait consultée un peu plus tôt. Il s'agissait d'un article du *Morning Tribune* sur un projet de remise en état du toit de Notre-Dame-du-Saint-Rosaire. Une photo des quatre prêtres debout sur les marches de l'église l'illustrait. Il avait fait beau ce jour-là. Le temps rêvé pour un match de base-ball. Tous souriaient devant l'objectif, à l'exception de son frère.

Le cœur est doué de volonté et il se protège bien.

Rourke venait de rendre le dossier au brigadier de permanence quand un couple s'avança dans la salle des inspecteurs. Leur vue le démoralisa encore plus.

— Monsieur Bloom, madame Bloom, les salua-t-il. Que puis-je pour vous ?

Grand, maniéré et excentrique, Otis Bloom arborait une moustache à la gauloise et un crâne chauve tous deux pommadés, ainsi qu'une cravate à pois et un œillet rose à la boutonnière. Depuis qu'il avait fait la connaissance de ce chauffeur de taxi six mois auparavant, Rourke lui avait toujours vu le même pardessus noir fraîchement lavé.

L'homme avait un hobby inhabituel et coûteux pour un membre de sa profession : il collectionnait les livres – de préférence des premières éditions dédicacées. Rourke s'était déplacé chez lui à plusieurs reprises lors de son enquête sur la disparition de sa fille et il lui avait envié ses nombreux ouvrages, tous classés par ordre alphabétique sur les étagères qui tapissaient les murs de son modeste salon.

Il avait également été impressionné lorsque M. Bloom lui avait affirmé avoir dévoré chacun d'entre eux. Par contraste, sa femme, Ethel, lui évoquait les petits roitelets voletant dans les chênes du City Park. Les mois écoulés depuis la perte de sa fille l'avaient racornie davantage encore, si bien que son corps semblait vidé de toute substance. Son teint avait la couleur de la cendre mouillée, ses yeux caves brillaient d'une lueur hagarde. Elle doit avoir atteint ce stade où plus rien ne revêt pour elle la moindre importance, songea Rourke.

Otis Bloom examina la salle, les mâchoires serrées. Sans l'avoir souvent rencontré, Rourke gardait de lui l'image d'un être réservé peu enclin à afficher ses émotions et contraint à se faire violence pour énoncer le fond de sa pensée.

— Monsieur Bloom, hasarda-t-il, l'exécution n'aura pas lieu avant plusieurs heures. Vous devriez peut-être...

— Il s'est confié à vous ?

Rourke posa la main sur son épaule et le guida avec sa

femme vers son bureau, sous la fenêtre. Il les invita à s'asseoir, puis s'installa en face d'eux, les coudes sur les genoux.

— Je suis désolé. Titus Dupre n'a toujours pas dit ce qu'il avait fait de votre fille. Et pour être franc, je n'espère plus un revirement de sa part maintenant.

Ethel Bloom tressaillit comme s'il l'avait giflée. Son mari se concentra quant à lui sur ses mains gantées qui agrippaient son chapeau melon noir avec tant de force qu'elles en broyaient le feutre.

Il redressa la tête et, malgré son regard bouleversé, s'exprima d'une voix basse et calme :

— S'il vous plaît, inspecteur, elle était notre unique enfant. Vous devez intervenir. Vous devez le forcer à avouer... parce que, après ce soir, il sera trop tard. Nous ne saurons jamais ce qui lui est arrivé et où il a caché le corps. Nous ne trouverons pas le repos tant que nous n'aurons pas revu notre petite fille chérie.

Rourke se retint de les détromper. L'adolescente était morte depuis six mois, et après ce qu'elle avait probablement subi elle offrirait un spectacle que personne ne pouvait souhaiter à aucun parent. Du moins était-ce le raisonnement défendu par le flic en lui-même. En tant que père, en revanche, il comprenait la nécessité pour les Bloom de savoir ce qui s'était produit, même s'il n'en résultait pour eux qu'une souffrance supplémentaire. Leur existence n'était déjà plus qu'un long calvaire, de toute façon. Tout ce pour quoi ils avaient vécu, tous les espoirs qu'ils avaient nourris, tout ce qui avait été source de joie pour eux s'était envolé avec leur fille.

Un jour d'avril, cette année-là, Mercedes Bloom, seize ans, et sa meilleure amie, Nina Duboche, avaient été aperçues en train de plaisanter et de discuter avec le ramoneur du quartier, Titus Dupre. Toutes deux avaient peut-être enfreint les interdits en s'amusant à aguicher ce beau garçon de couleur, lequel aurait dû avoir conscience que les désirer était une chose, mais que jamais, au grand jamais, il ne lui serait permis de les toucher. Ce soir-là, Mercedes Bloom n'avait pas reparu chez elle. Les policiers du district avaient d'abord conclu à une fugue, jusqu'à ce que, deux semaines plus tard, Nina Duboche décide d'aller à pied à une soirée dansante organisée dans le gymnase de son lycée et ne parvienne jamais à destination. Elle avait été découverte le lendemain matin sur la rive du fleuve, violée et étranglée.

Son assassin s'étant servi d'une corde lestée semblable à celles utilisées par les ramoneurs, Titus Dupre avait aussitôt fait figure de suspect. Très vite, la police avait déniché sous son matelas deux bérets écossais bleu marine appartenant aux uniformes scolaires des deux filles, tandis qu'une rumeur se répandait selon laquelle il se serait vanté, la veille, dans un bar, de s'être envoyé une Blanche et d'avoir aimé ça.

Moins d'une heure avait suffi à un jury pour le déclarer coupable du viol et du meurtre de Nina Duboche, et bien que le corps de Mercedes Bloom n'eût jamais été retrouvé, la ville entière s'était persuadée qu'il lui avait réservé le même sort.

Ethel Bloom était restée repliée sur elle-même, silencieuse, presque invisible, pendant que son mari s'entretenait avec Rourke. Tout à coup, elle sursauta et se mit à fouiller frénétiquement dans son sac jusqu'à en extraire un petit portrait encadré qu'elle jeta dans les mains de Rourke, lui donnant au passage à respirer des effluves puissants de sueur séchée et de gin.

— Montrez-lui ça, monsieur Rourke, le pria-t-elle avec dans les yeux tout le désarroi et toute l'épouvante d'une femme qui croit se réveiller après un cauchemar et constate ensuite qu'elle n'a pas rêvé. Montrez-lui ça une dernière fois avant qu'il meure. Si un peu de compassion subsiste en lui… s'il vous plaît.

Mercedes Bloom avait eu des cheveux blonds comme les blés et un doux visage en forme de cœur qui n'était pas joli à proprement parler, mais promettait de le devenir. Rourke avait souvent étudié cette photo durant les premiers jours de son enquête, et il lui avait parfois semblé capter une certaine tristesse dans son sourire, mêlée à un sombre pressentiment.

Comme si la jeune fille avait toujours soupçonné qu'un triste destin l'attendait.

Il posa le cliché sur son bureau.

— Je m'apprêtais justement à passer à la prison avant de rentrer chez moi. Je montrerai la photo de votre fille à Titus Dupre, mais je ne voudrais pas que vous vous fassiez trop d'illusions.

Ethel Bloom courba la tête en s'accrochant désespérément à son sac. Le regard dans le vide, Otis Bloom serrait et desserrait les mâchoires. Puis il se leva avec une grâce surprenante de la part d'un homme aussi grand.

— Viens, Ethel, dit-il. Je suis sûr que l'inspecteur Rourke est très occupé.

— Mais il fallait que je lui confie cette photo, répondit-elle d'une voix mal assurée. Nous étions d'accord…

— Oui, chérie. Il l'a maintenant.

Otis Bloom se pencha et aida sa femme à se remettre debout en lui tenant le coude. Ce geste des plus simples trahit un instant la vive émotion qui l'habitait. L'horreur, peut-être, après avoir perdu son unique enfant, de voir sa femme sombrer dans l'alcool et le désespoir.

Ce désespoir-là, songea Rourke, celui que d'autres vous infligent, qui vous tombe dessus par surprise et que vous ne méritez pas, il vous détruit intérieurement. Il détruit votre couple, votre famille, si bien que plus rien ne redevient jamais comme avant.

— Raccompagnez votre femme chez vous, monsieur Bloom, lui conseilla-t-il. Je vous rejoindrai plus tard dans la soirée.

Otis Bloom acquiesça, les yeux soudain brillants de larmes contenues, la mâchoire de nouveau crispée.

— Chaque matin, on se dit ce n'est pas possible, cet enfer ne peut pas durer éternellement. Et puis le soleil se couche et une journée de plus s'achève sans qu'elle ait regagné la maison. Elle était notre petite fille. Notre bébé.

14

L'odeur rance de la chair en décomposition prit Rourke à la gorge dès son arrivée à la morgue. Malgré le système de réfrigération installé quelques années auparavant, l'endroit empestait toujours autant. Rien de tel qu'un détour par ici pour garder à l'esprit qu'il ne reste de vous qu'une carcasse pourrissante après la mort, médita-t-il.

Dans la fumée des cigarettes, le coroner nettoyait ses mains rouges de sang au robinet d'un évier grisâtre. Il parut presque se réjouir de sa venue.

— Ah, inspecteur Rourke, quelle agréable surprise ! même si je m'y attendais en réalité. J'avais parié que vous nous rendriez visite avant ce soir.

Personne d'autre n'étant présent dans la morgue, Rourke supposa que ce « nous » englobait le coroner et ses cadavres. Sur trois des tables de dissection gisaient en effet des corps recouverts de draps tachés.

— Vous serez ravi d'apprendre, enchaîna le vampire en s'essuyant les mains avec un torchon à l'aspect répugnant, qu'il est ressorti quelques nouveaux éléments de l'autopsie de votre prêtre, encore que je doute qu'ils vous servent à grand-chose. (Il traversa la pièce en lui désignant l'un des corps.) Ah ! et conformément à votre requête, j'ai réussi à caser un examen préliminaire de votre M. Tony Benato dans mon emploi du temps. La mort est due à une asphyxie consécutive à l'inhalation d'une dose massive de cocaïne additionnée de cyanure. Vous aurez bientôt un rapport plus complet, mais procédons par ordre...

Rourke le rejoignit près de la table du milieu, sur laquelle était étendue la femme répondant au nom de père Patrick Walsh. Avec une délicatesse confinant à la révérence, le coroner abaissa le drap jusqu'à sa taille. Sa cage thoracique, ouverte du pubis jusqu'au sternum, avait déjà été recousue grossièrement avec du fil noir.

Rourke scruta les traits défigurés, la chair semblable à du mastic, les contusions noires, les entailles séchées. Bien qu'elle eût été plutôt laide, quelque chose en elle retenait l'attention. Comme une sorte de défiance émanant de ce corps décharné et froid.

— La cause directe du décès, expliqua le coroner, est l'occlusion d'une artère coronaire, conséquence sans nul doute du trauma induit par le crucifiement. Elle a aussi... quelle formule employez-vous, dans la police ? Elle a été tabassée avant de mourir. J'attribuerais pour ma part ses blessures à une matraque et à un coup-de-poing américain.

— A-t-elle été frappée avant ou après avoir été attachée à la traverse ?

Le coroner réfléchit quelques secondes, puis haussa les épaules.

— Je suis malheureusement bien en peine de vous répondre. Mais ce n'était pas une première pour elle. Je me livrais à une étude anatomique quand j'ai remarqué la courbure peu naturelle du cubitus gauche. J'ai donc effectué plusieurs radios qui m'ont révélé de multiples fractures guéries : trois côtes, la clavicule, les deux bras, la jambe gauche. Il m'est difficile de les dater – tout au plus puis-je affirmer qu'elles ne sont pas récentes. Mais elles me semblent être survenues à la même époque.

— Elle avait donc déjà été battue.

— En effet, et à en juger par l'étendue et la gravité de ses blessures, je pense qu'elle a failli ne pas en réchapper… Elle a par ailleurs eu des tendances suicidaires à une période antérieure de sa vie. (Le vampire orienta vers eux l'intérieur du poignet et l'avant-bras du cadavre.) La plaie les rend peu visibles, mais ces petites cicatrices, là… ce sont d'anciennes estafilades. De celles que l'on se fait en hésitant avant de s'armer de courage pour passer à l'acte.

Les cicatrices en question zébraient la peau du prêtre, tels des bouts de fil blanc. Rourke savait qu'il était impossible de se supprimer de cette façon. Il fallait se munir d'un rasoir, d'un couteau, d'un éclat de verre, bref, de ce que l'on voulait, et se taillader le bras en profondeur. En y allant franchement.

Soit elle s'y était mal prise, soit elle n'avait pas réellement souhaité mourir.

Rourke contempla le poignet squelettique, les entailles, le trou laissé par l'énorme pointe.

— Le tueur a choisi de planter les clous là plutôt que dans ses mains, nota-t-il à voix haute. Mais ne risquait-il pas ainsi de la tuer plus rapidement ? Il aurait pu toucher une artère, non ?

Le vampire remonta le drap avec soin.

— Oui. Il encourait le risque de sectionner les artères radiale et cubitale, même si la première se situe dans une autre partie plus vulnérable du poignet. Mais que l'une ou l'autre vienne à être atteinte et l'on s'expose à un anévrisme traumatique ou à une forte hémorragie. En clair pour les profanes : on se vide de son sang. (Il cligna des yeux en regardant Rourke.) Dans le cas présent, il ne s'est rien produit de tel, ce qui porte à croire que l'assassin maîtrisait son sujet.

— Ou alors il a bénéficié de la chance des débutants et je n'ai plus qu'à remballer mes belles théories.

— Non, non, se récria le coroner en lui adressant l'un de ses rares sourires. Les théories ne sont inutiles que lorsqu'elles n'ont aucun fondement. En l'occurrence, il est un fait avéré que le crucifiement entraîne une mort lente et douloureuse. Et symbolique qui plus est. Il existe tant d'autres façons plus rapides et plus simples de donner la mort, et pourtant notre homme a préféré celle-là. D'après moi il possède un esprit fascinant. J'espère avoir l'occasion de le rencontrer.

— Vous devrez attendre votre tour, alors...

Les photos du crime étaient punaisées au tableau de liège. Ils les examinèrent ensemble sans résultat. Au moment où Rourke décidait d'arrêter les frais pour la journée, le vampire le retint.

— J'allais oublier de vous dire que je me suis penché sur la feuille que vous m'avez fait passer. Je suis l'heureux propriétaire d'un livre intitulé *International Ink Library*, qui renferme les formules et compositions chimiques de plus de six mille sortes d'encre. J'en ai épluché quatre mille soixante-seize avant qu'une pensée me traverse l'esprit – et vous auriez pu m'informer dès le début, ajouta-t-il devant l'expression de Rourke, que vous aviez déjà envisagé cette hypothèse.

— Merde... (Rourke souleva son chapeau pour glisser les doigts dans ses cheveux.) C'était donc bien du sang.

— Exact. Du sang humain, de type O. J'ai procédé à un test mis au point très récemment, qui consiste à placer un échantillon de l'élément à analyser sur une lame de verre traitée avec un gel, à côté d'un réactif biologique. Lorsque j'ai apposé une électrode sur la lame, les molécules protéiniques de l'échantillon et du réactif ont migré les unes vers les autres, et une ligne de précipitine s'est formée au point de rencontre entre les antigènes et les anticorps, indiquant par là que le premier prélèvement était du sang humain... Mais je me laisse emporter, inspecteur. Seuls comptent pour vous les résultats, pas la méthode.

— Les deux m'intéressent, le contredit Rourke. Sincèrement, insista-t-il avec un brusque sourire. Et merci.

— Je vous en prie.

Le vampire hésita alors, la mine soucieuse.

— Oui ?

— Vous n'avez pas précisé de quoi il retournait et je ne vous le demanderai pas. Mais j'ai pris la liberté de lire ce message – comment faire autrement ? Si donc vous me permettez de vous livrer mon sentiment, je me suis référé à quelques ouvrages consacrés à cette science nouvelle qu'est la psychanalyse, et je suis d'avis qu'une personne capable d'écrire une telle phrase avec du sang ne jouit pas de toutes ses facultés mentales. Il pourrait s'agir de quelqu'un avec qui Mlle Lelourie a un jour été intime, ou qui s'imaginerait avoir noué avec elle des liens, certes inexistants pour nous, mais tout à fait réels à ses yeux.

— Selon vous, Remy connaîtrait ce type ? Je l'avais plus ou moins catalogué comme un fan dérangé qui s'efforçait d'attirer son attention.

— Un fan dérangé, peut-être, mais de manière spéciale. Cet homme est obsédé par Mlle Lelourie. Elle est devenue pour lui un objet qu'il se sent tenu de s'approprier. Qui sait même s'il n'est pas convaincu de l'avoir déjà fait…

Le coroner, qui avait eu l'air ailleurs tandis qu'il exposait le fruit de ses réflexions, braqua de nouveau son regard sur Rourke, et dans ses petits yeux noyés au milieu des replis graisseux de son visage brilla une urgence qu'il ne leur avait jamais vue.

— Si ses illusions devaient être réduites à néant…, ajouta-t-il, s'il venait à se rendre compte que non seulement il ne possède pas Mlle Lelourie, mais qu'il est peu probable qu'il la possède un jour, alors je crains qu'il ne tolère pas l'idée qu'un autre s'arroge ce privilège à sa place. Dans ce cas, inspecteur, la réaction la plus logique d'un esprit malade consisterait…

— À la tuer.

— Ou à tuer l'homme qui l'a faite sienne.

La puanteur âcre de la morgue avait imprégné les cheveux et les habits de Rourke lorsqu'il quitta les lieux – et ce n'était pas la cellule de Titus Dupre qui allait l'aider à s'en débarrasser.

Au lieu d'emprunter le couloir reliant le palais de justice à la prison adjacente, il regagna sa Bearcat afin d'y chercher le violon qu'il transportait depuis deux jours dans son coffre. Bien que fabriqué à partir de lattes de cyprès arrachées à quelque vieille grange, avec des os en guise de chevilles et des cordes issues d'une moustiquaire, cet instrument avait véritablement une âme.

Dents tordues et tachées par la nicotine, sourcils broussailleux, le gardien du bloc dans lequel était incarcéré Titus Dupre scruta ce violon avec suspicion.

— Vous avez un papier qui dit que vous pouvez amener ce truc-là ici ? le questionna-t-il après avoir coincé une carotte de tabac dans un coin de sa bouche.

Rourke sortit sa pince à billets et en tira cinq dollars. Devant l'impassibilité du gardien, il doubla la somme.

— Faut quand même que je l'inspecte, s'entêta l'autre. Y paraît que vous êtes copain-copain avec les nègres et j' voudrais pas que vous fassiez entrer une arme ou que'que chose en douce.

Il s'empara de l'instrument avec précaution, comme s'il redoutait que celui-ci ne se change brusquement en mitrailleuse et le crible de balles. Il le secoua, gratta la table d'harmonie et approcha un œil de la fente en forme de *f* avant de le restituer à Rourke.

— On va griller du moricaud, ce soir, ricana-t-il. Pas question qu'il se flingue avant l'heure.

La cellule de Titus Dupre se trouvait au bout du bâtiment. Les cellules voisines avaient été laissées vides. Les pas de Rourke et du geôlier résonnèrent sur les dalles en pierre, puis la lourde clé cliqueta dans la serrure et la porte s'ouvrit dans un fracas métallique.

Le cachot, d'à peine deux mètres sur deux, comportait un lavabo rouillé et des toilettes dans un angle, ainsi qu'un sommier métallique dépourvu de matelas et fixé par des chaînes au mur du fond. Au-dessus, une petite fenêtre aménagée en hauteur n'offrait qu'une vue réduite sur le ciel du crépuscule. L'endroit sentait les excréments, le chou bouilli et la transpiration.

Le gardien enferma Rourke à l'intérieur, l'abandonnant seul avec Titus Dupre.

Le directeur de la ferme pénitentiaire de Louisiane, à Angola, lui avait expliqué un jour que les détenus condamnés à de lourdes peines d'emprisonnement n'éprouvaient plus au bout d'un moment que deux besoins : espérer et être absous de leurs péchés. Avait-il raison ? Dans tous les cas, Rourke n'était porteur d'aucun espoir pour Titus Dupre ce soir-là, et il savait que la fierté du garçon l'empêcherait de solliciter l'absolution de ses crimes.

Son unique désir à cette heure devait être d'avoir plus de temps à vivre, tout simplement.

L'adolescent sauta de son lit sitôt que les gonds de la porte grincèrent. Grand, mince, la peau noire comme l'ébène, il faisait forte impression avant son arrestation lorsque, vêtu de sa redingote à queue-de-pie et de son chapeau en tuyau de poêle, il sillonnait les rues de la ville avec son jeune frère Cornelius en chantant *« R-r-ramoner la cheminée* ! »* – activité qui leur assurait d'ailleurs à tous deux des revenus confortables et réguliers, la quasi-totalité des maisons de La Nouvelle-Orléans se chauffant au charbon de bois.

Nina Duboche, la jeune fille assassinée, avait des cheveux de la couleur du miel et de larges fossettes. Elle était douée en algèbre, connaissait les pas de toutes les danses à la mode. Elle s'était proposée pour travailler bénévolement au Charity Hospital et avait confié à ses amies son vœu de devenir infirmière.

Le soir de sa disparition, elle s'était rendue à une fête de son école, vêtue de son uniforme de lycéenne. Elle avait été retrouvée nue. Nue et morte.

Seuls quelques hommes avaient le crime dans le sang, et Rourke peinait à croire que Titus Dupre figurait parmi eux. Parfois, il supposait que tout avait commencé par accident. Que la première fille à s'être volatilisée, Mercedes Bloom, l'avait aguiché, qu'elle était peut-être même allée jusqu'à lui faire des avances, avant de tenter de reculer à la dernière minute. La situation avait ensuite dégénéré et conduit à sa mort.

Un barrage avait alors dû céder en Titus Dupre. Ce barrage qui freine vos pires instincts. Peut-être l'avait-il tuée sous le coup d'une frustration sexuelle, et découvert qu'il aimait ça.

Titus Dupre attendit que l'écho des pas du gardien se soit tu au bout du couloir.

— Vous avez vu ma grand-mère ? s'enquit-il en désignant du menton le violon. C'est elle qui vous a demandé de m'apporter ça ?

Rourke secoua la tête.

— Non, l'idée est de moi. Ta grand-mère refuse que je fasse quoi que ce soit pour elle. (L'adolescent n'esquissant aucun geste vers lui, il traversa la cellule et posa son présent sur le lit.) J'ai pensé que tu en jouais quand j'ai remarqué les cals sur tes doigts.

Titus contempla le violon, les traits figés. Il se pencha, souleva d'abord l'archet et ensuite l'instrument, qu'il manipula avec douceur.

— Vous êtes franchement pervers, même pour un flic.

Il fixa Rourke avec des yeux semblables à des billes dans la pénombre bleutée de la cellule, puis appuya le violon contre sa poitrine et égrena quelques notes avant de renoncer. La chaleur était telle qu'il avait roulé les manches de sa chemise jusqu'aux coudes, révélant des bras musclés que l'on aurait dit trempés dans l'acier, mais qui tremblaient à cet instant.

— Je connais plus aucun morceau, lâcha-t-il. Y a trop longtemps que je pratique plus.

Depuis six mois que Titus Dupre était emprisonné, Rourke lui rendait visite deux ou trois fois par semaine. Pour autant, il n'avait jamais réussi à cerner la personnalité de ce garçon qui, à dix-sept ans, affichait une réserve et une dignité étonnantes. Mais il était vrai que ce Créole noir, tout comme les Créoles blancs, considérait avec mépris les autres membres de sa race. Dans une ville où la famille influait sur tout, Titus Dupre pouvait faire remonter ses origines jusqu'à l'époque, deux cents ans plus tôt, où ses ancêtres étaient arrivés de Haïti. Jamais les Dupre n'avaient été asservis. Ils étaient *des gens de couleur libres**.

Le garçon s'était muré dans un silence dédaigneux lors de son procès, écoutant toutes les charges qui pesaient contre lui sans chercher à se défendre.

Et six mois plus tard, malgré près de cinquante heures passées en sa compagnie, Rourke n'avait toujours rien obtenu – ou si peu – qui lui permît d'être éclairé sur son compte. Peut-être l'adolescent souhaitait-il juste être en mesure d'affirmer qu'il avait vécu et était mort en n'ayant pas une seule fois rampé devant un Blanc. Mais quelle que fût sa raison, l'inspecteur avait compris qu'il ne réussirait à lui arracher la vérité ni par la force, ni par la ruse, ni par la flatterie. Titus Dupre ne parlerait que de son propre chef.

Reste que les pas de Rourke le ramenaient sans cesse à la prison. Il se surprenait même parfois à aimer ce gosse. Enfin, jusqu'à ce qu'il se rappelle les yeux exorbités de la fille morte et les morsures sauvages entre ses cuisses.

L'homme et l'adolescent se dévisageaient à présent, conscients d'être parvenus au bout de cet étrange chemin qu'ils avaient parcouru ensemble.

— Si je peux te procurer quoi que ce soit…, avança Rourke, allusion claire et nette au fait que Titus Dupre mourrait ce soir-là. Ils sont censés t'accorder ce que tu veux pour ton dernier repas, mais… je ne sais pas. Tu as envie de cigarettes ? d'une bière ?

Le garçon lui sourit de toutes ses dents.

— Moi, je veux rien à part des lendemains. Vous, par contre, vous avez l'air crevé ce soir. Pourquoi vous vous asseyez pas ?

Rourke écarta le violon et prit place sur le lit où, à sa grande surprise, Titus le rejoignit. Le dos courbé, les coudes sur les genoux, ils ressemblaient à deux vieillards sur un banc.

Tarder davantage à aborder le but de sa visite équivaudrait à un affront, tant vis-à-vis de lui-même que de l'adolescent. Rourke sortit donc la photo de Mercedes Bloom de sa poche et la tendit de telle sorte que Titus n'avait qu'à détourner la tête s'il préférait ne pas la regarder.

— Ses parents se sont adressés à moi tout à l'heure, l'informa-t-il. Ils jurent qu'ils ne trouveront jamais le repos si tu meurs sans leur avoir dit quel sort a connu leur fille. Ils ne trouveront jamais le repos de toute façon, mais ils te supplient de leur répondre.

Titus Dupre ne détourna pas la tête. Il scruta la photo, imperturbable. Assis près de lui, Rourke eut toutefois le sentiment qu'il cillait intérieurement.

— Et vous, m'sieur l'inspecteur. Vous me suppliez ?

— Je ne supplie jamais personne, rétorqua-t-il avec un sourire mordant.

— Vous avez votre fierté, mais moi aussi. (Titus lui ôta le cliché des mains, l'examina de plus près, puis le lui rendit.) Ma grand-mère, elle vous expliquerait qu'on a le cul entre deux chaises. Soit j'ai pas tué cette fille ni planqué son corps quelque part, et alors je peux pas raconter ce que je sais pas. Soit je l'ai vraiment tuée, et alors je me fous que des gens en dorment plus après. Je suis en prison et on doit m'électrocuter. Qu'est-ce que vous pouvez me faire de plus ?

— Il y a l'opinion que les gens garderont de toi. Tu as là une chance d'accomplir une bonne action et de compenser une infime partie du mal que tu as causé.

— Les gens peuvent bien penser ce qu'ils veulent. (Titus Dupre se leva et arpenta sa petite cellule de long en large avant de se planter devant Rourke.) Votre opinion à vous, par contre, je la devine.

— Ah oui ? Vas-y, je t'écoute.

— Vous croyez que j'ai pas de cœur. Ah, ah, ah !... (Il se balança sur ses talons.) Et si je vous disais que le cœur, il sert qu'à pomper le sang et à rien d'autre ? On peut l'arrêter, mais on peut pas le briser.

— C'est ce que tu affirmeras à ta grand-mère ce soir, avant

qu'on t'attache à la chaise ? Que son cœur n'est pas vraiment en train de se briser ?

La prison apprend à pleurer sans rien montrer, sans faire de bruit, mais quelque chose dans les yeux de Titus Dupre le trahit et Rourke s'aperçut à cet instant que, au plus profond de lui, ce garçon pleurait depuis longtemps déjà.

Il se concentra sur ses pieds, trop tard cependant pour dissimuler ce qu'il venait d'entrevoir. Titus s'éloigna aussitôt, traversa la cellule en deux enjambées et s'appuya contre les barreaux, à l'abri de son regard.

— Elle sera là ? s'enquit-il.

— Oui. Et ton petit frère aussi.

— Au moins, il y aura quelqu'un pour se lamenter à mon enterrement, plaisanta-t-il en essayant en vain de sourire.

Rourke tendit le bras pour pincer les cordes du violon, lesquelles émirent un son comparable au bruit de gouttes d'eau tombant d'un dégorgeoir.

— Elle se tracasse beaucoup au sujet de tes funérailles, ta grand-mère. Mais je n'ai pas l'impression qu'elle ait encore bien saisi ce qui va se passer ce soir.

Rourke pinça une nouvelle corde, puis laissa un lourd silence s'installer.

— Cette chaise électrique… ça fait mal ? reprit Titus d'une voix rauque, comme si cette question lui en coûtait.

— Il paraît que non, répondit Rourke, qui n'en croyait rien.

— Quelle importance, hein ? Je goûterai peut-être juste à l'avance à une éternité de souffrances. (Il fit volte-face.) J'ai réfléchi un peu quand même et je me dis que je vais sacrément m'ennuyer en enfer une fois que vous serez plus là pour vous payer ma tête.

— Oui, tu me manqueras à moi aussi, répliqua Rourke.

Tous deux éclatèrent de rire, mais leur hilarité sonnait faux en ces lieux, et ils se turent. Le silence qui s'ensuivit les accabla davantage encore.

Titus fut de nouveau le premier à le rompre.

— Vous serez là ?

— Si tu le souhaites.

— Oui.

Rourke se redressa, s'approcha de la porte et appela le gardien.

— Vous êtes venu avec un violon, déclara soudain Titus Dupre, les mots affluant à ses lèvres, désespérés et violents. Vous êtes venu me parler comme à un homme, vous êtes venu me parler d'avoir un cœur. Mais même si je connaissais une vérité assez crédible pour vous, je cracherais pas le morceau, parce que vous êtes blanc et flic, et qu'elle était blanche, et que tout ce que vous m'avez fait ne pourra jamais être pardonné.

Sa grande main s'abattit brutalement contre les barreaux à côté du visage de Rourke.

— Putain ! gronda-t-il avec une haine contenue, vous me demandez même pas ce que c'est que vous m'avez fait.

— Je le sais déjà.

Titus secoua la tête en respirant fort.

— P't-être bien, oui. Mais je vais quand même vous le dire, parce qu'on va m'assassiner ce soir, et je veux que cc soient mes dernières paroles. Et je veux que ce soit vous qui les entendiez.

Il se pencha si près que Rourke lut dans ses yeux toute la rage qui l'habitait.

— À cause de vous, je hais ce que je suis.

15

Le temps que Rourke regagne sa maison de Conti Street, le bar clandestin à l'angle de la rue résonnait cette fois des rires et des notes bruyantes d'un piano bastringue, et l'obscurité enveloppait les balcons et les ruelles du faubourg Tremé.

Il poussa la porte de la cuisine.

— Bonsoir, madame O'Reilly, lança-t-il à la dernière gouvernante en date de sa fille, occupée à ajouter des copeaux de savon dans l'eau de l'évier. Désolé de ne pas être rentré dîner…

Il s'interrompit et promena son regard autour de lui. Le sol, la glacière, le vaisselier, la planche à découper, le seau à charbon – toute la pièce était envahie de grenouilles. Des grenouilles par dizaines. Humides, sorties tout droit du bayou, elles coassaient et bondissaient çà et là avec de petits bruits visqueux, laissant derrière elles des traînées marron baveuses.

— Il y a des grenouilles dans la cuisine, articula-t-il.

— Des grenouilles ? s'exclama gaiement Mme O'Reilly, d'un air faussement surpris, en s'essuyant les mains au torchon coincé dans son tablier. Seigneur Dieu, c'est vrai !

Mary Margaret Kelly O'Reilly était une veuve d'une quarantaine d'années, au franc-parler mâtiné d'un fort accent irlandais. La nature l'avait pourvue d'une poitrine généreuse, de cheveux épais aussi flamboyants que la robe d'un cheval bai et d'yeux de la couleur de la tourbe – à ceci près que l'un d'eux était si gonflé et violet ce soir-là qu'elle le gardait fermé.

— Nom de Dieu ! jura Rourke. Elle a tenté de vous éborgner ou quoi ?

— Cette petite terreur m'a tiré dessus avec ça, expliqua-t-elle en extirpant un pistolet à bouchon de son tablier.

L'arme consistait en une tige de bambou évidée à l'intérieur de laquelle avait été inséré un piston en bois surmonté d'une bobine vide. Quant au projectile, il devait s'agir d'une baie de margousier – Rourke le savait pour en avoir un jour envoyé une sur une bonne sœur au catéchisme.

Des grenouilles dans la cuisine et une attaque au pistolet à bouchon. Sa fille Katie se livrait apparemment à une guerre sans merci contre Mme O'Reilly afin de l'inciter à repartir dans son comté de Kerry.

— Pour être honnête, nuança la gouvernante, elle visait mon postérieur, mais je me suis retournée quand je l'ai sentie s'approcher par-derrière. Ça m'apprendra à être trop futée.

Une grenouille sauta de l'évier sur l'épaule de Rourke. Il s'en saisit et la jeta dans un seau vide, mais le batracien s'en échappa d'un bond.

— Où est cette petite peste, au fait ?

— Où voulez-vous qu'elle soit à une heure pareille, à part dans son lit ? Vous vous imaginiez peut-être qu'elle s'était enfuie de la maison pour rejoindre un cirque, histoire de vous flanquer une bonne frousse ?

— Elle va bientôt regretter de ne pas y avoir songé, grinça-t-il avec un froid sourire.

Il se fraya un chemin dans la jungle qu'était devenue la cuisine et monta à l'étage. Devant la porte entrebâillée de la chambre de sa fille, il éprouva encore un choc en constatant que ses cheveux, enroulés d'ordinaire en tresses épaisses autour de sa tête, avaient désormais l'aspect de pitoyables touffes de carex. Mais tel un ange sur une carte de la Saint-Valentin, elle dormait, une main sous sa joue, et de ses lèvres s'échappait un souffle aussi léger qu'un soupir. Son parfum flottait dans la chambre.

Elle était notre petite fille. Notre bébé…

Bon sang, cette expression sur le visage d'Otis Bloom. Ce criant désespoir dans les yeux de cet homme que l'on aurait tout aussi bien pu supposer privé de nourriture, d'eau et d'air – de toutes ces choses indispensables à la vie. Combien de fois au fil des ans avait-il dû, comme lui à cet instant, se figer dans la lumière tamisée d'un couloir silencieux pour couver des yeux son enfant endormie ?

Rourke marcha à pas feutrés jusqu'au lit, se pencha sur sa fille et l'embrassa sur le front, doucement, afin de ne pas la réveiller.

Lorsqu'il s'en revint dans la cuisine, Mme O'Reilly s'employait à faire entrer les grenouilles dans un gros pot à lait à mesure qu'elle les attrapait.

Rourke ramassa un gros crapaud verruqueux sur le vaisselier et le lâcha dans le bidon. Il en cueillit un autre prêt à s'élancer sur le poêle, et en intercepta un en plein vol alors qu'il bondissait du seau à charbon. Ce faisant, il sentit sur lui le regard de l'Irlandaise. Comme elle ne soufflait mot, il finit par avouer :

— Elle dormait.

— Je l'ai compris quand je ne vous ai pas entendu brailler.

— Je ne braille jamais.

— Oh si !

— Non… Ah merde !

Sa dernière capture, une grenouille qui jouait à la marelle sur la table, lui avait glissé entre les doigts juste au moment où il se dirigeait vers le pot à lait. L'animal atterrit avec un clapotement mou sur la tête de Mme O'Reilly.

— Jésus, Marie, Joseph ! cria-t-elle, avant d'éclater de rire – un rire cristallin qui évoqua tant pour Rourke l'eau coulant d'une fontaine qu'il se demanda s'il n'était pas un peu amoureux d'elle.

Il la débarrassa de la bestiole.

— J'aurai une petite conversation avec Katie demain matin, madame O'Reilly.

La gouvernante émit un bruit semblable à celui d'un chat recrachant une boule de poils.

— Och ! je l'aurais parié. C'est pour ça qu'elle fait des siennes. Elle s'en doute que vous aurez une petite conversation avec elle, mais au moins, le temps que vous la disputerez, elle aura enfin son papa rien que pour elle. Voulez-vous me dire à quoi ça vous avancera tous les deux ?

— Un inspecteur de la brigade criminelle ne peut pas avoir des horaires de bureau. Elle le sait.

— Bien sûr qu'elle le sait. Elle est intelligente, cette petite, tellement même qu'elle vous mène par le bout du nez.

Mme O'Reilly avait grimpé sur un tabouret pour récupérer une grenouille accrochée à l'abat-jour en fer-blanc de la lampe du plafond. Rourke lui tendit le bidon à lait afin qu'elle l'y enferme.

— On dirait que c'est la dernière, nota-t-elle tandis que tous deux vissaient le couvercle. Quelles stupides et répugnantes créatures, tout de même !

— Madame O'Reilly, la taquina Rourke. Vous êtes une perle, une sainte, la crème des crèmes. Si je nettoie tout ça, vous me promettez de ne pas démissionner ?

— Mmmm...

Elle s'efforça de se maîtriser, mais ne put réprimer une sorte d'ébrouement qui déclencha de nouveau son hilarité.

— Écoutez-moi ça ! s'exclama-t-elle. Vous avez bonne mine à parler de perle et de crème. Et puis, ce serait plutôt à Mlle Katie de se mettre à quatre pattes pour laver le sol demain matin.

— Excellente idée, approuva-t-il, amusé par son bon sens si irlandais. Mais d'abord, je vais veiller à ce que ses petits complices dans le crime retournent tout de suite chez eux.

Il porta le bidon rempli de grenouilles sur le perron. Là, il le posa et s'immobilisa pour contempler la cour plongée dans le noir. Un vent vif faisait voler les feuilles sur les pavés, et des rubans nuageux épars flottaient au-dessus des arbres et des toits. L'eau de la fontaine tintait comme un carillon de glace. Un frisson le parcourut.

Il était à la fois recru de fatigue et aussi tendu que le ressort d'un piège à rat. D'ici quelques minutes, il longerait les rues menant au Congo Square, où il libérerait les grenouilles de Katie. Puis il rejoindrait sa *garçonnière** – l'annexe construite au fond du jardin qui abritait autrefois les esclaves et où il dormait et se lavait à l'occasion, notamment quand une enquête le contraignait à se déplacer à n'importe quelle heure du jour et de la nuit.

Il se doucherait ensuite et se changerait avant d'aller assister à l'exécution de Titus Dupre. Mais il ne dormirait pas, non. L'envie le prit alors de jouer du saxo, et il se demanda s'il en était de même pour Titus Dupre avec son violon à cet instant. Arrachait-il à son instrument une ultime mélodie solitaire et déchirante ?

Le garçon, pas bête pour deux sous, avait vu clair dans son jeu. Lui procurer un violon le dernier jour de sa vie relevait en effet de l'acte délibérément pervers, parce que la musique n'avait pas sa pareille pour briser quelqu'un, et Rourke avait voulu que Titus finisse brisé. Il avait voulu gagner.

Quelque part dans un recoin de sa conscience, il perçut la voix de Mme O'Reilly qui lui parlait. Il fit demi-tour et fut surpris de la découvrir juste derrière lui.

Elle le sonda du regard, si près qu'il en ressentit une gêne.

— Vous mangerez bien quelque chose, répéta-t-elle. Il me reste du riz aux haricots rouges que je pourrais vous faire réchauffer.

— Merci, mais je vais bientôt devoir repartir. Je dînerai plus tard.

Elle plissa légèrement les yeux, mais n'insista pas.

— Vous auriez grand besoin d'être sermonné vous aussi, commenta-t-elle. Enfin, je tiendrai ma langue pour ce soir. Vous pouvez être tranquille sur un point, par contre. Elle est capable du pire, votre Katie, mais je n'ai pas l'intention d'abandonner une pauvre gamine qui n'a plus de mère.

Déridé, Rourke s'empara de la main de la gouvernante et l'approcha de ses lèvres comme pour y déposer un baiser.

— Dieu vous bénisse, madame O'Reilly.

Elle se dégagea, rouge de confusion.

— Och, monsieur Rourke. Dites plutôt : Dieu me vienne en aide.

Le saxophone répandait ses notes bleues dans la nuit indigo.

Remy Lelourie s'arrêta à l'abri des bananiers et des murs affaissés de la cour. La musique, mordante et apaisante à la fois, était de celles qui vous transpercent l'âme avec la précision d'un scalpel.

Mais à la complainte de l'instrument succéda soudain l'air entraînant et paillard de *I Wanna Hot Dog for My Roll*. Remy quitta le couvert des arbres en s'esclaffant, passa devant la fontaine au clapotis mélodieux et grimpa les marches du vieux perron, qui ployèrent et gémirent sous ses pas comme sous le poids de leurs souvenirs.

Rourke s'interrompit et inclina la tête contre les vieilles planches de cyprès pour l'observer tandis qu'elle s'avançait vers lui.

— Salut Remy, dit-il doucement.

Elle sourit, car elle adorait l'entendre prononcer son nom.

La vie semblait ne pas lui avoir fait de cadeau ce jour-là. Des ombres se dessinaient sous ses pommettes, et ses yeux, d'un bleu saisissant même au clair de lune, brillaient de fatigue. Elle lui avait toujours vu ce regard intrépide et en même temps blessé. Lui qui éprouvait le besoin de croire en un monde idéal peinait en effet parfois à ne pas céder au découragement devant la réalité.

Il luttait pourtant. Continuellement. À cet égard, il était l'homme le plus héroïque qu'elle eût jamais rencontré.

Elle se coula dans ses bras, appuya ses paumes sur sa

poitrine et nicha son menton dans son cou en poussant le saxophone de côté comme si elle en avait été jalouse – ce qui était un peu le cas.

— Tu me parais seul et épuisé ce soir, murmura-t-elle.

Il effleura ses cheveux de ses lèvres.

— Plus maintenant.

Il délaissa son instrument pour la serrer tout contre lui. Puis ses mains s'égarèrent sur son corps, pressées et un peu brusques. Il la fit pivoter et la plaqua contre le mur en emprisonnant sa tête de ses deux bras. Son ventre écrasa le sien. Il était excité et voulait qu'elle le sache.

Elle était capable de répondre à sa passion mais, déjà, elle sentait que son cœur dansait au bord de quelque gouffre visible de lui seul. Il aimait et vivait avec la même intensité, et il lui arrivait de ne pouvoir l'accompagner sur certains sentiers tant ces derniers flirtaient avec la souffrance.

Tous deux reprenaient leur souffle, allongés sur le lit. Puis Rourke remonta le long du ventre nu de Remy, embrassa ses seins et suça l'un de ses mamelons. Lorsqu'il voulut s'écarter, elle lui maintint la tête contre sa poitrine, fort, très fort. Comme si elle avait pu l'amener ainsi à se fondre en elle et à y rester à tout jamais.

Il demeura immobile jusqu'à ce que sa respiration s'apaise. Alors il se libéra de son étreinte. Cette fois, elle ne s'y opposa pas.

Il alluma la lampe à col-de-cygne de la table de nuit et, nu, il se dirigea vers une commode recouverte de marbre afin d'y remplir deux verres de whisky. Remy le suivit des yeux. Elle connaissait chaque creux, chaque centimètre de son corps, la moelle de ses os et les fissures de son cœur. Pourtant, cela n'était pas assez. Cela ne serait jamais assez.

Elle était tombée amoureuse de lui par un doux été, à l'époque où ils n'étaient encore que des gosses intenables et inconscients, uniquement préoccupés par le sexe et persuadés d'être immortels. Bon sang, ce qu'elle avait pu être folle de lui ! Il trimait dur sur un bateau de pêche cette saison-là, et elle profitait de son absence pour s'introduire dans sa chambre, s'emparer de la serviette avec laquelle il s'était essuyé le matin, enfouir son visage dans le tissu rêche et respirer son odeur, jalouse de tout ce qu'il côtoyait au quotidien, y compris ce vieux linge. Elle supportait à peine de l'imaginer marchant dans une rue où chacun était en mesure de le lorgner, et peut-être de le toucher. Il lui appartenait.

Mais cela datait de loin. Des années s'étaient écoulées, modifiant la donne au passage, et lui enseignant à ses dépens que l'on ne pouvait posséder réellement que soi-même.

De retour près d'elle, Rourke lui tendit son verre et cala l'autre sur son ventre. Il s'amusa ensuite avec ses cheveux, effleura la courbe de son sein du revers de la main. Il prenait plaisir à caresser et, au fil des ans, d'autres femmes qu'elle lui avaient enseigné l'art et la manière de le faire.

— Comment savais-tu que c'était moi, dans la cour ? l'interrogea-t-elle.

— C'est vrai que je ne compte plus les jolies filles qui débarquent chez moi en pleine nuit pour me sauter dessus, ironisa-t-il avec la voix traînante d'un gangster de l'Irish Channel.

Elle fit mine de lui décocher un coup de poing, mais il l'attrapa par le poignet et embrassa ses doigts repliés.

— Je n'ai pas entendu de voiture s'arrêter, lui fit-il remarquer un peu après. Comment es-tu venue ?

— En taxi. J'ai dit au chauffeur de me laisser à l'angle, parce que c'était plus simple comme ça.

— Bon Dieu… (Il se carra contre les barreaux de cuivre du lit et soupira longuement.) Le studio a mis une voiture avec chauffeur à ta disposition, alors pourquoi tu ne t'en sers pas ?

— Parce que le pauvre homme m'a transportée toute la sainte journée, et j'ai pensé qu'il avait peut-être envie de rentrer chez lui et de profiter un peu de sa femme et de ses enfants.

— J'appellerai ton réalisateur demain – c'est quoi déjà, son nom ? Kohl ? – et j'exigerai qu'un garde du corps veille sur toi vingt-quatre heures sur vingt-quatre.

— Très bien.

Il roula sur le côté et appuya sa tête sur sa main.

— Tu ne protestes même pas, donc j'en déduis que quelque chose s'est produit aujourd'hui. Quoi ?

— C'est ce qui m'amène ici... enfin, en partie. Je voulais tout te raconter. Seulement maintenant, j'ai comme l'impression qu'on va rejouer une de nos vieilles scènes de ménage.

— Pas si tu obéis à mes ordres en répondant « Oui, chef »... Qu'est-il arrivé ?

Pendant qu'elle lui détaillait ce qu'elle avait découvert dans sa loge après le tournage, il planta son verre sur la table de nuit, enfila son pantalon et fit les cent pas dans la chambre. Il émanait de lui une tension qui semblait pulser telle la lumière clignotante d'un néon.

— J'aurais préféré que tu me téléphones aussitôt, lui reprocha-t-il à la fin. Je serais passé jeter un œil. J'aurais interrogé les gens présents sur les lieux.

Elle qui s'était attendue à le voir pester grimaça devant sa réaction si raisonnable.

— On pensait tous les deux qu'il s'agissait d'un fan désireux d'attirer mon attention et que le plus sage consistait à ne lui en accorder aucune. Et puis je t'ai téléphoné, figure-toi. Tu n'étais pas là.

Il s'immobilisa devant la fenêtre et fixa la nuit en réfléchissant. Elle aimait la façon dont son esprit fonctionnait. La plupart des gens regardaient le monde bien en face, avec crainte et respect, comme s'ils avaient affaire à un tableau de maître entouré d'un cadre doré. Lui l'abordait sous divers angles que personne d'autre n'envisageait, puis avançait par petits bonds intuitifs jusqu'à ce que, soudain, il se retrouve *dans* le tableau, les yeux tournés vers l'extérieur.

— J'ai donné au vampire la lettre que tu m'as montrée ce matin, avoua-t-il enfin en revenant vers le lit.

Elle s'assit et enroula ses bras autour de ses jambes pliées, tandis qu'il s'allongeait à côté d'elle, sur le ventre cette fois, et faisait de nouveau courir ses doigts sur sa peau, le long de sa colonne vertébrale. Elle songea tout à coup, sans raison apparente, qu'elle aurait souhaité que cet instant dure indéfiniment.

— Ce type est cinglé, déclarait Rourke. Il a écrit ce message avec du sang humain, et ça n'a rien de drôle, Remy. On n'est pas dans un film où la vie reprend son cours normal une fois que l'orgue s'est tu et que les lumières se sont rallumées.

— C'est juste que la situation est intéressante, se défendit-elle. Je me demande où il a trouvé ce sang... Bon, bon, d'accord. (Elle tenta de lui cacher son visage en baissant le front contre ses genoux.) Quoi d'autre ?

— Le vampire penche pour un ex qui ne se serait jamais remis de votre séparation. Quelqu'un correspond à cette définition dans ton entourage ?

— Ma foi, il y a cet inspecteur de la brigade criminelle...

Sa piètre plaisanterie le laissa de marbre et il arbora son masque inexpressif de policier lorsqu'elle lui fit face.

— Je n'ai pas connu tant d'hommes que ça, Day.

— Bien sûr... Mais rien que pour le plaisir, commençons par Alfredo Ramon. Un journaliste de *The Movies* m'a rapporté que vous aviez eu une liaison un jour et que, après que tu l'as eu quitté, ce cher Freddy a essayé de s'ouvrir les veines.

— Oh, c'est de l'histoire ancienne ! et la plupart des détails ont été inventés.

— Je sais. Tout n'est que mensonges, etc., etc. Parle-moi de Freddy.

Tous deux avaient fait leurs débuts d'acteurs sur le plateau de *La Pantoufle de vair*, lui dans le rôle du Prince Charmant et elle dans celui de Cendrillon. Le film – une version noire et érotique du conte de fées – comportait des scènes d'amour qu'ils avaient prolongées hors écran. Leur aventure s'était toutefois achevée avec la fête célébrant la fin du tournage. Et avec l'irruption dans la vie de Remy du réalisateur Peter Kohl.

Elle l'avait rencontré une semaine plus tard, lors d'une autre soirée au terme de laquelle ils étaient devenus amants. Il avait été à ses côtés quand *La Pantoufle de vair* était sorti en salle et que, d'illustre inconnue, elle avait tout à coup accédé au rang de star. Une Cendrillon des temps modernes. Il avait également été à ses côtés quand l'argent et les propositions s'étaient mis à affluer, et son visage à apparaître partout. Et quand, à vingt-deux ans, le vilain petit canard qu'elle était persuadée d'être avait été désigné comme la plus belle femme du monde, Peter avait encore été là pour lui procurer un sentiment de sécurité.

Ils étaient restés quatre ans ensemble, jusqu'à ce qu'il embarque sur un paquebot à destination de l'Allemagne pour tourner d'autres films. Le matin de son départ, il avait lâché cette remarque : « Il en aura de la veine, ce salaud », avant de préciser, devant son étonnement, à qui il faisait allusion : « Celui qui comprendra ce que tu attends et qui sera à même de te l'offrir. »

Alors seulement elle avait pris conscience que c'était elle qui le renvoyait chez lui. Pour autant, elle ignorait toujours quels avaient été ses torts.

— Freddy Ramon n'a été qu'une passade de six semaines. Peter, lui… Il m'a confié un jour que la passion était parfois le sentiment le plus égoïste qui soit. J'ai accepté son amour en ne lui donnant en retour que ce qui ne me coûtait aucun effort, si bien qu'il a fini par se lasser de moi. (Elle s'étendit contre lui, tout contre, afin de partager son oreiller et de sentir son souffle sur sa joue.) J'admets qu'il n'est pas désagréable de te voir jaloux, Day, mais tu n'as aucune raison de l'être.

— Je ne suis pas jaloux. Je ne peux pas les blairer et j'ai envie de les trucider par principe.

Elle n'aurait su dire s'il était sérieux ou non. Il avait encore sa mine de flic.

— Tu crois que l'un de ces abrutis est susceptible d'être derrière tout ça ? ajouta-t-il.

Ayant déjà bien réfléchi à la question, elle secoua aussitôt la tête.

— Non, ils ne sont pas assez dérangés, et surtout ils ont trop besoin de ce film. Au risque d'avoir l'air imbue de ma personne, ils ne peuvent pas se permettre de m'effrayer à un point qui affecterait mon travail. Cela fait des années qu'il ne manque pas grand-chose à Freddy pour entrer au panthéon du cinéma, mais s'il ne décroche pas rapidement un gros succès au box-office il n'y arrivera jamais. Avec *Fine Lame*, il tient sa chance. Et Peter n'a pas d'autre choix que de réaliser un film rentable s'il ne veut pas être considéré comme *has been* dans le métier.

— C'est la logique qui guide ton raisonnement alors qu'elle n'a probablement aucune part dans cette affaire.

Elle se redressa.

— Tu as peur ?

— Oui. (Il repoussa ses cheveux en arrière.) Oui, bébé. J'ai peur.

Elle n'aimait pas ça. Il n'était pas censé nourrir le moindre doute, la moindre crainte. Seulement des certitudes. Elle-même n'avait jamais prisé la prudence, mais pour ce qui était de jouer les têtes brûlées il ne valait pas mieux qu'elle. Peut-être même était-il pire. De ce point de vue-là, aucun d'eux n'avait jamais eu une bonne influence sur l'autre.

— Promets-moi de ne pas tenter le diable, la pressa-t-il.

— Promis, acquiesça-t-elle – et elle était sincère à cet instant.

Il se pencha pour l'embrasser, puis se figea.

— Merde, j'avais oublié… Katie était là quand tu as découvert ta loge sens dessus dessous ?

— Non, le ciel soit loué, elle avait refusé mon invitation. Elle m'a expliqué que, puisqu'elle ne pouvait pas jouer au cerf-volant avec son papa, elle allait bouder dans sa chambre toute la journée… Quoi ? Qu'y a-t-il de si amusant ?

Il avait enfoui la tête dans son oreiller et marmonnait quelque chose au sujet de grenouilles.

— Quoi ? insista-t-elle en lui tapotant l'épaule.

Il lui décocha un sourire canaille.

— Viens là, dit-il.

Elle avait dû s'endormir après qu'ils eurent fait l'amour une deuxième fois parce que le clair de lune inondait la pièce à son réveil et que le lit était vide.

Elle s'assit brusquement, avant de discerner sa silhouette devant les persiennes entrouvertes de la fenêtre. Il s'était habillé et avait même coiffé son chapeau.

Elle le supposa en contemplation devant la cour, jusqu'à ce qu'il esquisse un pas vers elle et que son visage lui apparaisse. D'abord surprise par la violence et l'intensité de son regard, elle se sentit ensuite presque abandonnée quand il s'écarta.

— Où vas-tu ?

— Titus Dupre doit être exécuté dans une heure. Je lui ai promis d'être présent.

Elle refoula une émotion sourde qu'elle ne pouvait et ne voulait nommer. Toutes nos vies expriment un acte de foi, médita-t-elle : nous nous persuadons que le bonheur est définissable, que pour chaque *je* existe un *tu*, et que chaque fois que le soleil se couche il se lèvera le lendemain.

Et peut-être nous trompons-nous tous.

Rourke s'arrêta près du lit, sans la toucher.

— Tu seras encore là quand je reviendrai ?

Elle opina du chef en remontant le drap sous son menton, comme pour se cacher derrière, ou bien se protéger du trouble qu'elle éprouvait au plus profond d'elle-même.

— Je tremble pour nous, Day. J'ai l'impression que nous sommes sur le point de perdre quelque chose à jamais.

— Si seulement…

Il n'acheva pas sa phrase, mais elle devina elle-même ce qu'il taisait – si seulement elle acceptait de l'épouser, alors rien ne serait en mesure de les séparer.

— Tu ne me perdras pas, lui assura-t-il.

Devant son silence, il ajouta :

— Crois au moins que je t'aime.

Elle le savait. Tout en lui clamait son amour, et il ne s'efforçait même pas de le dissimuler.

— Je te crois, répondit-elle.

Elle voulut tendre le bras vers lui et saisir son visage entre ses mains, dans l'espoir que, à leur contact, il comprendrait ce qu'elle essayait de lui dire.

— Je te crois, répéta-t-elle. À condition que toi non plus, tu ne doutes pas de mes sentiments.

Il s'inclina, l'embrassa, et puis partit. Au lieu d'aller à la fenêtre pour le suivre des yeux, elle resta allongée sur le lit, immobile, presque sans respirer, à écouter le bruit décroissant de ses pas dans la cour.

16

Malgré l'imposante chaise en chêne juchée sur l'estrade, il régnait dans la salle une atmosphère de pique-nique festif.

Les dignitaires de la ville profitaient de l'attente pour s'adonner à la pêche aux voix et se saluer à grand renfort de sourires. Les journalistes, eux, couraient aux informations entre deux commentaires sarcastiques, pendant que le bourreau de l'État et l'électricien, arrivés tous deux en même temps que la chaise, riaient de quelque blague près du générateur en avalant des morceaux de couenne rôtie qu'ils tiraient d'un sac en papier graisseux.

— Hé ! s'écria l'un des reporters. Vous avez déjà envoyé du jus pour vérifier qu'elle marchait ?

— Vous voulez la tester vous-même ? rétorqua l'électricien.

L'auteur de la question s'esclaffa, mais refusa la proposition. La rumeur voulait que, lors de l'essai effectué plus tôt dans la soirée, on avait dû emprunter un mannequin à un tailleur faute de volontaire pour s'installer à la place du condamné, alors même qu'il s'agissait seulement d'une simulation.

Daman Rourke eut froid dans le dos à la vue des pieds massifs, des larges accoudoirs, des attaches et des fils reliés à la batterie. On ne distingue pas la balle qui fend l'air pour vous transpercer le cœur, ni le virus de la grippe qui s'immisce dans vos poumons et vous tue lentement. Alors que cette chaise… devoir s'avancer jusqu'à elle, s'asseoir dessus et mourir…

Quelques personnes s'étaient amusées de la remarque du reporter mais, comme Rourke, elles étaient hypnotisées par le dispositif. Un silence pesant ne tarda pas à tomber sur l'assemblée, juste troublé par l'écho métallique de gouttes d'eau dans les toilettes voisines, réservées aux Noirs.

La pièce où tous s'étaient réunis avait servi de réserve avant d'être convertie en salle d'exécution, et les ampoules nues pendant au plafond répandaient une faible lueur sur des recoins encombrés de dossiers, de rames de papier et de quelques machines à écrire hors d'usage. Une vingtaine de sièges pliants avaient été alignés devant l'estrade de fortune. Tous étaient encore inoccupés.

Les familles des victimes formaient un lugubre petit groupe au bout de la première rangée. Otis Bloom interrogea Rourke du regard lorsque celui-ci s'approcha d'eux. Devant son hochement de tête négatif, il se détourna et déglutit avec peine.

Ethel Bloom esquissa le geste de se raccrocher à son mari. Elle y renonça et chancela si violemment que Rourke dut la retenir par le bras pour qu'elle ne s'écroule pas. En plus de dégager des effluves de gin, elle semblait voir à travers un brouillard ce jour-là.

Le père de Nina Duboche dissertait à l'envi sur l'instrument qui réglerait bientôt son compte à l'assassin de sa fille, sans laisser ses compagnons placer un mot. Clive Duboche avait des cheveux noir corbeau dont l'implantation dessinait un V descendant bas sur son front, un nez et des joues couverts de cicatrices d'acné, et la mine débonnaire d'un politicien – bien qu'il fût en réalité plus ou moins pêcheur : il avait débuté en vendant des poissons-chats et des cuisses de grenouilles à l'arrière de son pick-up, puis prospéré au point d'approvisionner désormais la plupart des restaurants de la ville.

— Ce salaud recevra une décharge électrique pendant près d'une minute et c'en sera fini de lui, expliquait-il d'une voix un peu trop forte. Deux mille volts ! Avec ça, il paraît que son sang bouillira littéralement. Encore que, si vous voulez mon avis, il aura une mort trop douce vu ses crimes.

Les autres approuvèrent en silence, mais sans vraiment l'écouter. Rourke doutait que l'homme lui-même fût capable de répéter ses propos. Il s'employait tant bien que mal à contrôler la situation en meublant de paroles le moindre blanc, afin d'éviter que quelqu'un n'en profite pour soulever les mauvaises questions. Par exemple, comment chacun d'eux avait bien pu en arriver à se retrouver dans cette pièce à cet instant précis.

Le printemps amorçait son retour la première fois que Rourke s'était rendu chez les Duboche afin de leur apprendre que le corps nu de leur enfant avait été retrouvé sur la rive du fleuve, une corde autour du cou. Il les avait surpris avec leurs deux filles aînées et les maris de celles-ci dans leur jardin, où avaient été conviés les Old Regulars – ces élus du Parti démocrate qui dirigeaient La Nouvelle-Orléans et, de ce fait, délivraient les licences d'exploitation et influaient sur le marché de l'emploi dans divers domaines, dont la vente de poisson et la restauration.

Les arbres étaient décorés de lanternes japonaises et l'air embaumait le jasmin, les roses et la terre fraîchement arrosée, ce qui n'avait pas manqué d'éveiller les soupçons de Rourke, étonné que cette famille ait le cœur à s'amuser alors que leur petite dernière avait disparu depuis la veille. Lorsqu'il leur avait annoncé la nouvelle cependant, la mère de Nina s'était effondrée, brisée comme une porcelaine fragile.

Clara Louise Duboche semblait ne pas s'être remise de ce choc. Ses cheveux d'un blond cendré avaient beau être soigneusement coiffés et son collier de perles fines mis en valeur par son chemisier de soie noire, Rourke devina que seule la sauvegarde des apparences la maintenait encore en vie.

Sentant son regard sur elle, elle se retourna et le fixa avec des yeux aussi inexpressifs que ceux d'un cadavre.

— Cette chaise électrique, c'est douloureux ? s'enquit-elle.

— A priori, non, répondit Rourke, qui comprit une seconde trop tard que ce n'était pas ce qu'elle souhaitait entendre.

— Quelle honte ! s'écria-t-elle avec un léger rictus. Parce que je veux qu'il souffre, moi.

Son mari lui tapota le bras.

– Deux mille volts, chérie. Bien sûr qu'il souffrira.

Rourke se dirigea vers le fond de la salle où – yeux recouverts du voile de la cataracte, peau d'un brun profond, douce et ridée – la grand-mère de Titus s'appuyait d'un côté sur une canne en bambou et de l'autre sur un petit homme de couleur presque édenté qui arborait un col romain jaunissant. Le jeune frère de Titus Dupre, Cornelius, demeurait quant à lui à l'écart, masquant mal derrière une mine impassible la rage qui l'habitait.

L'inconnu se présenta comme le révérend Roland Wright lorsque Rourke lui tendit la main. La sienne était moite de sueur.

— Ça gêne si on reste ? demanda-t-il. On ne touchera pas à leurs chaises.

— Pas de problème.

Rourke aurait aimé les inviter à s'asseoir, mais il songea que cela leur était probablement défendu.

— On vous a laissée voir Titus ce soir, madame Dupre ? dit-il à la place.

— Oui. Et on m'a aussi permis de lui apporter des crevettes à l'*étouffée** pour son dîner.

— Ah, bien. Il m'a juré que personne ne les cuisinait mieux que vous dans toute La Nouvelle-Orléans.

Rourke avait conscience de se montrer condescendant, mais il cherchait en vain les mots pour réconforter cette femme. Quand bien même il les aurait sus cependant, il n'aurait eu aucun droit de les lui offrir.

Elle réussit à lui adresser un sourire reconnaissant, quoiqu'un peu tremblant.

— Je m'inquiète de ce qu'ils vont faire de lui après. J'ai essayé d'expliquer à ce monsieur, le gardien, que j'ai une assurance obsèques pour mon p'tit gars, mais je ne crois pas qu'il m'ait écoutée.

L'assurance en question coûtait peut-être cinquante *cents* par semaine. Elle avait dû se priver durant des années pour avoir droit à un cercueil en contreplaqué et un drap d'étamine teint en noir en guise de linceul – au départ prévus pour elle.

— Je veillerai à ce qu'on s'occupe de tout, lui promit Rourke.

— Dieu vous bénisse, le remercia-t-elle avec une sincérité qui le rendit honteux.

Un léger brouhaha s'éleva soudain près de la porte. Vêtu d'un costume noir, un sac à la main, le médecin de la prison chargé de prononcer Titus Dupre officiellement mort après l'exécution entra dans la pièce.

Mme Dupre émit un gémissement rauque.

— Oh, doux Jésus ! Pourquoi ils font ça ? Pourquoi ils s'en prennent à mon petit-fils ? D'accord, il était sans arrêt en rogne à cause de tout ce qu'on interdit aux Noirs, mais c'est pas possible que ce soit vrai, ce qu'on lui reproche. Il vient d'une bonne famille, mon garçon. D'une bonne famille.

— Allons, du calme, grand-mère, intervint le révérend Wright.

Il lui agrippa le bras plus fermement, comme si elle avait eu besoin d'un appui. Elle n'était pourtant pas au bord de l'évanouissement. Bien au contraire, elle s'était redressée de toute sa hauteur.

— Consolez-vous en pensant que votre garçon part rejoindre Jésus, ajouta-t-il.

Cornelius Dupre s'avança vers eux, poings serrés, et Rourke craignit un instant qu'il ne frappe l'ecclésiastique.

— Vieux schnock ! Parce que ça consolera Titus, peut-être, quand on le ligotera à cette chaise et qu'on le fera griller jusqu'à ce qu'il ressemble à de la couenne de porc rôtie ?

Mme Dupre gémit de nouveau, si fort cette fois que tout le monde se tut.

Rourke jeta son regard glacial de flic à Cornelius, avant de se tourner vers le révérend, dont le teint avait viré au gris.

— Pourquoi n'emmèneriez-vous pas Mme Dupre s'aérer un peu dans le couloir ?

Les lèvres du vieillard se retroussèrent sur les quelques dents qui lui restaient, et il approuva d'un signe de tête.

— Oui, monsieur. Bien sûr. Vous avez raison.

— Tu ne crois pas que tu aurais pu lui épargner ça ? reprocha Rourke à Cornelius dès que sa grand-mère fut assez loin pour ne plus les entendre.

Le garçon lui opposa l'air le plus goguenard qu'il lui eût jamais été donné de voir.

— Et qu'est-ce que vous allez faire, m'sieur le policier ? Me flanquer au trou juste pour avoir osé dire la vérité dans toute son horreur ?

Rourke eut une réaction inattendue, même pour lui : il ébaucha un sourire qui n'avait rien de mauvais.

— Tu en as du cran, commenta-t-il.

Cornelius plissa les yeux, hésitant visiblement entre se détendre et le narguer davantage.

— À quoi vous jouez ? le défia-t-il.

— Je souhaite juste te garder en vie et t'éviter la prison.

— Mouais. (L'adolescent passa devant lui, avant de stopper net.) Titus est mon frère, murmura-t-il, et ses mots avaient l'intensité d'un cri. Vous assassinez mon *frère*.

Rourke ne répondit pas, car il n'y avait rien à répondre. Certainement pas *je suis désolé*, en tout cas.

Cela n'avait plus d'importance, parce qu'un reporter surgit en courant à ce même moment, lançant à la cantonade :

— Ça y est ! Titus Dupre arrive !

Titus Dupre arrivait, certes, mais en traînant les pieds : des fers encerclaient ses chevilles, reliés par des chaînes à ceux qui enserraient sa taille et ses poignets.

Son crâne fraîchement rasé luisait sous la lumière crue des ampoules. Ses traits tirés trahissaient sa peur, et sa chemise était si trempée de sueur qu'on distinguait la peau à travers. Il parut plus jeune à Rourke que lorsqu'il lui avait rendu visite dans la soirée. Trop jeune pour ce qui l'attendait.

On ne perdit pas de temps pour l'amener vers la chaise.

Deux gardiens attachèrent les sangles autour de la poitrine et des membres du condamné. À genoux près d'eux, le bourreau fixait une électrode et une éponge imbibée d'une solution saline sur le mollet droit de Titus.

Le directeur de la prison se détacha alors de l'assemblée.

— As-tu quelque chose à déclarer, mon garçon ? Désires-tu demander pardon à ces gens pour avoir violé et tué leur fille ?

— Je supplierai jamais personne, cracha Titus Dupre.

Son affolement fut toutefois perceptible lorsqu'il examina les lieux qui l'entouraient, et Rourke crut discerner en lui une peur panique mêlée à une accusation quand, ignorant sa grand-mère et son frère, il le toisa, lui.

— Très bien, fit le directeur en reculant.

Le premier gardien saisit une cagoule en soie noire accrochée à l'arrière de la chaise et l'enfila à Titus, abattant ainsi un écran devant lui.

Le tissu comportait une ouverture au sommet. Le bourreau y appliqua une calotte en cuir à l'intérieur de laquelle avaient été introduites une seconde électrode et une éponge mouillée, de façon que toutes deux soient au contact du crâne et permettent aux deux mille volts de se propager de là jusqu'au mollet. Voilà pourquoi il avait été rasé. Pour que ses cheveux ne prennent pas feu.

Le bourreau s'éloigna ensuite de Titus, qui resta seul. Dix-sept ans, encapuchonné, ligoté à une chaise et branché à des fils électriques. On ne voyait plus de lui que ses mains, et quand l'électricien mit en marche le générateur, déclenchant un bourdonnement continu de la machine, les jointures de ses doigts blanchirent.

— Titus Dupre, déclama le directeur. Vous avez comparu devant un jury composé de vos pairs et été reconnu coupable du viol et du meurtre de Nina Duboche. Pour ces crimes, vous avez été condamné à mort par un juge estimé du comté de La Nouvelle-Orléans, État de Louisiane. La sentence va à présent être exécutée.

L'homme adressa un signe au bourreau, lequel prononça le compte à rebours :

— Trois, deux, un – le processus est maintenant enclenché...

Et il pressa le bouton.

Clara Louise Duboche hurla, éclata de rire et sanglota tour à tour pendant que son mari rugissait :

— Crève, charogne !

Titus Dupre creva en effet plus qu'il ne mourut. La calotte en cuir vibra, il serra les poings et, une fraction de seconde plus tard, tout son corps se convulsa et s'arc-bouta contre les sangles, avec tant de force que la chaise tangua. On eût dit qu'il tentait de sauter sur ses pieds afin de fuir ce qui lui arrivait. Puis sa vessie et ses intestins se vidèrent.

Le supplice dura une minute. Rourke perçut un bruit semblable à celui du bacon en train de frire, avant qu'une odeur douceâtre de chair en combustion se répande dans la salle, mélangée à celle de brûlé dégagée par le courant.

Le bourreau coupa l'alimentation. De longues secondes s'écoulèrent pendant lesquelles personne n'esquissa le moindre geste, jusqu'à ce que le médecin s'écartât du mur contre lequel il avait été repoussé et se dirigeât vers la chaise d'un pas raide.

Il sortit son stéthoscope, guetta un battement de cœur et se retourna si brusquement qu'il manqua tomber. Il secoua alors la tête, les yeux écarquillés, l'air horrifié.

— Merde ! jura le directeur d'une voix haut perchée, oubliant dans sa confusion qu'il s'exprimait devant des dames. Nom de Dieu, ce fumier n'est pas mort ! Recommencez !

Le bourreau, quelque peu épouvanté lui aussi, administra une nouvelle décharge à Titus Dupre, dont le corps tressauta et se tordit encore une minute entière. À un moment donné, et malgré le caractère irréel du spectacle, il fallut bien se rendre à l'évidence : des fumerolles s'échappaient de la cagoule.

— Arrêtez ! s'insurgea Ethel Bloom en se levant si brutalement que son siège pliant en bois se renversa.

Sans cesser de s'époumoner, elle voulut grimper sur l'estrade, mais son mari la rattrapa et la tira en arrière tandis qu'elle se débattait frénétiquement.

— Oh mon Dieu, mon Dieu ! Il est en feu ! hoquetait-elle.

La famille de Titus Dupre demeura au fond de la salle le temps que celle-ci se désemplisse, les gens de couleur n'étant pas autorisés à quitter une pièce tant que tous les Blancs qui souhaitaient partir ne l'avaient pas fait.

— Putain, ce nègre-là, il avait du sang-froid ! lâcha un reporter en passant devant la vieille femme.

— Il a quand même fini par griller, plaisanta un autre.

Sur l'estrade, l'un des gardiens découvrit la tête du mort. Ses yeux avaient jailli de leurs orbites et pendaient sur ses joues. Quant à sa peau, auparavant si sombre, elle paraissait maintenant rouge, comme ébouillantée, et tendue au point de se craqueler. Des brûlures parsemaient son crâne, noires et suintantes et si profondes que l'on distinguait l'os en dessous.

Elles fumaient encore.

Titus avait forcément crié lorsque les deux mille volts l'avaient traversé, réfléchissait Rourke. Et, bien que sa raison lui soufflât le contraire, il avait l'impression que ce hurlement lui avait déchiré les tympans parce qu'il n'entendait plus rien.

Quelqu'un lui apprendrait plus tard que la foule massée devant la prison avait célébré joyeusement l'annonce officielle du décès. Pour l'heure, debout sur les marches du bâtiment, il ne percevait plus aucun son. Au milieu d'une marée de bouches grandes ouvertes, il avisa un membre du Ku Klux Klan dont la pancarte « Brûle, négro, brûle » se disloqua lorsque l'individu la balança contre un réverbère. Mais tout se déroulait sans bruit, comme dans un film muet. L'homme à la chemise jaune et aux bretelles violettes aperçu le matin même accompagnait à l'accordéon un Blanc grimé en Noir, qui dansait en faisant mine d'éteindre des flammes imaginaires sur son corps. Et toujours ce calme absolu.

Une femme hilare jeta une bouteille de gin à la figure d'une autre. Elle évalua toutefois mal la distance, et le fracas du verre brisé sur le trottoir résonna telle une gifle à ses oreilles, pulvérisant ce silence de mort.

Les clameurs lui parvinrent alors, ainsi que les rires, la musique et les coups de klaxon. Il huma les gaz d'échappement, l'odeur de marécage et de moisissure de la ville. Le vent le fouetta. Il sentit des gouttes de sueur couler dans ses yeux et son cœur battre dans sa poitrine.

Il respira la vie à pleins poumons.

Après l'exécution, Roméo s'était attardé devant la prison, attiré là malgré lui. Un crétin aux dents de lapin et aux bretelles violettes racontait avec force détails – et autant d'aplomb que s'il y avait été – comment la tête de Titus Dupre s'était embrasée sous l'effet de la décharge électrique. Bien qu'il se montrât beau parleur, Roméo le soupçonnait de n'avoir pas la moindre idée de l'action réelle du feu sur la chair humaine : cette façon qu'avaient la peau et les tissus de fondre, le sang de bouillir, la graisse de grésiller et d'exhaler des relents de fin de repas trop lourd.

Roméo s'était mêlé à la foule en liesse car toute cette histoire l'avait beaucoup amusé. Mais il se fichait pas mal de savoir si l'État de Louisiane avait fait flamber le cul ou la tête de ce Noir. Au final, cela ne changeait rien à rien. Ni ce qui s'était produit avant, ni ce qui se produirait après – ça, certainement pas.

Vite lassé par l'homme aux bretelles, il s'était réfugié dans un bar voisin. Mais le gin servi y était aigre et, comme il n'avait jamais pris grand plaisir à boire seul, il avait abandonné son verre presque plein sur le comptoir et regagné l'obscurité des rues – toutes désertes à l'exception de celles proches de la prison, où la fête semblait partie pour durer jusqu'à l'aube. Puis, quand les premières lueurs du jour avaient teinté de gris les eaux du fleuve et éteint les lumières de Canal Street, il était rentré se coucher.

Avec Remy Lelourie.

Roméo aimait Remy Lelourie à la folie, mais le fait est qu'elle le fatiguait par moments. Tantôt douce et aimante, tantôt déchaînée, perverse, ou bien cruelle, elle l'aguichait parfois jusqu'à ce qu'il soit près de jouir, avant de se refuser à lui, encore et encore, si bien qu'il se retrouvait en général avec les testicules douloureux et le sexe à vif. Et pour peu qu'elle le menaçât de le quitter dans cet état, il en était réduit à gémir et à la supplier – ce qui ne l'empêchait pas de temps à autre de filer quand même. Il la haïssait alors plus que tout.

Il n'était pas d'humeur charitable à son égard ce soir-là. Les mots qu'il lui avait écrits étaient censés l'amener à modifier son comportement afin de les sauver tous les deux. Ces mensonges, ces trahisons, ces promesses non tenues… pourquoi ne comprenait-elle pas qu'ils devaient mettre un terme à tout cela ?

— Ne m'oblige pas à ça, Remy ! glapit-il. Ne m'oblige pas à ça !

Une petite voix au fond de lui, qu'il ne réussissait plus à faire taire quelle que soit la quantité de drogue qu'il s'injectait dans les veines, se mit à psalmodier :

Car jamais l'on ne connut d'histoire plus triste
Que celle de Juliette et de son Roméo.

Exaspéré, il se précipita sur elle. Il se ressaisit cependant à la dernière seconde et déplaça son poids de telle sorte que son poing cogna le mur, creusant un trou dans le plâtre.

Il la baisa ensuite en la pilonnant tant et tant que le lit trembla et que le plâtre s'effrita davantage. Ses hanches décollèrent du matelas, et il rugit comme un dément lorsqu'il parvint à la jouissance.

Il resta ensuite allongé, en sueur, haletant, son pénis mollissant lentement.

Il se leva après avoir repris son souffle et s'essuya le ventre et les mains avec une vieille serviette qu'il flanqua sur la pile d'habits sales dans un angle de la chambre. Alors qu'il fourrait son sexe humide dans son pantalon, une image surgit devant ses yeux : celle de ce garçon de couleur qu'on avait électrocuté un peu plus tôt. Est-ce qu'on bande quand on reçoit deux mille volts dans le corps ?

— Eh, j'aurais dû interroger l'idiot aux bretelles violettes, s'égaya-t-il.

— Putain, t'es vraiment cinglé...

Son sourire disparut peu à peu, comme brûlé, consumé.

— Merde. Meeer-de ! cria-t-il. Meeer-de !

Il s'efforça sans grande conviction de refaire le lit. Les draps étaient gris et empestaient le sexe. Celui du dessous commençait même à se déchirer dans un coin, ce qu'il n'avait pas remarqué. Il eut honte. Elle était habituée à mieux. Elle était habituée à ce qu'il y avait de mieux, en fait, et pourtant elle ne s'était pas plainte. Il irait acheter de nouveaux draps le lendemain, et aussi quelques-uns de ces savons doux et odorants vendus dans les drugstores.

— Je prendrai soin de toi, chérie, lui dit-il. Seulement, il faut que ce soit réciproque.

Il s'empara de sa photo, l'embrassa et la reposa sur la table de nuit.

— Bientôt, Remy.

Bientôt.

Mais pas tout de suite.

Car une nouvelle journée débutait, et il devait d'abord aller quelque part.

Voir quelqu'un.

17

Chaque dimanche matin depuis cinquante-sept ans, Tornado Jones se réveillait avec le soleil et allait jusqu'au fleuve pêcher son petit déjeuner. Sauf que cela lui demandait de plus en plus d'efforts depuis peu. Avec son rhumatisme qui donnait à ses articulations l'aspect de nœuds marins, il peinait rien que pour s'extirper du lit. Vaille que vaille, il continuait à observer ce rituel – même les jours où il n'avait guère envie de poisson. Les manies ressemblent à une drogue, et Tornado Jones se flattait d'être accro aux siennes. Il aimait à répéter que l'on pouvait être *certain* de le trouver chaque semaine sur les berges du Mississippi en train de vider ses prises.

Tornado n'était pas le prénom qu'il avait reçu à la naissance, mais il prétendait ne pas se souvenir du vrai tant il y avait longtemps qu'on l'appelait ainsi. Champion de boxe dans sa jeunesse, il avait été affublé de ce sobriquet par les journaux en raison du mouvement de moulinet de ses bras et de la manière dont il dansait autour de ses adversaires sur le ring. Mouais. Il ne dansait pas, il esquivait les coups, voilà tout. Sauf qu'il ne l'avait jamais dit à personne. Seigneur, ce qu'il avait été rapide à l'époque ! Dans tous les domaines d'ailleurs, y compris pour ce qui était de débiter des boniments. Il faisait gober n'importe quoi à n'importe qui.

Pour la rapidité, maintenant, fallait repasser..., pensa-t-il en se frayant un chemin au milieu des algues sèches et des détritus rejetés par le courant. Oubliés la tornade, le baratin, les esquives, les pas de danse et les moulinets. À près de quatre-vingt-trois ans, il y avait des lustres qu'il n'avait pas affronté d'adversaire plus gros qu'un moustique.

Ses vieux os craquèrent lorsqu'il s'accroupit au bord du fleuve. Il plongea une casserole dans l'eau, en sortit un poisson-chat qu'il décrocha de sa ligne de pêche, et lui ouvrit le ventre tout en goûtant la chaleur du soleil matinal dans son dos. La journée promettait d'être brûlante, contrairement aux précédentes. Le ciel avait la blancheur d'un squelette.

Il embrassa du regard les alentours. Des abeilles maçonnes volaient çà et là ; des écrevisses pointaient le bout du nez au-dessus de leur trou. Un peu plus loin, là où le fleuve formait un coude, il lui sembla distinguer une orphie morte, qui, échouée sur un banc de limon gris, ajoutait à la puanteur des lieux. Le Mississippi n'est décidément qu'un amas de boue nauséabonde, déplora-t-il en son for intérieur.

Il poursuivit sa besogne, mais sans cesser de lancer des coups d'œil dans cette direction. Pour finir, il se redressa péniblement, essuya ses mains couvertes d'écailles sur son pantalon et longea la rive, ébloui par le soleil.

Ce n'est pas une orphie, constata-t-il à mesure qu'il approchait. Ou alors, elle avait trouvé le moyen de se faire pousser des cheveux

Daman Rourke se gara à deux rues de Notre-Dame-du-Saint-Rosaire juste quand la cloche annonçait la messe de huit heures. Il coupa le moteur et se tourna vers sa fille, assise sur le siège passager.

Avec sa robe jaune à volants et à dentelles, ses petits gants de coton blanc et son missel de première communiante sur les genoux, on l'eût jurée incapable de causer le moindre souci à son père. Mais si son chapeau de paille dissimulait presque complètement ses boucles massacrées, elle sentait en revanche toujours la lessive – et ce grâce à Mme O'Reilly, qui, un peu plus tôt ce matin-là, l'avait contrainte à nettoyer à quatre pattes le sol de la cuisine.

Au même instant, elle coula à Rourke un sourire auquel il dut résister de toutes ses forces pour ne pas se laisser attendrir.

Il s'éclaircit la voix et tenta à la place d'adopter la contenance d'un père responsable.

— Pendant que nous serons à l'église, jeune demoiselle, je veux que tu ne penses à rien d'autre qu'aux grenouilles et au salaire du péché.

Elle poussa un soupir si exaspéré que le bord de son chapeau battit l'air.

— Bon Dieu ! s'exclama-t-elle en le parodiant à la perfection. Je ne comprends pas pourquoi tu t'énerves autant pour deux ou trois grenouilles. Tu as sûrement fait bien pire quand tu avais mon âge.

— Surveille ton langage, d'accord ? Ce n'est pas de moi qu'il est question ici et, de plus, les garçons ont le droit de commettre de plus grosses bêtises. Cela relève du grand schéma divin.

— Bon... (Elle surprit son expression et se ravisa.)... té divine. Qui a inventé cette règle ? Encore un garçon, je parie ?

— Mmmm.

Il lui signifia qu'il n'était pas dupe de son manège, mais elle feignit de ne pas saisir.

— Ce n'est pas un péché grave de manquer la messe du dimanche, papa ? s'enquit-elle avec un petit air de sainte nitouche.

— Tu as intérêt à ne pas m'entraîner sur ce terrain-là...

— Je me disais juste que Mme O'Reilly devrait me donner l'exemple si elle espère être ma nounou, non ?

— Les rapports de Mme O'Reilly avec Dieu et la Sainte Église catholique ne regardent qu'elle. Et autant déposer les armes, mademoiselle Katherine Elizabeth Rourke, parce que non seulement elle restera chez nous, mais tu verras qu'elle nous dressera tous les deux.

Les cloches carillonnaient et un nuage entêtant d'encens flottait au-dessus de l'autel drapé de soie blanche. À genoux, Daman Rourke observait son frère en train de lever haut le calice en or et de le soumettre à la vue et à l'adoration de tous.

His est enim calix sanguinis mei...

Si vous étiez croyant, vous assistiez là à un miracle : le pain et le vin devenaient réellement le corps et le sang du Christ, et à condition d'accueillir celui-ci en vous, votre salut était possible.

His est enim calix sanguinis mei... « Prenez ceci, et buvez-en tous : ceci est mon sang, le sang de l'alliance nouvelle... »

Si vous étiez croyant... Mais si vous étiez simplement vous, avec de vous l'image d'un dur faisant ce qu'il a à faire et ne se fiant qu'à lui-même, alors vous aviez certainement renié depuis longtemps la foi de votre enfance pour chercher un salut d'un genre particulier dans les bras d'une femme, ou au fond d'une bouteille, ou dans un bulletin de pari, ou dans les gains d'une partie de *bourré**, et vous aviez appris à ne solliciter ni les grâces ni le pardon de Dieu. Jusqu'au jour où il vous était apparu que vous aviez de toute façon oublié comment.

Seulement, si vous étiez prêtre...

Si vous étiez prêtre, il vous fallait admettre l'existence des miracles, et en accomplir. *Je suis prêtre*, avait écrit en gros le père Pat dans son carnet, en enfonçant la mine dans le papier et en creusant trois lignes dessous. Le père Pat. Lui. Elle. Alors même qu'il rédigeait ces mots, il avait dû être sensible au mensonge qu'ils renfermaient. La femme qui se présentait comme le père Patrick Walsh ne pouvait être prêtre aux yeux de l'Église qu'elle avait fait vœu de servir. Mais alors, tous ses actes avaient-ils été des leurres ?

Et Paulie ? À cet instant, tandis qu'il réalisait son prodige dominical, tandis que sous ses doigts naissait le corps vivant de Jésus-Christ, mort sur la croix afin que les enfants de Dieu aient accès à la vie éternelle..., de quelles impostures le père Paul Rourke se rendait-il coupable ?

Il y a deux personnes en chacun de nous, raisonna Rourke. Celle que l'on voit et celle que l'on ne voit pas. Mais souvent, ce sont les êtres les plus chers à nos cœurs, ceux que l'on estime le mieux connaître, qui nous échappent. Il avait conscience que pour démasquer l'assassin du père Pat, il n'aurait pas d'autre choix que de mettre à nu les âmes des religieux de cette paroisse. De *chacun* d'entre eux, y compris son frère. Et tant pis si Paulie en sortait brisé.

Un homme ne devait se fier qu'à lui-même, et faire ce qu'il avait à faire.

Agnus Dei, qui tollis peccata mundi : miserere nobis. « Agneau de Dieu, qui enlève le péché du monde : prends pitié de nous. »

Un par un, les communiants s'agenouillaient devant le chancel, puis repartaient sauvés avec leur hostie – du moins jusqu'à leur prochain péché.

Domine, non sum dignus, ut intres sub tectum meum, sed tanum dic verbo, et sanabitur anima mea. « Seigneur, je ne suis pas digne de te recevoir, mais dis seulement une parole et je serai guéri. »

Katie suivit le cortège, contrairement à Rourke, qui avait beaucoup failli depuis sa dernière confession. Beaucoup trop même, s'amusa-t-il sans en éprouver le moindre remords – sa dernière faute datant de la nuit précédente, quand il avait eu à trois reprises des rapports charnels avec une déesse du sexe en dehors des liens du mariage.

Il s'intéressa au spectacle offert par Floriane de Lassus Layton et sa fille lorsque Paulie leur donna l'hostie. La première vacilla sur ses talons hauts en s'éloignant. L'homme devant elle se retourna alors pour la saisir par le bras, et il sembla à Rourke qu'elle marquait un mouvement de recul face à ce contact. *Tiens, tiens*, pensa-t-il.

Comme s'il avait senti l'attention qu'il leur portait, l'homme leva les yeux vers lui. Il sourit, peut-être en signe de défi. *Tiens, tiens*, pensa de nouveau Rourke.

Le père Paul Rourke conclut la messe en se courbant sur l'autel pour l'embrasser. Quand il fit volte-face, Rourke guetta en lui des signes de joie, ou même d'émerveillement – en vain.

Le dernier cantique s'acheva sur une chute poignante, une sorte de vertige musical. Alors que les dernières notes enflaient jusque sous les voûtes, Rourke s'adressa à sa fille :

— Assieds-toi là et attends-moi, ma puce. N'oublie pas les grenouilles.

Katie répliqua par une grimace, puis éclata de rire. Il baisa le sommet de son crâne et quitta son banc à temps pour intercepter les Layton sur le bas-côté.

Flo Layton était à son avantage avec son chapeau cloche en lin jaune orné d'une rose de soie blanche, mais son attitude exprimait toujours la même honte.

— Bonjour, inspecteur, le salua-t-elle, avant de poser sur son mari le regard d'une femme qui, sur le point de se noyer, le jugeait plus susceptible de l'enfoncer sous l'eau que de la secourir.

Albert Payne Layton avait des cheveux roux clair et un visage lisse constellé de taches de rousseur. Il jouait avec un pendentif de la Phi Beta Kappa [1] accroché à la fine chaîne en or qui s'étirait en travers de son gilet de costume en laine. Rourke constata que ses mains elles aussi étaient couvertes de taches de rousseur.

— Ce pauvre père Pat. C'est horrible, inspecteur, s'indigna-t-il. Je compte sur vous pour vite appréhender le meurtrier.

1. Association universitaire fondée en 1776 et à laquelle ne peuvent appartenir que les étudiants émérites. *(N.d.T.)*

Penser que personne n'est en sécurité et que nous pourrions tous être massacrés dans nos lits… voilà qui fait froid dans le dos.

— Je ne m'inquiéterais pas à votre place. Il ne s'agit apparemment pas d'un crime gratuit.

— Plutôt d'une vengeance personnelle, selon vous ? Et non de l'acte d'un dément ? (Un sourire indéchiffrable flotta aux commissures de ses lèvres.) Raison supplémentaire, alors, pour souhaiter que tout le monde… (Il s'interrompit et toisa sa femme avant de bien accentuer ses derniers mots.)… que *tout le monde* coopère avec la police dans cette enquête. Je vous aiderais volontiers, bien sûr, sauf que je ne sais que vous dire. En tant que comptable du Saint-Rosaire, j'avais de temps à autre affaire au père Pat, mais nous n'étions pas très intimes. Mon épouse, par contre… (Il effleura le bras de celle-ci, et Rourke fut cette fois certain qu'elle avait cillé.) Vous vous appréciiez beaucoup, tous les deux, n'est-ce pas ma chérie ? Toi et ton cher père Pat.

— Arrête, Bertie. C'était notre prêtre.

— Je suis désolé. Ai-je été désinvolte ? Ce n'était pas mon intention.

— J'aimerais savoir où vous vous trouviez dans la nuit de vendredi à samedi, monsieur Layton, attaqua Rourke. Entre minuit et trois heures du matin pour être plus précis.

Cela arrivait parfois lors de l'interrogatoire d'un suspect ou d'un témoin. Ce petit clic, comparable au bruit d'un obturateur photographique. Ce flash révélateur qui vous informait que la personne avait quelque chose à cacher.

Et Albert Payne Layton avait tout l'air d'un homme qui chérissait ses secrets, qui s'en délectait et les savourait comme autant de bonbons acidulés.

— Est-ce vraiment indispensable, inspecteur ? répondit-il en baissant la voix et en examinant la nef qui se vidait autour d'eux. Après tout, nous sommes en présence du saint sacrement.

— Alors allons en discuter en ville, dans les locaux de la

police, rétorqua Rourke sur le même ton affable. J'ai quelques matraques dans mon bureau.

Layton haussa les épaules.

— Oh, oh ! ironisa-t-il. J'ai entendu parler de vos méthodes pour extorquer la vérité aux crapules. (Il se tut, puis afficha une mine exagérément choquée.) Auriez-vous l'intention de m'incriminer ? Dieu du ciel ! j'espère bien que non, parce que j'ai le cœur qui se soulève rien qu'à la vue du sang, surtout le mien…

Un autre silence s'ensuivit. Il finit par pousser un soupir de reddition et jeta un coup d'œil contrarié à son épouse.

— Puisque vous insistez, j'ai passé la nuit – toute la nuit – avec une femme qui n'était pas la mienne, mais qui appuiera mon alibi, et publiquement si nécessaire. À supposer que cela le soit.

— Nous savons être discrets, mais nous aurons besoin de la rencontrer, s'obstina Rourke, qui songeait dans le même temps : Bien joué, monsieur Albert Payne Layton. Un peu trop suavement, c'est tout.

Et sans cesse, durant leur échange, il avait perçu un rire derrière ces yeux pâles. Un rire accompagné d'autre chose.

Un petit clic.

Rourke rejoignit Paulie dans la sacristie lambrissée de chêne de l'église, où un enfant de chœur l'aidait à ôter sa lourde chasuble de satin et de brocart – verte pour cette période du calendrier liturgique, et richement brodée de fils d'or et d'argent.

Un deuxième enfant plaçait en pouffant les huiles saintes dans un cabinet de nacre. Son visage s'assombrit dès qu'il aperçut Rourke sur le seuil.

— Laissez-nous, s'il vous plaît, demanda-t-il aux deux garçons.

Ceux-ci quêtèrent l'assentiment de leur prêtre, lequel hocha la tête.

— Eh bien, Day, commença Paulie quand ils furent seuls. Je doute que ce soit la dévotion qui t'a amené ici ce matin, mais je te suis néanmoins reconnaissant d'avoir assisté à la messe.

Rourke se contenta de scruter son frère. Depuis la veille, la peur s'était immiscée en lui, transparaissant jusque dans le pli de sa bouche. Bouche qu'il tenait de leur mère, remarqua-t-il soudain pour la première fois – ce qui lui donna la nausée.

Paulie se dirigea vers la grande armoire en noyer dans laquelle il rangeait ses vêtements sacerdotaux.

— Où est Katie ?

— Je l'ai envoyée à ton cours de catéchisme en lui ordonnant de penser à ses grenouilles. Ça l'incitera peut-être à s'amender, encore que j'en serais étonné.

— En ce qui te concerne, tu ne l'as jamais fait. Si j'ai bonne mémoire, même, tu terrorisais les pauvres sœurs chargées de notre instruction religieuse à St. Alphonsus. (Il enleva son cordon et son étole et les pendit dans l'armoire.) Pourquoi Katie doit-elle penser à des grenouilles ?

Rourke lui narra la dernière tentative de sa fille visant à faire décamper Mme O'Reilly de sa maison de Conti Street, le tout avec un humour qui ne tarda pas à dérider son frère. Dans une bagarre, il était toujours utile de distraire l'adversaire avant de le mettre K-O avec un coup bien senti.

— Tu récoltes ce que tu as semé, petit frère, commenta Paulie à la fin. Tu te rappelles quand nous allions attraper des écrevisses dans les fossés après qu'il avait plu ? Et quand tu promenais en laisse le bébé alligator que tu avais capturé, rien que pour le plaisir de voir les dames du quartier s'enfuir en hurlant ?

— Oui, oui, je m'en souviens. Mais ne t'avise pas de raconter ça à Katie. En tout cas pas si ma tranquillité d'esprit t'importe un tant soit peu.

Paulie s'esclaffa de nouveau, tout en évitant de lui faire face. Il détacha l'amict autour de son cou, le retira et le plia lentement, soigneusement.

— Qui est cette femme ? lança Rourke.

Paulie eut un haut-le-corps et cligna des paupières, bouche bée, à la manière d'un personnage de bande dessinée.

— Quelle femme ? dit-il enfin, bien trop tard pour feindre l'innocence. Je ne sais pas de quoi...

Rourke abolit en deux pas la distance qui les séparait. Il le saisit par les épaules, le plaqua contre le mur et répéta sa question en le secouant si violemment que la tête de son frère cogna le plâtre à chaque mot.

— Qui est cette femme ?

— Seigneur, explosa Paulie. Mais regarde-toi ! Tu es pareil que...

Il s'interrompit devant la fureur noire qui déformait les traits de Rourke.

Celui-ci écrasa de ses poings le fin tissu de son aube jusqu'à ce qu'il sente Paulie trembler. Alors seulement, il le lâcha.

Il s'éloigna de quelques pas, mais revint aussitôt, le doigt pointé entre les deux yeux de son frère.

— Je peux t'aider. Mais arrête de me mentir !

Paulie resta aplati contre la cloison, comme si on l'y avait suspendu. Puis toutes ses forces semblèrent l'abandonner. Il s'efforça de sourire, en vain.

— Bien que ça serve probablement d'avoir un frère dans la police, je peux t'assurer que je n'ai commis aucun crime, Day. Je jure devant Dieu que je n'ai même jamais craché sur un trottoir.

Il s'avança à tâtons vers une chaise sur laquelle il se laissa choir et contempla le sol en s'agrippant à ses cuisses.

— Quel marché as-tu conclu avec le père Pat ?

Paulie releva la tête au ralenti. Un coin de sa bouche tressautait, agité par un tic. La bouche de leur mère. Dans ses yeux se lisait le désespoir absolu du joueur de *bourré** au moment où il comprend qu'il risque d'avoir à payer une somme excédant ses moyens.

— Mon Dieu ! s'exclama-t-il. Comment découvres-tu ces choses-là ?

Rourke ne lui expliqua pas qu'il avait simplement lu le carnet du prêtre défunt. Il tenta d'évacuer sa colère et enfonça les mains dans ses poches.

— Il y a du vin, ici, qui n'a pas subi de transformation miraculeuse ?

Deux buffets encadraient la vitrine fermée à l'intérieur de laquelle étaient exposés les trésors du Saint-Rosaire : des patènes plaquées or, un ciboire incrusté de perles, un tabernacle en fer battu. Rourke inspecta le meuble de droite et, dans le tiroir du fond, dénicha une bouteille de bourbon et un verre, qu'il remplit à ras bord avant de l'offrir à son frère.

Les mains tremblantes, Paulie le descendit d'un trait – non sans une certaine expérience apparemment. Rourke songea au nombre de fois où leur père leur avait assené qu'un homme n'avait besoin pour passer la journée que d'une petite gnôle et de la grâce de Dieu.

Il le servit de nouveau. Son frère but encore un peu, mais moins vite.

— Son nom, exigea Rourke.

Paulie refusa d'un signe de tête, heurtant le verre contre ses dents.

— Si je t'avoue tout le reste, pouvons-nous éviter de le citer ? Elle a une vie de couple… difficile, et il y a des enfants. Ils pourraient en pâtir.

— Continue alors. On y reviendra peut-être ensuite.

Il connaîtrait l'identité de cette femme de toute façon. Tous les prêtres du Saint-Rosaire étaient suivis depuis la veille au soir. Tôt ou tard, Paulie conduirait les inspecteurs à elle.

— Tout date du printemps dernier. J'étais encore à l'Immaculée-Conception et tu n'imagines pas à quel point je me sentais seul… (Il se tut et rit avec amertume.) Non, bien sûr que non, tu n'imagines pas. Comment le pourrais-tu alors que tu couches avec la plus belle femme du monde ?

— Une chambre se révèle parfois être l'endroit où l'on se sent le plus seul sur Terre.

Paulie demeura silencieux un moment, puis soupira.

— Oublie ce que je viens de te dire. Je dois juste être jaloux parce que, prêtre ou pas, je n'aurai jamais assez d'assurance ne serait-ce que pour saluer ce genre de femme. (Il eut un geste impatient de la main.) Et puis, je ne te parle pas de sexe, ni du célibat des prêtres. Enfin, pas seulement.

Il replongea dans son mutisme, mais Rourke attendit cette fois qu'il en émerge, conscient que son frère en était au stade où il lui fallait se décharger d'au moins une partie de son fardeau tant celui-ci devenait insupportable.

— C'est comme si je vivais prisonnier d'une sorte de bulle de savon géante, reprit enfin Paulie. Des choses m'apparaissent, mais elles sont floues. Des sons me parviennent, mais ils sont étouffés. Pire encore, je ne peux toucher personne et personne ne peut me toucher. Les gens s'adressent à moi, à *moi*, ils me confient combien ils souffrent de la solitude, et je leur conseille de se tourner vers Dieu, parce qu'Il leur offrira une amitié glorieuse qui surpassera tout ce qu'ils sont capables de concevoir – sauf que moi, pendant ce temps, je constate que je ne sais même plus où se trouve Dieu. Et puis, un dimanche, je monte en chaire délivrer mon homélie, j'observe mes fidèles, et je l'aperçois, elle. Il me semble alors que quelqu'un a surgi et balayé tout autour de moi. (Paulie redressa le buste. Il avait encore pleuré.) Je croyais n'avoir envie que d'être proche d'elle, tu saisis ? De pouvoir la serrer dans mes bras, de la voir s'appuyer sur mon épaule. De m'asseoir en face d'elle à la table de la cuisine et de guetter le moment où elle me regarderait et me sourirait. Seulement, au bout d'un certain temps, ces étreintes et ces sourires n'ont plus suffi, et je me suis rendu compte que je la désirais de toute mon âme. Et voilà, tu te moques de moi maintenant.

— Je ne me moque pas de toi, nia Rourke en mentant un peu. C'est juste cette expression, « la désirer de toute ton âme », qui sonne si démodée.

— Oui, eh bien je suis prêtre. Dieu ne m'autorise pas à désirer davantage.

La plupart des gens souscrivent à une hiérarchie de l'interdit, réfléchit Rourke : il y a les interdits absolus, ceux qui le sont moins, et ceux que tout le monde transgresse.

Mais pour les frères Rourke, seuls existaient le bien et le mal. Même leur père avait nourri cette vision du monde intransigeante, qui ne tolérait aucun compromis. C'était d'ailleurs ce qui l'avait tué. Entrer dans les ordres et dans la police était probablement la pire décision qu'aient pu prendre ses deux fils.

— Il aurait déjà été assez fâcheux, continuait Paulie, que je sois par exemple un voisin de palier aspirant à… à partager son lit avec elle, une femme mariée. Mais je suis son prêtre, et l'approcher de cette façon-là… c'est comme si Dieu le faisait à ma place. Comme si Jésus le faisait à ma place. Je compromettais notre salut éternel, aussi me suis-je confié à l'archevêque. Il m'a envoyé ici, au Saint-Rosaire, et, entre autres signes de pénitence, j'ai dû jurer de ne plus jamais avoir de contact avec elle.

Il lâcha ses genoux et s'essuya la figure en la tirant entre ses mains, avec l'air de vouloir arracher sa chair. Ses bras retombèrent ensuite.

— J'ai réussi à me tenir éloigné d'elle pendant quelque temps, mais c'était trop… Je ne le supportais pas. Alors je l'ai revue.

— Et le père Pat l'a découvert.

Paulie ferma fort les yeux et acquiesça en déglutissant péniblement.

— Il jugeait de son devoir d'en informer l'archevêque – ce en quoi il avait raison. Je l'ai donc supplié. Seigneur, je t'assure, Day, je me suis jeté à ses pieds pour l'exhorter à se taire. Il n'aurait pas dû, mais toujours est-il qu'il a cédé. Et j'ai de nouveau juré devant l'autel de rompre tout lien avec elle.

— Sans succès, je suppose.

— Dieu me pardonne ! J'ai essayé pourtant.

Paulie appartenait à cette catégorie de gens qu'il fallait pouvoir surprendre en flagrant délit de mensonge. Il avait beau mettre son cœur à nu devant Rourke, celui-ci avait à présent la quasi-certitude qu'il déformait une partie de la réalité.

— Tu es donc allé dîner chez elle vendredi. Le soir où le père Pat a été tué.

— Oui, souffla-t-il.

— Tu as dormi là-bas ?

Il fit signe que oui.

— Son mari travaille de nuit. À son retour le matin, il sent la débauche et est déjà à moitié soûl. Il boit encore quand il… lui impose le devoir conjugal, et après, il s'écroule en bavant. Elle, elle me décrit tout ça, assise en face de moi avec la lèvre fendue et un œil enflé. Dans ces moments-là, Day, j'en arrive à croire que cet homme, son mari, n'est autre que notre père ressuscité.

Une rage surgie de nulle part s'empara de Rourke. Il fit un pas vers son frère, poings serrés, et l'aurait encore plaqué contre le mur pour le frapper si son expression tourmentée ne l'avait arrêté.

Il ne tenta cependant pas d'endiguer les paroles qui affluaient en lui :

— Tu ne connais rien au sujet, vu que tu t'es arrangé pour déguerpir avant que son état empire. Le vieux aimait la bouteille et il avait du caractère – et alors ? Il n'était ni le premier ni le dernier. Et tu oublies qu'il nous a aussi emmenés pêcher chaque été, qu'il nous a appris à démonter un moteur de voiture et à donner de l'effet à une balle de base-ball. Il savait raconter une bonne blague et rire de lui-même, et c'était un bon flic…

Paulie bondit de sa chaise si brusquement que Rourke crut un instant qu'il allait se ruer sur lui.

— Mon Dieu, comment oses-tu le défendre ? s'insurgea-t-il. Il était notre ennemi. Il nous avait déclaré la *guerre* !

— Dans ce cas, tu aurais dû rester et te battre. Quand je pense à toutes les fois où je…

— Où quoi ? Où tu t'es interposé entre lui et moi ? Je ne t'ai jamais demandé d'être mon bouc émissaire.

En réalité, si, mais Rourke n'avait pas envie d'ouvrir le débat. Paulie et lui se tenaient face à face, chacun contemplant dans les yeux de l'autre des secrets et des connaissances partagés du genre de ceux qui vous font rougir de vos propres pensées. Et qui les faisaient rougir, eux, des mauvais souvenirs liés à leur ancienne maison de l'Irish Channel.

— Le mari de cette femme est au courant du fait qu'elle le trompe avec son curé ? grinça Rourke.

Son frère le regarda fixement en soufflant fort, déboussolé par ce brutal changement de sujet.

— Mon Dieu, non ! balbutia-t-il enfin. Je ne... Je n'ai jamais dit qu'elle et moi avions sauté le pas. Je pensais que tu avais compris. Nous sommes des amis, des amis intimes, elle et moi. Mais nous n'avons jamais été au lit ensemble.

— Vraiment ?

Paulie examina le vestiaire, éperdu, comme s'il cherchait quelqu'un en mesure de venir à sa rescousse. Sur la table, non loin de lui, se trouvait le ciboire en plaqué or qui avait accueilli les hosties consacrées durant la messe. Il s'en saisit et le brandit devant Rourke, les bras tremblants.

— Je le jure sur le corps du Christ...

— Non. (Rourke lui prit la coupe et la reposa sur la table. Apparemment, il conservait quelques vestiges de foi enfantine assez ancrés en lui pour redouter un tel blasphème.) Non.

L'air dans la pièce semblait vicié. Paulie recula contre le mur en respirant toujours avec peine, mais l'inspecteur Daman Rourke ne lui prêtait presque plus aucune attention. Il songeait soudain que quelqu'un s'était peut-être trompé quelque part – le mari de cette femme, ou Tony le Rat, voire le tueur. Qui sait, peut-être était-ce Paulie qui aurait dû être découvert cloué à une traverse dans une usine de macaronis désaffectée ?

Son frère lui désigna la porte du menton, et Rourke prit soudain conscience que des pas lourds et pressés résonnaient dans le couloir.

Fiorello Prankowski frappa et entra en même temps.

— Que se passe-t-il ? s'inquiéta Rourke à sa vue. Un autre prêtre crucifié ?

— Une autre fille. Violée et étranglée avec une corde lestée de ramoneur.

18

Rourke repéra Fio qui l'attendait en haut de la digue, à l'ombre d'un saule.

Il avait dû faire un détour afin de déposer Katie chez ses grands-parents, avec qui elle passait souvent quelques heures le dimanche après-midi, après la messe.

Il gara sa Bearcat derrière la Packard verte du vampire et sortit. Avant de gravir le talus, il inspecta la rue du regard. S'y alignaient un garage à vendre, une petite fonderie, une boutique de bric-à-brac, une ancienne étable. Cette zone débordante d'activité le restant de la semaine était pour l'heure presque déserte.

Rourke monta la pente herbeuse au pas de course. Le vent lui souffla en pleine face les odeurs musquées du Mississippi, tandis que la sirène d'un bateau retentissait au loin et qu'une grue blanche s'envolait dans un ciel de la couleur d'une crème devenue aigre.

L'estran – cette portion de terre basse située du côté du fleuve par rapport à la digue – était occupé par des épaves transformées en maisons, dont les habitants vivaient misérablement de la pêche, du ramassage de bois flottants, de l'élevage de poules et de cochons, et de la fabrication de meubles en osier. Au milieu, un remorqueur échoué sur le flanc répandait de la rouille et une substance verte gluante.

Le fleuve avait l'aspect d'un gros cours d'eau brunâtre et paresseux ce matin-là. Le corps gisait à la limite de la marée, sous l'œil du vampire, qui se penchait dessus tel un vautour.

— On dirait qu'elle a été balancée là après sa mort, fit remarquer Fio.

Durant quelques instants, la fille étendue sur le rivage boueux parut floue à Rourke, comme s'il la fixait à travers un écran d'eau. Il se força à respirer.

— Il nous nargue, cet enfoiré. Il l'a tuée hier soir au moment où Titus Dupre était exécuté, et puis il s'est débarrassé d'elle à un endroit où il était sûr qu'on la retrouverait tôt le lendemain matin.

Fio tira de sa poche un calepin et en tourna les pages.

— Une certaine... Mme Trescher a appelé le commissariat du deuxième district hier soir vers vingt et une heures pour signaler la disparition de sa fille, Mary Lou Trescher. Le cadavre correspond à la description au détail près, y compris le grain de beauté entre les deux sourcils.

Ils redescendirent le talus, dont le sol détrempé s'enfonçait sous leurs pieds. Plus loin en aval, Nate Carroll et son coéquipier interrogeaient un vieillard noir – un pêcheur à en juger par les écailles sur son pantalon.

— C'est lui qui l'a découverte, déclara Fio.

L'homme avait des veines saillantes qui dessinaient une toile d'araignée sur ses bras, et un chiffon noué autour de ses cheveux gris frisottants ; il parlait abondamment, avec pour effet d'amuser les deux policiers.

La fille, nue, avait été sauvagement violée. La corde dont s'était servie le tueur pour l'étrangler était encore enroulée autour de son cou et sa bouche s'ouvrait grand sur un cri qui resterait emprisonné à jamais dans sa gorge. Des morsures entaillaient sa chair en haut de ses cuisses.

— Ça fout les boules !... commenta Fio.

Rourke s'écarta et suivit le bord de l'eau. Il sentait les

muscles de son visage se tendre et se contracter, puis quelque chose éclata dans son crâne, coupant net tous les bruits extérieurs. Comme la veille, après la mort de Titus Dupre.

Il distinguait les branches des saules dansant au vent, des mouettes qui se disputaient un poisson et le bouillonnement d'écume dans le sillage d'un bateau à aubes, mais tous se mouvaient en silence.

Puis il capta un écho… non, pas tant un écho que l'impression d'entendre Fio lui dire :

— C'est peut-être l'œuvre d'un copieur.

Rourke secoua la tête, recouvrant l'ouïe grâce à ce geste. Sa gorge le brûlait autant que s'il avait avalé du sable.

— Les morsures n'ont jamais été évoquées ni dans les journaux, ni dans aucun compte-rendu d'audience.

— Ouais, mais bon… les flics, ça cause, hein ?

Nate Carroll et son coéquipier, qui en avaient terminé avec le témoin, revenaient vers le corps.

— Hé, Day ! lança le premier. Cette fille ressemblerait pas un peu à Remy Lelourie ?

Il rebroussa chemin afin de l'examiner une nouvelle fois.

— Je ne sais pas. Possible…

La pelouse devant la maison grouillait d'oiseaux moqueurs, et par une fenêtre entrebâillée filtrait la chanson *Swanee*, interprétée par Al Jolson. Le modeste pavillon mitoyen avait connu des jours meilleurs : les marches du perron étaient spongieuses et une nouvelle couche de peinture n'aurait certes pas nui aux volutes en bois.

La femme qui les reçut – une veuve employée dans une épicerie Piggly Wiggly selon le commissariat – portait encore sa jupe noire et son chemisier blanc de vendeuse, mais ces derniers étaient tachés, froissés, comme si elle avait dormi avec. Elle avait par ailleurs les traits rouges et bouffis à force d'avoir pleuré.

À un moment donné au cours de cette longue nuit passée à

guetter le retour de sa fille, elle s'était mis des bigoudis et les avait recouverts d'un filet rose. Elle plaqua instinctivement la main dessus, gênée que des inconnus la voient ainsi.

— Madame Trescher ? l'aborda Rourke.

L'idée que Mme Letitia Trescher se faisait de la décoration d'intérieur se résumait à assaillir la moindre surface nue de vases, de figurines et autres bibelots. Une montagne de coussins encombraient le canapé et les fauteuils du petit salon, et d'innombrables estampes rivalisaient avec le papier peint aux motifs dorés pour attirer l'attention du visiteur.

Elle les précéda d'un pas lourd, puis alla baisser le son de la radio.

— Je n'en pouvais plus du silence, avoua-t-elle.

La flamme d'une bougie vacillait sur le manteau de la cheminée devant la photo d'un militaire. Deux autres portraits aux cadres assortis trônaient sur une console à proximité : celui d'un jeune homme debout près d'un derrick, et celui de sa fille le jour de sa confirmation.

Les doigts de Mme Trescher se crispèrent sur sa jupe pendant que Rourke étudiait le visage de la défunte. Quand il s'en détacha, il comprit qu'elle était à même de deviner à son regard l'horrible et insoutenable vérité.

Un son semblable au pépiement d'un oiseau à l'agonie lui échappa en même temps qu'elle chancelait. Fio, le plus proche d'elle, l'enveloppa de ses bras avant de la guider vers le canapé. Tandis qu'elle s'accrochait à lui, secouée par des sanglots à peine humains, il jeta un coup d'œil lugubre à Rourke.

— Puis-je inspecter la chambre de votre fille ? s'enquit ce dernier lorsqu'il ne put plus supporter ce spectacle.

Elle leva vers lui son visage baigné de larmes et acquiesça, mais il n'était pas sûr qu'elle l'eût entendu.

La maison étant constituée de pièces en enfilade, il dut traverser la cuisine, où flottait une odeur de charbon et de lait caillé. Un bol de corn flakes ramollis attendait sur la table. Du salon lui parvenait à présent la voix de son collègue expliquant à Mme Trescher une partie de ce qu'ils savaient sur la mort de sa fille.

La chambre, juste assez grande pour accueillir un petit lit métallique, une armoire et une coiffeuse en érable, était égayée par des rideaux de chintz jaune et du papier peint décoré de roses.

Rourke ignorait ce qu'il cherchait, mais quelques minutes lui suffirent pour répondre à cette question. Une boîte à musique, sur la coiffeuse, servait d'appui à une photo sur laquelle neuf jeunes filles vêtues de robes courtes et de chapeaux cloches souriaient devant un cinéma. Mary Lou Trescher avait un bras enroulé autour de la taille de Nina Duboche et l'autre autour de Mercedes Bloom. Il avait là la confirmation de ses soupçons, bien qu'il en eût déjà été certain au plus profond de lui.

C'était le même tueur qui les avait assassinées.

— Elles se surnomment les Fantastics, l'informa Mme Trescher depuis le seuil, le teint rouge et fiévreux. Elles avaient fondé ce fan-club en hommage à l'actrice Remy Lelourie – une lubie ridicule, mais qui les distrayait tellement.

Derrière elle, Fio le scrutait d'un air interrogateur. Il hocha la tête.

— Je peux la garder ? la pria-t-il en même temps qu'il glissait la photo dans sa poche.

— Oh ! bien sûr. Emportez tout ce dont vous aurez besoin pour… (Elle agita la main et se tut, de nouveau suffoquée par ses pleurs.) Oh, mon Dieu ! elle ne reviendra jamais, n'est-ce pas ? Elle est partie, partie…

— Madame Trescher, la coupa doucement Rourke. Quand votre fille a-t-elle été aperçue pour la dernière fois ?

— Elle… Le fils de ma belle-sœur, Reggie, travaille comme électricien pour les studios Bright Lights, et il l'avait invitée à assister au tournage d'un duel à l'épée hier. Mary Lou était si excitée à la perspective de rencontrer Remy Lelourie. Reggie m'a dit que l'actrice s'était montrée charmante avec eux et que Mary Lou avait passé un moment formidable. Quand ils se sont séparés, elle se tenait devant le hangar qui abrite le plateau du film. Elle comptait rentrer en tramway.

Des centaines de pétales de rose, des mots inscrits au rouge à lèvres... N'as-tu pas encore peur, Remy ?

Rourke fit discrètement signe à Fio de le suivre dans la cuisine.

— Madame, s'inquiéta-t-il auparavant. Y a-t-il quelqu'un qui puisse rester à vos côtés ?

Elle s'était approchée du lit de sa fille et le contemplait comme s'il était toujours inconcevable à ses yeux que personne n'ait dormi là la veille.

— Ma sœur est à la messe, déclara-t-elle. Elle me rejoindra tout de suite après.

Rourke emboîta le pas à Fio. Mme Trescher s'assit sur le lit et enfouit sa tête dans l'oreiller qu'elle serrait contre elle. Il doit être imprégné du parfum de son enfant, pensa Rourke en quittant la pièce après un dernier regard dans sa direction. Il finirait par s'estomper lentement, jusqu'à disparaître lui aussi à jamais...

— Tu te souviens du cinglé dont je t'ai parlé hier ? Celui qui a laissé cette lettre à Remy ? demanda-t-il à Fio une fois qu'ils se furent éloignés. Il a écrit le même message sur le miroir de sa loge pendant le tournage, ce qui le situe donc sur le plateau à l'heure où Mary Lou Trescher s'est volatilisée. Il pourrait bien s'agir du même gars.

— Bon Dieu ! grommela Fio. Où est Mlle Lelourie ? Quelqu'un veille sur elle ?

— J'en sais foutre rien ! Elle était censée prendre part à la promo du film ce matin en se rendant à un marathon de danse.

— Tu ferais mieux de vérifier.

— Oui, je file... (Rourke fonça vers la porte, avant de se figer.) Merde, Fio ! On fait n'importe quoi, là. Il faut que Mme Trescher nous donne le nom des autres filles membres de ce fan-club, les Fantastics, et que le capitaine appelle leurs parents pour les prévenir qu'elles n'ont pas intérêt à bouger de chez elles tant qu'on n'aura pas coincé ce type. Et surtout qu'elles n'aillent pas s'enfuir avec un inconnu !

— Occupe-toi de Mlle Lelourie, trancha Fio. Assure-toi que tout va bien de son côté. Je me charge de récupérer le nom de ces filles et de tout expliquer au chef.

— Yowsah ! Yowsah[1] ! rugit le maître de cérémonie dans son micro. Le marathon va commencer !

Le public siffla, cria et trépigna, jusqu'à ce que Johnny De Droit, trompettiste alors en vogue, soufflât dans son instrument quelques notes qui rétablirent le calme assez longtemps pour permettre au présentateur radio de poursuivre.

Les habitants de La Nouvelle-Orléans adoraient danser. Par temps doux, le soir, il y avait toujours foule au City Park autour du kiosque à musique et de sa piste protégée du soleil par un toit pyramidal. Ce marathon dominical représentait toutefois une première. Un attaché de presse de Bright Lights avait eu l'idée fumeuse de le sponsoriser afin de promouvoir les films et les stars du studio. Le plus beau était que celui-ci n'aurait rien à débourser, l'employé ayant convaincu une marque locale de boisson gazeuse de s'associer à eux et de régler l'intégralité de la facture.

Les gagnants seraient approvisionnés à vie en Zip Cola et pourraient figurer dans la scène du bal clôturant *Fine Lame*. Il avait fallu limiter le nombre de couples participants à cinquante, car les jeunes fous persuadés d'avoir l'étoffe des grands acteurs ne manquaient pas. Après tout, Greta Garbo travaillait en tant que vendeuse à Stockholm lorsqu'elle avait été repérée. Tout était donc possible.

Chaque fille et chaque garçon s'imaginaient n'avoir besoin

1. Interjection rendue célèbre par un chef d'orchestre et animateur de radio des années vingt et trente, Ben Bernie, qui n'hésitait pas à en émailler ses interprétations musicales. Il pourrait s'agir d'une déformation de « Yes sir ». *(N.d.T.)*

que d'un petit coup de pouce du destin pour devenir les prochains Remy Lelourie et Alfredo Ramon.

— Merde, quelle plaie ! grogna Freddy Ramon avec son accent nasillard du Bronx. J'aimerais bien qu'ils se magnent.

— Arrête de te plaindre, Freddy, rétorqua Remy Lelourie en s'éventant avec un prospectus. Nous au moins, on ne dansera que pendant le premier morceau. Les autres vont devoir continuer jusqu'à ce qu'ils abandonnent ou qu'ils s'effondrent victimes d'une crise cardiaque.

Comme pour confirmer ses dires, le présentateur radio annonça aux spectateurs présents et aux auditeurs restés chez eux qu'une telle compétition avait déjà duré cent dix-neuf jours à Chicago.

— Tu vois ? enchaîna Remy. Rien qu'au bout d'une journée, ces gamins traîneront des pieds meurtris sur une piste qui leur paraîtra recouverte de colle.

— Ce sont des crétins, et ce n'est pas parce qu'ils en sont que nous devons les imiter.

D'une certaine façon, Remy le comprenait. Elle-même se demandait pourquoi elle avait accepté de venir. D'ailleurs, elle ne se rappelait pas avoir donné son accord à quoi que ce soit. Le studio avait dû le faire à sa place.

Les obligations de ce genre ne l'avaient pourtant jamais dérangée. Elles allaient de pair avec les manteaux de fourrure, les bijoux et le fait d'avoir son nom inscrit en lettres brillantes sur la marquise des cinémas et au-dessus du titre de ses films. Mais ce jour-là, elle aurait préféré retourner dans la *garçonnière** de Conti Street et guetter le retour de Rourke plutôt que d'assister à ce spectacle. Sa vie lui semblait se résumer depuis quelque temps à un simple interlude entre le moment où elle le quittait et celui où elle le retrouvait.

La matinée n'en était pas moins plaisante, et elle ne boudait pas son plaisir malgré l'absence de son amant et son désir d'être ailleurs. Les balustrades de la piste de danse s'ornaient de fanions aux couleurs de Mardi gras – jaunes, verts et violets – et de ballons que berçait une brise fleurant bon le pop-corn et la barbe à papa. Les musiciens portaient beau quant à eux avec leurs chemises de soie blanche, leurs chapeaux assortis et leurs instruments qui réfléchissaient la lumière du soleil comme autant de miroirs. Le présentateur expliquait justement à son auditoire qu'une douzaine de formations similaires se succéderaient sans nul doute avant que la compétition s'achève.

Des serveuses en courtes jupes noires et tabliers blancs amidonnés distribuaient gratuitement du Zip Cola dans des gobelets en carton. La marque avait érigé à côté de l'orchestre un énorme panneau où une Remy dix fois plus grande que nature dansait le charleston sur un piano, une bouteille de Zip à la main et un sourire stupide aux lèvres. Au-dessus de sa tête, en lettres rouge vif, on lisait : « Mettez un peu de Zip dans votre vie ».

— Combien ils t'ont filé pour cette pub ? l'interrogea Freddy.

Remy se sentit rougir. Il devait croire qu'elle s'admirait.

La réponse à sa question était cinq mille dollars, mais elle savait qu'il piquerait une crise de jalousie si elle le lui avouait. Il ne touchait que cinq cents dollars par semaine pour son rôle dans *Fine Lame* – comparé à ses dix mille à elle –, et le sujet constituait chez lui une source constante de récriminations. Freddy n'avait jamais réussi à s'accommoder de la règle hollywoodienne selon laquelle il existait toujours quelqu'un de plus beau, de plus riche ou de plus célèbre que vous.

— Un gentilhomme ne parle pas d'argent, Freddy.

— Qui a dit que j'étais un gentilhomme ?

— Tu es un acteur. Prétends-le.

Freddy savait cependant se moquer de lui-même, et il le prouva encore à cette occasion en éclatant de rire. Ce faisant, il offrit son visage aux rayons du soleil, lequel creusa les pattes-d'oie au coin de ses yeux et révéla l'aspect papier crépon de sa peau sous son menton. Brusquement, elle eut pitié de lui. Et aussi peur pour elle. Le physique influait beaucoup sur leur carrière. Celui de Freddy se dégradait d'année en année, et elle-même ne rajeunissait pas.

Il cessa tout à coup de rire, non parce qu'il l'avait vue le fixer, mais parce que son attention avait été captée par quelque chose derrière elle.

— Je reviens, dit-il. J'ai un truc à régler.

— Dix minutes ! clama le présentateur. Encore dix minutes et Mlle Remy Lelourie vous montrera comment on danse le shimmy à Hollywood !

Sans plus attendre, les reporters braquèrent sur elle leurs appareils, et des douzaines d'obturateurs s'ouvrirent en émettant une salve de petits déclics, semblables en cela à une nuée de grillons.

Garrison Hughes, du magazine *The Movies*, agita son flash en direction de Remy avec un sourire sardonique. Elle le lui retourna et lui envoya un baiser, jouant à la star pendant qu'il prenait sa photo. C'était la moindre des choses après que Day lui avait cassé son appareil, puis sa jambe de bois...

La chaleur allait empirant et elle envisageait de se réfugier à l'ombre du panneau géant, quand elle s'aperçut que Freddy s'y trouvait déjà en compagnie d'un individu aux cheveux hirsutes, vêtu d'un manteau malgré la température. L'homme lui vendait quelque chose qui n'avait certainement rien de légal.

Freddy et son compère n'étaient pas les seuls à avoir cherché là un peu de fraîcheur. Image même du réalisateur avec ses jodhpurs, ses bottes et sa chemise au col déboutonné, Peter Kohl s'appuyait nonchalamment d'une main contre l'un des piliers. Son interlocuteur, en revanche – costume froissé à deux sous, crâne chauve bosselé, larges épaules et bras de singe –, paraissait sortir tout droit des bas-fonds de la ville. Pourtant, malgré ses allures de clochard, Max Leeland n'était autre que le patron de Bright Lights, c'est-à-dire l'un des hommes les plus riches et les plus influents de Hollywood.

Tous deux discutaient vivement, et, devant les regards noirs incessants que lui jetait Max, il n'était guère difficile à sa jolie petite cervelle d'actrice de deviner que leur querelle la concernait.

Max Leeland l'avait accompagnée au City Park ce matin-là dans la voiture du studio. Il tentait toujours de la convaincre de signer son contrat, mais ses efforts pour s'insinuer dans ses bonnes grâces semblaient lui peser de plus en plus – quand elle lui avait répété pour la énième fois qu'elle voulait encore y réfléchir, les poils noirs de ses oreilles s'étaient mis à trembloter.

Leeland ponctua son propos en martelant de son doigt tendu le torse du réalisateur, qu'il planta ensuite là. Peter le suivit des yeux un moment, puis fit demi-tour et se faufila entre les spectateurs pressés sur la bande de gazon autour du kiosque à musique.

— Cinq minutes ! s'écria le maître de cérémonie dans le micro. Et une fois en route, mes amis, la musique ne s'arrêtera que lorsqu'il ne restera plus qu'un seul heureux couple encore debout !

— Ne commence pas, Peter.

Le réalisateur effleura la joue de l'actrice d'un baiser fantôme.

— Tu me brises le cœur, Remy… et bonjour, au fait.

— Je ne brise pas les cœurs. Ce n'est qu'une illusion. Un effet d'optique.

Elle avait détourné la tête, mais le sentait absorbé dans la contemplation de son profil.

— Je suis toujours sidéré de constater combien tu sous-estimes les ravages que tu es capable de provoquer.

— Je suis libre de renoncer à la gloire et à la fortune.

— Il ne s'agit pas que de ta fortune, et tu le sais. Si tu ne veux pas quitter ton flic, emmène-le en Californie.

Remy sourit malgré elle à l'idée que Rourke, cet amoureux

du danger, arrogant et intraitable, puisse prendre goût à des distractions aussi ennuyeuses que les bains au champagne, les soirées dansantes et les coucheries aux premières lueurs de l'aube.

Peter lui saisit le menton afin de l'obliger à lui faire face.

— Écoute-moi, Remy chérie. Et surtout, crois bien que je ne plaisante pas : Max Leeland ne tolérera pas le moindre refus.

Elle ne doutait pas qu'il fût sérieux, ayant déjà entendu les rumeurs qui circulaient sur les « relations » de Max Leeland et sur la manière dont les studios Bright Lights finançaient une grosse partie de leurs films en blanchissant de l'argent pour le compte de la mafia de Chicago.

Elle pouffa cependant et s'écarta de lui.

— Bon sang, Peter, on aurait dit que tu lisais un intertitre. Che ne tolérerai pas le moindre refus ! gronda-t-elle en caricaturant l'accent allemand et en triturant une moustache imaginaire.

La barbe du réalisateur pointa vers l'avant, mais elle nota sa mine blessée et regretta aussitôt de l'avoir taquiné sous prétexte qu'il se souciait d'elle.

— Peter…

Il recula d'un pas.

— Les hommes ne cessent pas de t'aimer après avoir dû renoncer à toi, Remy. Moi pas plus que les autres.

À ces mots, il lui faussa compagnie. Elle le suivit des yeux tandis qu'il gagnait l'extrémité opposée du kiosque, où il se posta, immobile, comme indécis, jusqu'à ce qu'elle comprenne qu'il attendait en réalité d'être rejoint par un beau brun habillé avec élégance d'un pantalon de golf et d'un polo.

L'homme était le jeune frère de Max Leeland, Eli. Directeur de casting de la plupart des films de Bright Lights, il était réputé dans tout Hollywood pour faire passer des auditions aux acteurs des deux sexes sur le canapé de velours bleu de son bureau. Elle se demanda ce qu'il fabriquait à La Nouvelle-Orléans car il se rendait rarement sur un plateau une fois un tournage entamé.

Eli, qui semblait avoir relancé la conversation là où son frère l'avait arrêtée, désignait du doigt le visage du réalisateur au lieu de lui marteler la poitrine. Peter l'écouta un moment, tête baissée. Puis il coula un regard vers elle, et, même à cette distance – parce qu'elle le connaissait si bien –, elle perçut son désespoir.

Il ne s'agit pas que de ta fortune... Seigneur, il avait dû la juger particulièrement bornée quelques minutes plus tôt. Tout s'éclairait maintenant. Bright Lights avait confié à Peter Kohl le soin de lui faire signer ce contrat, et si elle ne se trompait pas au sujet des frères Leeland, ils ne l'en avaient pas prié gentiment.

Peter ne bougeait plus, se contentant de la fixer à l'autre bout de la piste de danse déserte. Il enroula alors ses mains autour de son cou, tira la langue et écarquilla les yeux à la manière d'un pendu. Elle rit de ses pitreries, mais des larmes brûlantes se pressaient derrière ses paupières.

Oh ! Peter... Même si elle ne lui portait plus le même amour que lorsqu'elle avait vingt-deux ans, elle tenait encore beaucoup à lui. D'un certain point de vue, il était le père qu'elle n'avait jamais eu, et elle lui devait beaucoup.

Il était venu à son secours à une période de sa vie où elle avait grandement besoin d'aide, et il lui avait rendu ce qu'elle n'avait même pas conscience d'avoir perdu – son courage et son estime personnelle.

Une vedette de cinéma ne demeure jamais seule bien longtemps. Resté en retrait pendant qu'elle bavardait avec Peter, le chef-opérateur de *Fine Lame*, Jeremy Doyle, surgit à ses côtés. Elle lutta pour contenir ses pleurs.

— Je suis désolée, Jere. Il te fallait quelque chose ?

L'inquiétude transparut sur les traits ravagés du cameraman, qui n'avait guère l'habitude de trahir ses émotions.

— Tout va bien ?

— Je suis juste fatiguée, répondit-elle avec un sourire forcé.

Fatiguée d'être Remy Lelourie... Oh ! je dois te sembler affreusement prétentieuse.

Elle s'essuya les joues. Ses larmes avaient fini par couler, ruinant son maquillage.

— Plutôt honnête en fait, la rassura-t-il. Ce qui est rare dans ce milieu.

Elle lui adressa un sourire, qui n'avait cette fois rien de feint.

— Tu es un ange, Jere.

— Exactement ! approuva-t-il, ravi, tandis que ses cicatrices se creusaient et se tordaient comme du papier cartonné. Un ange... Sauf que je vais te demander d'être encore un peu Remy Lelourie. Les publicitaires du studio réclament des photos de cette petite fiesta. Je m'installerai donc là, précisa-t-il en lui indiquant le panneau Zip Cola. Et pendant que Freddy et toi danserez, je veux que tu lorgnes dans ma direction et que tu me fasses ta petite moue mutine de poupée.

— Ma petite moue mutine de poupée ? Mon Dieu..., s'amusa Remy.

— Plus qu'une minute ! rugit le présentateur.

Alfredo Ramon saisit sa main et tous deux s'avancèrent au milieu de la piste, telles des incarnations vivantes du rêve hollywoodien – lui en cravate blanche et chapeau haut de forme, elle en robe à taille basse décorée de centaines de perles, de bouts de cristal et de miroirs miniatures.

Un silence impatient s'abattit sur la foule des spectateurs et des concurrents, troublé seulement par le bruit des appareils photos.

— Hé, Remy ! cria quelqu'un, bientôt imité par le reste de l'assemblée : Re-my, Re-my, Remy Le-lourie !

Elle pivota sur elle-même, souriant, riant, agitant le bras, ivre de leurs acclamations et du plaisir retrouvé d'être Remy Lelourie. La magie opérait de nouveau.

La trompette de Johnny De Droit fit alors retentir les premières notes de *Runnin' Wild*, et Freddy et elle se lancèrent seuls dans un shimmy endiablé pendant que le public hurlait, sifflait et leur envoyait des fleurs et des perles de Mardi gras.

Runnin' wild, lost control
Runnin' wild, mighty bold
Feelin' gay, reckless too…

Au signal donné par un coup de feu en l'air du maître de cérémonie, les participants envahirent la piste et l'orchestre attaqua sans transition la mélodie de *Heebie Jeebies*, sur laquelle tous ces jeunes couples dans le vent entreprirent de se trémousser jusqu'à en faire trembler le plancher.

Remy et Freddy s'étaient arrêtés de danser afin de profiter du spectacle. La main froide et moite de sueur de l'acteur emprisonnait toujours celle de la jeune femme – la serrant si fort qu'elle sentait son propre pouls battre contre sa paume –, et tout son corps frissonnait de nervosité sous l'effet de l'héroïne. Brusquement, jailli de nulle part, le souvenir de cet homme qui se surnommait Roméo s'imposa à elle. Cet homme qui lui avait écrit avec du sang humain. Elle fut frappée par la pensée qu'il pouvait très bien s'être mêlé à tout ce monde pour l'épier.

Poussée, ballottée par les danseurs, elle prit conscience de sa vulnérabilité. Au même instant, comme si ses craintes avaient transformé la menace en réalité, une main arracha l'un des petits miroirs de sa tenue.

Elle se tourna vers Freddy, anxieuse de partir au plus vite.

Sa bouche s'ouvrit juste au moment où une explosion ébranlait le kiosque, déchirant les drapeaux et faisant éclater les ballons. Un nuage de fumée s'éleva tandis que résonnait une série de détonations moins importantes. Affolés, tous les concurrents n'eurent plus qu'une idée en tête : déguerpir.

Freddy ne la lâcha pas malgré la bousculade qui s'ensuivit. Mais alors qu'il l'entraînait vers l'une des brèches percées dans la balustrade, une fille hystérique habillée d'une robe à franges rouges les sépara en heurtant violemment Remy, qui s'écroula à genoux. Un homme lui donna un coup dans les côtes, et elle aurait été piétinée si un autre ne l'avait aidée à se remettre debout.

Elle fut ensuite happée par la cohue de la même façon qu'une brindille l'est par un torrent, jusqu'à ce que – sans trop savoir comment – elle débouchât sur la pelouse.

Elle alla s'adosser en vacillant contre l'un des poteaux du panneau Zip Cola, là où les gens étaient moins nombreux. La terreur qui l'avait envahie lorsqu'elle s'était trouvée prise dans ce mouvement de foule l'avait épuisée, presque sonnée. Pareille réaction l'étonnait. Il en fallait plus pour l'effrayer, d'habitude.

La fumée commençait à se dissiper à présent, et les cris avaient cessé. Elle chercha des yeux Freddy ou quelqu'un du studio, mais il n'y avait que des inconnus autour d'elle.

Non loin de là, une petite fille pleurait en appelant sa maman. À peine Remy avait-elle fait un pas vers l'enfant que des mains rudes enserrèrent sa gorge.

— Et maintenant, tu as peur, Remy ? grinça une voix rauque à son oreille.

19

Daman Rourke marqua un temps d'arrêt lorsque, à l'entrée du parc, il vit des véhicules de patrouille et une ambulance stationnés près du kiosque.

Il quitta la route, engagea la Bearcat sur la pelouse, pila net et descendit de voiture tout en montrant son insigne au policier en uniforme qui se précipitait vers lui.

— Que s'est-il passé ?

— Je n'en suis pas certain, mais il semblerait que des gamins aient lancé des pétards. Les gens ont paniqué comme si leur dernière heure avait sonné.

Deux hommes portant une civière s'approchèrent d'un petit groupe de personnes massées au pied des escaliers.

— Des blessés ? demanda Rourke.

— Non, quelqu'un est mort.

Le corps gisait par terre sous une couverture ; seule dépassait une main ouverte. À deux reprises déjà, il avait vécu une situation similaire – découvrir une femme qu'il aimait étendue morte sur le sol.

Il y avait d'abord eu cette belle journée d'octobre. Des

nuages blancs filaient dans un ciel écrasé de soleil, et elle avait ri. La deuxième fois, c'était une nuit où la nouvelle lune ressemblait à une faucille aiguisée. Là, elle avait crié. Dans les deux cas, il avait failli ne pas pouvoir le supporter.

Il s'agenouilla et souleva un coin de la couverture. La défunte était une femme entre deux âges, dodue et aux cheveux roux grisonnants.

— Probablement une crise cardiaque, commenta quelqu'un.

Rourke se redressa, les jambes flageolantes, la gorge nouée.

Ce furent les reflets du soleil sur sa robe qui attirèrent son attention. Accroupie dans l'herbe, à l'ombre d'un panneau géant qui la représentait dansant sur un piano, elle consolait une petite fille en pleurs.

Elle lui sourit sitôt qu'elle le vit.

— Tu vois, trésor, déclara-t-elle à l'enfant. Voici un bel inspecteur qui va nous aider à te ramener ta maman.

— Hello Remy ! dit-il avant de remarquer les traces de sang sur son cou.

Rourke lui inclina la tête en arrière. Les ongles de son agresseur avaient écorché sa chair lorsqu'elle s'était débattue et ses pouces avaient imprimé sous son menton des marques violacées, qui, plus tard, vireraient certainement au bleu-noir.

— Tu es sûre que ça va ? s'enquit-il en l'enlaçant.

Elle opina du chef, si bien que ses cheveux lui caressèrent la joue.

— Je me sens juste ridicule. Je me suis conduite comme une oie blanche.

— Bon Dieu, il a essayé de t'étrangler !

— Je ne pense pas qu'il en ait vraiment eu l'intention, Day. Il tente encore de m'épouvanter et il s'est contenté d'enclencher la vitesse supérieure. (Elle rit, s'écarta un peu de lui, puis se blottit dans ses bras.) Je lui ai tout de même fichu un bon coup de coude dans le ventre. J'espère qu'il a mal maintenant.

— Bon Dieu ! répéta-t-il.

Elle voulait jouer les dures, mais la fêlure dans sa voix ne lui avait pas échappé. Elle avait eu plus peur qu'elle ne l'avouerait jamais.

Après avoir rendu la petite fille perdue à sa mère, Rourke guida Remy jusqu'à la Bearcat et s'enfonça avec elle dans le parc, loin du kiosque et du marathon de danse qui, côté publicité, avait dépassé toutes les attentes de ses deux sponsors. Il se gara sous des chênes, là où, près d'un siècle plus tôt, des créoles s'étaient affrontés en duel dans le brouillard matinal pour des femmes ou une partie de cartes.

Une lumière vive se déversait à travers les branches drapées de mousse. Rourke lissa une mèche humide sur le front de Remy. Lui aussi avait eu plus peur qu'il ne l'avouerait jamais.

— Tu n'as pas le moindre indice sur son identité ? Tu n'as distingué aucun visage familier près de toi juste avant ?

Elle tamponna les égratignures sur son cou du bout des doigts. Il lui tendit son mouchoir.

— Il y avait des gens partout, et on aurait dit des poulets affolés dans une basse-cour tellement ils couraient dans tous les sens. Mais je n'en connaissais aucun. Et quand je me suis retournée après m'être dégagée, je te jure qu'il n'y avait plus personne derrière moi. À croire qu'il s'était évaporé.

Un élan subit la poussa à se coller contre lui, et, si inconfortable que fût leur position en raison du levier de vitesse fiché entre eux deux, il la serra encore plus fort, comme s'il avait voulu la garder à jamais. Comme s'il avait voulu se fondre en elle, ou elle en lui.

— Mon bel inspecteur, fit-elle. Je ne me plains pas de ta présence, Day, mais je suppose que tu n'es pas venu ici pour m'admirer danser. Il est arrivé quelque chose de grave, n'est-ce pas ?

Il lui parla des filles. De Mary Lou Trescher, de Nina Duboche, de Mercedes Bloom, et de ce qu'elles avaient en commun.

Le temps qu'il termine, elle s'était rassise sur son siège. Le vent, absent presque toute la matinée, soufflait maintenant par intermittence, agitant la mousse sur les branches des chênes et ébouriffant ses cheveux courts.

— Je l'ai rencontrée sur le plateau hier, lui dit-elle. Mary Lou Trescher. Elle... (Elle pressa son poing contre sa bouche et ferma les yeux.) J'allais dire qu'elle me faisait penser à moi... Oh, Day ! je me sens responsable de sa mort. Selon toi, Roméo serait derrière tout ça ? Et il se préparerait à me tuer en les tuant d'abord, elles ?

— Je n'en sais rien. Mais ce type, quel qu'il soit, ne les choisit pas au hasard.

Il sortit la photo des Fantastics de sa poche, qu'il frotta avec son pouce. Il ne voyait plus qu'un cadavre en chacune de ces adolescentes.

Sans oublier un autre mort...

Remy appuya sa main sur la sienne. Elle avait lu dans ses pensées.

— Titus Dupre.

— Oui.

— Day, ce n'était pas ta...

— Si.

Rourke redémarra, quitta le couvert des arbres pour rejoindre la route et roula en silence jusqu'à la maison de son beau-père, où il trouva Katie occupée à faire voguer des bateaux en papier dans la piscine avec d'autres enfants du quartier. Après lui avoir expliqué qu'il avait encore du travail et qu'elle dînerait par conséquent ce soir-là chez sa mamie et son papy, il l'étreignit à l'étouffer. Elle dut soupçonner son besoin de réconfort, parce qu'elle l'embrassa à son tour en lui murmurant « Je t'aime, papa ».

Il traversa ensuite le Mississippi en ferry-boat et, toujours accompagné de Remy, parcourut les marais et les champs de canne à sucre du bayou Lafourche – fuyant loin de La Nouvelle-Orléans, de lui-même, de l'image de Titus Dupre en feu et de son sentiment de culpabilité. Un sentiment qui lui comprimait le cœur comme un étau.

La guerre que se livraient la terre et l'eau dans cette région tournait à l'avantage de la seconde : les cultures ne parvenaient à s'approprier le terrain que provisoirement, avant de céder la place aux marécages, aux cyprès et aux marisques.

Alors que la saison de la coupe avait commencé, certaines fermes laissaient la canne à sucre pousser encore dans leurs champs et teinter ces derniers d'or et de mauve. Ailleurs, on brûlait déjà le chaume, et des centaines de petits feux salissaient le ciel de fins panaches de fumée gris-brun. Rourke envoya le compteur de la Bearcat flirter avec le rouge, bien au-delà des cent trente kilomètres-heure. Le vent qui leur fouettait la figure répandait une odeur de sucre caramélisé.

Les yeux de Rourke naviguaient constamment entre le chemin de terre et l'amour de sa vie. Remy, elle, regardait défiler le paysage en silence. C'était elle tout craché, ça. Elle était capable de partir à l'aventure sans connaître leur destination – ni même s'en soucier.

Sachant qu'elle ne poserait jamais la question, il décida de l'en informer.

— Paris, lâcha-t-il donc, mais en prononçant le mot à la manière des habitants de cette petite ville louisianaise – *Pa-riii.*

Elle resta concentrée sur la route, un sourire aux lèvres.

— Mon vœu le plus cher a toujours été de visiter Paris, affirma-t-elle.

Ils se turent quelques instants, jusqu'à ce qu'il note du coin de l'œil le mouvement amorcé par sa main. Bientôt, celle-ci toucha sa cuisse. Puis la caressa, d'abord vers le haut, ensuite vers le bas. Encore. Et chaque fois, elle remontait un peu plus vers son sexe – lequel, étant à même de comprendre seul ce qui se tramait, ne tarda pas à réagir.

— Oh-oh, dit-il. On a un problème.

La main de Remy continua son va-et-vient, avant de s'immobiliser contre son entrejambe. Le contact de ses ongles qui effleuraient la flanelle grise de son pantalon fit encore plus bander Rourke.

— Un gros problème, confirma-t-elle.

— Il faut... euh...

— Qu'on aille à Paris...

— ... régler quelque chose. Bon Dieu, grogna-t-il en gigotant sur son siège lorsqu'elle l'empoigna.

Remy interrompit aussitôt son manège.

Il lui jeta un coup d'œil, mais elle reporta son attention sur l'extérieur et se mit à siffloter.

— Sachez ma p'tite dame, déclara-t-il avec un accent traînant de gangster irlandais, qu'on ne prend pas Daman Rourke pour un ballot sans avoir à le payer un jour.

Elle rit, et ouvrit soudain grand les yeux.

— Day, attention !

Il freina instinctivement et, au prix d'une grande embardée, passa sur la voie opposée sans même être sûr de l'obstacle qu'il avait ainsi évité de heurter à cent trente kilomètres-heure avec la précieuse grillc chromée de sa Bearcat.

Tout au plus discerna-t-il une énorme tête bosselée dotée de gros yeux et de nombreuses dents. Un alligator en promenade, supposa-t-il juste au moment où un camion de vaches surgissait d'un virage et fonçait sur eux.

Il braqua de nouveau en écrasant l'accélérateur. L'arrière de la Bearcat dérapa, ses roues avant patinèrent sur des gravillons, et toute la voiture glissa vers le fossé.

L'espace d'une seconde, Rourke sentit son pneu arrière droit tourner dans le vide. Les trois autres adhérèrent à la terre grasse et compacte, permettant à la Bearcat de se stabiliser et de poursuivre à une vitesse raisonnable cette fois, et du bon côté de la route, tandis que le camion les croisait dans un concert de coups de klaxon et de meuglements.

Remy, fidèle à elle-même, n'avait cessé de rire follement.

— Eh bien, ironisa-t-elle après avoir réussi à se maîtriser. Voilà j'imagine un bon moyen de résoudre ton gros problème sans même t'arrêter.

— Eh là, pas si vite ! Qui ose prétendre qu'il est résolu ? C'est une vraie trique que j'ai là-dedans. « *How ya gonna keep 'em down on the farm after they've seen Paree ?* » chantonna-t-il ensuite.

Un peu plus tard, lorsque tous deux se furent calmés, Rourke la couva d'un regard éperdu d'amour. Sous le coup d'une impulsion, il se laissa aller pour la deuxième fois ce matin-là à transgresser l'une de ses règles cardinales : celle qui lui interdisait de parler de ses enquêtes à quiconque ne travaillait pas dessus.

— Cette histoire de crucifiement..., dit-il. Le prêtre est censé avoir grandi dans un orphelinat du bayou Lafourche. À Paris, plus précisément.

Et il lui raconta tout ce qu'il savait sur le père Patrick Walsh, y compris le fait que celui-ci était en réalité une femme.

Il était parfois difficile d'amener Remy à prendre les choses au sérieux. Elle cachait ses blessures au plus profond d'elle-même et vivait sa vie comme un jeu pour montrer combien elle se moquait d'elles. Or, contre toute attente, elle lui prêta une oreille attentive, le questionna plus avant et aborda d'emblée certains aspects de cette affaire sous un angle auquel il n'avait pas songé.

— Le père Pat a dû subir un traumatisme, conclut-il quand ils eurent épuisé le sujet. Un choc qui l'a fait dérailler et qui a fini par le conduire tout droit dans cette usine de macaronis vendredi dernier. Peut-être est-ce à Paris qu'il faut chercher la nature de cet événement – ou du moins son origine.

— À moins qu'il ne se soit produit à La Nouvelle-Orléans une heure avant sa mort.

— Mouais... Reste qu'une femme ne se réveille pas un beau matin en ayant décidé de se couper les cheveux, de se bander la poitrine et de devenir prêtre. Il faut qu'elle soit motivée par quelque chose. Ou contrainte. Et ce désir ou cette obligation doivent être assez forts pour lui insuffler la volonté de supporter à chaque instant le poids de ce secret, et la terreur qu'il soit un jour éventé.

Il n'avait pas pensé à Remy en prononçant ces mots, jusqu'à ce qu'ils lui échappent. Elle fixa en silence les champs de canne à sucre.

— Remy…

— Tu n'as pas besoin d'aller à Paris pour comprendre ce qu'elle ressentait, Day. Je peux te le dire. Il lui arrivait d'oublier des heures durant qui elle était réellement, et puis un incident survenait, ou quelqu'un lui lançait une remarque, et la vérité la percutait de plein fouet, envahissant son âme de peur, de dégoût. De honte aussi. Une honte telle qu'elle se haïssait et que même l'éventualité d'être percée à jour lui semblait préférable à ce mensonge qu'elle entretenait.

— Je t'aime.

— Je sais.

— Jamais je ne te quitterai. Peu importent les actes que tu commettras, peu importe ce qu'on nous infligera sous prétexte que je t'aime, jamais je ne te quitterai.

— Ça aussi je le sais.

Alors ne pars pas. Il aurait aimé la supplier, mais s'en abstint. Parce que, parfois, même les meilleures intentions du monde n'empêchent pas la vie d'être cruelle et injuste.

— Je me demande, fit-il une demi-heure plus tard en étant sûr qu'elle aurait suivi le fil de ses pensées, s'il a un jour été amoureux.

— Ou si elle a été amoureuse.

La ville de Paris s'était développée à l'époque où le sucre régnait en maître en Louisiane. À l'image d'une belle femme du Sud vieillissante, elle affichait de beaux restes, mais voyait désormais avec mélancolie la vie lui passer à côté.

Le bayou Lafourche la scindait en deux aussi nettement qu'aurait pu le faire une voie ferrée. À l'est s'étirait Napoleon Boulevard, bordé de peupliers deltoïdes, d'imposantes demeures victoriennes et de magasins pourvus de fausses devantures et d'étroites galeries à balustrade. L'ouest correspondait aux quartiers périphériques, ceux où dix *cents* représentaient une fortune et où des sucreries crachaient une fumée nauséabonde au-dessus de bars, de maisons closes et d'habitations délabrées.

Quelques garçons de couleur coiffés de chapeaux de paille pêchaient des brèmes depuis le pont qui enjambait le bayou près de Napoleon Boulevard. Rourke s'arrêta à leur hauteur et s'enquit de l'adresse de l'orphelinat. Aucun d'eux n'en avait entendu parler.

— L'article du *Times-Picayune* affirmait que le père Pat avait grandi au Foyer pour enfants de St. Joseph, expliqua Rourke à Remy. Si cet établissement a bien existé, il ne doit pas être bien loin de l'église.

S'ils repérèrent cette dernière grâce à son clocher, ils n'aperçurent en revanche aucun bâtiment à proximité qui leur évoquât un tant soit peu un orphelinat. Un champ envahi de stramoines et de typhas jouxtait le presbytère, avec au milieu une grande cheminée de brique calcinée et effritée, tel un doigt tendu vers le ciel. Le terrain était ceint d'une clôture métallique rouillée, et sur la porte fermée par une chaîne pendait un panneau DÉFENSE D'ENTRER aux lettres délavées.

Rourke testa la solidité de la chaîne par acquit de conscience. Elle ne céda pas.

— À supposer qu'il y ait eu un orphelinat ici, il a été réduit en cendres.

— Des archives subsistent peut-être, avança Remy. À moins qu'elles n'aient brûlé avec le bâtiment.

— Mouais. Les autorités locales nous renseigneront.

Il leur fallut franchir une passerelle pour se rendre au tribunal, situé de l'autre côté du bayou. À mi-chemin, Rourke se pencha par-dessus la rambarde en fer forgé et contempla les eaux boueuses. Des feuilles mortes flottaient à la surface, des poissons se nourrissaient de quenouilles depuis longtemps montées en graine, et les branches basses d'un saule pleureur ondoyaient dans le vent.

L'hiver arrive... L'atmosphère mélancolique de la ville avait dû déteindre sur lui parce qu'il se sentit isolé et désemparé à cette pensée.

Jusqu'à ce que Remy glissât sa main dans la sienne. Sans un mot, elle la pressa, et tous deux gagnèrent la rive opposée.

Avec ses murs de pierres grises, ses balcons crénelés et ses deux tourelles, le tribunal semblait prêt à résister au siège de n'importe quelle armée.

Seul dans son bureau, le shérif se confectionnait un appât en enroulant un fil bleu luminescent autour d'un hameçon.

— On est dimanche, grommela-t-il à leur arrivée. Si vous êtes venus confesser le crime du siècle, vous pouvez bien attendre demain.

Il leur jeta un regard en coin, découvrit alors Remy et se leva d'un bond, manquant renverser sa table de travail avec son énorme ventre.

— Seigneur Dieu !

Non content d'être affligé d'une mine de chien battu, le shérif Pascal Drake comptait parmi ces hommes gras qui ont le malheur de l'être de partout. Même ses petits doigts et ses oreilles étaient boudinés. Son costume marron clair infroissable menaçait de se fendre chaque fois qu'il inspirait.

Ses yeux jaunes aux paupières tombantes demeurèrent rivés sur Remy lorsque Rourke lui montra son insigne et lui livra une version expurgée de ce qui les amenait là. Il ne les détacha pas davantage une fois le silence retombé. Enfin, il soupira bruyamment et haussa les épaules – lesquelles étaient aussi rondes que des melons.

— Je ne vais pas vous être très utile. Mais asseyez-vous donc, je vous en prie.

Malgré les allures de forteresse du tribunal, le bureau du shérif ne bénéficiait pas d'un mobilier plus luxueux qu'ailleurs. Rourke posa son chapeau mou sur une table métallique, puis tira deux chaises en pin pendant que Pascal Drake extrayait une pipe de sa poche de chemise et la fourrait dans sa bouche sans l'avoir allumée, tout en surveillant le moindre battement de cils de l'actrice.

— Le Foyer, comme l'appellent les gens d'ici, commença-t-il quand ils se furent installés, a brûlé... oh ! il y a de ça peut-être trente ans. Je bosse ici depuis cinq ans – je viens de l'est du Texas –, mais j'ai eu des échos de ce qui s'est passé, et c'était moche. Dix-sept enfants et trois bonnes sœurs dormaient là. Aucun n'en est ressorti vivant. La maison avait fait partie d'une plantation créole, et elle datait de deux siècles. Elle a flambé comme une torche. Le temps qu'on éteigne le feu, il ne restait plus que du charbon et des cendres, plus une pauvre cheminée toujours debout à ce jour.

— Ce que nous aimerions savoir, lui expliqua Rourke, c'est si notre prêtre assassiné, le père Patrick Walsh, a vécu dans ce foyer, et s'il y a encore quelqu'un dans les environs qui l'a côtoyé à cette époque.

— Lui ou sa famille, compléta Remy. Avant qu'il devienne orphelin.

Le shérif parut stupéfait de la constater douée de parole. Il scruta sa bouche, puis l'ensemble de sa personne, puis de nouveau sa bouche.

— Oui, oui, je comprends bien, leur assura-t-il. Mais je ne vois pas qui pourrait vous répondre. Les mieux placées pour ça auraient été les nonnes qui dirigeaient le foyer, sauf qu'elles sont mortes dans l'incendie. Mais je peux interroger les gens du coin. Il y a un groupe d'anciens qui se réunit sur les bancs devant la salle de billard du Parker Hotel tous les après-midi. En admettant que quelqu'un à Paris ait connu votre victime, il se trouvera forcément parmi eux.

Rourke lui remit une carte de visite, ramassa ensuite son chapeau et se leva.

— Au cas où vous apprendriez quelque chose, vous seriez aimable de me téléphoner.

Le shérif voulut se lever à son tour, mais il se cogna contre son bureau avec tant de force que les lois de la physique le renvoyèrent sur sa chaise. Il serra la main de Rourke sans cesser de fixer Remy.

— M'dame, dit-il. J'peux pas garder ça pour moi sinon je vais le ruminer toute la soirée. C'est dingue, vous êtes le portrait craché de Remy Lelourie... (Il eut un gros rire tonitruant qui fit ballotter son ventre.) Seigneur Jésus ! Vous imaginez Remy Lelourie débarquant ici un dimanche après-midi ? Vous lui ressemblez beaucoup, pour sûr, à part que vous êtes un peu plus âgée qu'elle.

Rourke se mordit la joue.

— Ma foi, répliqua Remy, qui lui décocha une moue enjôleuse à la manière des belles du Sud. Voilà le plus charmant compliment qu'on m'ait adressé au cours de ma très longue vie ! (Ses yeux noirs brillaient d'un rire contenu lorsqu'elle se tourna vers Rourke.) Chéri, avant de partir, tu ne crois pas que nous devrions demander à ce monsieur s'il sait qui était chargé de l'entretien courant à l'orphelinat ?

— Crénom ! s'écria Drake en claquant des doigts. Pourquoi n'y ai-je pas pensé plus tôt... Louis Toussaint. C'était l'homme à tout faire là-bas. Je m'en rappelle parce qu'il a été l'un des premiers à être soupçonnés d'avoir mis le feu au bâtiment. Seulement, il était ailleurs au moment des faits, et une douzaine de témoins pouvaient le certifier – tous des Blancs en plus. On lui a donc fichu la paix, même si, après toutes ces années, il y en a encore qui sont persuadés de sa culpabilité.

Remy le récompensa de ce sourire qui avait illuminé les couvertures de centaines de magazines.

— Vous voyez ! Vos remarquables dons d'observation nous ont fourni un indice, finalement.

La poitrine de Pascal Drake se gonfla, soulevant son ventre et son bureau par la même occasion.

— À votre service, m'dame. Je suis sûr que ce brave Louis sera ravi de vous rendre service lui aussi. Il doit être plus que centenaire maintenant – c'est même probablement le plus vieil habitant de la ville –, mais il se souvient mieux de ce qui remonte à cinquante ans que de ce qu'il a mangé le matin au petit déjeuner. Sans compter qu'il aime rien tant que tailler une petite bavette. S'il y a quoi que ce soit à raconter sur le Foyer, il vous en dira plus que vous ne l'avez jamais souhaité.

Rourke remit son chapeau et en tapota le sommet.

— Où peut-on le rencontrer ?

Le shérif se contorsionna sur sa chaise pour consulter l'horloge au-dessus de sa tête.

— Quelle heure est-il ? Bientôt trois heures ? Alors il est au T'Boys en train de vider son troisième verre de tord-boyaux.

20

Le T'Boys se dressait à la limite du bayou, au bout d'un chemin gravillonné défoncé. Pour y accéder, il fallait d'abord se garer sur un terrain vague, près d'une ancienne droguerie accolée à une station-service, dont les pompes rouillaient sur leur socle, puis emprunter un sentier serpentant à travers des cyprès.

Assis sur des caisses le long de la galerie à moitié affaissée du magasin, quelques Noirs jouaient aux échecs en mâchonnant de la stramoine et en évoquant le passé. Lorsque la rutilante Bearcat jaune freina dans un nuage de poussière, et qu'un couple de Blancs en sortit pour longer le chemin menant au bar, il s'établit un tel silence parmi eux que l'on entendit presque le bois travailler. Il était difficile de déterminer cependant s'ils avaient reconnu Remy Lelourie ou s'ils n'en revenaient simplement pas de voir une Blanche dans cette partie de la ville, vêtue de surcroît d'une robe faite de perles, de morceaux de verre et de miroirs qui étincelaient comme autant d'étoiles.

Rourke prit Remy par le bras afin de l'aider à contourner une mare d'eau croupissante infestée de moustiques. Ensemble, ils traversèrent le terrain vague et passèrent devant un imposant margousier à l'ombre duquel un fermier vendait des fruits à l'arrière de son camion. Les odeurs mêlées de l'essence et des mûres ramollies rendirent Rourke nostalgique des journées d'été de son enfance, riches de possibilités infinies.

Le T'Boys occupait une bâtisse étroite tout en longueur, qui faisait penser à un wagon de train. Son toit en tôle ondulée s'oxydait çà et là et son dernier blanchiment à la chaux devait remonter à l'époque où Louis Toussaint était encore un petit garçon. Depuis, le temps et le soleil lui avaient conféré une teinte brunâtre assortie au bayou. L'endroit affichait ouvertement sa raison d'être, rien n'ayant été entrepris malgré la prohibition pour modifier son apparence – du moins en dehors de la suppression de son enseigne.

Le bar était particulièrement bondé pour un dimanche, mais leur entrée suscita le même ébahissement que devant l'ancienne droguerie. Le calme fut tel qu'ils perçurent le grincement sous leurs pieds des planches gauchies par tout l'alcool renversé au fil des ans, ainsi que le gémissement d'une corde de violon quand le musicien des lieux baissa son instrument. La salle sentait les chips frites dans la graisse de poulet et les baies de genièvre utilisées pour produire le gin dans l'alambic de la réserve.

Deux peaux d'alligator encore nanties de leurs dents ornaient le mur en pin au-dessus du bar, lequel se composait de quelques lattes en appui sur des tonneaux de bière. Derrière se tenait un homme aux allures de dur à cuire qui semblait avoir fréquenté assez de prisons dans sa vie pour savoir repérer un flic.

Il lorgna Remy un bref instant, puis reporta son attention sur Rourke. Il laissa alors tomber son chiffon et croisa les bras sur sa poitrine.

— Vous cherchez qui ? lança-t-il.

Il marqua une courte pause avant d'ajouter : « m'sieur. »

— Louis Toussaint, répliqua Rourke avec assez de mordant dans la voix pour que les choses soient claires : il était là pour discuter, pas pour faire du grabuge, mais il était bien décidé à obtenir ce qu'il voulait.

Le barman lui désigna le fond de la salle du menton. Seul dans son coin, un mulâtre à la peau cuivrée serrait un verre de gin entre ses mains noueuses.

— Merci, lui jeta Rourke par-dessus son épaule tandis qu'il guidait Remy au milieu des chaises bancales et des tables non essuyées.

— Qu'est-ce que vous lui reprochez au vieux ? maugréa le barman derrière eux, sans recevoir de réponse.

Caché sous un chapeau de paille taché par la sueur, Louis Toussaint leva sur eux des yeux turquoise enfouis dans un visage aussi ridé qu'un serpent desséché.

— Seigneur ! tonna-t-il avec une vigueur inattendue chez un homme de cet âge. J'suis trop vieux pour être envoyé en taule. Qu'est-ce que j'ai fait, d'ailleurs ?

— Rien à ma connaissance, l'informa Rourke, qui préféra ne pas se départir tout de suite de son ton acerbe. Nous aimerions juste vous poser quelques questions sur l'orphelinat qui a brûlé. Le Foyer pour enfants de St. Joseph.

Les lèvres du vieillard s'étirèrent, dévoilant des gencives grises et quelques dents brunies et usées.

— Vous allez encore dire que c'est moi le moricaud qu'a mijoté le coup, hein ?

— Je suis inspecteur à La Nouvelle-Orléans, monsieur Toussaint. Je n'ai pas de pouvoir ici. Mais si je vous commandais encore à boire et à manger ? Mon amie et moi pourrions peut-être nous asseoir et bavarder un peu avec vous ?

— Tant que c'est vous qui payez... (Il se tourna vers Remy.) Vous êtes Remy Lelourie ?

— Oui, monsieur, acquiesça-t-elle avec le sourire qu'elle réservait à ses amis. (Elle échangea une poignée de main avec lui, puis prit place sur la chaise que Rourke recula pour elle.) C'est la première fois que je rencontre un centenaire, avoua-t-elle.

Louis Toussaint parut à la fois gêné et enchanté.

— Oh, mince alors ! C'est pas un exploit, vous savez. J'arrive pas à m'ôter l'habitude de vivre, v'là tout.

Rourke s'éclipsa à deux reprises pour ramener du bar un pichet de gin et deux grands verres, puis leurs plats : de la viande d'alligator nageant dans de la *sauce piquante**, ainsi que trois parts de *tarte à la bouille**. Le temps qu'il s'en revienne avec le tout, Remy se resservait déjà et la vue de Louis Toussaint semblait s'être considérablement brouillée.

— Je dois vous prévenir, monsieur, fit Rourke en s'asseyant à son tour. Vous avez à n'en pas douter une bonne descente, mais il n'est pas un homme qui peut se vanter d'avoir égalé Mlle Lelourie dans ce domaine et d'y avoir survécu. Dans sa jeunesse, elle était capable de s'enquiller plus de verres que n'importe quel ivrogne.

Louis Toussaint examina Remy, avant de sucer ses gencives et de hocher la tête.

— J'ai eu une chérie pareille que vous, une métisse de New Iberia. Une femme du tonnerre, moi j' vous le dis. Elle m'a croqué comme une pomme – tout cru sauf le trognon. J' l'aimais plus que ma vie… Enfin, qu'est-ce que j' peux faire pour vous ?

— Nous nous intéressons à un certain Patrick Walsh. Il a peut-être été recueilli par l'orphelinat dans les années 1890.

— Juste avant l'incendie, alors. J' pourrais vous citer le nom de tous les gosses qui vivaient au foyer à cette époque, et je suis sûr qu'y avait pas de Patrick Walsh parmi eux.

— Ou bien une fille du nom de Patricia, avec un patronyme différent, suggéra Remy. Et qui aurait éventuellement eu un frère.

Rourke, de plus en plus détendu sous les effets conjugués de l'alcool, de la viande d'alligator et de la tarte à la crème, la contempla en pensant que cette fille-là était décidément du tonnerre elle aussi.

— Non, m'dame. Pas de Patricia non plus. Y avait une Mlle Patrice, par contre. Patrice LaPage, et elle avait un frère, pour ça oui. Des gamins du marais, que c'étaient. Ils venaient du bassin Lafourche. Leur mère était morte jeune et ils s'étaient débrouillés seuls pendant un temps avec leur père. Je sais pas ce qu'il a trafiqué qu'était pas légal à part braconner, mais un jour il s'est fait flinguer proprement. Personne dans leur famille voulait s'occuper des gosses, alors ils ont fini par être emmenés au foyer. La pauv' petiote, Mlle Patrice, elle avait à peine treize ans qu'elle était déjà enceinte. Tout le monde s'est mis dans l'idée que c'était son père qui l'avait rendue grosse, seulement moi, je parierais plutôt sur son frère. Ce M. Henri, il avait toujours un drôle d'air. Vous travaillez dans la police, vous devez savoir de quoi je parle.

Rourke remplit le verre du vieillard, puis celui de Remy et le sien.

— Le genre d'air qu'ont ceux qui enfoncent une épingle dans une mouche juste pour le plaisir de l'observer se débattre.

— Mmmm-oui. Mauvais comme une teigne. (Louis Toussaint but son gin et se lécha les babines de contentement.) Cette fille dont j'vous causais...

— Cellc qui vous a avalé tout cru ? fit Remy.

— Mmmm. Celle-là, oui... Elle était sage-femme, ma Sally Blue, surtout pour les gens de couleur, mais on l'a appelée au foyer le soir où Mlle Patrice a accouché et elle m'a raconté après qu'elle avait vu des choses qu'elle était pas près d'oublier. M. Henri est entré dans la chambre après la naissance du bébé, et sa sœur et lui se sont zieutés comme deux serpents en train de cracher leur venin. Ça lui a même fichu la chair de poule, à ma Sally. Et le plus bizarre...

Il s'interrompit pour inspecter son verre, apparemment surpris de le découvrir vide.

— Encore un peu de gin, monsieur Toussaint ? proposa Rourke.

— Vous la resservez elle aussi ?... Alors si ça vous ennuie pas...

— Vas-y, Day, approuva Remy en poussant son verre vide à côté de celui du vieillard. Et ne lésine pas sur la quantité.

— Qu'est-ce que je vous disais, monsieur Toussaint ? ironisa

Rourke. À ce stade, la plupart des gens ne pourraient même pas prononcer le mot « sobre » sans s'y reprendre à deux fois.

Le vieil homme s'étrangla et trembla tant et si bien que Rourke craignit qu'il ne s'effondre victime d'une crise cardiaque. Puis il se rendit compte que Louis Toussaint riait. Il attendit donc qu'il recouvre son calme et se concentre de nouveau sur son gin avant de l'encourager à poursuivre :

— Le plus bizarre… ?

— … ç'a été l'accouchement. Cette Mlle Patrice, elle transpirait du sang… J'vous mens pas ! protesta-t-il bien qu'aucun d'eux n'eût suggéré le contraire. Les gouttes, elles sortaient du front de cette petiote comme de la sueur, seulement elles étaient rouges et ma Sally Blue m'a juré qu'elles avaient la même odeur de clou rouillé que le sang. Elle a aussi ajouté…

Sa voix mourut et son regard se perdit dans le vague. Rourke supposa qu'il revivait ces instants durant lesquels il avait écouté l'étrange récit de celle qu'il avait aimée plus que sa vie.

Les yeux humides de Louis Toussaint papillotèrent et il se racla la gorge.

— Ma Sally Blue a ajouté que Mlle Patrice transpirait des mains aussi, encore plus que du front. Ils avaient attaché des bouts de draps entortillés aux colonnes du lit pour qu'elle s'y cramponne, et ils les ont récupérés trempés de sang à la fin. Oui, m'sieur. Trempés de sang. Croyez-moi ou non, c'est vot' droit.

— Nous vous croyons, monsieur Toussaint, intervint Remy en tendant le bras vers le pichet de gin, les joues rosies par l'alcool et l'excitation. Parlez-nous du bébé. Il a survécu ?

Louis Toussaint considéra le verre vide de l'actrice et le compara au sien, encore presque plein. Il inspira, siffla d'un trait son gin, puis frissonna et s'essuya la bouche.

— Hein ? balbutia-t-il en se mettant à loucher. Oh ! elle a eu un beau garçon, Mlle Patrice. Son frère a fichu le camp Dieu sait où deux ou trois jours plus tard, et le foyer a été détruit peu de temps après. Alors bien sûr, vous trouverez toujours des gens pour raconter que c'est moi qu'ai fait ça, mais y en a d'autres qui sont d'avis que M. Henri est revenu en douce tout faire cramer par pure méchanceté. Sauf que personne a pu le prouver, et on l'a plus jamais revu. Quant à Mlle Patrice et son bébé, ils sont morts dans l'incendie.

— En est-on sûr, monsieur Toussaint ? Ils n'étaient peut-être pas dans la maison le soir du drame.

— J'étais là quand on a sorti les corps, mademoiselle Remy. Ou plutôt ce qui en restait. Y en manquait pas un seul. Ils étaient tout noirs, tout tordus – on aurait pas deviné que c'étaient des êtres humains si on l'avait pas su d'avance. Mais quand on les a alignés sur la pelouse, y avait bien trois adultes et dix-sept enfants, comme il se devait. Et l'un des p'tits tenait un bébé dans ses bras.

Des fruits de bardane s'accrochèrent à leurs habits lorsqu'ils se frayèrent un chemin au milieu de la végétation qui avait envahi le cimetière à la périphérie de la ville. La fin du jour et les feux dans les champs de canne à sucre répandaient une lumière gris cendré au-dessus des arbres.

La tombe étouffait sous le chèvrefeuille, et Rourke dut arracher plusieurs sarments avant de discerner les noms gravés dans la pierre. Elle était bien là, au troisième rang en partant du fond : PATRICE LAPAGE ET SON ENFANT LUCAS.

Il laissa retomber les branches, recula et s'épousseta les mains.

Remy s'appuya contre lui en enroulant un bras autour de sa taille. Rourke était surpris qu'elle garde encore tous ses esprits après avoir bu tant d'alcool ; ce n'était en revanche pas le cas de Louis Toussaint, qu'ils avaient dû porter jusqu'à la chambre qu'il louait dans une pension non loin des ruines de l'orphelinat. Rourke le supposait capable de survivre à cette cuite, mais la gueule de bois dont il souffrirait le lendemain matin lui ferait sûrement regretter de ne pas y avoir succombé.

Remy le serra plus fort.

— Tu penses vraiment que le père Pat a vécu un jour ici ?

— Oui.

Cette évidence s'imposait à lui, telle une image nette obtenue après avoir réglé le viseur d'un appareil photo. Le père Patrick Walsh et Patrice LaPage ne formaient qu'une seule et même personne – ou du moins n'en avaient formé qu'une à un certain moment.

Il élabora mentalement un scénario : Henri LaPage s'était sauvé du foyer, puis l'avait regagné le soir de l'incendie afin de rejoindre sa petite sœur et leur enfant incestueux. Sauf qu'elle n'avait plus rien voulu avoir affaire avec un frère qui, de même que son père, l'avait battue et violée des années durant. Ce qu'elle désirait, c'était se couper de tout ça, de lui, de ce bébé, et des souvenirs odieux associés à la cabane familiale dans les marais.

Peu importait que le feu eût été allumé par elle, ou par Henri, ou par accident, Patrice LaPage s'en était servi comme d'un moyen de se libérer.

— Elle n'est pas morte dans les flammes, contrairement à ce que tout le monde croyait, déclara Remy en écho à ses réflexions. Mais selon M. Toussaint, il ne manquait aucun corps. Celui avec le bébé devait donc être Henri.

— Oui, possible, admit Rourke – et cela aussi lui parut une évidence. Les cadavres étant méconnaissables, il devait être difficile de distinguer les garçons des filles, surtout si le coroner n'était pas médecin. Et puis, les gens ne voient que ce à quoi ils s'attendent.

— On ne s'attend tout de même pas à ce que quelqu'un transpire des gouttes de sang.

— En effet... Tu te rappelles ce spectacle auquel on a assisté un été, il y a de ça des années ? Un prêtre avait réussi à tordre des cuillères et à faire léviter des livres.

— Ce n'était qu'un tour de passe-passe. Tu insinues que Patrice LaPage a simulé ce phénomène ?

— Bon sang, je ne sais plus... mais je soupçonne le cœur humain de comporter des zones entières dissimulées derrière des portes qui n'ont pas encore été ouvertes.

Ils demeurèrent immobiles, enlacés, dans un silence troublé par le chant des grillons et le souffle du vent à travers les branches des cyprès et des saules.

Un geai bleu lissait ses plumes au sommet du portail en fer forgé du cimetière. Les ombres des nuages défilaient sur les tombes.

— Et peut-être vaut-il mieux qu'elles ne le soient jamais, trancha Remy.

Ils regagnèrent la voiture, main dans la main. Bien que cette excursion à Paris n'eût été qu'un prétexte pour s'évader et tuer le temps, Rourke avait à présent le sentiment de mieux appréhender les voies choisies par le père Pat au cours de sa vie. Et à ses yeux, la seule façon de remonter jusqu'à son assassin résidait toujours là : comprendre cette femme. Cet homme...

Ils observèrent le paysage à la sortie du cimetière. Celui-ci avait été implanté sur une petite colline – l'équivalent d'une montagne pour le sud de la Louisiane – qui donnait sur la ville, le clocher de St. Joseph et les tourelles du tribunal, et permettait de suivre la courbe paresseuse du bayou entre les champs. Rourke se demanda si, le soir de l'incendie, Patrice LaPage était venue là regarder un chapitre de son existence se réduire en cendres. Et si c'était à cet instant qu'*elle* était devenue *il*.

Il y avait une chose dont sa jeunesse l'empêchait d'avoir conscience : on peut fuir son passé, mais pas lui échapper. Nos actes, nos souffrances, nos décisions, nous emportons tout cela avec nous, comme autant de pierres chargées sur notre dos. Au bout d'un moment, celles-ci pèsent de plus en plus lourd, et elles nous ralentissent jusqu'à ce que, quelque part en cours de route, notre passé nous rattrape.

Rourke rebroussa chemin et, une fois le bayou derrière eux, prit la direction de La Nouvelle-Orléans.

Il parcourut une trentaine de kilomètres, le pied au plancher, puis bifurqua sur un sentier cahoteux non indiqué qui se prolongeait à travers champs. Lorsque la route ne fut plus visible, il freina et coupa le moteur. Le vent cessa de lui fouetter la figure. Le monde retrouva son calme, sa douceur.

Ils descendirent de voiture et s'avancèrent vers le bayou, tout proche à cet endroit. Des belles-de-nuit pourpre et or poussaient sur la bande de terrain en friche séparant le sentier des rangs de canne à sucre. De l'autre côté, au bord de l'eau, des libellules dansaient ou volaient à toute allure au-dessus des roseaux.

Les derniers rayons du soleil ornaient de rouge le pourtour des feuilles, tandis que des nuages mauves s'amoncelaient à l'horizon, signe de pluie pour le lendemain.

Rourke inclina la tête en arrière et ferma les yeux. Le jour baissait lentement, mais il sentait encore la chaleur laissée dans son sillage – une chaleur toutefois impuissante à apaiser la souffrance que lui inspirait le monde.

Remy se planta devant lui, plongea son regard dans le sien, et il la fixa en retour avec tant d'intensité qu'elle se fondit peu à peu dans un léger halo.

L'une des raisons pour lesquelles il l'aimait à ne plus pouvoir s'en séparer tenait au fait qu'elle lui renvoyait un reflet de lui-même, et de ses propres voies de perdition et de salut. Comme lui, elle enveloppait sa douleur et sa solitude d'une solide carapace. Comme lui, elle éprouvait ce besoin qu'a tout joueur de tester les limites du destin. Et aussi les siennes.

— Titus Dupre a été condamné pour un crime qu'il n'a pas commis, dit-il. Il a été exécuté hier soir, et, sans entrer dans les détails, sache qu'il a eu une mort atroce.

— Tu n'as jamais fait qu'essayer d'être un bon flic. Les intentions comptent, Day.

Bientôt, rêva-t-il, il s'approcherait d'elle. Il la caresserait, promènerait une main sur ses seins, enfouirait son visage dans ses cheveux, respirerait son parfum.

— Sauf que je n'ai jamais cru à son innocence, objecta-t-il. D'accord, tous les indices le désignaient, mais j'aurais dû voir au-delà. C'était mon boulot. Non, attends, la pria-t-il quand elle esquissa un pas vers lui. Attends… Les victimes ont besoin que quelqu'un parle en leur nom et révèle qui les a tuées et pourquoi. Ce type, ce monstre qui court toujours en continuant de violer et d'étrangler des filles, il s'est bien foutu de moi. Les gens n'ont eu droit qu'à des mensonges au sujet de Nina Duboche et de Mercedes Bloom, et résultat, un innocent l'a payé de sa vie.

— Alors ne te trompe pas d'homme la prochaine fois, et tu pourras dévoiler la vérité. Mais ça ne te servira à rien de faire de ce pauvre garçon une croix que tu porteras le restant de tes jours.

— Mince ! s'exclama-t-il en riant presque, parce que s'il y avait bien deux choses que l'on ne devait jamais espérer de Remy, c'étaient les platitudes et les marques inutiles de compassion.

Remy avait maintenant aboli la distance entre eux. Il l'attira à lui en passant une main derrière sa tête et tous deux s'embrassèrent, et tournoyèrent, et tanguèrent, rivés l'un à l'autre, jusqu'à ce qu'ils heurtent l'aile avant de la Bearcat.

— J'ai eu envie de toi toute la journée, grogna-t-il entre deux baisers.

Il l'avait plaquée contre le capot de la voiture et se débattait avec sa robe, qu'il tentait de remonter sur sa taille.

— Bon sang, jura-t-il après s'être écorché, ce sont des couteaux miniatures qui ont été cousus dessus ou quoi ?

— Doucement, Day. Elle appartient au studio et a coûté une fortune.

— Je veux juste...

Il parvint enfin à se glisser entre ses genoux écartés et introduisit deux doigts dans sa fine culotte de soie. Humide, tremblante, elle était prête à l'accueillir. Elle s'agrippa à ses épaules, cambra les reins et rejeta la tête en arrière, la bouche entrouverte.

Il la caressa d'une main tout en déboutonnant son pantalon, puis la pénétra au moment où elle jouissait. Elle était si brûlante, si offerte, si incroyablement merveilleuse. À croire que Dieu l'avait créée exprès à son intention. Si irrationnel que cela fût, il lui semblait qu'aucune autre femme n'avait jamais été à ce point *parfaite* pour lui.

Il s'abandonna entre ses bras jusqu'à être ivre d'elle – et ivre de cet amour qu'il lui vouait plus qu'à sa propre vie.

21

À peine eut-il franchi le seuil du bar que Fiorello Prankowski se sentit envahi d'un léger malaise. Il lui fallut un moment pour en saisir l'origine : il était le seul Blanc dans un endroit rempli de Noirs.

Certes tous les yeux n'étaient pas braqués sur lui, chacun veillant bien à ne surtout pas se faire remarquer, mais il percevait la peur ambiante. En présence d'un flic blanc, il suffisait à un Noir d'avoir un mot, un regard de travers ou un peu de malchance pour se retrouver emprisonné, voire lynché.

Il percevait la haine de ces gens aussi, une haine nourrie par toute une vie vécue sous la botte de l'homme blanc, comme leur père et leurs grands-pères et ainsi de suite avant eux, de sorte qu'elle coulait désormais dans leurs veines. Du moins était-ce l'explication avancée par son coéquipier. Mais il est vrai que Day Rourke entretenait avec cette race des rapports étranges qu'il peinait à comprendre – même s'il avait plus ou moins appris à s'en accommoder.

L'endroit, une grande salle avec une estrade à un bout, empestait le muscat, le parfum bon marché, la graisse chaude, la drogue et tout ce dont s'était imprégné le sol en lino au fil des ans. Des volutes de fumée s'enroulaient autour des chevrons apparents de la toiture et s'insinuaient dans les fissures des murs lambrissés de pin.

Fio chercha Rourke parmi les hommes installés au comptoir et les couples enlacés qui dansaient devant la scène. Des prostituées monnayaient leurs charmes au milieu des quelques tables du bar, peu vêtues en dehors d'un gros poignard à la ceinture destiné à mettre au pas leurs clients.

Il commençait à se dire que la patrouille l'avait mal aiguillé lorsqu'il repéra son collègue parmi les musiciens de couleur. Tous portaient des Stetson, des chemises de soie mauve et ces chaussures pointues boutonnées sur le côté que l'on appelait des Edwin Clapp. Tous sauf lui, qui n'avait pas changé de complet depuis le matin. Près de lui, un grand type maigre interprétait seul un air grave et plaintif à l'harmonica. Rourke ne bougeait pas. Son saxophone dans les mains, il paraissait absorbé par la musique et plongé dans un état second qui n'était probablement pas dû qu'à l'alcool.

Fio n'en éprouva pas moins un certain soulagement. Il avait redouté un comportement autodestructeur, mais cela n'était rien comparé à ce que Daman Rourke était capable de faire. Et à ce qu'il avait déjà fait. Les mauvais jours, il courait après le danger et les plaisirs extrêmes, il s'en repaissait même, et si ces derniers ne s'offraient pas spontanément à lui, il partait en quête d'un substitut artificiel.

À cet instant, sous les yeux de Fio, il souleva son sax en s'humectant les lèvres, inspira, puis arracha à son instrument une note à vous donner le frisson.

Fio le savait jazzman à ses heures, mais c'était la première fois qu'il l'entendait. Sa musique ce soir-là avait la noirceur et la profondeur de l'océan. Elle vous prenait aux tripes, vous déchirait le cœur, vous procurait des sensations qui vous étaient jusqu'alors inconnues – et avec lesquelles vous n'étiez pas sûr de vouloir vous familiariser.

Il n'avait aucune envie d'imaginer ce que devait ressentir un homme pour jouer ainsi. À trop l'écouter, on pouvait finir par s'enfoncer un revolver dans la bouche à deux heures du matin.

Fio observa Rourke traverser la salle enfumée avec un seau de bière, deux verres et une bouteille pleine d'une boisson qui les laisserait aveugles et paralysés s'ils étaient chanceux, et sur le carreau dans le cas contraire.

— Salut, vieux, jeta Rourke en tirant une chaise du pied.

Il s'assit, remplit les verres dans le seau et ajouta à chacun une rasade de whisky. Sur l'estrade, le batteur s'était lancé dans un riff en solo qui faisait vibrer le sol.

— C'était quoi le titre de ton morceau ? s'enquit Fio.

Rourke ébaucha un sourire, mais ses yeux brillaient comme deux cigarettes incandescentes dans la nuit.

— *Black Snake Blues*. Le blues du serpent noir.

— Ah ouais ? Eh ben ce serpent-là, il m'a vraiment mordu, s'exclama Fio, qui le regretta aussitôt – sa plaisanterie avait trop ressemblé à un aveu.

Rourke détourna la tête.

— Ce n'est pas la musique mais les souvenirs qu'elle évoque qui te flinguent.

Une douleur lancinante tenaillait Fio.

— De quoi on parle de toute façon ? maugréa-t-il.

Rourke se mit à rire.

— Le diable m'emporte si j'en ai la moindre idée ! (Il désigna le verre de son coéquipier.) Bois ta bière avant qu'elle moisisse, lui conseilla-t-il alors même qu'il n'avait pas entamé la sienne.

L'orchestre modifia son tempo et renonça au jazz au profit du blues. Une jeune femme fit son apparition près du piano. Elle était d'une beauté frappante avec son teint caramel, ses longs cheveux bouclés que l'on eût dit de bronze, et son corps moulé dans le kimono de soie rouge qui lui tenait lieu de robe. Fio eut l'impression de l'avoir déjà croisée quelque part, tout en étant incapable de se souvenir où.

Il crut ensuite qu'elle le couvait du regard avec une intensité telle qu'il se sentit devenir cramoisi, mais ne tarda pas à s'apercevoir que cette œillade brûlante visait en réalité son voisin de table, lequel lorgna la belle à son tour. Elle lui sourit et lui envoya un baiser.

— Je suppose que vous êtes intimes, nota Fio avec un peu d'amertume.

— C'est ma sœur.

La jeune femme entonna un couplet sur les blessures d'amour, et ce d'une voix aussi déchirante et déchirée que le saxophone.

Sa sœur. Et puis quoi encore !

Pourquoi pas cependant. Les Blancs de La Nouvelle-Orléans avaient des maîtresses noires depuis le temps de l'esclavage. Leur désir se moquait bien du Code civil qui interdisait le métissage et, si l'on en jugeait par les bruits circulant sur son compte, le père de Rourke n'avait respecté que peu de règles dans sa vie.

Sa sœur peut-être, donc, mais il en doutait.

La chanteuse s'abîma dans son interprétation, revoyant peut-être défiler tous les hommes qu'elle-même avait aimés et quittés. Dans la lumière tamisée, ses yeux étincelaient comme ceux d'un chat, et Fio eut de nouveau le sentiment de l'avoir déjà rencontrée.

— Une fille aussi jolie ne devrait pas coller des ballades aussi tristes à son répertoire, déclara-t-il dans l'espoir que Rourke s'épancherait un peu plus à son sujet.

Celui-ci se contenta de rire.

— C'est bien pour ça que ça s'appelle le blues, mon vieux. Parce que c'est triste et qu'il faut improviser au fur et à mesure.

À moins, songea soudain Fio, qu'il n'ait employé le mot « sœur » dans un sens métaphorique. Il savait que le meilleur ami de Rourke avait été un Noir, mort sous leurs yeux dans un champ de canne à sucre de la prison d'Angola. Une partie de Rourke était morte avec lui ce jour-là. Fio avait une fois osé lui demander pourquoi il s'était lié d'amitié avec un homme de couleur.

— Pourquoi se lie-t-on d'amitié avec qui que ce soit ?

avait-il répondu. Parce que… comment dire. Parce qu'on est à l'unisson avec cette personne, je présume.

La vérité, s'avoua Fio, était qu'il jalousait un mort, et peut-être aussi cette fille qui chantait ses peines de cœur, appuyée contre le piano. Quand bien même elle aurait été sa sœur, il la jalousait. Daman Rourke n'accordait qu'à très peu de gens le privilège de bien le connaître, et Fiorello Prankowski ne figurait pas parmi eux.

Mais le charme de ce type était tel qu'on le lui pardonnait.

Tout comme lui à cet instant…

Rourke poussait son verre sur la table éraflée, dessinant des cercles humides avec l'air d'un homme dont l'âme se consume. Fio l'aurait volontiers emmené chez lui pour lui faire goûter la spécialité de sa femme – un rôti cuit à la cocotte – et, comble de tout, s'avoua-t-il avec dérision, border le pauvre garçon dans son lit et lui lire une histoire avant qu'il s'endorme.

— Où t'étais aujourd'hui ? l'interrogea-t-il à la place.

— À Paris. (Rourke lâcha son verre et leva la tête.) Paris en Louisiane, bien sûr. J'ai appris que notre prêtre assassiné est vraisemblablement né Patrice LaPage, laquelle a disparu avec son bébé dans l'incendie d'un orphelinat il y a environ trente ans avant de reparaître sous les traits de Patrick Walsh. Ce n'est qu'une intuition, mais je la soupçonne d'avoir provoqué cet incendie et par conséquent tué les vingt et un occupants du foyer, dont son enfant.

— Merde, c'est un sacré mobile de vengeance, ça.

Fio s'efforça de déterminer ce qu'apportaient ces révélations à leur enquête. Après avoir suspecté des prêtres et toute l'Église catholique, ils allaient maintenant devoir s'attaquer à la ville entière de Paris, Louisiane. Il en eut mal au crâne. Il avait mal au crâne depuis ce matin-là, de toute façon, tant les meurtres s'accumulaient autour d'eux.

— Pendant ce temps, ajouta-t-il, l'affaire Trescher piétine. Il y a un quai de chargement, une gargote, un bar de matelots, une blanchisserie chinoise et une raffinerie de sucre autour de l'entrepôt dans lequel les studios Bright Lights tournent leur film, mais Mary Lou Trescher a été enlevée le plus discrètement du monde, en plein jour qui plus est. On en déduit que le type était un proche qu'elle a suivi de son plein gré.

— Les Fantastics et lui ont dû se côtoyer à un moment donné. Maintenant, il les élimine une par une.

— J'ai parlé au chef, comme convenu. Les parents des autres filles ont été avertis. Enfin, ce qu'il en reste...

— Il se doute forcément qu'une fois Mary Lou Trescher assassinée, on établira le lien entre elle et les deux autres, raisonna Rourke. Je ne l'imagine guère s'en prendre à une quatrième parmi le groupe, à moins qu'il ne veuille être pincé. Ou à moins...

— Quoi ?

— À moins que son but ne soit pas seulement de les violer et de les étrangler.

— Mais aussi d'effrayer Mlle Lelourie ?

Tout à ses pensées, Rourke ne répondit pas. Fio se consola en constatant que la lueur folle dans ses yeux s'était éteinte.

— Si j'avais de l'argent et si j'étais du genre à parier moi aussi, dit-il, je miserais sur quelqu'un en relation avec les studios. On a questionné presque toutes les personnes présentes dans l'entrepôt hier. Beaucoup ont aperçu Mary Lou pendant le tournage, certaines se rappellent même avoir échangé quelques mots avec elle, mais aucune ne l'a vue partir avec qui que ce soit. Bien sûr, ça devait être le souk là-dedans, avec la fumée, les ventilateurs, et puis les machinistes, les électriciens et les figurants qui couraient dans tous les sens. Sans compter que, même s'il faut une carte spéciale pour accéder au plateau, des tas de gens sont entrés et sortis toute la matinée pour livrer des petits plats, de la bibine et que sais-je encore. Conclusion : le coupable peut être n'importe lequel d'entre eux.

L'orchestre et la chanteuse marquèrent une pause et se partagèrent un joint en buvant du whisky dans des tasses en fer-blanc. Une porte que Fio n'avait pas remarquée s'ouvrit dans le mur derrière lui. Il entendit claquer des boules de billard et s'entrechoquer des dés dans un cornet. Le temps qu'il se retourne, le passage s'était refermé.

Rourke l'examina d'un air moqueur.

— Qu'est-ce que tu fabriques ici, au fait ? s'enquit-il.

Fio haussa les épaules.

— Oh, j'avais envisagé de te planter un doigt dans l'œil. Comme ça, t'aurais eu mal à un autre endroit que d'habitude, et t'aurais pu reprocher tes malheurs à quelqu'un pour changer.

— Remy m'a déjà conseillé de ne pas faire de Titus Dupre une croix que je porterais le restant de mes jours. Alors je l'écoute.

— Ouais, ben t'as quand même tendance à te prendre pour le Messie redescendu sur Terre. Toi, quand tu foires un truc, tu... Quoi ?

Rourke avait soudain cette expression qu'il affichait lorsqu'un voile dont vous n'aviez même pas conscience se déchirait devant lui.

— Quoi ? répéta Fio.

— Rien... C'est juste que... Pourquoi Jésus a-t-il été crucifié ?

— Tu veux un cours de catéchisme ?

— Réfléchis. On a prétexté une histoire d'impôts et de trahison, mais il s'agissait surtout de Lui prouver, à Lui et au monde entier, qu'Il n'était pas le fils de Dieu.

— Si tu le dis. Et quel rapport avec notre enquête ?

— Je ne sais pas.

— Bon, grommela Fio. Si on se recommandait quelque chose à boire ?

Rourke se redressa brusquement et lui offrit son verre auquel il n'avait pas touché.

— Tiens, c'est moi qui régale. Je te retrouve demain matin.

— Tu rentres chez toi ?

— La nuit commence à peine. Je vais passer au Pink Zebra au cas où il y aurait une partie de *bourré** en cours.

— Bon sang, Day. Tu penses un peu à ce que tu fais ?

Il lui décocha son fameux sourire. Ce sourire si éclatant qui ne vous laissait pas d'autre choix que de l'aimer.

— C'est comme le blues. J'improvise au fur et à mesure.

Le Pink Zebra, situé sur Bourbon Street, était le genre de bar clandestin fréquenté par des étudiants soucieux de paraître dans le coup et des touristes persuadés à tort de s'encanailler.

Il se caractérisait par son penchant pour l'exotisme, ainsi qu'en témoignait la peau de zèbre teinte en rose bonbon accrochée au mur. Des miroirs dorés ornaient le papier peint – doré lui aussi –, à côté d'un écriteau qui disait : NE CRACHEZ PAS PAR TERRE S'IL VOUS PLAÎT. Derrière le comptoir en acajou massif, doté d'une barre d'appui en laiton, le barman servait des cocktails Manhattan, des gin-fizz, et à l'occasion un peu de marihuana ou de cocaïne – mais seulement aux clients de sa connaissance.

Il vendait également du whisky écossais à vingt-cinq dollars les soixante-quinze centilitres. Celui-ci, présenté pur dans une bouteille à l'étiquette authentique, était d'une douceur telle qu'il arrachait des larmes de joie à l'inspecteur Daman Rourke.

La principale attraction du bar était constituée par le travesti propriétaire des lieux. Trafiquante d'alcool et de drogue, « Mlle Fleurie » comptait parmi les meilleurs indics de Rourke, qui lui payait toujours d'avance ses renseignements en disputant une partie de *bourré** avec elle. Dans ce domaine, on ne se faisait pas de cadeau au Pink Zebra, où des sommes de dix mille dollars avaient déjà été perdues. Sauf que l'intérêt ne résidait pas là.

Non, il résidait dans le jeu.

Pour l'heure, Mlle Fleurie dévisageait Rourke avec un regard pétillant, tout en allumant un joint puisé dans l'étui en jade sculpté qu'elle gardait dans sa poche. La flamme de son allumette révéla ses yeux injectés de sang, signe que ce n'était pas son premier de la soirée.

Elle tira une bouffée et attendit longuement avant d'exhaler la fumée, qui s'enroula entre ses fines narines frémissantes et ses lèvres rouge vif.

— Eh bien ! s'exclama-t-elle. Tu as une sale mine ce soir, chéri. Et avec toi, ce n'est pas peu dire.

Accoudé au comptoir avec un pied sur la barre en laiton et le goût divin du whisky encore sur la langue, Rourke s'amusa de sa remarque.

— Je suis fatigué, c'est tout.

Elle lui offrit son joint qu'elle serrait entre ses ongles au vernis rose assorti à la peau de zèbre.

— Tiens, chéri. Fume ça et tes soucis s'envoleront.

Malgré l'envie qu'il en avait, il refusa.

Elle tira une nouvelle bouffée sans se formaliser.

— Puisqu'il ne te viendrait pas à l'idée de t'adresser à Mlle Fleurie pour une partie de jambes en l'air, j'en déduis que c'est un meurtre et le *bourré** qui t'amènent ici.

Il la gratifia d'un de ses sourires dont il usait parfois au lit.

Elle rejeta la tête en arrière et éclata de rire, tandis que ses longs cheveux bruns glissaient sur ses épaules telle de la soie.

— Oh, oh ! C'est parti, alors.

Quatre heures plus tard, Mlle Fleurie se leva de la table de *bourré**, s'étira et, écartant la lourde masse de ses cheveux, se massa la nuque. Seules ses grandes mains et sa pomme d'Adam, visible lorsqu'elle déglutissait, trahissaient son sexe. Ces détails exceptés, elle était superbe, avec une peau blanche comme le lait.

Les autres joueurs invités à se joindre à eux afin d'animer la partie avaient déjà été renvoyés dans leurs pénates. Ils étaient à présent seuls tous les deux.

Le salon réservé au *bourré** ne possédait pas le standing de la salle principale, mais il est vrai que l'on n'était pas censé admirer le décor, à moins de prendre plaisir à se faire plumer. Une lampe en fer-blanc suspendue à une chaîne d'ancre éclairait la table couverte de feutre vert, et les murs étaient nus en dehors d'un écriteau signalant que le pot se montait à cinq dollars et les mises à cinquante *cents* maximum. Cet avertissement s'adressait toutefois aux amateurs. Eux venaient de s'affronter pour des montants quarante fois supérieurs.

Le jeu s'apparentait quelque peu au poker, à ceci près que le perdant d'une manche devait remplir la cagnotte pour la suivante. Rourke estimait l'avoir alimentée toute la nuit. Il y avait laissé une grosse somme. Trop grosse même. Mais il s'adonnait à ce passe-temps par goût du risque, et le *bourré** ne procurait aucune exaltation, aucune joie, quand on veillait à rester raisonnable.

Mlle Fleurie avait sorti un autre étui à cigarettes – en argent cette fois, et incrusté de pierres du Rhin. Elle l'ouvrit d'une chiquenaude et y saisit une pincée de poudre blanche qu'elle déposa sur son poignet avant de l'aspirer d'un coup par le nez. Ressentant presque la morsure froide de la cocaïne, Rourke se retint pour ne pas frissonner en même temps qu'elle.

Une fois remise de ce flash, elle le toisa en émettant un petit bruit désapprobateur.

— Tu parles d'une soirée ! J'ai la désagréable impression de t'avoir détroussé complètement.

— Je t'avais prévenu que j'étais fatigué.

— Tu avais la tête ailleurs, oui ! Mlle Fleurie n'aime pas ça. Ça la rend grincheuse.

Une vague de colère afflua en Rourke ; il la laissa délibérément transparaître.

— Là, c'est toi qui me rends grincheux, et crois-moi, ce n'est pas dans ton intérêt.

Elle eut une moue parfaite.

— Bon, bon ! Très bien. Mais puisque tu as payé ton écot, vas-y, demande-moi ce que tu veux.

— Le père Patrick Walsh. Raconte-moi ce que tu as entendu à son sujet.

Les longs cils de Mlle Fleurie battirent en effleurant ses pommettes comme des plumeaux.

— Mlle Fleurie est une païenne, pas une catholique, mais

elle lit les journaux. Comment se tiendrait-elle au courant de toutes les nouvelles modes pathétiques à éviter, sinon ? (Elle fit courir sa main le long de son corps, puis prit la pose dans sa robe de lamé gris à paillettes mauves.) Enfin, franchement, chéri… cette affreuse soutane noire dissuaderait *à elle seule* d'entrer dans les ordres. Cependant, tous les prêtres ne se ressemblent pas.

Rourke assimila ces derniers mots en silence et formula prudemment sa question suivante :

— Quelqu'un pouvait-il avoir, selon toi, une raison de tuer celui-là ?

Mlle Fleurie jouait toujours au *bourré** avec à portée de main une bouteille de champagne dans un seau à glace et une flûte en cristal. Elle remplit celle-ci tandis que Rourke l'étudiait en s'efforçant de déterminer si elle réfléchissait au problème ou si elle passait juste au crible les éléments en sa possession afin de choisir ceux qu'elle lui livrerait.

Elle lui fit face et croisa son regard par-dessus le bord de son verre.

— Il est possible que cette personne ait découvert le pot aux roses au sujet de son club.

— L'Amicale des femmes catholiques ?

— Chéri, ce n'était qu'une façade. Le club auquel je fais allusion est bien plus secret – un peu comme ce réseau clandestin qui aidait les esclaves à fuir dans les États du Nord. La différence ici, c'est que l'Amicale s'occupait des femmes désireuses de quitter leur mari. Je n'ai pas besoin de t'apprendre que certains hommes préféreraient tuer leur épouse ou se servir d'elle comme d'un punching-ball plutôt que de l'autoriser à mettre un pied hors de chez elle. Alors parfois, le seul moyen d'échapper à ces brutes-là consiste à se réfugier loin, très loin d'eux. Les femmes concernées finissaient par avoir vent de cette organisation, elles s'adressaient au père Pat, et lui s'arrangeait pour les faire disparaître.

Rourke tressaillit d'excitation. Son instinct de flic lui soufflait qu'il tenait enfin la clé de toute l'affaire.

Une telle cause supposait nécessairement une petite structure et des moyens financiers considérables. Personne ne pouvait gérer ça seul.

Rourke se leva, contourna la table et se colla à elle.

— Qui sont les autres membres ?

Elle eut un rire forcé.

— Chéri, il ne s'agit pas du genre de club de bienfaisance auquel on se vante d'appartenir.

— Donne-moi des noms. Chérie.

Elle recula, mais il ne s'écarta pas.

— Je n'en connais qu'un de toute façon… Cassandra Poule.

Cela tombait merveilleusement sous le sens. Cassandra Poule, unique enfant d'une riche famille créole, s'était fait une réputation à La Nouvelle-Orléans en devenant à l'âge adulte un partisan enragé des suffragettes. Elle avait conduit des marches dans la capitale de l'État, Baton Rouge, ainsi qu'à Washington, où elle avait été envoyée derrière les barreaux pour avoir brûlé un portrait du président Wilson. En prison, elle avait entamé une grève de la faim, avant d'être nourrie de force – ce qui lui avait valu d'avoir sa photo dans les journaux. De temps à autre, elle partageait sa maison du Vieux Carré avec d'autres dames que la bonne société s'entêtait à nommer ses amies, et elle ses maîtresses.

Une fois sa revendication satisfaite, sept ans plus tôt, elle avait enfourché un nouveau cheval de bataille : la défense de l'amour libre. « Je ne revendique pas pour nous le droit de sauter d'un lit à un autre », avait-elle écrit dans une lettre au rédacteur en chef du *Times-Picayune*. « Je veux simplement dire que, mariée ou non, une femme doit pouvoir disposer librement de son corps et décider de l'offrir ou non à l'amant de son choix, comme elle l'entend. »

Nombre de matrones de la ville s'étaient senties défaillir devant leur café au lait matinal à la seule lecture dans le même article des mots « lit » et « amant »…

— Le père Pat et elle couchaient-ils ensemble ?

Mlle Fleurie arqua ses sourcils épilés et redessinés en une mimique exagérément choquée.

— Un prêtre et une brouteuse de cresson ! Mais qu'est-ce que tu as fumé ? (Alors qu'elle commençait à pouffer, la vérité se fit soudain jour en elle.) Oh, mon Dieu !...

— Mademoiselle Fleurie a une imagination débordante, la taquina-t-il. L'homme était prêtre.

Il passa un bras autour d'elle afin de décrocher son chapeau du porte-manteau et respira son parfum que troublait l'odeur musquée du joint.

— Tu devrais rentrer chez toi dormir un peu, lui recommanda-t-elle. Continue à ce rythme-là et tu mourras prématurément.

— Je suis touché par ta sollicitude, répondit-il. Mais si jamais tu devais développer une certaine affection à mon égard, je préférerais que ce soit avant que tu me ruines prématurément.

Elle rit et le retint par le bras.

— Monsieur Day... Ne le juge pas. Ne *nous* juge pas.

— Je n'avais pas conscience de le faire.

— C'est ce que tu prétends, et tu es peut-être sincère, mais quand je t'ai frôlé à l'instant, tu t'es raidi comme si tu craignais d'attraper la chaude-pisse. (Son sourire s'accentua, devint ironique.) Ne va pas t'imaginer, inspecteur, qu'un homme habillé en femme ne désire que les hommes.

— Alors pourquoi... ?

Incapable d'exprimer son incompréhension, Rourke se tut.

— Pourquoi suis-je ainsi ? (Elle eut un haussement d'épaules typiquement féminin.) Si j'étais croyante, je supposerais que telle était la volonté de Dieu. Mais puisque je ne le suis pas... je sais seulement que quand je me regarde nue dans une glace, le reflet qu'elle me renvoie n'est pas le mien. Je me fais l'effet d'une poupée vaudoue avec des aiguilles plantées partout. Alors un jour, il y a longtemps, je me suis dit que ces aiguilles me blesseraient moins si elles avaient d'abord le barrage d'une robe à franchir.

Elle s'esclaffa et appuya sa main contre sa joue. Rourke sourit, parce qu'elle s'était attendue qu'il se raidisse de nouveau et que cela avait été le cas.

— Par contre, nuança-t-elle, je ne verrais aucune objection à t'admirer nu. Voilà, monsieur Day. Tu as maintenant la preuve que tes suppositions sont parfois bien fondées.

Elle inclina la tête vers lui. Bien qu'il en eût le temps, il ne s'écarta pas et, lorsqu'elle l'embrassa sur la bouche, un désir fugitif naquit entre eux – à sa grande stupéfaction à lui, et son grand amusement à elle.

Rourke ne suivit qu'à moitié le conseil de Mlle Fleurie : il se contenta de dormir deux heures dans sa Bearcat devant la porte cochère de la maison de Cassandra Poule, située sur Royal Street, près de la cathédrale. Il se réveilla avec un torticolis et un goût d'eau sale dans la bouche quand les rayons du soleil, filtrés par les arabesques du balcon en fer forgé, inondèrent son visage.

Il examina les alentours. Un camion de la fourrière ramassait les chiens errants ; un marchand de charbon arrivait sur une charrette grinçante tirée par une mule. Son chargement luisait tel un tas de diamants noirs dans la lumière matinale.

— Achetez mon charbon ! criait-il. Cinq *cents* le seau !

De l'autre côté de la rue, une odeur de pain fraîchement sorti du four émanait d'une boulangerie. Posté à l'angle, un vendeur de journaux se mit à déclamer les titres du *Morning Call* : « L'enquête piétine dans l'affaire des jeunes filles tuées et violées ! Lisez tous les détails dans le *Morning Call* ! »

Dès que les volets du salon de Mlle Poule s'ouvrirent, écartés par une fine main blanche, Rourke descendit de voiture et alla frapper à la porte.

La femme qui lui répondit avait une peau si pâle qu'elle semblait presque bleue, comme le lait écrémé. Sa figure quelconque au nez écrasé n'avait probablement jamais été jolie, même durant sa jeunesse, et ses cheveux d'un noir de jais, très longs contrairement à la mode d'alors, étaient relevés en un vague chignon au sommet de sa tête. Elle ne passait pas inaperçue avec son pyjama vert brodé de perroquets orange et rouges, et ses petits yeux noirs étincelants et pleins de charme.

— Oui ?

Rourke s'apprêtait à lui montrer son badge quand une voix féminine leur parvint du salon.

— Cassie, c'est déjà elle ? Elle n'était pourtant pas censée nous retrouver ici avant une heure, non ?

L'inconnue s'avança dans l'entrée, vêtue du même pyjama, la tenue en désordre et la mine réjouie.

— Bonjour, madame Layton, la salua Rourke.

22

— La seule attirance que j'aie jamais éprouvée, avoua Floriane de Lassus Layton, a été pour une femme.

Ils s'étaient assis dans une cour où poussaient à profusion des glycines et des roses grimpantes. Des cafés sucrés à la crème fumaient sur une table en fer verte. À l'intérieur de la maison, un phonographe égrena les premières notes de la *Rhapsody in Blue*.

Lorsque Rourke avait informé Cassandra Poule qu'il souhaitait leur poser quelques questions sur « le club », celle-ci avait d'abord réagi en lui suggérant de dégager, puis en lui communiquant le nom et le numéro de son avocat. Elle paraissait en revanche considérer que le besoin de se confesser manifesté par sa maîtresse ne regardait que cette dernière.

— La première fois, c'était deux ans après mon mariage avec M. Layton. Juste après la naissance de ma fille. Il nous a surprises, mon… amie et moi, et il s'est montré… furieux. Bien sûr, l'Église interdit le divorce mais, par orgueil, lui-même refusait de toute façon de l'envisager. J'ai donc promis de ne plus jamais m'adonner à de tels actes.

Au moment de prendre place sur leurs chaises, Rourke s'était positionné tout près d'elle, de sorte que leurs genoux se touchaient presque. Il se pencha vers elle à cet instant, comme s'il avait voulu l'épauler, la réconforter – bien qu'il s'en abstînt.

— Le cœur est doué de volonté, commenta-t-il, et il se protège bien.

— On croirait entendre le père Pat.

— C'est une phrase qu'il a écrite. À un ou deux mots près.

Elle sourit, puis détourna les yeux vers un couple d'oiseaux moqueurs qui se disputaient parmi les noix tombées d'un pacanier.

— J'ai tout de même tenu parole, inspecteur Rourke. Durant de longues années.

Pour autant, elle n'avait pu empêcher ni ses pensées de vagabonder, ni le désir de s'emparer d'elle face à une vendeuse ou à la mère d'une amie de sa fille. Elle s'était donc confiée à son prêtre, le père Pat.

— Je péchais contre la Sainte Église catholique – il n'a jamais prétendu le contraire. Mais quand nous en discutions, je cessais de me sentir laide intérieurement. Il m'a expliqué que Dieu nous aime tous tels que nous sommes et qu'Il n'aurait jamais permis que nous soyons différents s'Il nous avait ensuite méprisés pour cela.

La lumière du jour caressait ses cheveux acajou et son doux visage rond. Il est facile, songea Rourke, d'imaginer Dieu créer cette femme et, devant le résultat, lui pardonner ses fautes. Jusqu'à ce que l'on se rappelle qu'Il a aussi créé le monstre qui a cloué l'un de Ses prêtres à une poutre.

— Je pense que, pendant un temps, je me suis même satisfaite de cette situation, enchaîna-t-elle. Je me répétais : cette vie est la tienne, Flo, il serait ridicule de vouloir en changer.

— Et puis vous avez rejoint le club du père Pat et rencontré Mlle Poule.

— Oh oui… (Ses traits exprimaient à la fois de l'émerveillement et de la tristesse, comme si un mystère enfoui en elle remontait enfin péniblement à la surface.) C'est arrivé d'un seul coup. J'ai compris alors que je n'avais pas été fidèle à ma promesse. Je vivais seulement dans l'attente, et il a suffi que je l'aperçoive pour que cela prenne fin.

Le téléphone sonna dans la maison. Flo serra les poings.

— Parlez-moi du club.

— Il y a quelques semaines... (Elle s'interrompit afin d'essuyer ses joues baignées de larmes.) Il y a quelques semaines, le père Pat est passé à la maison chercher le livre de comptes annuel de nos associations caritatives. Il a vu... M. Layton peut être cruel, et le père Pat en a eu la preuve sur mon bras ce jour-là. Il m'a alors révélé la vraie raison d'être de son club, puis m'a proposé de travailler avec lui. À mon avis, il espérait que, tôt ou tard, je ferais moi-même appel à son réseau, même si cela était impensable. Je n'ai jamais été très courageuse.

— Il vous a cependant fallu du cran pour participer à une telle entreprise. (Il se pencha de nouveau vers elle et, cette fois, lui prit la main.) Voilà à quoi vous étiez occupée la nuit de sa mort, n'est-ce pas ? la questionna-t-il en laissant poindre le flic en lui. Vous aidiez une femme à fuir son mari.

Elle voulut se dégager, puis y renonça.

— Je ne vous ai pas vraiment menti, monsieur. Le père Pat a bien quitté ma maison à dix heures ce soir-là – sauf que je l'accompagnais. Nous avions rendez-vous sous l'horloge du magasin D.H. Holmes avec une femme et son bébé, que nous avons conduits ici avant de les mettre dans un train pour... avant de les mettre dans un train. Ensuite, nous nous sommes séparés. Ma dernière image de lui, c'est quand il a traversé la rue pour attraper le tramway qui le ramènerait au presbytère.

— Qui était la femme ?

— Je ne peux vous le dire.

Rourke s'inclina encore plus près, jouant de sa grande taille pour l'intimider.

— Madame Layton, vous y serez obligée. Son mari est peut-être l'assassin du père Pat.

— Non, je ne peux pas vous le dire, insista-t-elle. Nous autres volontaires ne sommes jamais informés des noms de ces personnes, ni de l'endroit où on les envoie. Nous leur procurons de nouveaux habits, nous les nourrissons et apaisons leurs angoisses, c'est tout. Cassie… Mlle Poule est au courant de leur destination, parce que c'est elle qui prend toutes les dispositions nécessaires – elle leur trouve du travail, un logement, une nouvelle identité, et elle leur fournit de faux certificats de naissance et de baptême. Mais seul le père Pat savait qui elles étaient. (Elle tenta de rire.) Il les appelait toutes par le même prénom. Mary. « N'ayez pas peur, Mary, les rassurait-il. Ceci est le premier jour du restant de votre vie. »

Tandis qu'ils s'entretenaient, le ciel s'était obscurci. Une brise soufflait un parfum de pluie imminente, mêlé aux odeurs des omelettes et du couche-couche[1] en train de frire dans la cuisine. Rourke lui pressa la main, puis la lâcha et s'adossa à sa chaise.

— Qu'allons-nous devenir maintenant ? s'inquiéta-t-elle.

— Vous n'aurez pas d'ennuis, mentit-il.

La vérité, réfléchit-il, était que la police solliciterait un mandat de perquisition à l'encontre du club. Et puisqu'il n'existait certainement aucune trace écrite des activités du père Pat, ils seraient ensuite contraints d'interroger Cassandra Poule, laquelle préférerait aller en prison plutôt que de trahir ses fugitives. C'en serait fini du club, dont l'existence dépendait du secret qui l'entourait.

Floriane de Lassus Layton, quant à elle, ne se relèverait pas d'être reconnue publiquement comme la dernière « amie » de Cassandra Poule. Le père Pat n'en avait peut-être pas eu l'intention, mais il ne lui avait donné le courage de fréquenter cette maison que pour la laisser ensuite en assumer seule les conséquences.

Le père Pat. S'était-il… s'était-elle éprise de l'une ou l'autre de ces deux femmes, et réciproquement ? Rourke avait déjà demandé à Flo Layton s'ils avaient été amants. Réitérer cette

1. Plat cajun servi au petit déjeuner qui se compose de pain à base de farine de maïs, frit et arrosé de sirop de canne. *(N.d.T.)*

question équivaudrait à lui faire une révélation qu'il jugeait encore prématurée.

Peut-être devrait-il s'y résoudre plus tard, et en présence aussi de Cassandra Poule, mais il tenait pour le moment à creuser une autre piste. Celle-ci lui était venue à l'esprit le samedi, alors qu'il bavardait avec ce vieux prêtre gâteux, le père Delaney, sur le perron de la cuisine du presbytère. Et elle avait resurgi pendant que Flo lui expliquait le fonctionnement du club et son rôle en son sein.

— Le livre de comptes que le père a récupéré ce jour-là... pouvez-vous me le décrire ?

Elle serrait sans la boire sa tasse de café – froid à présent –, et la fixait comme si son salut se cachait au fond.

— Comment ? balbutia-t-elle en redressant la tête, en proie à la confusion. Oh ! ma foi, il est relié en cuir vert et doré sur tranche. Le père Ghilotti l'a offert à nos œuvres de bienfaisance à Noël.

Le père Delaney avait évoqué un pacte avec le diable et mentionné par deux fois le cahier vert du père Pat. Mais ce n'était pas à son agenda qu'il faisait allusion. C'était au livre de comptes des associations caritatives du Saint-Rosaire.

Il est utile de savoir dans quels placards se cache un cadavre, avait affirmé le père Ghilotti. En supposant que le recteur ait saisi la réelle vocation du club, il aurait été de son devoir de le dissoudre car l'Église ne pouvait cautionner une organisation visant principalement la dissolution des liens sacrés du mariage. Il fallait donc que le père Pat ait à son tour découvert des pratiques peu avouables dans la gestion financière des associations pour que tous deux concluent un marché – en achetant chacun le silence de l'autre.

Sauf que le père Pat gisait désormais sur une table de la morgue.

Une femme passa dans la rue en vantant ses beignets de banane juste au moment où les cloches de la cathédrale invitaient les fidèles à la messe. Comme si elles lui avaient annoncé son futur calvaire, Flo Layton se courba avec un petit cri, les bras repliés sur le ventre et le corps secoué de sanglots. Une minute ou deux s'écoulèrent avant qu'elle parvienne à se dominer.

— Seigneur ! s'exclama-t-elle en écrasant ses larmes avec ses poings à la manière d'une enfant. Quelle opinion allez-vous avoir de moi, inspecteur ? Chaque fois que nous discutons ensemble, je m'effondre. C'est juste que... il va tellement me manquer. Il avait une façon de vous écouter qui était un véritable don du ciel, autant que peuvent l'être la voix d'un chanteur ou l'œil d'un artiste. Il vous persuadait non seulement qu'il vous remettait vos péchés, mais aussi qu'il vous aimait. Et cet amour vous donnait l'impression d'être élue, protégée. (Elle se tourna vers lui.) Vous lui ressemblez beaucoup, inspecteur. Par votre façon de pénétrer le cœur humain. Vous devez exceller dans votre travail.

Parfois en effet, pensa Rourke, c'était en voyant clair dans le jeu de certaines personnes que vous réussissiez à démasquer un assassin et à résoudre les affaires les plus difficiles. Mais, dans votre quête, il vous arrivait de n'avoir pas d'autre choix que de briser des innocents. Et parce que chacun s'abrite derrière des mensonges, des secrets et des illusions, vous finissez malgré vous par détruire des âmes pures du simple fait de votre implacable efficacité.

Parfois la vérité tue tout aussi efficacement qu'une balle ou un coup de couteau.

Bien qu'il lui en coûtât, il se remémora le prêtre au visage tuméfié et aux pieds brûlés, suspendu par des pointes fichées dans ses poignets. D'ordinaire, que ce soit par besoin ou compulsion, un tueur cherchait à rayer sa victime de la surface du globe. Le bourreau du père Pat, en revanche, n'avait pas poursuivi ce seul but. Il avait également tenté de démasquer le prêtre, de percer ses secrets.

Restait cette question qui le taraudait constamment : quels secrets ?

Roméo observa son amour émerger de la Peerless bleu nuit. Un garde du corps descendit du siège avant, emboîta le pas à Remy jusqu'à un portail en fer forgé et se posta, jambes écartées, près de la clôture envahie par le chèvrefeuille.

Quel clown, ce type. Ce n'était certainement pas un ancien boxeur aux oreilles amochées qui allait la sauver. Lui seul en était capable. Bien sûr, les attachés de presse exploiteraient vite à fond cette histoire de garde du corps. *La vie de Remy Lelourie menacée par un mystérieux Roméo...* Ouais, pas mal. Le mystérieux Roméo. Il aurait peut-être intérêt à rédiger lui-même l'article.

La Peerless était à se tordre de rire, elle aussi. Encore un privilège de star dû à l'aimable obligeance des studios Bright Lights. Roméo avait jeté un œil à l'intérieur de la... bon sang, on ne pouvait pas qualifier ça de voiture. Plutôt de maison de campagne anglaise montée sur roues, avec de l'acajou, du cuir et de l'argent partout. Il y avait même des tapis Axminster au plancher et des coussins de brocart italien sur les sièges.

Il ricana. Il l'avait baisée à l'arrière de cette Peerless un jour, et s'était souvent interrogé sur la réaction du chauffeur, Hebert, à la vue des traces laissées par leurs ébats sur le précieux tissu.

À l'abri derrière les feuilles d'un bananier, Roméo regardait à présent sa bien-aimée longer l'allée menant à un cottage délabré, dont la peinture s'écaillait et dont certaines fenêtres étaient bouchées par du carton. En chemin, Remy marqua une pause et scruta le ciel, goûtant l'accalmie qui précédait les premières gouttes de pluie.

Son manteau avait la même teinte grise que les nuages, et il se fit un instant la réflexion qu'elle paraissait du coup... non pas *terne*, car jamais Remy Lelourie ne pourrait l'être, même affublée d'un vulgaire sac à patates, mais plutôt... d'humeur sombre. Oui, voilà. Enfin bon, elle avait toujours cet air-là lorsqu'elle rendait visite à sa mère et à sa sœur.

Roméo supputait qu'elles habitaient là dans la mesure où il n'avait pas encore eu l'occasion de les apercevoir. Leurs voisins d'Esplanade Avenue juraient qu'elles vivaient en recluses depuis que M. Lelourie avait quitté sa femme et ses enfants pour sa maîtresse. L'affaire, toujours évoquée à voix basse, incarnait le scandale avec un grand S.

Suite au Scandale, donc, Mama Heloise et la petite sœur de Remy, Belle, avaient eu une réaction typique des aristocrates du Sud : elles s'étaient enterrées vivantes, seules dans une maison croulante avec pour toute compagnie une amertume et un dépit vieux de vingt-huit ans.

La porte du cottage s'ouvrit. Malgré ses efforts, Roméo ne distingua que des ombres avant que Remy disparaisse à l'intérieur.

Il grogna pourtant de satisfaction. Elles étaient là – rien d'étonnant à ça, hein ? –, et il pouvait compter sur Remy pour passer au moins une heure avec elles. Une règle créole remontant au déluge stipulait probablement que chaque entrevue avec *la famille** devait au moins durer une heure.

Il sourit. Il lui fallait partir, mais il aimait se tenir informé au préalable de ses faits et gestes.

Ce fut Mama Heloise qui l'accueillit ce matin-là et s'empara de son chapeau, de ses gants et de son parapluie tout en dissertant sur le temps qu'il faisait.

— Je disais justement à Belle que nous allions avoir l'une de ces averses interminables, froides et silencieuses… Pourquoi ne servirais-tu pas le café, ma chérie ? Ta sœur a les chevilles toutes gonflées aujourd'hui.

Elles s'installèrent chacune à leur place habituelle dans le salon. Mince, le dos raide, vêtue d'un corsage à col montant et de longs jupons noirs démodés, Mama s'assit dans un fauteuil en velours rouge à côté de l'âtre vide. Ses cheveux blonds grisonnaient désormais, mais son visage n'avait rien perdu de sa noblesse intemporelle.

Calée dans un canapé en crin de cheval noir, sous une fenêtre cachée derrière des rideaux de dentelle déchirés et jaunis par les années, Belle tricotait un petit bonnet jaune en prenant pour appui son ventre rond de cinq mois.

Remy versa en même temps le café noir et le lait chaud dans les tasses.

— Tu as l'air fatiguée, ma puce, fit-elle remarquer à Belle lorsqu'elle lui en tendit une. Tu te reposes assez, tu es sûre ?

Belle avait reçu ce surnom dans son enfance en raison de sa beauté, mais son teint était devenu cireux et ses traits tirés ces dernières semaines, comme si le bébé la vidait de toute son énergie. Ses cheveux, autrefois de la couleur des abricots, avaient viré à l'orange, au point que Remy se demanda si elle les teignait.

— Quelle question ! répliqua Mama à la place de sa fille. Chez les Lelourie, les femmes sont fragiles du bas. Ce sera un miracle si cet enfant ne tue pas ta sœur.

— Oh, j'en doute fort, maman ! Tu es une Lelourie et pourtant tu as survécu deux fois à l'expérience. Nous en savons quelque chose.

— Ne fais pas la maligne avec moi, jeune fille. Cela ne te sied guère.

Remy se concentra sur son café afin que sa mère ne la voie pas sourire. Elle pourrait toujours compter sur elle pour lui rabattre le caquet le jour où elle se prendrait trop pour une star.

Après les risques encourus par les femmes « fragiles du bas », Mama et Belle abordèrent ceux liés aux couches : bébés étranglés par le cordon ombilical, enfants siamois, accouchements par le siège. Sans oublier le tristement célèbre bébé alligator, né avec un museau et une peau dure et craquelée. Elles avaient déjà épuisé le sujet auparavant mais ne s'en lassaient apparemment pas.

— Tu te souviens de Maggie, la fille de Matilda Dayries ? déblatérait Belle. Il fallait toujours qu'elle soit au premier rang à l'église, juste devant le curé, et qu'elle joue les saintes vierges. Jusqu'au jour où elle a eu ses jumeaux : le premier était blanc, comme il se devait, mais l'autre d'un noir ébène. Autant dire qu'il avait dû se produire des choses pas très catholiques dans sa maison !

— Belle, la coupa Remy en haussant le ton, pourquoi mets-tu encore cette vieille robe bleue ? Les coutures sont à deux doigts de craquer. Celles que je t'ai fait livrer de chez D.H. Holmes ne te plaisent pas ?

— Si, si. Je les garde pour plus tard, c'est tout.

Quel intérêt ? se retint-elle d'insister, consciente que ces vêtements avaient rejoint le coffre en cèdre plein à craquer où sa sœur conservait son trousseau. Tout ce que le sort lui offrait, elle le rangeait là en prévision d'un avenir qui lui était passé à côté des années plus tôt, à un moment où elle n'y prêtait pas attention.

Remy entendit son nom et constata que, plongée dans ses pensées, elle avait raté le début du sermon dont la gratifiait sa mère.

— ... te donner en spectacle au City Park. Tu agis sans aucun égard envers nous.

— Maman a raison, renchérit Belle. Tu le regretteras un jour, Remy. Aucun gentil garçon n'acceptera d'épouser une fille qui se donne en spectacle.

Remy opta pour l'indifférence, feignant de ne pas être affectée par leurs piques. Alors même qu'elle le serait toujours. *La famille*...

— Je ne pense pas me remarier de toute façon. Il n'en sort rien de bon.

Il ne peut rien en sortir de bon.

Cette expression du Sud nous résume à merveille, songea-t-elle. Nous avançons machinalement, nous racontons de pieux mensonges, nous nous prenons par la main et échangeons des promesses, mais il n'en sort jamais rien de bon.

— Je vous ai apporté quelque chose, annonça-t-elle en tirant une liasse de brochures de son sac. Des informations sur des agences. Vous les lirez plus tard.

Belle s'en saisit, mais les laissa aussitôt tomber sur le tapis élimé et fondit en larmes, comme si elle s'était contenue toute la matinée dans l'espoir qu'un moment approprié se présenterait.

— Tu n'as vraiment pas de cœur, gémit-elle. Déjà quand on était petites, tu voulais toujours ce que j'avais, et les choses n'ont pas changé depuis que tu es une vedette avec ta photo dans les journaux. Tu es jalouse parce que j'attends un bébé, et toi non.

Leur mère se leva pour ramasser les prospectus, puis revint s'asseoir et les empila soigneusement sur ses genoux avant de les déchirer un par un.

— Je ne tolérerai pas que le mot « adoption » soit prononcé une fois de plus sous ce toit, martela-t-elle.

Remy ne l'avait pourtant pas prononcé. Elle avait même bien veillé à ce qu'il ne lui échappe pas.

— Après tout, Belle n'a pas à avoir honte de son état, enchaîna Mama. Sans ce tragique accident qui lui a coûté la vie, le père du bébé aurait certainement accompli son devoir en l'épousant. C'était un St. Claire. Bon sang ne saurait mentir.

Remy dut détourner la tête et se pincer les lèvres pour ne pas rire – ou bien hurler. Jamais le père du bébé n'aurait accompli son devoir. Outre que Charles St. Claire n'avait pas eu le moindre sens moral, il se trouvait être alors marié à une autre femme – elle en l'occurrence. Et le tragique accident qui les avait débarrassées de lui avait été son assassinat à coups de couteau dans l'ancienne cabane des esclaves de leur propriété de Sans Souci, un soir du mois de juillet précédent.

Les sanglots de Belle cessèrent aussi abruptement qu'ils avaient commencé. Le silence régna de nouveau dans le salon, rompu par le tintement de la cuillère de Mama dans sa tasse et le cliquetis des aiguilles à tricoter de Belle, qui accompagnaient en rythme le battement de la pluie contre les carreaux.

— Belle, prends donc une praline, la pressa Mama, dont l'accent français fut soudain plus marqué, comme chaque fois qu'elle était dans tous ses états. Rappelle-toi que tu dois manger pour deux.

— Oh, non, maman ! Mon ventre se révolte rien qu'à l'idée d'avaler des sucreries – autant que si j'étais face à des Yankees.

Elle rit doucement. L'orage était passé...

Bien qu'il n'en fût rien sorti de bon.

Il sembla à Remy que cette maison et ses occupantes étaient prisonnières d'une de ces boules de verre que l'on agite pour qu'il neige à l'intérieur. Seul le temps variait dans ce décor figé.

Roméo s'était déshabillé et envoyé en l'air avec elle sur son lit. Il déambulait maintenant dans sa chambre, touchant ses affaires, respirant son parfum sur ses vêtements. Il ôta son peignoir d'une patère en cuivre fixée à la porte et y enfouit son visage. Le tissu soyeux s'accrocha à ses doigts rêches, le col en plumes lui chatouilla le nez. Si raffiné... Tout en elle était si raffiné...

Il sursauta soudain et se secoua. Avait-il somnolé ? Il vérifia l'heure à sa montre... Non, une minute seulement s'était écoulée, peut-être deux. La came qu'il s'était injectée galopait dans ses veines, mais il maîtrisait la situation. Ouais, il maîtrisait.

Il chercha le mot qu'il lui avait écrit – en pure perte. Il jeta ses robes hors de l'armoire, vida à terre des tiroirs regorgeant de soutiens-gorge, de culottes, de caracos et de bas. Ses bras balayèrent les flacons et autres accessoires qui recouvraient sa coiffeuse. *Salope.* Elle l'avait détruit, cette salope. Elle n'avait donc rien pigé ? Elle ne voyait pas qu'il essayait de l'avertir ? Cela crevait pourtant les yeux que le simple fait de lire sa lettre – cette saleté de lettre pour laquelle il s'était saigné – signifiait qu'elle lui appartenait désormais.

Il arpenta encore la pièce, marmonnant salope, salope, salope, en quête de... de...

Et merde ! Une douleur irradia dans son pied, si violente qu'il se mordit les lèvres. Qu'est-ce ?... Il avait marché sur un éclat de verre. *Bon Dieu*, il pissait le sang comme un... comme un..

Il en foutait partout, voilà tout. Elle avait reçu du studio de nouvelles photos publicitaires et il se souvint de les avoir repérées sur son bureau. Elles étaient éparpillées sur le sol à présent. Il en avait même taché une. Celle où elle renversait la tête en arrière en riant, les doigts dans ses cheveux. Bon Dieu, ce qu'il l'aimait ainsi…

Il tressaillit. Il y avait eu un bruit de casseroles s'entrechoquant dans la cuisine. Il baissa le regard sur son pied douloureux, le bout de verre, son sang. Il pivota alors sur lui-même en scrutant la pièce.

— Ouah ! lâcha-t-il, choqué par le désordre.

Puis il rigola. *Alors, qu'est-ce que tu dis de ça, Remy ?*

Des pneus crissèrent dans l'allée. Roméo boitilla jusqu'à la fenêtre, à temps pour la voir descendre de la Peerless avec son garde du corps. Elle se retourna ensuite et se pencha dans l'habitacle pour lancer à Hebert quelque remarque qui arracha un éclat de rire aux deux hommes.

Roméo eut envie de les tuer.

Puis elle disparut de sa vue et il entendit ses pas sur la galerie du rez-de-chaussée. Elle se dirigeait vers la cuisine.

Le moment est venu de déguerpir, estima-t-il. À moins…

À moins qu'il ne décide de rester et de la baiser encore, là, sur son lit, dans ses draps de satin rose qui fleuraient le jasmin et le sexe. La baiser et lui offrir ensuite le seul salut vraiment éternel.

Car jamais l'on ne connut d'histoire plus triste
Que celle de Juliette et de son Roméo.

Lorsque Remy ouvrit la porte de la cuisine, elle perçut le grésillement du poulet en train de frire sur le vieux fourneau noir.

— Bonjour, mademoiselle Beulah. Eh bien, ça sent rudement bon ici !

Assise à la table ronde en chêne, sa gouvernante écalait des noix de pécan.

— J'ai acheté ce poulet au marché Poydras, sourit-elle. Déjà tout plumé, découpé et emballé dans du papier sulfurisé. On se demande ce qu'ils inventeront la prochaine fois ! Je n'avais plus qu'à jeter les morceaux dans la poêle en rentrant… ç'a été avec votre maman et Mlle Belle ?

Remy grimaça.

— J'ai besoin d'un remontant alors qu'il n'est pas encore midi. Qu'en concluez-vous ?

Mlle Beulah pouffa. Cette femme forte, dotée d'une poitrine qui aurait pu faire office d'étagère, avait un rire incroyablement cristallin.

— À ce point-là ? Ah, la famille ! C'est parfois une plaie, mais il faut tout de même s'en accommoder.

— Vraiment ? Oui, vous avez peut-être raison. (Remy s'empara d'un bloc de glace et s'y attaqua à l'aide d'un racloir.) Je vous en prépare un ?

— Ma foi, ce n'est pas de refus.

Remy remplit une cruche d'un cocktail à base de bourbon, de sucre, d'un peu d'eau et de menthe broyée. Puis elle versa la glace pilée dans deux verres droits et le *mint julep* par-dessus.

— Goûtez et dites-moi si ça manque de sucre.

— C'est pas la peine, mon chou. Je sais qu'il est parfait. Vous les réussissez comme si vous étiez née dedans.

— Ce qui est le cas ! admit gaiement Remy. Je monte prendre un bain. J'ai un bal auquel je ne peux pas échapper ce soir.

— Le studio vous a fait livrer votre costume. Je l'ai pendu dans votre armoire… Vous voulez que je vous apporte un plateau-repas quand le poulet sera prêt ?

Remy ressortit avec son verre.

— Non, non, je descendrai manger avec vous tout à l'heure.

Sans Souci avait été construit dans le style des plantations coloniales, si bien que pour aller de la cuisine à l'étage, où se trouvaient les salons et les chambres, Remy devait emprunter la galerie inférieure avant d'accéder aux marches. À peine en haut, elle remarqua les portes ouvertes et devina aussitôt qu'il avait pénétré dans sa chambre.

Où il se tenait peut-être à l'affût.

Autrefois, elle s'enorgueillissait tant de son courage qu'elle le mettait délibérément à l'épreuve, juste par désir de se prouver sa valeur. Elle détesta donc cet homme d'être arrivé à la déstabiliser en l'emplissant d'un tel sentiment de vulnérabilité, d'une telle peur panique. De l'avoir amenée à être consciente des battements de son cœur, de sa respiration, de tout son corps – et du fait qu'une fraction de seconde eût suffi pour qu'elle ne soit plus qu'un tas de viande sur une table de la morgue.

— Va au diable ! gronda-t-elle, assez fort pour l'informer de sa présence.

Et elle s'avança à grandes enjambées.

La pièce semblait avoir été dévastée par un ouragan. Ou une bête monstrueuse. Ses habits, ses papiers, ses produits de beauté jonchaient le parquet en cyprès. Ses bouteilles de parfum étaient brisées. Des traces de sang étaient visibles par endroits. Seigneur, elles étaient encore fraîches ! Il avait été là, il avait manipulé ses affaires, il les avait maculées de sang, pendant qu'elle discutait en bas, dans la cuisine.

Le pire, c'était son lit. Il avait éjaculé partout sur les draps.

La rage, la terreur, le dégoût, explosèrent en elle, si violemment qu'elle vacilla.

Du calme, Remy. Ressaisis-toi, pour l'amour de Dieu.

La sonnerie du téléphone retentit. Elle sursauta, comme atteinte par une décharge électrique.

Le bruit se prolongea. Les nerfs à vif, elle se dirigea vers son bureau et décrocha.

— Je crois que c'est toi qui as peur, Roméo, lui assena-t-elle avant qu'il ait eu le loisir d'articuler un mot.

Elle devina sa surprise au petit hoquet qui lui parvint malgré les parasites sur la ligne.

— Remy.

De nouveau, la manière dont il prononça son nom lui fut familière. Il avait un je-ne-sais-quoi… un accent peut-être.

— J'ai essayé de te prévenir, continua-t-il, mais tu ne m'écoutes pas. Je peux te posséder où je veux, quand je veux.

— Seulement dans tes rêves, Roméo.

Il lâcha un *hé, hé, hé !* mal assuré qui lui parut encore plus familier que sa voix. Un silence pesant s'établit. Bien que la communication fût mauvaise, elle l'entendit respirer. Puis, alors qu'elle s'attendait qu'il raccroche, il se remit à rire. *Hé, hé, hé !*

— Tu as dit au revoir à ton flic ce matin, Remy ?

23

L'inspecteur Daman Rourke avait été invité par le vampire à jeter un nouveau coup d'œil au corps de Mary Lou Trescher, qui avait été transporté à la morgue. Il enfonça donc les poings dans ses poches, serra les dents et se força à regarder.

La corde avait creusé un profond sillon autour de son cou et ses joues portaient les marques de gifles administrées à toute volée. Ses narines étaient noires de sang coagulé.

Elle avait été si jeune.

— Elle a été violée à plusieurs reprises, et avec une brutalité extrême, déclara la voix du coroner derrière l'écran que formait la fumée de sa cigarette. On note des pétéchies sur le visage et une hémorragie au coin des yeux. Le cartilage cricoïde est fracturé en deux endroits – ce qui concorde tout à fait avec une mort par strangulation.

Il interrompit son exposé et se dandina au milieu des mégots accumulés sur le carrelage sale. Il avait la figure jaune et moite de sueur.

— Les morsures sur les cuisses ont été infligées après la mort, poursuivit-il. C'est bien le même tueur, inspecteur. Du moins à mon avis. Je suis désolé.

— Moi aussi, fit Rourke au bout d'un moment.

Malheureusement, nous n'avons pas la possibilité de nous excuser auprès de Titus Dupre.

— Les preuves matérielles ne mentent pas, tempéra le vampire. Mais elles peuvent nous induire en erreur.

Cette fois, Rourke ne répondit pas.

Moses Mueller coinça sa cigarette entre ses lèvres et souleva délicatement les poignets de la jeune fille.

— Ces bleus, là, sont dus à des liens très lourds, et j'ai décelé des fragments de rouille sur sa peau. De plus, ses cheveux sentaient l'essence, elle avait une tache de graisse sur la fesse droite et de petits morceaux de grès incrustés dans le dos et les épaules.

Il reposa les bras de la victime et plissa les yeux.

— Mon hypothèse est qu'il l'a enchaînée dans un garage pendant qu'il la violait et l'étranglait. Peut-être même est-elle ensuite demeurée là un moment – la lividité cadavérique confirme le déplacement du corps quelque temps après le décès.

Rourke exhala longuement.

— Merci, Moses.

— En ce qui concerne les morsures... J'ai pris la peine de les examiner de plus près et j'ai découvert ce que l'on pourrait nommer de petits suçons parmi les entailles les plus bestiales. Comme si, regrettant de la tuer, il l'avait d'abord embrassée à l'endroit où il l'avait fait souffrir, peut-être pour la soulager. Ses baisers se seraient peu à peu transformés en mordillements, jusqu'à ce qu'un déclic se produise dans sa tête et qu'il cherche alors littéralement à la consommer. Il la détestait tout en... je ne dirais pas tout en l'*aimant*, mais...

Il haussa les épaules, incapable pour une fois de trouver le terme approprié.

— Un désir contrarié, conclut Rourke.

La pluie tombait sans discontinuer et la température semblait avoir chuté de dix degrés lorsque Rourke quitta la morgue. Il avait donné rendez-vous à Fio à onze heures près de la Bearcat dans le but de s'informer mutuellement des derniers développements survenus dans leurs enquêtes. Après cela, il prendrait la direction du cimetière de Girod Street pour assister aux funérailles de Titus Dupre.

Il rejoignit à pied Canal Street, où il s'était garé, et où le Saenger Theatre arborait quantité de bannières, de bouquets et de ballons à l'occasion de son inauguration. Devant le bâtiment, des ouvriers s'employaient à ériger un mât sur lequel le célèbre Shipwreck Kelly[1] irait se jucher.

Celui-ci ne constituait cependant qu'une attraction publicitaire destinée à divertir ceux qui n'auraient pas la chance de participer au bal masqué prévu le soir même, après la première projection d'un film dans le nouveau cinéma. *Les Âmes perdues* serait présenté en exclusivité, et parce que Remy Lelourie en était l'héroïne et qu'elle séjournait si incidemment en ville, elle avait été conviée à apparaître au côté du maire lors de la cérémonie d'ouverture.

Shipwreck Kelly n'étant pas annoncé avant plusieurs heures, Rourke s'interrogea sur les raisons qui incitaient tant de gens à s'agglutiner là, recroquevillés sous leur parapluie ou serrés à l'abri de la marquise. Puis il comprit que tous espéraient entrevoir Remy Lelourie lorsqu'elle foulerait le tapis rouge. L'ampleur – et le fardeau – de plus en plus considérable de sa célébrité ne cessait de l'étonner.

Il resta sur le trottoir à scruter les personnes présentes au cas où Roméo se serait mêlé à elles. Dans le même temps, il guettait le moment où la circulation lui permettrait de traverser, tout en inspirant à fond pour évacuer la puanteur de la morgue de ses poumons.

Un taxi s'arrêta à sa hauteur. Otis Bloom descendit la vitre et

1. Alvin Kelly, dit « Shipwreck » Kelly, s'est fait connaître dans les années vingt en restant des jours durant au sommet d'un mât dans le cadre d'opérations publicitaires. *(N.d.T.)*

passa la tête à l'extérieur. Son crâne chauve brillait autant que le capot de sa Model T fraîchement lustrée.

— Je vous dépose quelque part, inspecteur Rourke ?

— Non, merci. J'ai ma voiture.

Bloom balaya la rue du regard, avant de coiffer son chapeau et de sortir en boutonnant son pardessus noir pour se protéger de la pluie. Les mots peinaient à franchir ses lèvres, mais Rourke les connaissait déjà. Simplement, il n'avait aucune envie de les entendre.

— Vous ne me croirez jamais quand je vous dirai qui j'ai conduit l'autre jour, commença Bloom en tentant d'adopter un ton normal, presque enjoué, alors qu'il n'était plus que l'ombre de lui-même. Votre Remy Lelourie ! Tenez... (Il s'inclina vers le siège passager et fourragea autour jusqu'à extirper l'un des prospectus de la compagnie qui l'employait.) Vous voyez ? Elle a eu la gentillesse de me signer un autographe. Moi, bien sûr, j'ai tout de suite pensé à ma Mercedes. Elle allait être si contente d'apprendre que Mlle Lelourie était montée dans mon taxi, parce qu'elle l'admire tant. Et je me suis rappelé...

Il ne put achever sa phrase.

Bien qu'il répugnât à se montrer grossier envers lui, Rourke souhaita qu'il s'en aille.

— Monsieur Bloom...

— J'ai lu les journaux, ce matin. Le monstre qui a kidnappé ma fille court toujours.

— Nous l'arrêterons, monsieur Bloom.

— Vous étiez persuadé de l'avoir fait.

Découragée par l'averse, une jeune femme qui attendait le tramway lui fit signe. Il lui répondit en agitant la main et s'excusa auprès de Rourke.

— Je sais que vous mettez tout en œuvre pour ça.

— En effet, acquiesça Rourke avec une pointe d'amertume.

— Et j'ai bien conscience qu'elle est morte. Au fond de moi, j'en ai la conviction. Je veux juste la ramener à la maison, inspecteur. Je veux juste être sûr qu'elle repose en paix.

— Je suis désolé, dit Rourke, faute d'un meilleur commentaire.

Otis Bloom hocha la tête, puis eut un geste étrange : il leva la main comme pour l'absoudre de ses péchés. Il ouvrit ensuite sa portière. Le vent se prit dans les pans de son pardessus et les plaqua contre ses jambes. La pluie redoubla.

Rourke allait s'engager sur la chaussée quand le feu repassa au vert. Il remarqua alors Fio qui marchait dans sa direction.

Son coéquipier ralentit, baissa un peu plus son chapeau troué sur son front et voûta le dos afin d'empêcher les gouttes de couler dans son cou. Il avait l'air d'avoir une balle de golf logée dans la joue droite.

— Qu'est-ce qui t'est arrivé ? s'enquit Rourke lorsqu'ils se rejoignirent à l'angle de la rue.

Fio tâta sa joue avec précaution.

— Je me suis réveillé ce matin avec une rage de dents. Cette saloperie me fait un mal de chien…

— Tu devrais voir un dentiste.

— Pourquoi ? Il la triturera, la creusera, l'arrachera, et j'aurai encore plus mal.

— Petite nature.

Ils échangèrent un sourire, satisfaits que l'une de leurs affaires soit sur le point d'être élucidée. Il y avait deux jours seulement que le père Patrick Walsh avait été retrouvé crucifié dans une usine de macaronis, et Rourke ressentait encore les effets de la poussée d'adrénaline déclenchée en lui par chaque début d'enquête – une poussée si forte qu'il en oubliait parfois de manger et de dormir.

Dès qu'il en avait eu fini avec Floriane Layton ce matin-là, il avait téléphoné à Fio afin de lui communiquer les révélations de cette dernière et les soupçons qu'il nourrissait sur le livre de comptes des associations caritatives. À l'ouverture des banques, l'inspecteur Prankowski avait donc eu une entrevue avec son contact à la Hibernia National Bank, où l'église et ses prêtres plaçaient leur argent.

Fio se pencha soudain vers Rourke en le reniflant.

— Tu empestes le vampire.

— Je suis allé à la morgue discuter avec lui de la fille Trescher, histoire de tuer le temps avant notre rendez-vous galant.

— Bon Dieu ! je ne sais pas pourquoi tu traînes toujours là-bas. Cet endroit me fout la trouille.

— À chacun ses phobies. Moi, c'est l'idée d'éplucher ces livres et ces colonnes de chiffres qui m'angoisse… Tu as du nouveau ?

— Ouais. (Fio palpa sa joue en grimaçant.) Si le père Pat jouait les maîtres chanteurs, ce n'était en tout cas pas par cupidité puisqu'il n'effectuait aucun dépôt en dehors de son salaire – qu'il destinait, je suppose, au financement de son réseau clandestin. Par contre, il y a des trucs pas clairs en ce qui concerne les comptes du Saint-Rosaire. Les noms du père Ghilotti et d'Albert Payne Layton sont les seuls à apparaître. Celui du père Pat ne figure à aucun endroit. Et ces deux-là brassaient beaucoup d'argent. Les opérations étaient trop compliquées pour que je saisisse tout en détail, mais les associations ont été débitées à plusieurs reprises de milliers de dollars, qui ont vraisemblablement servi à acheter des obligations. Logique, a priori : chacun veut que ses sous lui rapportent, hein ? Sauf que le lendemain de la mort du père Pat, ces sommes ont été remboursées au *penny* près par un dépôt en liquide. Comme si quelqu'un avait tenté de protéger ses fesses.

— Plusieurs personnes, peut-être. Résumons : le père Ghilotti s'aperçoit que le père Pat aide de braves épouses catholiques à fuir leur mari. Il le prévient que, du point de vue de l'Église, il a passé les bornes et qu'il doit mettre un terme à ses activités. De leur côté, Albert Payne Layton et lui truandent les œuvres de charité du Saint-Rosaire. Un jour, le père Pat découvre le pot aux roses. Il en parle donc au recteur et lui propose un marché : il se taira sur ses malversations financières à condition que lui puisse pérenniser son réseau. Le père Ghilotti cède, mais peut-être pas Albert Payne Layton.

— Joli en théorie, nuança Fio, occupé à fouiller la poche

intérieure de son costume en pongé froissé. Sauf que pour le démontrer, il va falloir étudier ce fameux livre de comptes.

— Demander un mandat reviendrait à donner l'alerte à l'archevêque. Il s'arrangera pour effacer toutes les preuves et étouffer l'affaire.

Le scandale serait pire encore si le monde venait à apprendre que le père Pat était en réalité une femme, supputa Rourke. Mais Peter Hannity n'accepterait pas pour autant que l'un de ses prêtres soit accusé publiquement de détournement de fonds.

— Il y a un moyen de procéder sans autorisation, ajouta Rourke. (Il vit que Fio avait déniché ce qu'il voulait. Une barre chocolatée.) Si la présidente du comité nous invite de son propre chef à jeter un œil sur le livre.

Ils envisagèrent le problème sous tous les angles. Dans le même temps, Fio s'efforça de déchirer l'emballage de sa confiserie. Ses gros doigts n'y parvenant pas, il eut recours à ses dents.

— J'appellerai Mme Layton et lui fixerai un rendez-vous pour demain matin, décida Rourke. Réfléchissons d'abord bien à la manière dont nous allons procéder.

Il devait en effet accompagner Remy à l'inauguration du Saenger Theatre ce soir-là. Il aurait préféré rentrer chez lui, s'amuser quelques heures avec Katie, savourer un repas préparé par Mme O'Reilly, et dormir enfin. Mais il avait le pressentiment que Roméo se manifesterait lors du bal masqué, tout comme il l'avait fait pendant le marathon de danse, et il tenait à être présent à ce moment-là.

— Tu sais, quand on y pense, déclara Fio, le père Ghilotti a pu faire semblant de céder pour gagner du temps. Un type dont le père vit du racket ne doit certainement pas se laisser intimider par un petit chantage… On parie ? Dix contre un que c'est lui l'assassin.

— Cinq dollars que non.

— Ça marche.

— Parce que je penche pour une troisième possibilité.

— Tu ne trouves pas qu'on en a déjà assez de deux ? Ne va pas tout compliquer.

— Le mari de l'une des fugitives a pu tenter de se venger du père Pat, ou de lui soustraire des renseignements.

— Tu vois ? Voilà ce qui se passe quand on multiplie les hypothèses. D'un seul coup, les suspects se bousculent.

— Et ne perdons pas de vue la quatrième possibilité.

— C'est pas vrai…

— L'existence éventuelle d'un triangle amoureux entre le père Pat et ces dames du club.

Fio lui lança son regard résigné.

— Super. Oui, n'oublions surtout pas d'englober les lesbiennes dans notre liste. On les casera entre l'archevêque et la ville de Paris. Les autres inspecteurs, ils éliminent gentiment les coupables potentiels jusqu'à ce qu'il n'en reste plus qu'un. Mais toi, tu fouines, tu remues la merde, tu fourres ton nez partout, et tu n'es content que lorsque le monde entier peut être mis en cause.

Il fixa d'un air furibond l'extrémité de sa barre chocolatée et mordit dedans.

— Tu manges ce truc avec une dent gâtée ? s'étonna Rourke, quelque peu épaté.

— J'ai faim… Tu en veux un morceau ?

Il refusa en riant.

Fio ajouta quelque chose, mais ses paroles se noyèrent dans le vacarme des crissements de freins d'un tramway. Rourke entendit ensuite quelqu'un l'interpeller. Il se retourna.

Le jeune vendeur de journaux amoureux de sa Bearcat accourait vers lui, si vite qu'il devait maintenir sa casquette d'une main sur sa tête.

— Bonjour inspecteur ! haleta-t-il. Vous alliez chercher votre voiture ? Et si je m'en chargeais ? Comme ça, vous n'auriez pas à vous faire tremper en traversant la rue.

La Bearcat était garée de l'autre côté de Canal Street, et donc séparée d'eux par le terre-plein sur lequel circulait le tramway au milieu de la rue. Le gosse serait contraint de contourner tout un pâté de maisons pour la lui ramener.

— Il pleut aussi là où nous sommes, lui fit-il remarquer.

— Oui, euh…

Amusé, Rourke lui jeta ses clés.

— Il va renverser quelqu'un, grommela Fio la bouche pleine. Tu seras traîné devant un tribunal et on te piquera tout ton fric.

— Ce que j'aime chez toi, mon vieux, c'est ta manie de n'imaginer l'avenir que sous un jour radieux et optimiste.

La mère de Rourke lui avait dit un jour qu'il était né coiffé, et, à en croire les contes de bonnes femmes de La Nouvelle-Orléans, non seulement cette particularité conférait le don de retrouver les objets perdus, mais elle suscitait aussi « d'étranges intuitions » annonciatrices d'événements heureux ou tragiques. Rourke, lui, estimait que c'étaient ses dures rondes de nuit qui lui avaient appris à anticiper les problèmes et à s'y attaquer avant qu'ils ne surgissent.

Conséquence de cette coiffe, de ses instincts de flic ou du pessimisme de son coéquipier, il n'eut soudain plus la moindre envie que le petit vendeur de journaux monte dans sa voiture.

Il s'élança dans la rue en évitant de justesse un camion de bières et hurla au gamin de ne pas bouger. Au même instant, celui-ci fit démarrer la Bearcat, dont le moteur explosa avec une telle violence qu'il cribla de boulons, de vis et de bouts de métal le nouveau panneau du Saenger Theatre et son poster géant de Remy Lelourie.

Rourke voyait se mouvoir les lèvres de Fio, sans qu'aucun son en sorte. Puis quelque chose éclata dans sa tête. Il perçut le hurlement des sirènes, et les coups de klaxon, et le tambourinement de la pluie sur la marquise du cinéma. Une voiture de patrouille déboulait en trombe. Des policiers piétinaient les débris autour de la carcasse déchiquetée de sa Bearcat. Une passante sanglotait.

— Lâche-le maintenant, Day, le pressait Fio.

— Elle est morte, répliqua Rourke. Bridey est morte.

Et cela lui parut l'événement le plus terrible qu'il eût jamais vécu. Si tragique qu'il ne pouvait le supporter.

Quand il baissa les yeux, il constata que le corps dans ses bras n'était pas celui d'une femme, mais d'un garçon dont le haut du crâne semblait s'être envolé. Lui-même était assis sur un trottoir, les pieds dans une flaque dont il espéra qu'elle n'était pas de sang.

Une partie de lui-même se savait en état de choc. La bouche envahie d'un goût métallique, il était contraint de serrer les dents pour les empêcher de claquer et éprouvait cet engourdissement qui s'empare de vous quand vous vous soûlez.

Il avait bien conscience d'être assis sur le trottoir de Canal Street, avec le cadavre du vendeur de journaux dans les bras, à deux pas des restes de sa voiture. Il en avait conscience, bien qu'il ne cessât de revivre une autre scène remontant à une nuit de l'été précédent : prostré dans la même position, il étreignait une femme inanimée qu'il avait aimée et qui s'était effondrée sous ses yeux, victime d'une grenade le visant lui.

La mafia de Chicago avait tué Bridey Kinsella. L'affaire ayant été réglée, il ne comprenait pas pourquoi ils s'en prenaient de nouveau à lui.

— Pourquoi ? s'interrogea-t-il à voix haute, sans s'adresser à quiconque en particulier – sauf peut-être à Dieu, qui lui aussi semblait s'être envolé.

Fio s'accroupit à côté de lui.

— Day ? Lâche-le maintenant. L'ambulance est là.

— D'accord.

Mais il s'agrippait désespérément à la veste de velours maculée de sang du garçon.

Fio se pencha pour lui écarter les doigts un par un. D'autres mains emportèrent le corps de l'adolescent. Rourke se releva, mais il vacilla tant que son collègue s'empressa de le soutenir. Les gouttes qui dégoulinaient de ses cheveux coulaient dans ses yeux.

Fio le scrutait sous le bord de son chapeau troué. Rourke se sentit sourire – ou plutôt grimacer – malgré lui.

— C'était bien moi la cible. On t'a tiré dessus par ma faute, mon vieux. Désolé.

— Pas grave. Day, si on...

— Tu ne devrais donc pas trop t'approcher de moi pendant quelque temps. Je porte la poisse.

Fio eut un sourire qui s'apparenta lui aussi davantage à un rictus.

— Tu veux aller à l'hôpital ? Tu m'as l'air patraque.

Rourke fit signe que non et, ce faisant, eut l'impression que de l'eau clapotait à l'intérieur de sa tête.

— Je vais bien.

— Retournons au bureau, alors, pour discuter de tout ça. De toute façon, il faut qu'on rédige un rapport, et le chef tiendra certainement à nous étriller.

Rourke refusa.

— Vas-y, toi. Moi, il faut que j'aille à un enterrement.

— Oh, bonté divine !...

Devant l'inquiétude de son collègue, Rourke tenta d'adopter un comportement aussi normal que possible. Il rajusta sa veste, épousseta son pantalon, ramassa son chapeau tombé par terre près d'une bouche d'incendie. Puis il chercha sa Bearcat des yeux. Se rappelant alors qu'elle était détruite, il s'éloigna à pied.

Fio emprunta une voiture de patrouille et le rattrapa rapidement – une bonne initiative, dans la mesure où Rourke lui-même se rendait bien compte qu'il avançait d'une démarche mal assurée, toujours avec ce clapotis dans la tête.

Au cimetière de Girod Street, souvent la dernière demeure des pauvres et des protestants, s'entassaient misérablement les défunts. Plus de deux mille niches funéraires avaient été aménagées les unes au-dessus des autres dans des murs de brique blanchis à la chaux, à la manière des fours dans une boulangerie.

La porte de l'une d'elles venait de se refermer sur le cercueil en bois contenant la dépouille de Titus Dupre lorsque Fio stoppa son véhicule à proximité. Les musiciens, après avoir tendu les cordes de timbre de leurs grosses caisses, réglé leurs trombones à coulisse et porté leurs trompettes à leurs lèvres, s'étaient lancés dans une interprétation de *Didn't He Ramble.*

À la suite de l'orchestre, le cortège funèbre franchit le portail. Les gens dansaient et agitaient en rythme leurs parapluies afin d'accompagner l'âme de Titus dans son voyage vers Jésus.

Rourke attendit que Cornelius l'aperçoive. Celui-ci parut d'abord déterminé à l'ignorer, avant de se figer, vibrant de rage, et de laisser le cortège le dépasser. Rourke le rejoignit alors et l'entraîna vers l'abri dérisoire offert par les murs à demi éboulés du cimetière. Bien qu'il ne lui résistât pas, l'adolescent ne se donnait pas non plus la peine de masquer sa haine.

Day jeta un coup d'œil à Fio par-dessus son épaule et lui fit comprendre qu'il pouvait rester au volant de la voiture.

— Je veux te parler, déclara-t-il ensuite au garçon.

Cornelius lui opposa une mine faussement réjouie. La blancheur de ses dents tranchait avec le noir de sa peau et des gouttes brillaient dans ses longs cheveux emmêlés.

— Qu'est-ce que vous avez fabriqué, m'sieur l'inspecteur ? Vous avez tué le frère de quelqu'un d'autre, ce matin ? le nargua-t-il en fixant son torse.

Rourke baissa les yeux et, l'espace d'un instant, demeura interloqué à la vue de son costume gris et de sa chemise tachés de sang. Lui revint alors en mémoire l'image du corps qu'il avait extrait de sa Bearcat.

Cornelius ricana.

— Alors, qu'est-ce que vous avez à me dire ? Que vous avez grillé le mauvais nègre et que vous êtes désolé ? Putain ! mon frère avait jamais fait de mal à personne, même pas à un chien, mais les Blancs, hein, faut toujours que ça fasse la loi.

— Arrête.

L'enterrement avait attiré une foule de curieux, dont une majorité de Blancs qui s'attardaient maintenant devant les portes grillagées d'un bar voisin en commentant entre eux les éclats de voix du jeune garçon. Déjà, des courriers de lecteurs publiés dans les journaux signalaient que Mary Lou Trescher avait elle aussi été étranglée par une corde de ramoneur. Ils affirmaient que les jeunes filles blanches devenaient des proies pour les Noirs. Ils suggéraient que la police serait bien inspirée de s'intéresser de près au petit frère de Titus Dupre.

Ce dernier dédaigna l'avertissement de Rourke.

— Qu'un Blanc couche avec la femme d'un Noir, et tout le monde s'en fout, insista-t-il en haussant le ton. Mais Dieu vienne en aide au malheureux qui ose lui faire la même chose en retour. Le vrai problème dans l'histoire, le seul vrai problème qu'il y ait jamais eu, c'est que les Blancs veulent protéger leurs femmes contre le grand méchant loup noir.

— Ferme-la.

Rourke le saisit par la peau du cou et le plaqua contre le mur du cimetière, assez rudement pour donner à penser à la foule qu'il le molestait, et éviter ainsi qu'elle lui tombe dessus plus tard, quand Fio et lui seraient partis.

Il patienta encore un peu, puis le relâcha.

— Ferme-la, répéta-t-il, doucement cette fois. Sinon ta grand-mère aura bientôt une autre raison de pleurer.

La haine et la fureur déformaient les traits de Cornelius, mais il observa les esprits qui s'échauffaient devant le bar et se calma aussitôt.

— Ton frère a été accusé du meurtre de ces filles. Je veux que tu m'expliques par quel miracle à ton avis.

— C'est vous l'inspecteur. Pourquoi vous me demandez ça à moi ?

— Parce que je ne crois pas qu'il ait simplement été malchanceux.

Le garçon hésita, puis ses lèvres tremblèrent lorsqu'il acquiesça.

— Quand on embauchait Titus pour ramoner une cheminée, on en avait pour son argent, raconta-t-il. À côté de ça, il jouait super bien du violon et il pouvait battre n'importe qui aux dominos. Seulement, il détestait pas descendre un verre ou deux le samedi soir, et aussi frimer quand il avait un coup dans le nez. Il se prenait pour un Noir à part.

Les larmes se mêlaient à la pluie sur ses joues. Il ne doit même pas avoir conscience de pleurer, pensa Rourke.

— Il se figurait qu'avoir une Blanche dans son lit atténuerait sa couleur de peau, avoua Cornelius d'une voix brisée. Ce crétin.

— Bon Dieu…

Mercedes Bloom avait donc bien été avec Titus Dupre le soir de sa disparition, mais il n'y avait eu ni viol, ni provocation, ni rejet. Elle était allée à lui de son plein gré. Sauf que le garçon avait l'habitude de se vanter de ses exploits dans les bars. C'était plus fort que lui, il n'avait pu taire les faveurs que lui avait accordées une Blanche. Voilà pourquoi le véritable assassin des deux filles n'avait eu aucun mal à le piéger.

— Ils étaient amants, fit Rourke. Ton frère et Mercedes Bloom étaient amants.

— Vous pigerez jamais rien à rien, vous ! C'était l'autre. Cette salope de Duboche. Et c'était pas lui qui la baisait, mais l'inverse. Vous me direz, ça n'aurait fait aucune différence. Un nègre qui se tape une Blanche, il est juste bon à pendre pour vous. Même si c'est elle qui l'avait supplié.

— Pourquoi ne pas m'en avoir parlé plus tôt ? gronda Rourke.

La colère le submergea, si intense qu'il eut envie d'écraser son poing contre le mur. Mais elle céda presque aussitôt la place à la tristesse. Il désespérait parfois de comprendre la nature humaine.

— Ton frère a été traité de violeur dans une salle d'audience, il a croupi des mois en prison en attendant de mourir, et pas une seule fois il n'a clamé son innocence !

Le rire de Cornelius ressembla au bruit d'un bâton de noyer qui se brise.

— « Innocent », ça s'applique qu'aux Blancs. Vous êtes pas au courant ? On est nés dans le péché. Des nègres arrogants comme mon frère se font lyncher tous les jours juste pour avoir lorgné une Blanche. Si vous croyez que la vérité l'aurait libéré, vous tenez vraiment une sacrée couche !

Il en tenait une, en effet. La corde de ramoneur, les bérets des filles sous son matelas, ses fanfaronnades au bar – Titus Dupre aurait été arrêté malgré tout. Et aucune preuve du consentement de Nina Duboche à des rapports avec lui n'aurait pu rassurer un jury de douze hommes blancs, tous envahis d'une peur irrationnelle à l'idée que leurs femmes n'étaient plus en sécurité.

Absorbé dans ses réflexions, Rourke avait gardé les yeux rivés au sol, les mains dans les poches et le dos voûté. Il se redressa soudain et affronta le regard plein de hargne de Cornelius.

— J'aurais dû voir clair. J'aurais...

— Non, cracha l'adolescent. Ne me dites pas que vous regrettez ce que vous avez infligé à mon frère. Laissez-nous un peu de fierté.

Rourke opina du chef.

— Encore une chose, m'sieur l'inspecteur. Nina Duboche avait beau être une garce, mon idiot de frère l'aimait quand même. Il savait comment les gens la jugeraient s'ils apprenaient qu'elle avait couché avec un Noir et il se doutait que ça lui vaudrait de la taule, à lui. Mais elle avait beau être morte, il l'aimait encore.

Une bourrasque charria vers eux l'odeur de boue du fleuve et celle de noix pourries des pacaniers du cimetière. Le cortège funèbre s'en était allé depuis longtemps et la foule autour du bar se dispersait. Fio, sorti de la voiture, tentait d'allumer un Castle Morro.

— Ton frère a payé de sa vie un crime qu'il n'a pas commis, reconnut Rourke. Alors que le vrai coupable est toujours en liberté et continue de sévir. Si je le coince, ce ne sera pas une façon de m'excuser, mais d'égaliser le score.

Cornelius essuya ses joues mouillées du revers de la main.

— Pourquoi ? Pour que vous arriviez à dormir la nuit ? Qu'est-ce que j'en ai à foutre, moi, qu'il en massacre d'autres ? Il tue des Blanches ? Eh bien, j'espère qu'il les tuera toutes jusqu'à la dernière !

24

Remy Lelourie ôta à l'aide de son petit doigt le rouge à lèvres sur ses canines.

— Mon Dieu ! à ce rythme-là, le soleil se lèvera sur un jour nouveau avant qu'on y soit, commenta-t-elle alors que la Peerless progressait de quelques mètres puis s'immobilisait. Et aucun de nous n'ignore son effet sur les vampires...

Elle se tourna vers Rourke pour voir s'il souriait de sa petite plaisanterie, mais elle aurait tout aussi bien pu parler dans le vide. La voiture gagna encore quelques mètres.

Ils suivaient une parade de chars de carnaval et de musiciens. Dès que celle-ci parviendrait à hauteur du Saenger Theatre, la Peerless s'arrêterait et Remy ferait son apparition sur le tapis rouge. Canal Street grouillait de monde. Les défilés avaient valeur de religion à La Nouvelle-Orléans, et parce que les habitants adoraient se grimer, la plupart étaient costumés alors même qu'ils n'assisteraient pas au bal.

Remy passa la langue sur ses fausses dents. Elles l'agaçaient. Bien que moulées spécialement pour elle, elles ne cessaient de lui écorcher les lèvres et l'intérieur des joues. Elle avait oublié combien elle en avait souffert durant le tournage d'*Âmes perdues*, l'hiver précédent.

Pour parfaire sa tenue, elle s'était drapée du linceul blanc et de la cape noire dans lesquels son personnage était enterré dans le film. Les responsables du Saenger Theatre avaient souhaité que son escorte s'habille également en vampire, mais rien n'aurait pu inciter Daman Rourke à revêtir le moindre déguisement, pas même la promesse d'ébats amoureux avec une déesse du sexe. Il n'en avait pas moins une noble prestance avec sa queue-de-pie, sa cravate blanche et son haut-de-forme.

Remy tendit le bras par-dessus le siège de cuir bordeaux qui les séparait et, du dos de la main, elle caressa sa joue rasée de près.

— Tu t'es bien débarbouillé, le complimenta-t-elle.

Elle regretta aussitôt ses paroles. Elle avait seulement voulu lui signifier à la manière d'une midinette qu'elle le trouvait séduisant, mais, à en juger par son mouvement de recul, il avait dû supposer qu'elle faisait allusion au sang du vendeur de journaux.

Tu as dit au revoir à ton flic ce matin, Remy ?

Bien qu'il fût assis sain et sauf à côté d'elle, Remy ne s'était pas encore remise de la peur panique qui l'avait assaillie à ces mots. Sans se soucier de raccrocher, elle avait laissé tomber son téléphone par terre et couru demander à Hebert de la conduire au palais de justice – priant dans le même temps pour que l'inspecteur Daman Rourke soit à son bureau, sachant toutefois qu'il y était rarement, le lui reprochant soudain, et se persuadant que si elle ne le voyait pas là, tout de suite, elle n'y survivrait pas.

Elle commençait tout juste à estimer sa réaction excessive quand, à l'angle de North Rampart et de Canal Street, elle avait aperçu un camion qui remorquait la carcasse déchiquetée de la Bearcat. La rue fourmillait d'agents de police et de pompiers. Tous évoquaient une bombe, mais Rourke s'était volatilisé et personne n'avait la moindre idée de l'endroit où il était.

Elle l'avait donc attendu dans la salle des inspecteurs. Un scénario aurait pu brosser d'elle le portrait suivant : *Mlle Lelourie ne tient pas en place, elle marche de long en large, comme si demeurer trop longtemps immobile était pour elle synonyme de mort assurée. Elle a du mal à respirer, et son expression est celle d'une femme sur le point de s'effondrer.* Mais il ne s'agissait pas d'un film, elle ne jouait pas un rôle, et quand enfin il avait franchi la porte, couvert de sang de la tête aux pieds, elle se serait évanouie si cela avait été son genre. Sous l'effet de la frayeur qu'il lui avait causée, elle s'était un peu emportée.

Tu as dit au revoir à ton flic ce matin, Remy ?

Elle l'examina. Les stores de leurs vitres étaient baissés, mais Hebert avait allumé les lampes encastrées à l'arrière, de sorte qu'une douce lumière jaune ourlait les pommettes de son amant, l'arête de son nez, sa lèvre supérieure. C'est l'envers de l'extase que d'aimer quelqu'un à ce point, pensa-t-elle.

— Day…

Elle qui pleurait rarement pour de vrai sentit ses yeux s'embuer de larmes.

— Hé ! (Il l'attira contre lui et essuya ses joues avec son pouce.) Qu'est-ce que tu as ?

— Ma remarque était stupide. Je suis désolée.

Il secoua la tête.

— Tu sais… (Il continua à caresser sa joue, alors même que ses larmes s'étaient taries.)… la mort de ce gosse m'obsède, me rend malade, mais je m'apitoie en réalité aussi sur moi-même. Bon Dieu, j'adorais cette voiture !

— Tu l'appelais « bébé ».

Ils se sourirent. Puis, bien qu'elle eût une vitre de son côté, elle se pencha pour regarder par la sienne, appuyant ses mains sur sa cuisse, titillant…

— Un peu plus haut à droite, lui conseilla-t-il.

Elle rit et écarta légèrement le rideau de taffetas vert. Ils avaient presque atteint leur destination. Elle distinguait le tapis rouge ainsi que le maire, M. O'Keefe, posté près d'un ruban bleu, une paire de ciseaux géants à la main. Le nez en l'air, les badauds pressés le long du trottoir étaient en revanche captivés par un objet qui se découpait dans un ciel nocturne balayé de faisceaux lumineux violets.

— Seigneur, Day ! Je ne suis pas sûre que ma vanité puisse le supporter : quelque chose là dehors intéresse les gens plus que moi ! (Elle se coucha davantage encore sur ses genoux pour s'approcher du coin de la vitre et contempler la bruine déversée par des nuages noirs.) Mais qu'est-ce qu'ils admirent tous ?

— Un crétin... (Il haleta lorsqu'elle gigota de nouveau en prétendant essayer de mieux voir.) Un crétin qui n'a même pas assez de jugeote pour descendre de son mât et se mettre à l'abri quand il pleut.

Un fou rire irrépressible s'empara d'eux. Et parce que l'on ne peut vivre constamment dans l'angoisse, ils évacuèrent ainsi une partie de la leur.

Remy se détacha de lui pour effleurer son visage du bout des doigts et en suivre tous les reliefs comme si elle comptait ensuite le sculpter de mémoire.

— Je ne dois pas être assez blindée, finalement. Quand j'ai vu ce qu'il avait fait à la Cat et que j'ai pensé t'avoir perdu...

— Chhhut. Je suis là, bébé.

Il prit son visage entre ses mains, mais avant qu'il ait eu le temps de l'embrasser, la portière s'ouvrit sur un concert de « Re-my, Re-my, Re-my Le-lourie ». Des dizaines de flashs crépitèrent.

Rourke sortit le premier et lui tendit la main. Arrangeant sa cape autour d'elle, Remy émergea de la Peerless et marqua une pause au pied du tapis rouge, afin de permettre aux journalistes d'effectuer leurs photos. Elle s'enivra de l'admiration et de l'adoration de cette foule, dont les cris déferlaient par vagues successives, comme le sang dans le cœur.

Elle sourit.

Le Saenger Theatre était salué par ses bâtisseurs comme « un palais des merveilles florentin », et, pour avoir déjà séjourné dans un vrai, Remy reconnut que cette réputation n'était pas usurpée. Elle s'imagina soudain transportée de nuit dans une piazza de rêve. Des statues bordaient le sommet des loges, elles-mêmes décorées de frises et de colonnettes ; l'eau coulait en cascade dans des fontaines de marbre et, au-dessus de leurs têtes, de petites lampes étincelaient comme autant d'étoiles au milieu du plafond bleu azur.

Le propriétaire des lieux prononça un discours sur l'avant-scène, avant de céder la place à Remy. Puis, au moment où elle s'apprêtait à appuyer sur le bouton destiné à lever l'épais rideau de velours rouge, un homme déguisé en vampire surgit de derrière celui-ci et fondit sur elle. Il l'enveloppa dans sa cape de satin noir, la renversa sur son bras et enfonça ses canines dans son cou, déclenchant les soupirs et les hurlements de l'assistance.

— Bon sang, je n'arrive pas à croire que ce soit toi ! s'écria Remy alors qu'ils quittaient la scène en courant sous un tonnerre d'applaudissements. Monstre ! j'ai failli avoir une crise cardiaque !

— Remy chérie, rétorqua le vampire une fois dans les coulisses. J'avais oublié combien il est agréable de te sucer.

Elle fit mine de lui décocher un coup de poing en pouffant.

— Tu es pire qu'un monstre. Tu es... un monstre vulgaire, trancha-t-elle faute de mieux.

Hugh Granger cracha ses fausses dents dans sa main et massa ses lèvres – lesquelles avaient troublé le cœur de milliers de femmes à travers le pays.

— Merde ! j'avais aussi oublié comme ces trucs-là font mal, pesta-t-il.

— Qu'est-ce qui t'amène à La Nouvelle-Orléans ? Tu ne devais pas tourner un western au Mexique ?

— J'ai terminé il y a trois semaines, et quand le studio m'a demandé d'être présent à cette soirée assommante... (Il haussa élégamment les épaules.) J'ai décidé de les obliger pour une fois. (Il feignit de sursauter.) Seigneur, aurais-je pris de bonnes résolutions ?

— Tu parles !

Elle saisit ses mains, les pressa entre les siennes, puis recula pour le contempler. L'expression « beau brun ténébreux » semblait avoir été inventée pour lui. Il possédait une beauté si classique et aristocratique – front haut, pommettes saillantes, grande bouche et nez fin – qu'on lui confiait presque toujours les rôles de « ducs sanguinaires », comme il les appelait. Son comportement hautain vis-à-vis de la presse et de ses fans ne contribuait qu'à renforcer cette image.

Il avait fallu un mois à Remy, après l'avoir rencontré sur le plateau des *Âmes perdues*, pour apprendre à le connaître. Elle s'était alors aperçue que cette vanité et ce dédain apparents masquaient en réalité une profonde réserve, et qu'il pouvait se montrer charmant, drôle et adorable lorsqu'on savait le mettre en confiance. Pour autant – et peut-être parce qu'elle-même en avait érigé une autour d'elle – elle devinait entre lui et le monde une barrière opaque derrière laquelle même ses amis les plus proches n'étaient pas autorisés à s'aventurer.

— Oh, Hugh ! Je suis si contente de te voir, lui avoua-t-elle. Dès que cette « soirée assommante » sera finie, je t'emmènerai chez moi et on papotera devant l'un de mes célèbres *mint juleps*.

— C'est-à-dire que...

— Tu as déjà rendez-vous avec quelqu'un ce soir ?

— Oui. Enfin, plus ou moins, admit-il, et, sous le regard secrètement ravi de Remy, il rougit un peu.

Elle sourit et se dressa sur la pointe des pieds pour l'embrasser sur la joue.

— Pas grave, ce n'est que partie remise, le rassura-t-elle dans un murmure.

Les lumières faiblissaient, et il régnait à présent un tel silence dans la salle que l'on perçut le cliquètement de la bande-amorce dans le projecteur.

Puis l'organiste plaqua le premier accord de la musique

inquiétante composée pour le film, en même temps qu'apparaissait à l'écran cet intertitre :

Dans un château perdu au fin fond de la Transylvanie...

À la fin de la séance, ils passèrent dans un foyer croulant sous les dorures et les miroirs, où un orchestre de jazz interprétait *Dixie*. Des serveurs allaient et venaient avec des plateaux chargés de jus de fruits, et, en l'espace de quelques secondes, des flasques à alcool émergèrent des poches, des ceintures, des jarretières, et même des chapeaux. Les tables du buffet gémissaient quant à elles sous le poids des haricots blancs épicés à la sauce tomate, du poulet frit, des pommes chips et des gâteaux à la noix de coco.

Presque tout le monde était déguisé : il y avait des femmes de harem accompagnées de leurs cheiks, des cow-boys et des Indiennes, des matadors et des danseuses de flamenco. Un restant de peur étreignit Remy à la vue d'un Roméo bras dessus, bras dessous avec sa Juliette. Ce garçon était toutefois trop jeune par rapport à la voix du téléphone, sans compter qu'il portait un regard énamouré sur la jeune fille à son côté.

Elle fit signe à Freddy Ramon. Celui-ci avait choisi une tenue d'arlequin, mais elle remarqua ensuite un cameraman des studios Bright Lights, ainsi qu'un technicien du son et un assistant réalisateur, tous vêtus comme lui – avec des chemises à carreaux noirs et blancs, des pantalons bouffants, de grandes chaussures et de grotesques chapeaux pointus surmontés de pompons rouges. Les publicitaires du studio avaient apparemment décrété que toute l'équipe de *Fine Lame*, hormis elle, devrait s'afficher ainsi à la soirée.

— Quel rapport entre Arlequin et les pirates ? s'étonna-t-elle.

Rourke ne l'avait pas entendue, trop occupé à scruter la foule autour d'eux, comme s'il s'attendait à identifier Roméo dès l'instant où ses yeux se poseraient sur lui. Il émanait de lui une chaleur, une violence à peine contenue.

Il ne la lâcha pas d'une semelle tandis qu'elle signait des autographes et échangeait quelques politesses avec les dignitaires et les invités de marque. Elle aussi sentait la présence de Roméo à proximité, aussi sûrement qu'elle sentait l'air sur sa peau nue.

C'est alors qu'une main d'homme l'attrapa par le coude, manquant la faire sauter au plafond.

— Pourquoi es-tu si nerveuse, chérie ? s'enquit Peter Kohl en se glissant devant elle.

— Peter... (Elle sourit, malgré les battements affolés de son cœur.) Tu ne devrais pas t'approcher des filles aussi sournoisement. Surtout quand elles ont de grandes dents bien aiguisées pour te mordre.

Avec sa barbe pointue et son monocle, il avait l'air un tantinet ridicule dans son costume d'arlequin. Elle lui offrit sa main à baiser.

Il la saisit, mais la retourna pour embrasser sa paume.

— Remy chérie. Tu ressembles à une morte vivante.

— Peter. Chéri. Tes mots sont un pieu dans mon cœur, rétorqua-t-elle, cependant que Rourke grognait derrière eux.

— Rourke, le salua le réalisateur.

— Kohl.

La première fois qu'elle les avait présentés l'un à l'autre, ils s'étaient jaugés à distance respectable, comme deux chiens convoitant le même os dans une ruelle, et ils auraient probablement recommencé ce soir-là s'ils avaient eu la place nécessaire.

L'orchestre jouait à présent *Runnin' Wild*, et plusieurs couples essayaient de danser le charleston au milieu de la foule. On l'interpellait de toutes parts. *Hé, Remy... Souriez, Remy... Ici, Remy...* Les flashs crépitaient sans répit. Tel un manège incontrôlable, le foyer n'était plus qu'un tourbillon d'éclairs colorés, de lumières et de bruits.

Les yeux toujours rivés sur Rourke, Peter Kohl chercha à tâtons un étui dans la poche de son costume. Il alluma une cigarette, tira une première bouffée.

— Tu as croisé Max, ce soir ? lança-t-il ensuite à Remy. Il a un film parfait pour toi. Une histoire de gangster dans laquelle une jolie fille tombe amoureuse de l'agent du FBI qui traque son frère. Et si *Le Chanteur de Jazz* n'est pas sifflé dans les salles ce mois-ci, Max proposait d'utiliser le système Vitaphone pour quelques scènes. Tu pourrais par exemple chanter sur un piano, ou un truc du genre.

— Bon sang, Peter ! s'esclaffa-t-elle. Tu sais très bien que je n'ai pas du tout l'oreille musicale.

— Je n'en crois rien, ma chère. Il n'existe pas un rôle dont tu ne puisses te sortir en beauté. (Il s'adressa alors à un autre arlequin qui s'avançait vers eux avec un timing trop parfait pour ne pas avoir été calculé.) N'est-ce pas, Max ?

Remy n'avait jamais vu Max Leeland porter autre chose qu'un complet bon marché, mais son déguisement ce soir-là aurait pu être arboré par le Roi-Soleil lui-même lors d'un bal masqué à Versailles. Les carreaux noirs et blancs de sa chemise étaient en soie et brodés de fils d'or, tandis que les boutons sur le devant, de la taille de pruneaux, semblaient avoir été sculptés dans du jade noir et incrustés de véritables perles.

Ce devait donc être sur ses ordres que tout le personnel de Bright Lights avait adopté la même tenue. Elle s'interrogea sur ce qu'il entendait lui signifier par là. Que le monde était peuplé de clowns ? Que ses productions relevaient davantage du divertissement que de l'art ? Qu'il détenait assez de pouvoir pour obliger toute l'équipe d'un film à s'habiller à sa convenance ?

Le patron du studio la fixa d'un œil noir par-dessous l'épais rebord de ses sourcils. Il n'avait rien d'un homme séduisant – et n'avait même jamais tenté de s'en donner l'apparence.

— Vous savez où je loge, mademoiselle Lelourie. À l'hôtel Roosevelt. J'y serai jusqu'à la fin de la semaine. Je compte sur vous pour me ramener le contrat signé avant mon départ. Kohl, j'ai un mot à vous dire.

Et il s'éloigna sans même un « bonsoir ».

Le réalisateur haussa les épaules et lui emboîta le pas.

Rourke n'avait pas bougé d'un pouce, comme pétrifié. Redoutant d'affronter son regard, Remy s'empara d'un verre sur un plateau. Des convives avaient formé une ligne pour danser la conga et, au son d'un tam-tam endiablé, ils serpentaient entre les tables, rejoints au fur et à mesure par d'autres personnes.

— Seigneur, plaisanta-t-elle en agitant la main devant elle pour s'éventer. Vous grattiez le sol et renâcliez comme des taureaux dans une arène, Peter et toi !

— De quel contrat parlait-il ?

— Ce n'est rien, Day. Je n'ai pas l'intention de le signer.

Elle avala une gorgée de son jus de fruits. Il était si sucré qu'elle faillit s'étrangler. Devant le silence de Rourke, elle se tourna vers lui.

— Tu crois que je n'ai pas saisi ce que tu ressentais sur le tapis rouge ? grinça-t-il en affichant sa mine de flic. Rien ne peut se comparer à la poussée d'adrénaline qu'on éprouve à dominer ainsi le monde. Tu ne peux pas renoncer à être Remy Lelourie pour moi. Tu ne peux pas m'imposer un tel fardeau. Et surtout, tu ne peux pas te l'imposer à toi-même.

Elle s'écarta, ravalant les larmes qui avaient menacé de perler à ses yeux toute la soirée.

— Est-ce bien le moment et l'endroit pour aborder le sujet ?

— Ma foi, ironisa-t-il, je n'allais tout de même pas attendre que tu sois partie pour faire étalage de ma noblesse d'âme.

Elle voulut sourire elle aussi, mais n'y parvint pas. Il venait de lui avouer qu'il comprenait et qu'il avait déjà accepté l'inévitable : elle l'abandonnerait bientôt. Elle voulut le détromper, de la même façon qu'on croise les doigts pour conjurer le mauvais sort.

— Je ne…

Mais elle n'eut pas le loisir de s'expliquer car la ronde des danseurs se faufila entre eux et les sépara. Un homme déguisé en pirate bouscula Remy et renversa son punch sur elle. Quelqu'un l'attrapa par le bras. Elle crut que la personne s'efforçait juste de retrouver l'équilibre quand une vive douleur la fit hurler.

Brisant la file, Rourke fut aussitôt à côté d'elle.

— Mon bras…, articula-t-elle en le levant.

Une entaille, petite mais profonde, saignait dans le creux de son coude.

— Nom de Dieu !…

Rourke appliqua son mouchoir contre la blessure.

— Tiens ça et ramène ton bras contre toi. Voilà…

Il la sonda du regard, et elle fut curieuse de savoir ce qu'il lisait en elle. Elle se sentait bizarrement détachée, comme si elle s'était observée jouant dans l'un de ses films.

— Tu ferais mieux de respirer, chérie, lui recommanda-t-il.

Elle obéit mais, en proie à un vertige, vacilla – ce qui la rendit furieuse. Elle n'était pas du genre à s'évanouir.

Il repoussa ses cheveux en arrière, effleura sa joue.

— Remy. Bon Dieu, bébé… Je déteste avoir à te demander ça, mais tu as remarqué quelque chose ?

Elle ferma les yeux pour revivre mentalement la scène.

— C'est arrivé si vite, un peu comme quand il fait nuit noire et qu'un éclair permet d'entrevoir une pièce. Il avait une sorte de couteau, mais très étrange, avec une pointe recourbée. On aurait dit un ouvre-boîtes. Et sa manche… Il me semble avoir distingué du noir et du blanc. (Elle écarquilla les yeux, surprise d'être si affectée à l'idée qu'un membre de son entourage ait pu s'attaquer à elle.) L'un des arlequins peut-être.

— Cet endroit pullule d'arlequins.

Curieusement, ils n'en aperçurent aucun lorsqu'ils examinèrent les gens qui discutaient, dansaient et buvaient en petits groupes autour d'eux. Remy avisa Garrison Hughes, du magazine *The Movies*. Le reporter agita la main dans sa direction et braqua son appareil photo sur elle. Rourke s'avança vers lui.

— Hé…, protesta-t-il en reculant de quelques pas.

Devant la mine déterminée de l'inspecteur, il fit demi-tour et fendit sans ménagement la foule, talonné par Rourke et un peu plus loin derrière par Remy.

Les deux hommes s'engouffrèrent dans les toilettes pour hommes. Hésitante, la jeune femme s'arrêta devant la porte. La voix de Garrison Hughes lui parvint alors, fêlée et haut perchée.

— J'ai le droit d'être ici, s'écriait-il. Je suis journaliste. On me *réclame* des photos !

— Ne lui fais pas de mal, Day, intervint-elle en entrant.

— Ce n'était pas mon but, la rassura-t-il, visiblement blessé qu'elle l'en ait cru capable.

Les mains dans le dos, il s'appuyait contre le lavabo, tandis que Garrison Hughes lui faisait face de l'autre côté de la pièce, près des urinoirs. Mais il arborait ce sourire si effrayant qui était parfois le sien.

— Moi aussi, je veux des photos, Hughes, déclara-t-il. Je vous paierai même cent dollars en échange de ce service.

Le journaliste en resta bouche bée. Remy non plus ne masqua pas sa surprise. Cent dollars pour quelques heures de travail, voilà qui était très généreux, même pour Rourke qui arrondissait bien son salaire en jouant aux cartes et en pariant sur les courses de chevaux.

L'instinct de reporter de Garrison Hughes ne tarda pas à reprendre le dessus et il tourna la tête vers Remy. Découvrant alors la manière dont elle serrait son bras contre elle et les taches de sang sur le carrelage blanc, il haussa les sourcils.

— Nom de Dieu…

Rourke s'écarta du lavabo et se dirigea vers lui tel un boxeur vers son adversaire.

— Vous seriez d'un très grand secours à Mlle Lelourie et à la police en photographiant chaque invité que vous verrez vêtu d'un costume d'arlequin et en obtenant si possible son nom.

Le journaliste scruta Rourke et Remy tour à tour, puis acquiesça.

— Oui, pas de problème. Tout le monde rêve d'avoir sa photo dans *The Movies* avec son nom écrit correctement en dessous. Mais je veux toute l'histoire. En exclusivité. Et en plus des cent dollars.

— Bien sûr. Seulement, c'est moi qui déciderai quand. Maintenant, dégagez.

Remy entendait presque le cerveau du reporter bouillonner. Il pouvait leur faire confiance et récolter le scoop de sa vie. Mais à trop retarder la révélation des rares éléments qu'il détenait, il risquait d'être pris de vitesse par un concurrent.

Il finit par accepter, à contrecœur.

— D'accord, mais quand et comment…

— Je vous contacterai, le coupa Rourke.

Il attendit que la porte se soit refermée derrière Hughes pour s'approcher de Remy.

— Laisse-moi jeter un œil à ton bras, dit-il en l'approchant de la lumière. La blessure est assez profonde. Il vaudrait peut-être mieux qu'un médecin l'examine.

À présent qu'elle saignait moins, Remy constata qu'elle avait été piquée plus que coupée par l'étrange petite lame. Elle s'étonna de ne pas souffrir davantage.

— Ce n'est pas très grave, objecta-t-elle. Et puis, on me reconnaîtra dès l'instant où je franchirai le seuil d'un hôpital, et l'affaire fera un tel bruit que les journaux ne manqueront pas de s'en emparer.

— Bon, très bien. Ça va aller, lui promit-il.

Dans le même temps, ses mains couraient sur son cou, sa taille, ses bras, puis s'immobilisèrent sur ses épaules.

— Il est en train de gagner, Day. J'ai peur maintenant.

— Bon Dieu… (Il crispa les doigts et se pencha jusqu'à ce que leurs fronts se touchent.) Sortons d'ici. Je te raccompagne chez moi et tu logeras là tant que tout ça ne sera pas terminé.

Ils quittèrent le Saenger Theatre par une porte de service ouvrant sur Rampart Street. L'eau gouttait des réverbères, des enseignes des magasins et des stores, mais une lune éclatante perçait derrière les nuages. L'air purifié et parfumé par la pluie avait fraîchi, et Remy s'enveloppa plus étroitement dans sa cape.

La rue était quasi déserte à cet endroit. Au bord du trottoir, à côté de deux voitures de patrouille dont le moteur tournait au ralenti, trois agents en uniforme vidaient une flasque dans leur café.

Hebert n'avait pas reçu l'ordre de revenir avec la Peerless avant plusieurs heures, mais, Conti Street ne se trouvant qu'à quelques centaines de mètres de là, Rourke prit Remy par la main afin de l'y conduire à pied.

Un cri retentit soudain derrière eux. Un quatrième agent accourait depuis Canal Street en plaquant sa matraque contre sa taille pour l'empêcher de heurter ses jambes.

Les policiers vociférèrent, puis deux d'entre eux s'engouffrèrent dans l'une des voitures, qui partit aussitôt, sirène hurlante et phares allumés.

Rourke lâcha Remy et plongea la main dans la poche de sa veste en se hâtant vers les deux agents restés là.

— B'soir, inspecteur Rourke, lança l'un des hommes avant qu'il ait eu le temps de présenter son insigne. Mademoiselle Lelourie, ajouta-t-il en rougissant. Comment était la soirée ?

— Du tonnerre, répliqua Rourke. Que se passe-t-il ?

— Oh ! des gars du Klan se sont mis dans la tête de casser du nègre dans le quartier des Dryades. La patrouille du secteur vient de donner l'alerte : ils ont alpagué un Noir dans un bar de Felicity Street et la situation commence à dégénérer.

— Merde. Bon… c'est votre voiture ? Je vous l'emprunte, mais je veux que vous me suiviez. (Il esquissa un pas vers le véhicule, puis se tourna vers Remy.) Écoute, il faut que je… Les Dupre habitent dans cette rue.

Il la fixait, mais sans vraiment la voir. Il envisageait plusieurs scénarios dans sa tête. Elle savait qu'il rechignerait à la laisser là dans la mesure où Roméo se promenait peut-être encore à l'intérieur du cinéma, mais il ne voudrait pas non plus l'emmener affronter le Klu Klux Klan.

Devançant sa décision, elle ouvrit la portière de la voiture et grimpa dedans.

25

Rourke brancha la sirène en s'engageant dans Canal Street et fonça vers le fleuve. Le crachin qui tombait brillait comme du verre filé sous les faisceaux lumineux du gyrophare et les néons de la ville se succédaient tels des fantômes dans la brume.

Le quartier des Dryades se composait essentiellement de maisons victoriennes occupées par des familles ouvrières juives, italiennes ou de couleur. La partie de Felicity Street comprise entre St. Charles et Baronne Street était celle où les mamas noires faisaient leurs courses – et où leurs hommes venaient boire.

Les ennuis se profilèrent dès l'instant où ils bifurquèrent dans la rue. Une vingtaine d'individus agités et bruyants se pressaient devant un bâtiment de brique couvert de glycines qui, après avoir accueilli une école durant ses belles années, abritait à présent un bar miteux. L'endroit était flanqué d'une quincaillerie fermée et d'un cinéma dont les lumières s'éteignirent dès que Rourke pila dans un crissement de pneus.

Il sauta de voiture, aussitôt rejoint par les deux autres policiers, matraque au poing.

S'ils appartenaient au Klu Klux Klan, les forcenés regroupés là n'en avaient pas les longues robes ni les cagoules coniques blanches. Quelques-uns brandissaient des lattes et l'un d'entre eux semblait même armé d'un crochet à foin, mais la plupart n'avaient que des bouteilles de bière à la main. Reste qu'ils ne s'étaient pas dispersés à leur arrivée et que, chose étrange, la patrouille qui avait signalé leur rassemblement n'était visible nulle part, pas plus que la première voiture à être partie de Rampart Street. Tout cela n'augurait rien de bon.

Rourke se dirigeait vers eux lorsque, se ravisant, il retourna à la voiture et se pencha à l'intérieur par la vitre arrière. Il savait Remy Lelourie capable de contempler la mort en face en riant, aussi ne fut-il guère surpris de la voir avec un tube de rouge à lèvres devant l'un de ces miroirs de poche dont les femmes ne se séparent jamais. Elle avait ôté ses dents de vampire.

— Remy...

— Ne t'inquiète pas, Day, dit-elle en tamponnant sa lèvre inférieure avec son petit doigt. Je suis toujours à l'heure, je ne rate jamais mes marques, et je n'ai pas mon pareil pour ravir la vedette aux autres.

— Très bien.

Il recula en se demandant de quoi elle pouvait bien parler.

Le ton monta parmi les hommes du Klan. Rourke dégrafa son holster, dégaina son revolver, mais garda le bras ballant, le canon de son arme pointé vers le sol.

— Je vais tenter un énorme coup de bluff, annonça-t-il à voix basse aux deux agents qui le suivaient un pas en retrait. Alors ne tirez pas et ne frappez personne. Sauf si je me mets à hurler en m'écroulant.

À mesure qu'il se rapprochait du bar, il aperçut tout un attirail de ramoneur éparpillé dans le caniveau : des balais, des brosses, des poids, des rouleaux de corde et des fagots. Un haut-de-forme noir avait été piétiné et, à en juger par son aspect, quelqu'un avait uriné dessus.

Il passa devant un réverbère qui projeta son ombre sur le trottoir. L'arrière du groupe le vit, ou tout du moins le sentit arriver, et s'écarta sans regimber.

Cornelius Dupre se trouvait au milieu, une corde autour du

cou. Il s'était visiblement battu et résistait encore de toutes ses forces aux deux hommes qui le tenaient par les bras – d'un côté un grand rustre bedonnant aux joues flasques et aux yeux marron boueux, de l'autre un borgne dont les commissures des lèvres étaient blanches de salive séchée.

Le garçon posa sur Rourke le regard fou d'un animal pris au piège.

— Vous êtes venu les aider à me lyncher, m'sieur l'inspecteur ? C'est comme ça que vous égalisez...

Un coup dans le ventre le réduisit au silence.

— Lâchez-le maintenant, exigea Rourke. Vous le regretteriez sinon.

Il s'attendait à être défié par le rustre et le borgne, mais à ce moment, derrière lui, une voix s'éleva, forte et imbibée d'alcool.

— Vous avez grillé le mauvais nègre.

Rourke pivota en évitant de tourner le dos aux deux autres. Il reconnut d'emblée le satané type à la chemise jaune et aux bretelles violettes.

Ce dernier s'avança d'un air menaçant. Il ne possédait pas d'autre arme que ses poings, mais il était imposant et trop empli de haine pour être raisonné.

— On en a marre que ces noirauds de ramoneurs étranglent et violent nos femmes, gronda-t-il. Ce soir, on fait ce qu'on a à faire.

Rourke braqua alors son revolver entre ses deux yeux. Sans un mot, il déplaça le chien en arrière avec son pouce. Le déclic qui accompagna son geste parut assourdissant dans le silence tombé soudain sur le groupe.

L'homme cracha de biais et s'essuya la bouche.

— Vous pouvez pas nous tuer tous.

— Ce ne sera pas nécessaire, sourit Rourke. Je me contenterai de vous.

Les secondes s'écoulèrent lentement. Il percevait l'odeur de sueur de l'individu et l'entendait déglutir et souffler. Du coin de l'œil, il nota que l'un des policiers serrait plus fort sa matraque.

Quelqu'un heurta du pied une bouteille de bière vide qui roula par terre. La tension du moment s'estompa. Ces types ne me sauteront peut-être pas dessus pour me tailler en pièces, estima Rourke, mais ils n'accepteront pas que Cornelius soit épargné.

Des sirènes hurlèrent au loin. L'enragé à la chemise jaune banda ses muscles, et Rourke comprit qu'il allait tenter de lui arracher son revolver. Tout à coup, l'homme fixa un point derrière lui, frappé de stupeur.

Remy Lelourie émergea de la brume telle une apparition sortie d'un cimetière, vêtue de sa cape noire et son linceul blanc. Son visage en revanche n'autorisait pas le moindre doute : c'était celui que tous avaient déjà admiré sur grand écran.

Elle se fraya un chemin jusqu'à Cornelius, avec la mine émerveillée et espiègle d'une Cendrillon se rendant au bal en citrouille magique.

— Messieurs, je suis fascinée, déclara-t-elle avec un accent créole plus prononcé qu'à l'ordinaire. Abasourdie même, car si tout cela ne correspond pas exactement au scénario de l'un de mes films…

— Nom de Dieu ! soupira quelqu'un, avant de gémir lorsque son voisin lui assena un coup dans le ventre avec son gant de base-ball.

À croire qu'il s'amusait avec son gamin quand on l'avait appelé à participer au lynchage, pensa Rourke.

— Excusez-le, m'dame, bafouilla le personnage en question. C'est juste que… vous êtes vraiment Remy Lelourie ?

Elle riva sur lui ses yeux de chat jusqu'à ce qu'il se dandine sur place, et lui décocha alors ce large sourire qui n'appartenait qu'à elle.

— Oh, allons, vous vous moquez de moi !

Rourke l'observait déployer tout son charme devant ces hommes. Elle se tourna vers chacun d'eux et les envoûta un à un par son seul regard. Puis vint le tour de l'homme à la chemise jaune.

— *Oh, Susannah !* est le film auquel je faisais allusion, expliqua-t-elle. L'avez-vous vu, monsieur ?

Et lui qui, quelques instants plus tôt, avait affronté sans broncher le canon d'un calibre 38 baissa la tête en marmonnant :

— Non, m'dame.

— Ce n'est pas grave, l'excusa-t-elle. Je vais vous raconter l'histoire, d'accord ? Susannah est une danseuse de saloon – mais avec un cœur d'or, bien sûr. Et dans la ville où elle habite se prépare une fusillade entre le beau hors-la-loi dont elle est amoureuse et le sale shérif corrompu et ses six adjoints. Brusquement, elle a une idée pour les inciter tous à rengainer leurs pistolets et prévenir ainsi un bain de sang.

Le groupe la dévisageait avec l'air de ne pas savoir s'il devait s'identifier au beau fugitif ou au méchant shérif. Cela ne revêtait cependant plus la moindre importance car Remy les menait par le bout du nez.

Dans le même temps, elle les écartait peu à peu de Cornelius Dupre. Rourke en profita pour se rapprocher discrètement du garçon.

— Son idée, enchaîna Remy, consiste à organiser une vente aux enchères : le plus offrant gagnera une danse avec elle... Monsieur ? pourquoi ne joueriez-vous pas le rôle du commissaire-priseur ? (Elle glissa son bras sous celui du rustre aux joues pendantes puis s'éloigna d'un pas. Subjugué, il la suivit et lâcha Cornelius sans même y penser.) Tout l'argent que nous récolterons ira à la mère de Mary Lou Trescher. Vous, monsieur, proposa-t-elle au borgne, voulez-vous bien fixer la mise à prix à cinq *cents* ?

L'homme oublia lui aussi Cornelius et s'avança vers elle, aux anges. Il tendit le cou, tordit la bouche et bégaya tant et si bien qu'il postillonna.

— Oh, bon sang ! protesta son compagnon. Priez pour qu'il ne fasse pas monter les enchères ! Il danse aussi mal qu'il parle.

Hé, vous autres ! beugla-t-il en agitant le bras. Qui me donnera cinq *cents* pour une danse avec la superbe Remy Lelourie ?

— Sacré nom, j't'en file dix ! lança un vieillard.

Sitôt libre, Cornelius Dupre tenta de fuir à toutes jambes, mais Rourke le rattrapa et le traîna vers la voiture de patrouille. Les deux agents leur emboîtèrent le pas en les couvrant.

La discussion allait bon train derrière eux.

— Hé, attendez ! objectait le rustre. Avec quoi on fera de la musique ?

— J'ai un harmonica, lui rétorqua un autre.

Rourke secoua Cornelius qui se débattait.

— Tiens-toi tranquille maintenant.

— Vous m'emmenez où ?

— En prison. (L'un des policiers se glissa au volant tandis que Rourke ouvrait la portière arrière et poussait Cornelius à l'intérieur.) Tant qu'on n'aura pas débarrassé la ville du type qui tue ces filles, c'est là que tu seras le plus en sécurité.

L'adolescent se carra contre la vitre opposée et croisa les bras sur son ventre.

— Peuh ! Dites ça à mon frère.

Deux véhicules de police déboulèrent de l'angle de St. Charles, mais les mêmes hommes qui s'étaient apprêtés à lyncher un garçon de quinze ans riaient et dansaient maintenant en tapant des mains sur l'air de *Oh, Susannah !*, interprété à l'harmonica. Stars de leur propre scénario. Le pire avait été évité de justesse quand Remy Lelourie, avec un timing impeccable, avait comme promis ravi la vedette à Rourke.

Celui-ci demanda aux agents d'embarquer leur « témoin capital » et de le mettre au secret au commissariat de Mid-City.

Puis il claqua la portière et le véhicule démarra. Il ne put alors s'empêcher de s'esclaffer à la vue du gamin. Celui-ci le fusillait du regard par la lunette arrière, visiblement peu reconnaissant à la police de l'avoir sauvé.

En entendant mugir les sirènes à deux pas de l'avenue St. Charles, Floriane de Lassus Layton avait eu un moment de panique à l'idée que la police venait la chercher.

Non pas qu'elle eût commis un crime – à moins que l'on ne qualifiât ainsi l'amour qu'elle portait à une autre femme… à d'autres femmes –, mais quand la culpabilité vous ronge au point que vous l'exsudez par tous les pores, alors vous n'avez plus depuis longtemps besoin d'une raison pour avoir peur.

Le vacarme s'estompa au bout de quelques minutes et elle sourit de sa stupidité. Pourtant, tandis qu'elle déambulait dans son salon en tapotant des coussins et en redressant ici un livre, là un tableau, elle sentit son cœur cogner encore dans sa poitrine.

L'horloge de son grand-père fit retentir son carillon, et elle sursauta si violemment qu'elle manqua renverser le vase d'opaline rempli de roses posé sur le manteau de la cheminée. Alors même qu'elle lui faisait face, et donc qu'elle pouvait lire l'heure, elle compta les *bong* à voix haute, à la façon d'un rituel. Il lui avait dit qu'il partirait de son club à vingt et une heures, mais il était peut-être en retard. Comme souvent.

Il tiendrait tout de même à ce que son verre de bourbon soit prêt et à ce que le feu brûle dans la cheminée en rentrant car la nuit était fraîche.

La sagesse commandait de ne pas le décevoir.

Elle demeura assise sur le canapé de soie vert et crème, telle une dame respectable guettant la visite d'un gentilhomme. Elle ne bougea pas lorsque l'horloge sonna vingt-deux heures, puis vingt-trois, puis minuit. Et quand enfin il arriva, elle ne lui avait pas préparé son bourbon et le feu s'était éteint. L'attente paraissait l'avoir pétrifiée.

Elle observa son mari marcher vers la carafe et se servir un verre. Elle haïssait son assurance, tout en la redoutant.

Le sourire aux lèvres, il lui porta un toast.

— Ah, Flo, ma chère ! Quelle tendre épouse tu fais. Tu as veillé si tard rien que pour moi !

— Non, Bertie.

Son sourire se crispa.

— Non quoi ?

— Je ne suis pas une tendre épouse.

Il se détendit, mais ses yeux brillaient d'un éclat dur.

— Ça, ma chère, c'est une évidence depuis longtemps.

Elle s'était remémoré le passé en patientant sur ce canapé. Elle s'était remémoré la première fois qu'elle l'avait vu. L'air joyeux, il courait sur une pelouse, une raquette de tennis à la main. Le ciel était d'un bleu froid délavé par le soleil, une brise salée soufflait dans ses cheveux roux, et peut-être était-ce parce qu'il incarnait tout ce qu'elle était censée rechercher chez un homme qu'elle l'avait désiré.

Elle s'était aussi rappelé le jour où, de retour dans cette maison, un mois à peine après leur mariage, ils avaient traversé la même pelouse sous un nouveau ciel bleu délavé. Elle s'était demandé comment, alors qu'ils marchaient bras dessus, bras dessous, ils pouvaient ne pas se toucher.

— Bertie, sais-tu ce que signifie l'adjectif « abject » ?

Il s'était approché de la fenêtre pour sonder la nuit noire et pluvieuse. À ces mots, qui succédaient à un long silence, il lui jeta un coup d'œil par-dessus son épaule, puis reporta son attention sur l'extérieur.

— Tu es bizarre ce soir.

— J'ai vérifié la définition dans le dictionnaire cet après-midi pour être sûre de ne pas me tromper. Cela s'applique à quelque chose d'immonde, de grotesque ou de contre nature, qui inspire de la répulsion. Tu es abject, Bertie. Tu me révoltes.

Elle avait répété ce petit discours toute la journée, et cela s'entendait. Il avait un côté affecté, trop travaillé. Elle en était fière cependant. C'était le deuxième plus grand acte de bravoure de sa vie.

Elle n'avait pourtant pas eu assez de cran pour le lui dire en face, si bien qu'elle vit son dos se raidir avant qu'il s'écarte de la fenêtre. Il affichait son masque affable et quelque peu cruel. Ses sentiments, Albert Payne Layton les avait toujours gardés pour lui. Il ne consentait à montrer que ses manières policées – ou bien son poing.

— Flo, ma chérie. Je crois que tu as complètement perdu l'esprit, commenta-t-il.

Seule la prudence avec laquelle il formula cette remarque lui indiqua qu'il commençait à bouillir intérieurement.

Bien, jubila-t-elle. Le but était atteint.

— Tu as assassiné le père Pat.

Il marqua un temps d'arrêt, puis éclata de rire.

— Tu l'as cloué à une poutre et tu l'as regardé mourir, ajouta-t-elle.

Son mari revint vers la carafe. Tout en lui criait sa culpabilité : sa démarche, la position de ses épaules, la raideur de sa nuque. Elle la devina même à sa façon calculée et précautionneuse de s'exprimer :

— J'ignore si je dois être étonné ou flatté que cette idée te soit venue.

— Tu détournais des fonds appartenant à l'Église, et le père Pat s'en est aperçu. C'est pour ça que tu l'as tué.

Il avait les yeux baissés sur son verre, mais pas assez pour lui cacher la peur qui transparut fugitivement sur son visage – peur qu'elle savoura. Après une pause un peu trop longue, il redressa la tête, la toisa, et rit de nouveau.

— Flo, Flo, Flo...

Il se dirigea alors vers le secrétaire en cerisier sur lequel se trouvait le téléphone. Il hésita un instant en découvrant le livre de comptes qu'elle avait pris dans son bureau et placé là à dessein, mais décrocha tout de même le combiné et le lui tendit.

— Tiens, ma chérie. Appelle donc la police et explique-lui que tu as résolu l'affaire. Seulement, pourquoi ne pas lui raconter *tous* nos petits secrets pendant que nous y sommes, hein ? Les miens... et les tiens.

Un jour, dans sa jeunesse, elle avait essuyé un violent orage sur le lac où un ami l'avait emmenée faire un tour en bateau. Leur frêle voilier avait gémi comme un être à l'agonie sous l'assaut des vagues, et, tandis que la pluie cinglait le pont et que le vent hurlait et sifflait dans le gréement, elle, Floriane de Lassus, avait eu l'impression de contempler la mort en face. Pourtant, malgré la terreur ressentie à ce moment-là, elle avait ri sous l'emprise d'une étrange et folle excitation.

Jamais elle n'avait éprouvé pareille sensation depuis. Jusqu'à cet instant.

— De quel secret parles-tu, Bertie ? le nargua-t-elle. Du fait que je sors du lit de ma maîtresse rouge de plaisir, le sexe humide et les mamelons encore durs ? Parce que si c'est le cas, mon cher, tu arrives trop tard. L'inspecteur Rourke est déjà au courant.

Et voilà, pensa-t-elle en défaillant presque de peur et d'ivresse. La carapace recouvrant le geyser qui bouillonnait en Albert Payne Layton se fissura. Les coins de sa bouche pâlirent et une veine palpita sur sa tempe. Ses taches de rousseur avaient la couleur du sang séché.

— Le monde entier saura bientôt la vérité à mon sujet, poursuivit-elle. À *notre* sujet, Bertie. Tu imagines les commentaires au sein de ton club, dans les milieux financiers et sur les terrains de golf, face à un homme si mauvais au lit que son épouse est obligée de s'adresser à des femmes ?

Il reposa délicatement son verre sur le secrétaire, à côté du livre de comptes.

— Cette fois, salope, gronda-t-il, tu vas regretter d'être née.

Elle se recroquevilla sur le canapé et leva les bras à hauteur de sa poitrine, ainsi qu'elle avait appris à le faire au fil des ans. Il ne viserait pas son visage, ce n'était pas son habitude. Elle compta le nombre de pas qu'il effectuait pour l'atteindre, un, deux, trois, quatre, jusqu'à ce que tout son univers se réduise à une ultime seconde.

Une seconde représente une éternité. En une seconde, vous avez le temps de déplorer le mensonge dans lequel vous avez vécu et les vérités que vous avez dites. Vous avez le temps de distinguer votre fille à l'entrée du salon et de souhaiter que les choses se soient déroulées autrement. Vous avez le temps de voir Bertie vous envoyer son poing en pleine figure – pour la première fois en dix-huit ans de mariage.

Et en une seconde, vous, Floriane de Lassus Layton, avez le temps d'attraper le Colt que vous aviez dissimulé derrière un coussin, celui que votre grand-père maternel avait emporté lorsqu'il était parti se battre pour l'indépendance du Sud.

En une seconde, vous avez le temps de vous emparer de cette arme et de tuer votre mari d'une balle dans la poitrine.

26

L'inspecteur Daman Rourke examina d'abord l'homme étendu sur le tapis d'Orient rose et vert. Il tâta son cou, mais le corps refroidissait déjà.

Il alla ensuite vers la jeune fille, prostrée contre le mur, entre un secrétaire et un palmier en pot. Il remarqua une tache de sang sur l'ourlet de sa fine chemise de nuit en batiste.

Rourke venait de sombrer dans l'inconscience qu'engendre l'épuisement le plus total quand le téléphone l'avait réveillé. Ivre de sommeil, il lui avait fallu quelques instants pour démêler le sens des propos que lui tenait Della Layton entre deux sanglots convulsifs. Passé le stade de l'hystérie, elle semblait à présent sous le choc.

Il la porta sur un banc capitonné dans le couloir et eut soin de l'envelopper dans un manteau qu'il prit dans une penderie.

De retour au salon, il recouvrit le cadavre d'un plaid, puis s'approcha de la femme assise sur le canapé de soie vert et crème éclaboussé de sang.

Il s'accroupit devant elle.

— Madame Layton.

— Il allait me tuer cette fois. Je l'ai lu dans ses yeux.

Il ne mettait pas sa sincérité en cause, mais, en prévision du procès qu'elle aurait à affronter, il regretta qu'elle n'ait pas attendu d'avoir été frappée pour abattre son mari.

Parce qu'elle agrippait toujours son Colt, il posa sa main sur la sienne et s'efforça de le lui ôter sans brusquerie.

— Lâchez-le, maintenant. Tout ira bien, mais vous devez lâcher ce revolver.

Ses doigts crispés se dénouèrent. Il les pressa tout en dégageant l'arme et en la glissant dans la poche de sa veste.

— Il a ri, déclara-t-elle. Quand je l'ai accusé du crime, il ne s'est même pas donné la peine de nier. Il a ri.

— Madame Layton. Flo... écoutez-moi. Ne dites rien qui pourrait être retenu contre vous. Je ne veux pas que vous prononciez un mot tant que je ne vous aurai pas conduite au commissariat et que vous ne vous serez pas concertée avec votre avocat.

Elle se dégagea et agita la main comme elle aurait chassé un moustique.

— Non, non. J'ai tué mon mari et je dois en payer le prix. Aucun acte n'est sans conséquence, ainsi que le répétait ma mère – paix à son âme.

Elle se raidit et redressa la tête. Elle avait l'air prête à aller prendre le thé à l'hôtel Roosevelt avec son ensemble en laine gris pâle et son collier de perles. Il ne nota aucune trace de sang sur ses habits, mais quelques gouttes maculaient son teint de pêche.

— La famille est sacrée, lui expliqua-t-elle. Ma mère me l'a toujours affirmé : « Flo, *la famille** prime tout en ce monde. Tu as des obligations envers elle, et te déshonorer, toi, équivaut à la déshonorer, elle. »

Rourke s'écarta d'elle et chercha le téléphone. L'ayant trouvé sur le secrétaire, à côté du livre de comptes des associations caritatives, il appela le commissariat pour ordonner qu'une voiture de patrouille, une ambulance et le coroner soient dépêchés sur place.

Il s'empara ensuite du livre et effleura le cuir vert de la couverture. Levant les yeux, il constata que Floriane Layton l'observait avec une expression sur le visage qui le laissa dubitatif. Dans n'importe quelle autre circonstance, il y aurait vu une joie contenue.

— Je suis presque aussi futée que vous, inspecteur, se vanta-t-elle – et cette fois, il en fut certain, elle exultait. Après que vous m'avez demandé le livre de comptes, il ne m'a pas fallu longtemps pour comprendre à quoi Bertie s'était livré et pour deviner que le père Pat l'avait percé à jour.

Rourke revint vers elle.

— Mais est-ce pour ça qu'il l'a assassiné, Flo ? l'interrogea-t-il avec une inflexion impitoyable dans la voix. Et vous a-t-il avoué avoir tué le père Pat ?

— Il a ri, répondit-elle avec prudence, les traits soudain durs. Vous n'avez pas idée de ce que cela signifie à moins de l'avoir connu. Il avait été surpris à détourner des fonds. La vie mondaine si parfaite qu'il menait à La Nouvelle-Orléans aurait volé en éclats si ses agissements avaient été rendus publics. Il n'aurait reculé devant rien pour empêcher ce scandale.

— Et c'est tout ?

Elle le fixa distraitement. Elle s'était retranchée dans cette partie d'elle-même qui abritait la Flo Layton capable de braquer un revolver sur son mari et d'appuyer sur la détente.

— Le pourquoi de son geste importe-t-il tant, inspecteur ? Le père Pat était devenu mon salut et, pour cette seule raison, Bertie se serait senti obligé de l… le crucifier.

Peut-être l'avait-il rêvé, mais il en doutait. Cet instant d'hésitation, quand l'esprit filtre la vérité et opte pour le mensonge.

Floriane de Lassus Layton avait été sur le point d'employer le féminin en parlant de son prêtre.

Bien qu'il fût quatre heures du matin, le père Frank Ghilotti fit entrer Rourke. Déjà habillé d'un pantalon et d'un pull, il n'émit aucun commentaire sur l'heure indue de cette visite et le guida dans le confortable salon du presbytère, où brûlait un feu.

Un bréviaire s'étalait, ouvert, sur une bergère en cuir brun, près d'une table en érable aux bords délicatement ouvragés. Sur celle-ci trônait un verre de lait à demi vide. Le recteur s'assit et plaça son livre sur la table.

Rourke posa tout contre le registre qu'il avait apporté et s'installa sur un fauteuil identique de l'autre côté de l'âtre. La chaleur qui s'en dégageait lui fit alors prendre conscience qu'il était frigorifié.

Un morceau de charbon siffla, le tic-tac d'une pendule résonna sur le manteau de la cheminée. Un chat roux sauta sur les genoux du prêtre et se mit à ronronner sous ses caresses. Rourke avait décidé de laisser le silence se prolonger jusqu'à ce que le père Ghilotti choisisse de le rompre.

— Un autre prêtre a-t-il été crucifié ? le questionna enfin le recteur.

— Pourquoi cette supposition ?

La lumière d'une lampe se réfléchit sur les lunettes du père Ghilotti lorsqu'il inclina la tête en arrière.

— Je ne sais pas, se défendit-il d'un air amusé. Peut-être parce que vous débarquez ici à quatre heures du matin et que c'est vraisemblablement moi que vous souhaitez voir puisque vous ne m'avez pas demandé où était votre frère. Lequel, soit dit en passant, dort à poings fermés dans sa chambre. À moins qu'il ne se soit glissé dehors par la fenêtre à un moment où je n'y prêtais pas attention…

— J'ai eu une nuit difficile, lui apprit Rourke. Un jeune Noir a manqué être pendu à un réverbère devant un bar de Felicity Street. Et je viens tout juste d'envoyer Mme Floriane de Lassus Layton derrière les barreaux pour avoir abattu son mari à bout portant.

Le père Ghilotti resta muet de stupéfaction. Puis il soupira et ferma les yeux pour prier – et ainsi peut-être masquer les pensées que son regard aurait risqué de dévoiler.

Rourke patienta.

— Elle purgera certainement une peine de prison, ajouta-t-il dès que le père Ghilotti se fut ressaisi.

— Seigneur, souffla le prêtre. Je ne peux m'empêcher de penser à leur pauvre enfant. Aucun de nous n'ignorait que leur mariage battait de l'aile malgré les apparences, mais nous nous sentions si impuissants. Albert Payne Layton était habité d'un démon… Enfin, j'imagine que vous ne m'avez pas ramené ce livre de comptes juste pour m'éviter d'avoir à aller le chercher ?

— Gagné. En fait, je serai obligé de le garder. C'est une pièce à conviction.

Un léger sourire se dessina sur les lèvres du père Ghilotti. Il tourna la tête vers la fenêtre en saillie. Derrière, une nouvelle journée avait commencé, sur laquelle le soleil ne s'était pas encore levé.

— Vous n'allez pas me croire, déclara-t-il, mais le matin de mon ordination, lorsque je me suis prosterné devant l'autel pour recevoir le Saint-Esprit, j'envisageais en toute bonne foi de consacrer ma vie aux personnes âgées, abandonnées, démunies ou mal aimées. D'aider les gens à retrouver le chemin qui mène au Dieu d'amour et de redonner espoir aux désespérés. Et la plupart du temps, je suis encore persuadé de pouvoir m'acquitter de cette mission.

Il se désintéressa de la fenêtre pour se concentrer sur le feu, et Rourke nota combien la peau autour de ses yeux et de ses narines était blanche.

— Le père Delaney était sénile depuis longtemps lorsque je suis devenu recteur du Saint-Rosaire, poursuivit Ghilotti. Sous sa direction, la paroisse avait contracté plus de deux cent mille dollars de dettes. L'archevêque m'a nommé ici en attendant de moi un miracle, aussi ai-je tenté d'en accomplir un.

— En boursicotant avec l'argent des associations, compléta Rourke. Avec Albert Payne Layton pour courtier et complice.

Le recteur eut un rire qui tenait presque du grognement.

— Nous nous sommes bien débrouillés au début, mais il y a de ça quelques mois nous avons réalisé plusieurs mauvais achats sur marge. Lorsque les cours ont chuté, nous avons dû augmenter notre dépôt de couverture, ce qui n'était possible qu'en revendant nos autres actions. Autant tirer une chasse d'eau et regarder tout partir à l'égout…

Il se tut le temps d'ôter ses lunettes et de les essuyer avec un mouchoir. Son geste dérangea le chat, qui bondit de ses genoux et s'enfuit hors de la pièce.

— J'avais décidé d'arrêter les frais, reprit-il en chaussant de nouveau ses verres, quand le père Pat a découvert mon péché. Nous avons alors conclu un accord.

Rourke ne s'enquit pas des termes, car il les connaissait déjà : la possibilité pour l'un de continuer à s'occuper de son réseau clandestin en échange de son silence sur les activités illégales de l'autre. De telles pratiques de la part de prêtres ne l'étonnaient guère. Après tout, certains des pires voyous avec qui il avait grandi dans l'Irish Channel avaient endossé la soutane.

— Je pense aussi… (Le père Ghilotti s'interrompit pour s'éclaircir la voix.) Je pense que chacun de nous espérait de l'autre l'absolution de ses fautes.

Parce qu'il estimait en avoir fini, Rourke se leva.

— D'après mon expérience, objecta-t-il, quand deux pécheurs s'associent, ce n'est pas tant l'absolution qu'un peu de compagnie dans le crime qu'ils recherchent.

— Oui, acquiesça Ghilotti. Mais dans l'Église catholique, la culpabilité et le pardon s'apparentent à un couple marié : ils sont unis jusqu'à ce que la mort les sépare.

Il se redressa à son tour, s'empara du livre de comptes sur la table et le tendit à Rourke. À la manière dont il se figea ensuite, raide, la tête haute et les bras pendants le long du corps, on eût dit qu'il affrontait bravement un peloton d'exécution – ce qui divertit fort l'inspecteur.

— Et maintenant ?

— Ma foi, si vous n'étiez pas recteur du Saint-Rosaire, vous écoperiez de dix ans de prison. Mais dans votre cas…

— L'archevêque…

— Vous protégera.

— Me protégera.

Ils rirent, ce qui eut pour effet d'atténuer l'amertume que

Rourke éprouvait au fond de lui. En dépit de tout, il continuait à apprécier cet homme.

— J'aurai droit à une réprimande, l'informa Ghilotti, et peut-être même serai-je rétrogradé et muté. (Il lui décocha un sourire, qui souligna la dureté de son regard.) Sauf... Je sais quels nombreux cadavres renferment les placards de Mgr Hannity. Et j'ai toujours l'intention de devenir archevêque.

Rourke lui retourna un sourire aussi mordant que le sien.

— Je serais prêt à parier sur vos chances de réussite.

Le prêtre le raccompagna dans l'entrée. La pluie martelait l'imposte au-dessus de la porte et de la cuisine leur parvint un miaulement plaintif.

— Il veut du lait, expliqua le père Ghilotti, avant d'enchaîner sans transition : Au fait, vous ne m'avez pas demandé si c'était moi qui l'avais tué. Le père Pat.

— Je vous ai posé la question samedi matin. Vous m'avez répondu que non.

— Samedi matin. Seigneur... (Il se pinça le nez et passa une main sur son front.) Quel jour sommes-nous ? Mardi ? J'ai du mal à concevoir que tout ça ne remonte qu'à quatre jours. (Sa main retomba, et il fixa Rourke droit dans les yeux.) Ce que je vous ai dit alors était la vérité. Rien n'a changé.

Rourke le croyait, du moins autant qu'il croyait n'importe qui.

À la porte, le recteur marqua une pause.

— Je n'ai pas agi par cupidité, se justifia-t-il. Je ne visais que l'intérêt du Saint-Rosaire. Même si j'admets avoir aussi péché par ambition.

— Vous avez quand même pris votre pied dans cette affaire.

— Vous savez ce que c'est.

— Oui, mais la différence entre vous et moi, c'est que je ne joue pas ce qui ne m'appartient pas.

Il lui avait porté un coup bas et sentit qu'il l'avait blessé. Le père Ghilotti parut sur le point de le contredire, ou bien de se justifier, mais il se ravisa et lui tourna le dos.

— Hier matin, lança Rourke, vous avez tenté de vous

couvrir en restituant ce que vous aviez dérobé aux associations caritatives. D'où provenait cet argent ?

Le prêtre eut un brusque haut-le-corps.

— Vous vous en doutez, répliqua-t-il. De mon père, bien sûr. Il semble que je sois son digne fils, finalement. (Il saisit le bouton de la porte.) Votre frère m'a confié un jour, inspecteur, que vous aimez vous considérer comme cynique et intraitable, mais que vous êtes en réalité l'homme le plus idéaliste qu'il ait jamais rencontré.

Rourke secoua la tête. Il refusait d'accorder le moindre crédit à cette idée car, non sans une certaine ironie, il estimait qu'elle donnait de lui l'image d'un faible.

— Paulie ne me connaît pas. Il a quitté la maison pour le séminaire quand j'avais treize ans, et, depuis, on ne se voit plus que deux ou trois fois dans l'année.

— Quel dommage ! Parce que vous vous ressemblez plus que vous ne l'imaginez. Au fond de vous, vous souhaiteriez tous les deux que Dieu produise encore des buissons ardents.

Rourke rentra chez lui et réveilla Remy pour lui faire doucement l'amour. Puis il s'endormit et ne fut réveillé qu'à sept heures le lendemain matin, par la sonnerie du téléphone. Remy avait disparu.

Il approcha maladroitement le combiné de son oreille.

— Oui ? lâcha-t-il d'une voix éraillée, la tête lourde cette fois de s'être trop reposé.

La ligne grésilla.

— Ici O'Brien. J'appelle de la borne de Carrollton-City Park. Il nous a conduits à la femme. Seulement, on a quelques soucis.

Rourke s'habilla à la hâte et, sans s'être rasé ni lavé, émergea de sa *garçonnière** et fonça vers la remise, au bout du jardin. Dix minutes plus tard, il engageait sa moto sur la pelouse d'un pavillon mitoyen de Carrollton Avenue.

Les poings sur les hanches, deux agents en uniforme bavassaient sous le pauvre palmier solitaire qui avait poussé au milieu de ce pitoyable jardin. L'un était l'homme que Rourke avait chargé de suivre son frère, et l'autre Jack Murphy, dont il avait fait la connaissance cinq nuits plus tôt, près du corps crucifié du père Pat.

Prostré sur le marchepied d'une Lincoln flambant neuve, Paulie se tenait la tête entre les mains.

Ce fut toutefois vers la femme assise sur le perron que Rourke se dirigea en premier. Vêtue d'une robe d'intérieur à motif fleuri, elle avait des cheveux blonds comme les blés et un visage en forme de cœur, mais son œil gauche était enflé et violet, et sa lèvre fendue saignait. Une petite fille tout juste en âge de marcher et une deuxième à peu près aussi grande que Katie l'encadraient.

Rourke inspira.

— Qui vous a fait ça ?

Le regard de la femme vola vers les deux hommes sous le palmier.

— Il ne voulait pas...

Pour une raison quelconque qui lui apparaissait dénuée de tout sens, maintenant qu'il y réfléchissait, il avait présumé que Jack Murphy se trouvait là à cette heure matinale dans le cadre de son travail. La rage au ventre, il comprit soudain que cette femme et ces fillettes étaient les siennes.

— Désirez-vous porter plainte pour coups et blessures ? s'enquit-il d'un ton rendu âpre par la colère qu'il réfrénait.

Elle lui opposa un air las et vaincu, ayant déjà vécu trop souvent cette situation.

— Il est flic. Comme vous.

— Portez plainte et je vous promets de m'en occuper.

Elle coula un nouveau regard vers son mari. Il riait de quelque plaisanterie avec l'autre policier en se balançant d'avant en arrière sur ses pieds. L'expression de son épouse s'adoucit à cette vue.

— Je refuse qu'il aille en prison, protesta-t-elle. Je l'aime.

Rourke s'écarta, mais commit l'erreur de se retourner une dernière fois. Le désespoir se peignait sur le visage de l'aînée des deux enfants. Le désespoir, et aussi une supplique muette. *Faites que ça cesse. S'il vous plaît, vous devez arrêter ça.*

Rourke s'abstint de rejoindre Jack Murphy de peur de ne pas se maîtriser.

À la place, il alla retrouver son frère – envers qui il ne se sentait cependant guère mieux disposé.

— J'ai été suivi comme un vulgaire malfrat ! s'indigna celui-ci.

— C'est ta voiture ?

— Non, celle du père Frank. Je la lui ai empruntée.

— File-moi les clés et monte.

— Mais…

— Monte dans cette putain de voiture !

— Quelle peine encourt-on quand on s'est fait passer pour un prêtre ?

L'espace d'un instant, Rourke eut un choc à la pensée que Paulie parlait du père Pat, mais il devina ensuite que son frère ne s'inquiétait que de son sort à lui.

— La damnation éternelle, à mon avis.

Paulie sursauta à ces mots et fixa Rourke avec des yeux injectés de sang.

— Il faut toujours que tu te montres cruel, n'est-ce pas, Day ?

— Bon Dieu..

Ils s'étaient assis au pied de la tribune dominant le terrain de base-ball du City Park. Ils y avaient disputé des parties mémorables avec les autres gamins du quartier lorsqu'ils étaient gosses. L'herbe du champ extérieur avait l'aspect du velours vert sous les nuages bas, mais Rourke la savait parsemée de pissenlits et de trous creusés par les spermophiles.

— Au séminaire, commença Paulie, l'un des prêtres répondait invariablement « Que ferait Jésus ? » à nos interrogations sur la moralité chrétienne. Tu l'as vue, Day. Et tu as vu comment il la traite. Alors à ton avis, que ferait Jésus ?

— Bon sang, frérot. C'est une question que je ne me pose même pas.

— Tu devrais peut-être.

— Eh ! (Rourke se leva et effectua quelques pas pour réprimer son envie de cogner sur quelque chose. Puis il fit volte-face.) De nous deux, ce n'est pas moi qui me tape la femme d'un autre.

— Je te l'ai pourtant dit, je ne... je ne l'ai jamais touchée.

— Qu'est-ce que tu attends de moi, alors ?

— Quelques conseils fraternels, ce serait trop te demander ?

Rourke s'éloigna de quelques pas.

— Très bien, trancha-t-il. Primo : raye cette femme de ta vie. Elle est mariée, elle est catholique, et toi tu es prêtre. Secundo, dégote-toi un petit bordel propret et fréquente-le une fois par mois – mais j'oubliais que tu es trop bigot pour ça, voire encore puceau et, oh ! ai-je déjà mentionné que tu es prêtre ?

— Dieu me vienne en aide. Je l'aime.

Nul homme n'ignorait quel déchirement l'on éprouve quand celle que l'on désire plus que tout appartient déjà à un autre, et Rourke se rappela l'expression de cette femme lorsqu'elle lui avait soufflé « Je l'aime ». Mais elle faisait référence à son mari, Jack Murphy, et non à Paulie. Rourke plaignit son frère. Aucun *happy end* ne conclurait jamais cette histoire.

— Et je pense aussi...

Il préféra toutefois se taire, jugeant lui avoir déjà assené suffisamment de vérités.

— Quoi ? le pressa Paulie.

— Je pense que certaines choses valent les sacrifices que l'on doit consentir pour les obtenir. Et j'arrêterai là mes réflexions philosophiques pour aujourd'hui.

Paulie tenta avec peine de déglutir. Il a la gorge nouée par le même désespoir que la petite fille de Murphy, songea Rourke.

Faites que ça cesse. Ce désespoir, il ne vous lâche jamais, pas même après que *ça* a cessé, et que vous êtes devenu adulte, et que votre père est mort.

— Il n'est pas normal qu'il puisse la battre impunément, protesta Paulie.

— Non, en effet.

— Mais…

— Quoi ?

— Tu allais ajouter un « mais », n'est-ce pas ?

— D'accord. Jack Murphy est flic, et les flics ne coffrent pas un collègue s'ils peuvent l'éviter, sauf en cas de meurtre qualifié. Et encore, même dans ce cas, il faut pratiquement que le gars soit surpris avec le revolver fumant à la main. Ajoute à ça que le bureau du procureur a tendance à s'abstenir d'engager des poursuites contre les maris coupables de violences conjugales à moins, ou tant que la femme n'est pas retrouvée morte, parce qu'elle se rétracte en général avant le procès. Les avocats, le juge, les jurys – ce sont des hommes, et putain… la plupart estiment que si la fille a reçu une bonne raclée, c'est qu'elle l'avait cherchée. Toi et moi savons que ce n'est pas juste, le monde entier sait que ce n'est pas juste, mais c'est ainsi.

— Nom de Dieu de merde !

Ce juron sonna faux dans la bouche de Paulie, comme s'il avait voulu essayer un habit trop grand pour lui.

Les yeux rivés sur le terrain de base-ball, les lèvres pincées et grises, il donnait l'impression d'avoir une arête coincée quelque part. Mais il luttait également pour ne pas sombrer dans un gouffre, aussi Rourke le laissa-t-il tranquille.

— Le champ des rêves, reprit Paulie au bout d'un moment en faisant allusion à celui qui s'étalait sous leurs yeux. J'ai toujours souffert de ne pas avoir été doué pour le base-ball.

Rourke retint les diverses répliques qui lui venaient à l'esprit. *Tu n'as jamais essayé de jouer le jeu, grand frère. Tu n'as jamais frappé la balle avec la volonté de l'envoyer au-delà des limites.*

— J'ai appris qu'une autre tragédie avait eu lieu cette nuit, enchaîna Paulie. Mme Layton a tué son mari.

Voilà en revanche qui méritait un ou deux commentaires.

— Oui, et maintenant il apparaît que tu n'étais pas le seul prêtre du Saint-Rosaire à avoir conclu un pacte avec le père Pat, rétorqua froidement Rourke.

— De quoi parles-tu ? Il n'y a pas eu de pacte. Je l'ai supplié de m'accorder une seconde chance et il a accepté.

— Tu mens comme un arracheur de dents. Tu te souviens du dimanche où un journaliste du *Times-Picayune* est venu rédiger un article sur le célèbre et populaire prêtre du Saint-Rosaire ? Il a photographié le père Pat pendant la messe, et c'était pour vous un tel événement que vous n'avez pas eu recours aux enfants de chœur habituels. Non, pour un office aussi important que celui-là, il n'y avait rien d'étonnant à ce qu'un prêtre en assiste un autre. Tu as donc servi la messe ce jour-là, n'est-ce pas Paulie ? Je le sais parce que tu figures sur la photo. Alors raconte-moi ce qui s'est produit à la fin.

Son frère avait blêmi. Un tic agitait sa joue.

— Rien du tout.

— Le père Pat a transpiré du sang, pas vrai ? La sueur sur son front et ses mains était du sang.

Paulie sembla foudroyé.

— Mon Dieu, d'où tiens-tu ça ?

— Simple travail d'enquête. Le vaudou n'y est pour rien. Le phénomène est visible sur le cliché, mais le photographe n'a pas saisi de quoi il s'agissait. Il a dû songer à un défaut de la pellicule. J'ai reconstitué le puzzle quand j'ai découvert que le père Pat avait déjà manifesté cette faculté au moins une fois par le passé.

Paulie se massa la figure dans un effort pour se ressaisir.

— Cela a dû avoir lieu tout à la fin, avoua-t-il, parce que personne n'a rien remarqué jusqu'à ce que nous nous retrouvions dans la sacristie. (Il se raidit et eut un rire forcé.) Bien sûr, on se persuade que l'on croit aux miracles divins, mais quand on en a un en face de soi… Ses paumes saignaient, Day. On aurait dit les blessures du Christ sur la croix.

— Pour être comparé au Christ, il aurait fallu qu'il saigne des poignets, le contra Rourke.

— Hein ?

— Pas grave. Continue.

— Il n'y a pas grand-chose à ajouter. Il a voulu me convaincre que j'étais victime d'une hallucination, seulement je voyais bien que non. Ensuite, il m'a supplié de garder ça pour moi. Je t'ai raconté que je m'étais jeté à ses pieds, mais en fait, ç'a été l'inverse. Il était de mon *devoir* de le signaler, tu comprends ? Pour le bien de l'Église. Il m'a alors révélé être au courant de mes visites à Colleen quand son mari travaillait de nuit et il m'a menacé de me dénoncer si je ne me taisais pas. Seigneur, tu nous aurais entendus ! Nous étions comme deux gosses en train de marchander leur âme pour s'épargner une bonne fessée. Seulement, l'enjeu paraissait énorme alors. Et tu dois penser que c'est moi qui m'en suis le mieux tiré.

Rourke ne pensait rien de tel, mais il est vrai qu'il possédait une longueur d'avance sur son frère en matière de secrets.

— Mais tu as tort, acheva Paulie. Parce que l'archevêque aurait été très intéressé par cette histoire, et tout bon prêtre obéissant se serait empressé de l'en informer. Cependant, j'ignore ce que le père Pat aurait fait si je n'avais pas accepté de fermer les yeux sur cet incident. Seigneur, Day… Il était complètement terrifié à l'idée qu'un religieux soit avisé de l'existence de ces… de ces stigmates – doit-on les appeler ainsi ? Je ne sais pas. Et je n'ai guère envie de le savoir…

Rourke imaginait sans mal l'horreur du père Pat à ce moment-là. Un archevêque aussi opportuniste et versé en politique que Peter Hannity aurait réagi avec convoitise et méfiance face à un miracle susceptible de rapporter de l'argent à son diocèse. Il aurait insisté pour que le père Pat soit examiné par toute une flopée de médecins afin d'écarter la possibilité d'une supercherie, et ces examens auraient eu pour conséquence de mettre à nu Patrice LaPage.

— Cela n'a plus d'importance de toute façon dans la mesure où il est mort.

— En effet, acquiesça Rourke.

La photo demeurait toutefois gravée dans sa mémoire. Le père Pat, avec son bras levé pour bénir l'assemblée et sa paume déjà rouge de sang. Paulie, en retrait sur le côté, qui balançait un encensoir. Et un autre homme, vêtu de l'aube des servants lui aussi, mais coupé par le cadrage si bien que l'on ne distinguait de lui que son bras et un bout d'épaule.

— Qui a servi la messe avec toi ce jour-là ?

— Quoi ?

— Il y a au moins deux enfants de chœur en général.

— Comment veux-tu que je m'en souvienne ? Ce n'était pas le père Frank, j'en suis certain. Plutôt un laïc. Mais il n'a rien vu à mon avis, sinon il aurait dit quelque chose. Et puis le père Pat et moi étions seuls dans la sacristie quand nous nous sommes querellés.

Un long silence s'installa. Chacun aurait tout aussi bien pu être seul là, assis sur les gradins, devant le terrain de base-ball désert, quand Rourke déclara :

— Oublie cette femme, Paulie. Il n'en sortira rien de bon, sinon.

— J'en ai bien conscience.

Rourke écouta son frère disserter sur la tentation du Christ, sur le pouvoir de la prière, sur son intention de renoncer à Colleen Murphy et de se consacrer à la prêtrise. Il n'en crut pas un mot.

Il observa le bouquet de cyprès à droite du terrain, là où Paulie avait réalisé le seul et unique *home run* de sa vie, permettant à leur équipe de remporter le match à la fin de la neuvième manche. En grandissant, tous deux avaient appris à leurs dépens qu'il fallait ne compter que sur soi en cas de coup dur. Ils étaient des hommes à présent, mais lui avait été attiré par le monde violent et absurde de leur père, alors que Paulie avait choisi de le fuir.

Ils s'étaient donc évités durant toutes ces années, chacun

redoutant trop l'image que lui renverrait l'autre. Ils se ressemblaient finalement – eux, les fils de Mike Rourke. Tous deux cachaient leur besoin d'aide et, d'instinct, écartaient toute main tendue.

27

Fiorello Prankowski avait l'air à présent d'avoir une balle de base-ball fichée dans la joue. Il sirotait un milk-shake avec une paille tout en lorgnant le sandwich aux huîtres de Rourke.

— Si tu t'occupais de ta dent, le railla celui-ci, tu pourrais manger des trucs plus consistants.

Ils s'étaient installés sur les sièges en cuir craquelé rouge d'un box, dans une gargote située en face de l'entrepôt des studios Bright Lights – là où Mary Lou Trescher avait été aperçue pour la dernière fois. L'équipe du film tournait en extérieur quelque part dans les marais ce jour-là, et ils avaient décidé d'arpenter les quais alentour à la recherche d'un éventuel témoin de son enlèvement. Sans succès.

— Je l'ai fait, figure-toi, rétorqua Fio.

Du moins était-ce ce que Rourke crut saisir, la diction de son coéquipier donnant elle aussi l'impression qu'il avait une balle de base-ball dans la joue.

— J'ai consulté ce sadique qui se prétend dentiste. Il m'a dit qu'il fallait l'arracher, alors je lui ai répondu que je reviendrais plus tard.

Les mains sur les hanches, Rourke caqueta en agitant les bras.

— Je t'emmerde, grommela Fio.

Il prit sa pince à billets, en compta cinq de dix dollars et les poussa sur la toile cirée.

— Qu'est-ce que c'est ?

— Les cinquante dollars que je te dois. On a parié sur le père Ghilotti. Tu pensais que ce n'était pas lui le meurtrier et tu avais raison.

— On n'en est pas encore certains.

Dans la rue, un orgue de Barbarie déversait les notes d'un opéra italien, tandis qu'à l'intérieur du restaurant grésillait le steak qu'un cuisinier avait jeté sur le gril. Le cuir rouge soupira sous le poids de Fio lorsqu'il remua. Il passa bruyamment la langue sur sa dent et gigota encore.

— Tu vas me frapper si j'ose une remarque ?

— Ça dépend.

— Tu ne peux pas refuser indéfiniment de classer tes enquêtes juste parce que tu as la trouille de répéter l'erreur qu'on a commise avec Titus Dupre.

— Je m'en doute. Mais ce n'est pas le cas. L'affaire ne me paraît pas encore résolue, c'est tout.

— D'accord, alors reprenons tout ce qui désigne Albert Payne Layton comme étant le coupable. (Fio leva un doigt boudiné.) Primo : il truandait les associations catholiques. Le père Pat était au courant et devait donc être réduit au silence.

— Pourquoi le crucifier alors ? Une balle en pleine tête aurait été bien plus efficace et beaucoup moins dangereux. J'imagine Layton jouer avec sa victime pour la faire souffrir, mais pas courir de tels risques.

— Admettons, concéda Fio. Reste le mobile numéro deux : tu soupçonnes Floriane Layton de savoir que le père Pat était une femme. Comment aurait-elle pu le découvrir sinon en couchant avec lui au moins une fois ? Layton les a peut-être pris la main dans le sac en débarquant à ce moment-là.

— L'assassin a crucifié le père Pat sans le déshabiller.

Fio arracha la serviette qu'il avait coincée dans le col de sa chemise et la balança sur la table.

— Bordel ! J'étais sûr que tu ramènerais ça sur le tapis.

— Désolé, s'excusa Rourke.

Fio alluma un Castle Morro et fit tomber l'allumette dans son verre vide. Il bouda jusqu'à la fin du repas. Lorsqu'ils sortirent, il pleuvait.

Ils s'attardèrent sur le trottoir, indécis quant à la marche à suivre désormais. L'affaire des Fantastics était au point mort, et derrière chacune de leurs pensées et chacune de leurs paroles se profilait la peur, semblable au hurlement distant d'une sirène, qu'une autre fille soit enlevée, violée et étranglée s'ils n'arrêtaient pas vite ce type.

— Nom de Dieu ! jura Fio en écho aux réflexions morbides de Rourke.

Il secoua la tête comme un chien. Ce faisant, le bord de son chapeau troué éclaboussa tout autour de lui.

— Quand t'achèteras-tu enfin un nouveau chapeau ?

— Qu'est-ce que tu reproches à celui-là ?

— Tout d'abord, il prend l'eau depuis qu'il a été flingué. Quel intérêt de le porter puisqu'il ne te protège pas de la pluie ?

— Ma tête va pas fondre, sourit Fio, avant d'ouvrir grand les yeux de douleur. Merde ! c'est comme si on m'enfonçait un clou dans cette saleté de dent.

— Retourne chez le dentiste !

— J'ai déjà une mère poule à Des Moines. J'ai pas besoin d'une deuxième ici qui me rappelle tout le temps ce que je dois ou ne dois pas faire.

— Très bien. Alors accompagne-moi. J'aimerais avoir une petite discussion avec quelqu'un, tu n'auras qu'à couvrir mes arrières.

Fio le fixa avec méfiance.

— Oh, Day, tu me casses les couilles ! C'est quoi cette histoire encore ? Et à qui tu veux arranger le portrait cette fois ?

Rourke ne souffla mot et se dirigea vers la voiture de patrouille qu'ils avaient empruntée pour la journée et garée de l'autre côté de la rue. Tôt ou tard, il lui faudrait digérer la perte de sa Bearcat pour pouvoir s'en acheter une autre.

Fio marchait derrière lui en lui serinant sa rengaine habituelle.

— On sera virés un jour à cause de tes conneries. Enfin, moi surtout, parce que toi, tu as des anges gardiens haut placés et tu te tapes une star de cinéma. Moi, on me flanquera à la porte, et ma femme m'obligera à coucher sur le canapé jusqu'à la fin de ma misérable vie.

Son coéquipier s'immobilisa si soudainement qu'il manqua lui rentrer dedans.

— Je ne te force pas à venir.

— Je conduis, riposta Fio d'un ton glacial. Alors ferme-la et donne-moi les clés.

Rourke obtempéra. Fio démarra mais ne s'engagea pas tout de suite sur la route.

— Ce type avec qui tu veux avoir une petite discussion, tu vas le tuer ? s'enquit-il.

— Peut-être pas, sourit Rourke.

Le bar n'avait pas changé depuis leur précédente visite, l'après-midi qui avait suivi le meurtre du père Pat. La sciure humide pourrissait toujours au sol, et dans l'air flottaient des odeurs de cuisine et d'alcool bon marché. Le même homme au nez aplati s'affairait derrière le comptoir. Il refusa encore de croiser leur regard et s'employa à la place à essuyer un verre avec le bord de sa chemise en flanelle.

Eddie la Merde était installé à la même table, contre le mur. Il fila dans les toilettes du fond dès qu'il eut repéré Rourke – lequel se demanda pourquoi ce gosse s'obstinait à le fuir dans la mesure où il pouvait l'épingler quand il voulait.

Seule différence notable, les danseuses exotiques avaient commencé leur strip-tease, et ce depuis un moment puisqu'elles ne portaient plus que des cache-sein et un string.

Rourke avisa l'homme qu'il cherchait, assis à l'autre bout de la salle et tourné de façon à pouvoir mater les deux filles. Il fumait une cigarette tout en buvant une bière-whisky sûrement offerte par la maison.

L'inspecteur plongea la main dans la poche de sa veste et empoigna son calibre 38, qu'il avait extrait de son holster pour le glisser là au moment de pénétrer dans le bar.

Jack Murphy vit s'avancer les deux hommes.

— B'soir les gars, ricana-t-il en soufflant la fumée entre ses dents. Qu'est-ce qui vous amène ?

Rourke dégaina son arme et l'appuya contre les côtes du policier.

— Allons faire un tour.

La fosse réservée aux combats de chiens se trouvait dans un bâtiment en contreplaqué et en tôle adjacent au bar.

Rourke arrêta de pousser Murphy avec son arme sitôt qu'ils en eurent franchi le seuil. Fio s'empressa de tirer la lourde barre transversale qui fermait la porte avant de s'adosser contre le bois, les bras ballants mais prêt à intervenir.

Débarrassé de la menace du revolver, Jack Murphy afficha son éternel rictus goguenard.

— J'ai rien à vous raconter, lâcha-t-il.

— Parfait, répliqua Rourke. Parce que j'enchaîne les confessions depuis deux jours et j'en ai plus que marre.

L'endroit empestait la crotte, la fourrure mouillée et le sang séché. La fosse entourée de gradins et les enclos des animaux, bricolés à partir de clôtures grillagées rouillées, se faisaient face aux deux extrémités. Les chiens s'étaient mis à aboyer à leur arrivée, provoquant un vacarme des plus crispants. Tous grondaient, donnaient des coups de dents dans le vide, se jetaient contre les parois de leurs cages. Quand elles s'affrontaient, ces bêtes-là n'avaient de cesse de s'égorger.

Rourke abandonna Murphy près de Fio et longea un petit couloir aménagé entre les sièges pour mieux voir l'arène. Celle-ci était rectangulaire, avec un sol en terre battue bordé de lattes en bois. Tout autour, le revêtement en ciment disparaissait littéralement sous les sachets de tabac à chiquer et les os de poulets.

— Hé, Rourke ! cria Murphy – ce qui eut pour effet d'exciter davantage encore les molosses. Dis à ton connard de frère de laisser ma Colleen tranquille !

Rourke revint sur ses pas, jusqu'à s'immobiliser si près qu'il aurait pu l'embrasser sur la joue s'ils avaient été intimes. Il sourit.

— Le gars qu'on tient là, mon vieux, expliqua-t-il à Fio, a été assez crétin pour charger Tony le Rat de faire tabasser un prêtre qui s'entendait trop bien avec sa femme.

— Eh ben, fit Fio avec un claquement de langue. Il a dû en chier dans son froc quand un curé a été découvert crucifié dans une ancienne usine de macaronis.

— Je suis pour rien dans cette histoire, protesta Murphy.

— Bien sûr. Ce bon vieux Tony le savait, mais ça ne l'a pas empêché d'essayer de te faire chanter. Il t'a réclamé de la coke, et tu la lui as filée, mélangée avec du cyanure. Le pauvre en est resté sur le carreau.

— Qu'est-ce qu'on en a à branler ? Ce mec était qu'un rat merdeux.

Rourke sortit son revolver.

— Eh ! s'exclama Murphy en reculant.

Il se détendit lorsque Rourke fit basculer le barillet et en éjecta toutes les cartouches, qu'il fourra dans sa poche à l'exception de la sixième et dernière.

— À ton avis, c'est ton jour de chance, Jack ?

Celui-ci recula encore.

— Qu'est-ce qu'il fabrique ? demanda-t-il à Fio.

— Il est du genre imprévisible, se contenta de répondre ce dernier, impassible.

Rourke inséra la balle dans le barillet, remit celui-ci en position, et le fit tourner une fois, deux fois, trois fois. Il sourit alors à Murphy, avant de le plaquer si violemment contre le mur que tous deux en eurent le souffle coupé.

Son bras écrasa la gorge de l'agent, et quand celui-ci ouvrit la bouche, pour crier ou respirer, Rourke y enfonça à moitié le canon de son calibre 38.

Les chiens s'étaient tus. Le revolver graissé se para de reflets bleu-noir dans la faible lumière. La crosse dure, ronde et fraîche pesait agréablement dans la main de Rourke, qui arma le chien. Un clic sonore retentit.

— Cinq coups à blanc et une balle. Tu prends les paris, Jack ?

Il patienta, immobile, laissant la peur croître en Murphy jusqu'à ce qu'il puisse la renifler, l'entendre dans sa respiration, et la voir dans la sueur qui dégoulinait sur ses joues et mouillait sa main à lui.

— Tu veux savoir qui va gagner ?

Les yeux de Murphy s'agrandirent et louchèrent tandis que le doigt de l'inspecteur se raidissait.

Le bruit du percuteur heurtant la chambre vide résonna aussi fort que le grondement du tonnerre. Murphy ferma les yeux en poussant un râle.

— Quatre coups à blanc et une balle. Tu vas foutre la paix à mon frère, Jack ?

Celui-ci tenta de parler, mais Rourke fit pénétrer plus avant le canon dans sa bouche, réarma le chien... attendit une seconde et appuya sur la détente.

Le percuteur tomba sur une autre chambre vide.

— Trois coups à blanc et une balle. Tu ne t'approcheras plus de lui, Jack ?

Un sanglot échappa à Murphy alors qu'il ouvrait plus grand la bouche pour essayer de se soustraire au revolver. De la morve coula de son nez.

— Qu'en penses-tu, Fio ? C'était un oui ?

— Il me semble.

Rourke abaissa lentement le chien afin que le policier puisse observer le mouvement rotatif du barillet, et peut-être entrevoir sa mort prochaine. Sauf que l'autre ne distinguait plus rien et se contenta d'émettre une sorte de sifflement plaintif par le nez.

Il pressa la détente. *Clic.* Seul le filet d'urine qui mouillait la jambe de Murphy et gouttait à terre troubla le silence.

L'homme était brisé, mais parce qu'il était capable de ramener ses morceaux chez lui pour les faire payer à sa femme, Rourke avait conscience qu'il lui faudrait l'anéantir complètement.

Il dégagea son arme et la laissa pendre en s'écartant d'un pas. Murphy s'affala contre le mur. Il respirait avec peine et s'étrangla en essuyant du revers du poignet sa morve, ses larmes et sa transpiration.

— Jack.

Murphy posa sur lui des yeux humides, injectés de sang et implorants. Solidement campé sur ses pieds, Rourke lui balança alors en pleine figure le bon kilo de métal de son revolver – et ce de toutes ses forces. La tête du policier partit en arrière. Rourke sentit se casser son nez et ses dents de devant.

Murphy s'écroula à genoux. Les aboiements des chiens, de nouveau déchaînés, engendraient un vacarme assourdissant qu'amplifiait la caisse de résonance formée par les murs. L'agent cilla avant même que Rourke ait esquissé le moindre geste.

— Arrêtez, s'il vous plaît, le supplia-t-il, les bras repliés devant lui pour se protéger.

— Maintenant que tu sais ce que ça fait d'être battu, tu ne frapperas plus jamais ta femme, n'est-ce pas, Jack ?

Murphy acquiesça en crachant du sang et en pleurant comme un enfant.

— Non, mieux que ça.

Il l'obligea à le répéter deux fois avant de s'en aller avec Fio.

Ils quittèrent le bar et descendirent la ruelle bordée de maisons de passe miteuses jusqu'à Chartres Street, où ils avaient garé la voiture. Aux fenêtres et sur les perrons, des prostituées étalaient leurs charmes sous l'œil indifférent des deux hommes.

— Demain, déclara Rourke, j'enverrai un fourgon chercher ces chiens.

— Ouais, répondit Fio après quelques instants. Et moi, je crois que je vais filer chez le dentiste pour qu'il m'arrache cette dent.

— Ça ne fera pas mal.

Rourke constata alors avec surprise qu'il tenait toujours son revolver à la main, et que celle-ci était recouverte du sang de Murphy.

— Il t'anesthésiera avant, ajouta-t-il.

Un chat bondit d'un rebord de fenêtre sur une poubelle, effrayant un rat qui détala le long du caniveau.

— Day ?

— Quoi ?

— Rassure-moi, c'est une cartouche à blanc que tu avais mise dans ton flingue ?

Rourke eut un sourire glacial. Il leva son arme, visa le rat, tira.

La détonation se répercuta dans toute la ruelle, et l'animal s'affaissa, raide mort.

Fio ne cessa de couler des regards obliques à son coéquipier tandis qu'il longeait Chartres Street en direction de Canal Street. Il se concentra ainsi de moins en moins sur la route, et faillit emboutir un camion de bière. Il vira brutalement, évitant de justesse de renverser une vieille dame qui traversait la rue, appuyée sur sa canne, et finit par écraser son klaxon en criant au chauffeur du camion de faire un peu attention.

— C'est de ta faute, reprocha-t-il à Rourke lorsque le calme fut revenu. Parce que t'es givré. Je conduis avec un mec givré à côté de moi, et ça me rend dingue, et c'est pour ça que l'accident qu'on a failli avoir est entièrement de ta faute.

Rourke s'était tourné vers la vitre dégoulinante de pluie. Bien que son sang lui semblât bouillonner encore dans ses veines, toute cette violence avait eu sur lui un effet cathartique, comme une drogue. Il songea que cela n'était pas bon signe, mais il n'avait guère envie de se pencher sur le problème pour le moment.

— J'avais besoin que Jack Murphy me croie givré, se justifia-t-il. Sinon, il s'en serait pris à Paulie et j'aurais été obligé de le flinguer.

— Putain, pour un peu, tu le flinguais *vraiment*... Je ne comprends toujours pas pourquoi tu ne t'es pas servi d'une cartouche à blanc.

— Ça ne m'est pas venu à l'idée.

À ces mots, ils éclatèrent de rire.

— Et puis, on ne se serait pas autant amusés sinon, fit Rourke un peu plus tard.

— Je suis coincé dans une voiture avec un cinglé et une dent qui veut ma peau...

Rourke jeta un œil à sa montre.

— Si tu comptes la faire soigner aujourd'hui, vas-y maintenant parce que le cabinet sera bientôt fermé.

— J'ai peur de te laisser seul, grommela Fio. Cette ville n'a pas connu de vague de criminalité depuis une demi-heure au moins et j'aimerais que ça continue.

— En fait, j'envisageais une visite à un mort, l'informa Rourke avec sérieux. Mlle Della Layton doit veiller son père aujourd'hui.

La veillée n'en était encore qu'au stade des préparatifs lorsqu'il parvint devant l'élégante demeure des Layton, sur Prytania Street.

Une couronne de magnolias blancs et un ruban de satin noir pendaient à la porte. À l'intérieur, linteaux et miroirs avaient tous été drapés de crêpe noir et des bougies brûlaient dans le petit séjour, où le corps reposait bien en vue dans un cercueil laqué, noir lui aussi.

La sœur aînée d'Albert Payne Layton avait accueilli Rourke à l'entrée, mais ce fut sa fille, Della, qui le conduisit dans une pièce au fond de la maison où ils seraient plus tranquilles pour s'entretenir. Elle l'avait surnommée le salon de musique, et Rourke découvrit en effet une harpe à côté d'une cheminée en marbre, ainsi qu'un piano qui trônait avec son double siège au centre d'une baie dont toutes les fenêtres s'ornaient de lourds rideaux de velours doré.

L'endroit était plaisant, et il se demanda si Flo et Bertie Layton y avaient un jour passé une soirée à jouer et à chanter en duo au piano. Quelque chose lui disait que non.

Mlle Della Layton n'avait plus rien d'une femme-enfant ce jour-là. Exit le rouge à lèvres, l'ombre à paupières et le fard sur les genoux. Il lui prit les mains et l'examina lorsqu'elle l'invita à s'asseoir. Elle avait les traits pâles et tirés, mais il décela sa force de caractère derrière sa peine. Le genre de force qu'une fille acquiert vite quand il lui faut gérer seule le bon déroulement de la veillée funèbre de son père et la garde à vue de sa mère, meurtrière de celui-ci.

— Vous surmonterez cette épreuve, mademoiselle Della, la rassura-t il.

— Merci.

Malgré son sourire hésitant, il sentit qu'elle était sensible au compliment.

— Je voulais savoir si vous accepteriez de répondre à quelques questions. Pas sur ce qui s'est produit avec votre père, mais sur les Fantastics. Sur vous, Mary Lou, Mercedes, Nina et les autres.

La douleur assombrit son regard, mais elle acquiesça avec gravité. Comme s'il ne suffisait pas que sa famille ait volé en éclats, elle avait également perdu trois de ses meilleures amies au cours de l'année écoulée.

Mary Lou Trescher, lui apprit-elle, était celle qui s'impliquait le plus dans leur fan-club. Elle écrivait sans cesse à Remy Lelourie, commandait auprès des studios les produits dérivés qui lui étaient associés, dévorait les magazines pour étudier les photos de l'actrice et se faire couper les cheveux comme elle. Elle avait lu tous les articles la concernant, allant même jusqu'à noter sa nuance de rouge à lèvres préférée afin de s'acheter la même chez D.H. Holmes. Les autres n'y attachaient pas plus d'importance qu'à un jeu, alors que Mary Lou prenait ses rêves très à cœur. Elle leur avait souvent répété qu'elle partirait à Hollywood après le lycée.

Nina Duboche, elle, se considérait comme « une bombe ». Elle avait déjà organisé une soirée lingerie et scandalisait toujours les bonnes sœurs par ses jupes trop courtes et son maquillage trop voyant. Peu avant sa mort, ses airs soudains de grand mystère avaient persuadé le restant de la bande qu'elle avait enfin « sauté le pas » au lieu de se contenter de belles paroles.

— Les garçons la draguaient sans arrêt, se souvint-elle avec tristesse. Mais elle aimait les mener par le bout du nez.

Mercedes Bloom était une drôle de fille.

— Une fille quelconque, précisa-t-elle. Sauf que ce n'était pas qu'une question de beauté. Elle s'habillait à l'ancienne mode et avait gardé ses cheveux longs et crantés. Du coup, on se moquait tout le temps d'elle.

Pour autant, Mercedes n'était pas si douce et innocente que ça. Le jour où elles avaient fumé leur première cigarette, elle n'avait pas paru novice en la matière. Sans compter que Della avait une fois aperçu une flasque de whisky dans son sac à main.

— À la soirée lingerie, raconta-t-elle, rougissant d'aborder un tel sujet avec un policier, mais s'enorgueillissant peut-être aussi d'en être capable, la conversation a dévié sur le s-e-x-e et sur ce qu'on ressent en couchant avec un garçon. Mercedes a expliqué que les Français avaient une expression pour ça, *la petite mort**, et que parfois on l'éprouvait même quand on n'en avait pas envie. Et, à la manière dont elle l'a dit, on aurait juré qu'elle savait de quoi elle parlait.

Tiens, tiens, pensa Rourke, un peu étonné.

Il sortit le cliché qu'il avait trouvé dans la chambre de Mary Lou et le lui montra.

— Vous rappelez-vous de quand date cette photo ?

— Oh oui ! je l'ai moi aussi. Comme nous toutes d'ailleurs. C'était son anniversaire ce jour-là et ses parents lui avaient offert un Kodak. Au lieu de nous inviter chez elle, elle nous a toutes emmenées au cinéma. La photo a été prise devant.

— Par qui ?

Della fronça le nez.

— J'ai oublié... Mercy s'apprêtait à le faire, vu qu'il s'agissait de son appareil, mais un homme est passé à ce moment-là et il s'est proposé de la remplacer pour qu'elle aussi soit dessus.

— Vous vous souvenez de lui ? Vous l'aviez déjà rencontré auparavant ?

— Non, je ne crois pas. Il devait avoir l'âge de mon... père. Brun, peut-être. Plutôt gentil.

Il n'obtint guère plus de renseignements sur ce bon Samaritain, mais elle lui promit de venir au commissariat le lendemain et d'étudier leur fichier.

Rourke lui sourit en rangeant le cliché dans sa poche.

— Vous m'avez été très utile, mademoiselle Della. Et... s'il y a quoi que ce soit...

Elle leva vers lui des yeux désormais privés de leur innocence.

— Elle ira en prison, n'est-ce pas ?

— Je souhaite que non, mais c'est probablement ce qui l'attend.

— Il allait la frapper. C'est pour ça qu'elle l'a tué.

— Quand les avocats vous interrogeront à ce sujet, expliquez-le-leur, lui conseilla-t-il.

Il la soupçonnait d'avoir été témoin d'une plus grande partie de la scène qu'elle ne l'avait avoué – notamment de la façon dont le revolver avait atterri dans la main de Floriane Layton.

Elle détourna la tête, et il la vit lutter contre son besoin de lui confier un terrible secret, dans l'espoir qu'il la débarrasserait de ce fardeau en partant.

— Il m'a dit... (Elle ravala ses sanglots.) Il y a quelque temps, mon père m'a dit qu'elle s'était livrée à un acte ignoble et répugnant. Il m'a dit… qu'elle avait eu des rapports avec une autre femme.

Ses larmes coulaient à présent, et elle lui fit face, avide de ce genre de réponses que l'on vous fournit rarement.

— Elle a recommencé ? S'il vous plaît… Je ne comprends pas comment elle peut faire *ça*.

Cette fois, Rourke tira de sa poche de poitrine un morceau de papier plié.

— Tenez. Je l'avais apporté au cas où.

— Qu'est-ce que c'est ?

— Le nom et l'adresse de sa maîtresse. Si vous décidez d'aller lui rendre visite, vous pourrez la questionner sur votre mère. Peut-être qu'elle, elle vous aidera à comprendre.

Une fois sorti, Rourke se remémora les propos de Della Layton au sujet des Fantastics. Il songea à Nina et à sa liaison secrète et audacieuse avec un garçon de couleur. À Mary Lou et à son rêve de devenir la prochaine Remy Lelourie. Toutes deux avaient fini violées, étranglées et abandonnées près du fleuve. Et puis il songea à Mercedes Bloom, la fille « quelconque » aux cheveux crantés, dont ils étaient sans nouvelles depuis six mois maintenant, et qui elle aussi avait sûrement été violée, étranglée et abandonnée à un endroit où ses restes seraient découverts dans un an, ou bien dix.

Quelque chose cependant ne collait pas. Et il y avait cette remarque de Della quand ils avaient discuté de la photo…

Une voiture de patrouille s'arrêta devant la maison. Rourke attendit sans bouger pendant que Fio en descendait et remontait l'allée vers lui, la joue encore toute gonflée. Il s'apprêtait à le railler lorsqu'il distingua mieux l'expression de son visage.

— Oh merde ! non…

Fio se figea devant lui et le fixa avec une mine lugubre.

— Une autre fille manque à l'appel.

28

— Elle était censée retrouver ma sœur sous l'horloge de chez D.H. Holmes à treize heures.

Serrant d'une main tremblante un verre de whisky qui n'était pas son premier, Sean Daly regardait distraitement par la fenêtre à meneaux sa pelouse bordée d'une haie d'hortensias et d'azalées.

— Je l'ai conduite là-bas en voiture, poursuivit-il d'une voix épaisse teintée d'un accent ouvrier de l'Irish Channel. Mais comme j'avais rendez-vous au siège du syndicat et que j'étais en retard, je me suis dit : mince, on est en pleine journée dans une rue passante, Judith sera là dans une minute, et je… Bon sang.

Il contemplait l'alcool dans son verre comme s'il souhaitait se noyer dedans, lui, cet homme imposant aux larges épaules et au cou de taureau – fruits d'une jeunesse passée à charger et décharger des marchandises sur les quais.

Sur son visage se reflétait l'horreur naissante d'avoir commis une erreur dont les conséquences lui seraient insupportables.

— J'aurais dû attendre avec elle. J'aurais dû attendre.

— Combien de temps après votre sœur est-elle arrivée ? s'enquit Fio.

Un lourd silence tomba sur la pièce pendant que Daly réfléchissait.

— Environ une demi-heure plus tard, répondit-il enfin. Cette idiote prenait le café à son club et sa réunion a duré plus longtemps que prévu.

Un portrait à l'huile de la disparue était suspendu au-dessus du manteau de la cheminée. Fio avait donné quelques informations à son coéquipier durant le court trajet qui les avait menés à cette demeure d'inspiration Tudor, située sur St. Charles Avenue : la fille se prénommait Gillian, sa mère avait succombé à une épidémie de grippe lorsqu'elle avait sept ans, son père ne s'était jamais remarié et n'avait pas d'autre enfant.

Sean Daly présidait le syndicat local des dockers, et, parce que tout syndicat employait systématiquement une partie de ses fonds spéciaux à graisser la patte aux policiers, il avait d'après Fio « le bras très long ».

Sur la photo des Fantastics que Rourke conservait sur lui depuis trois jours, Gillian Daly était la quatrième de la rangée et la plus grande des neuf filles. Il l'avait également jugée la plus jolie dès le début, alors même que le cliché noir et blanc ne permettait pas d'admirer ses cheveux d'un superbe roux doré et ses yeux d'un vert de jade saisissant.

— Que voulez-vous savoir d'autre ? leur demanda Daly. Elle portait son uniforme, celui de l'école pour filles Saint-François-d'Assise. La moitié de ses cours avaient été supprimés aujourd'hui parce que les étudiantes de dernière année devaient se préparer pour une sorte de concours de beauté. C'est pour ça qu'elle était allée faire des courses.

Une grande femme de couleur aux yeux noirs larmoyants surgit avec un plateau d'argent chargé d'une *cafetière** fumante, d'un petit pot de lait et de trois tasses.

— J'avais dit à la p'tite de prendre son parapluie vu qu'il a menacé de pleuvoir toute la matinée, se lamenta-t-elle en posant le tout sur une table basse en verre et métal chromé.

Sean Daly l'observa comme s'il ne concevait pas que,

quelques heures plus tôt à peine, leur monde ait pu être si paisible, si normal.

— Merci pour le café, madame Jousett.

Elle se redressa, le visage empreint d'une telle tendresse que Rourke en fut intrigué.

Tous se turent pendant qu'elle servait le café. Lorsqu'elle fut partie, Daly s'assit sur le canapé Art déco de cuir blanc et fixa sa tasse d'un air désemparé.

— Comment vous aider ? Il doit bien y avoir quelque chose...

Rourke était entre-temps retourné devant le tableau.

— Elle attend sous l'horloge, réfléchit-il à voix haute, à la surprise de Daly, qui ne l'avait pas encore entendu prononcer un mot. Sa tante est en retard, et elle sait ce qu'il est advenu des autres Fantastics. Elle a donc peur, ou bien elle est futée et décide de rentrer à la maison... (Il fit demi-tour et traversa la pièce pour s'approcher de Daly.) Ce qui nous aiderait, c'est une liste des personnes en qui elle a suffisamment confiance pour les suivre en toutes circonstances.

Les deux hommes se jaugèrent et se défièrent du regard. Le leader syndical avait des yeux gris pénétrants et les traits durs d'un homme ayant eu assez de poigne pour s'élever à la tête d'une organisation regroupant plusieurs milliers d'adhérents. Sean Daly avait le pouvoir de mettre la ville à genoux et l'avait déjà prouvé par le passé.

— Gilly est une bagarreuse, dit-il. Elle ne se serait pas laissé kidnapper sans résister par un étranger au beau milieu de Canal Street, et en plein jour qui plus est. Alors bien sûr que je peux vous établir cette liste. (Il se redressa et se dirigea vers la fenêtre.) Je pensais juste...

— Qu'il s'agissait peut-être d'un flic, compléta Fio.

— Ou d'un prêtre, ajouta Rourke.

Il étudia une dernière fois le portrait. Il y avait quelque chose en elle qui, n'importe quel autre jour, vous aurait donné envie de lui sourire.

— Vous permettez que j'inspecte sa chambre ?

Daly l'y invita d'un grand geste de la main.
— Oui, évidemment. Faites votre travail...

Sean Daly le guida à travers la maison tandis que Fio allait dans la cuisine interroger la gouvernante.

Rourke avait vu trop de chambres similaires ces derniers temps. Celle de Gilly était tout en dentelle blanche et satin rose et jaune. Elle possédait une collection de peluches réparties sur une étagère qui courait le long de trois murs. Seul un ours polaire était blotti contre les oreillers de son lit : borgne et sale, il devait compter parmi ses préférés.

— L'œil manquant a été mangé par son colley quand il n'était encore qu'un chiot, expliqua Daly, appuyé contre le montant de la porte.

Il était habillé d'un luxueux costume en flanelle grise, mais avait ôté sa cravate et sa veste. Les manches de sa chemise roulées laissaient entrevoir une ancre marine décolorée tatouée sous les poils de son avant-bras. Une montre en or brillait à son poignet.

— Ses amies lui en avaient offert un nouveau cette année pour son anniversaire, mais elle ne supportait pas l'idée de se séparer de l'ancien... Vous avez des enfants ?

— Une fille. Elle a sept ans.

— Alors vous n'avez pas fini de vous faire des cheveux blancs.

Rourke grogna avec amusement.

— J'ai déjà eu droit à quelques frayeurs.

Ils ébauchèrent un sourire, avant que tous deux ne prennent simultanément conscience de l'horrible vérité contenue dans ces propos polis et anodins.

Gillian avait accroché des photos autour du miroir de sa coiffeuse, dont celle des Fantastics devant le cinéma. Sur une autre, elle posait dans son uniforme, à l'entrée de son école, et à plusieurs reprises avec son père – sur les chevaux ailés du carrousel, au City Park, mais aussi devant un plat de crevettes bouillies à l'occasion d'un barbecue et sur un voilier.

Au milieu des clichés figurait une carte postale représentant un ours en peluche. Rourke la retourna. *Joyeux anniversaire*, avait écrit une main d'écolière. Apparaissaient ensuite les huit signatures des Fantastics.

Il montra la carte à Daly.

— Je peux la garder ?

— Oui, oui, bien sûr.

Daly s'écarta de la porte et s'avança dans la pièce. Rourke perçut la terreur qui l'envahissait.

— Seigneur tout-puissant, sauvez-moi ! Qu'aurais-je dû faire ? s'écria-t-il. L'enfermer ici à double tour jusqu'à la fin de sa vie ?

— La dernière fille... Mary Lou Trescher... Il ne l'a pas tuée tout de suite après l'avoir enlevée.

— Il est en train de la violer alors...

Daly avait articulé ces mots d'une voix éteinte, mais tout son être hurlait de douleur.

— C'est une bagarreuse, d'après vous, lui rappela Rourke.

L'homme acquiesça, la mine sombre.

— Arrêtez ce salopard avant qu'il soit trop tard.

Sous le crachin qui tombait, les deux inspecteurs contemplèrent depuis la pelouse la demeure au style Tudor vue de l'extérieur, et Art déco de l'intérieur.

— Le pauvre, soupira Fio.

— Ouais, opina Rourke, qui songea combien Daly avait eu l'air frappé en plein cœur.

Toutes les voitures de patrouille et tous les agents avaient reçu l'ordre de rechercher Gillian. Ils se devaient d'essayer. Rourke avait insinué devant son père qu'il existait une chance de la retrouver vivante, bien qu'il n'en crût pas un mot.

— Ce merdier me donne mal au crâne, dit-il. J'ai besoin d'un endroit tranquille où je pourrais réfléchir, et peut-être aussi éplucher le dossier. Qui sait si on ne verrait pas un lien entre certains événements dans les articles qu'on n'a pas eu le temps de lire pendant qu'on tournait en rond.

Il scruta la joue enflée de son coéquipier. Celui-ci avait presque les larmes aux yeux tant il souffrait.

— Il vaudrait mieux que tu ailles te faire arracher cette dent avant que ta tête explose, lui conseilla-t-il.

— Ouais, grommela Fio avec morosité.

Rourke se fit déposer près du palais de justice. Il gagna la salle des inspecteurs, mit leur chef au courant de la situation, consulta ses messages téléphoniques, passa quelques coups de fil. Puis il se munit du dossier concernant l'« affaire Fantastics », comme la désignaient désormais les inspecteurs, afin de prendre un peu de distance par rapport à l'atrocité de ces crimes.

Cédant à une impulsion, il sortit aussi les documents relatifs au crucifiement du père Pat et jeta le tout dans une boîte.

Remy l'attendait à son retour. Le tournage s'était achevé tôt ce jour-là en raison du temps, et elle lui déclara qu'elle s'était employée à se cultiver en se plongeant dans *La Révolte des anges*, d'Anatole France. Elle portait l'une des chemises blanches de Rourke et une salopette en jean que l'on aurait imaginée sans peine sur le dos d'un pêcheur mais qui, elle, la rendait sexy.

Il lui parla de Gillian Daly pendant qu'elle préparait du café, tout en savourant sa présence chez lui. Même s'il s'interdisait d'espérer qu'elle puisse devenir permanente.

Du salon leur parvenaient les rires de Katie et de Mme O'Reilly, qui écoutaient une émission de radio consacrée à des artistes amateurs. Rourke goûta la douceur de cet instant. La gaieté de sa fille. La vue excitante des fesses de Remy moulées par une salopette en jean. L'arôme du café chaud un après-midi pluvieux. C'était le genre de bonheurs que l'on tient pour acquis jusqu'à ce qu'un événement tragique vous les arrache.

— Ce type était anéanti, raconta-t-il à Remy, assis à la table de la cuisine. Et rien ne pourra jamais l'aider à se reconstruire. Otis Bloom et sa femme avaient la même expression. On ne survit pas à la perte d'un enfant. On ne fait plus que compter les jours après.

Elle vint vers lui, noua ses mains derrière son cou et l'attira contre elle jusqu'à nicher sa tête entre ses seins. Il entendit battre son cœur, respira son parfum. Mais elle n'avait pas de mots pour le réconforter. Il n'en existait pas.

Une fois le café prêt, ils l'emportèrent dans la salle à manger avec les dossiers et étalèrent celui concernant les Fantastics sur la table en noyer que Mme O'Reilly avait cirée.

— Que recherche-t-on ? s'enquit Remy.

— Des liens. Un fil. Un élément manquant, ou bien présent là-dedans alors qu'il ne devrait pas y être. Un miracle…

Elle contempla longuement la photo des neuf adolescentes. La douleur se lisait en elle lorsqu'elle s'en détacha.

— Dans le milieu du cinéma, on a vite fait de s'imaginer qu'on est au centre du monde. Mais le lien le plus flagrant que je vois entre ces filles, c'est le fan-club qu'elles m'ont consacré. Day, et si tout était de ma faute ?

— Bon Dieu, bébé. Dans ce cas, le responsable serait ce tordu. Tu n'as rien à te reprocher.

Rourke constata ensuite que Nate Carroll avait constitué une liste des amis, relations et parents communs à toutes les Fantastics. Il la parcourut soigneusement, sans rien noter de particulier.

— Examine ces noms et dis-moi si quelque chose te frappe.

Elle s'exécuta.

— La liste est longue, commenta-t-elle quelques minutes plus tard.

— Pas étonnant : elles vivaient dans le même quartier, fréquentaient la même école et la même église, mangeaient dans les mêmes restaurants et faisaient du shopping dans les mêmes boutiques.

— Elles appartenaient pourtant à des classes sociales différentes. Les Layton sont issus d'une vieille famille fortunée, alors que Mme Trescher travaille comme vendeuse dans une épicerie. Et M. Daly est un puissant leader syndical tandis que M. Bloom est chauffeur de taxi.

— Les gosses n'y attachent pas d'importance. À en croire Della Layton, les Fantastics s'échangeaient presque tout : lingerie, rouges à lèvres et secrets sur le s-e-x-e...

— Parce que les garçons ne s'échangent pas leurs secrets sur le s-e-x-e ?

— Nan. On est des ignares dans ce domaine. On improvise au fur et à mesure et on s'en vante après.

Il considéra son visage, le léger sourire esquissé par ses lèvres, la manière dont ses cheveux balayaient le haut de ses oreilles, semblables à de petits coquillages translucides, et celle dont sa poitrine tendait sa chemise. Il avait désespérément envie d'elle, tout en sachant que ce désir découlait en grande partie de son besoin de faire un pied de nez à toutes les horreurs placées par Dieu sur son chemin.

Elle rosit sous l'intensité de son regard et se concentra sur les premiers rapports qu'elle avait lus.

— J'ai peut-être quelque chose ! s'exclama-t-elle. Mais j'ignore quelle importance ça a. La dernière fois que Mercedes Bloom a été aperçue, elle sortait d'un salon de beauté de Canal Street. Il commençait à pleuvoir et elle courait attraper un tramway pour ne pas mouiller sa nouvelle coiffure. Il pleuvait aussi le soir où Nina Duboche a disparu. Et il pleut encore aujourd'hui. Sauf qu'il faisait beau samedi dernier quand Mary Lou a été enlevée. Flûte.

Rourke se redressa sur sa chaise et saisit le rapport. Un vent soufflait soudain dans son crâne.

— On part toujours du principe que ce type arrive à les approcher parce qu'elles le connaissent, raisonna-t-il. Nous disons donc qu'il pleut. Il s'avance vers elles et leur propose de les conduire où elles veulent, elles montent dans sa voiture et ça y est, le piège se referme sur elles.

Il se représenta une fille pressant le pas dans la rue afin d'échapper à l'averse qui menace. Elle doit se rendre quelque part. Une voiture s'arrête alors à sa hauteur le long du trottoir et un type l'appelle par son nom. Elle ralentit, parce que visiblement il la connaît, elle se retourne et là, elle voit…

— Bon Dieu, Remy ! Ta réflexion au sujet de Mercedes… elle avait changé de coupe…

Il farfouilla parmi les documents éparpillés sur la table jusqu'à dénicher la photo encadrée qu'Ethel Bloom lui avait confiée le soir de l'exécution de Titus Dupre. Sans être spécialiste en la matière, il lui semblait bien que c'étaient des cheveux crantés qu'avait Mercedes Bloom sur ce portrait.

Le jour de sa disparition, la fille quelconque aux goûts démodés et au regard sombre avait adopté un nouveau style de coiffure. Mercedes Bloom, la première victime choisie par le tueur, et celle qu'ils n'avaient jamais retrouvée.

Remy s'était levée afin d'étudier la photo par-dessus son épaule.

— Elle a l'air triste, observa-t-elle. Ses yeux ressemblent à ceux des anges de marbre au-dessus des tombes des cimetières St. Louis.

Les yeux d'une fille trop jeune pour tout savoir sur le s-e-x-e et *la petite mort**, médita Rourke.

Tout s'éclaira brusquement, comme si un flash avait explosé dans sa tête. Il comprit qui était l'assassin et tout ce qu'il avait fait. *Tout.* Et pourquoi.

— « Ayez merci… »

Il sauta sur ses pieds et fonça dans le couloir, vers le crochet auquel il avait pendu sa veste en rentrant. Remy le rejoignit.

— Si je te dis « ayez merci », à quoi penses-tu ?

— Que tu supplies Dieu, ou n'importe qui d'autre, d'abréger tes souffrances.

— Exact, c'est aussi ce que j'ai cru. Nous avons tous donné ce sens aux dernières paroles du père Pat. (Rourke brandit la carte postale qui, quelques heures plus tôt encore, ornait le miroir de Gillian Daly.) Maintenant, jette un œil à ça. Qu'est-ce que tu remarques ?

— Un ours en peluche.

— Non, au dos. Observe les signatures au dos. Elle devait avoir un surnom. J'ai entendu Della Layton l'employer ce soir.

Remy retourna la carte, et il vit le même flash l'éblouir.

— Oh ! mon Dieu…

Rourke se précipita dans la salle à manger et fouilla le carton contenant le dossier sur le père Pat que, sur une impulsion – merci, mon Dieu ! –, il avait eu la bonne idée d'emporter.

Il en extirpa l'agenda du prêtre et l'ouvrit à la dernière page, là où figurait le numéro dont il se maudissait de ne pas avoir cherché l'origine plus tôt. Le sang bouillonnait dans ses veines. *Je te tiens, salopard, assassin, sadique. Je te tiens.*

Il passa ensuite dans le salon où Katie et Mme O'Reilly disputaient à présent une partie acharnée de poker avec de vrais pennies, et se dirigea vers le téléphone, posé sur un petit bureau aux ornements en chrysocale.

Il contacta l'opératrice, lui communiqua le numéro et la pria de le rappeler dès qu'elle aurait identifié la ville et l'adresse correspondantes. Remy et lui décortiquèrent ensuite leur théorie en quête d'une éventuelle faille, tout en guettant avec impatience la sonnerie du téléphone. Ils sursautèrent lorsque enfin elle retentit.

— Il s'agit d'une pension à Galveston, au Texas, dit-il à Remy, qui s'empara d'une feuille pour inscrire les coordonnées exactes de l'endroit.

Il se fit ensuite mettre en relation avec le commissariat et demanda à parler au capitaine, auquel il soumit ses conclusions avec l'espoir qu'il ne les jugerait pas aussi grotesques et peu convaincantes qu'elles commençaient à lui apparaître.

— Je file à Galveston vérifier que je ne me raconte pas d'histoires, l'informa-t-il. On n'aura aucune certitude tant que je ne serai pas allé là-bas, mais en attendant Gillian Daly est peut-être encore vivante, alors il faut qu'on arrête ce malade tout de suite et qu'on le cuisine. Si on réussit à lui faire cracher le morceau, on a une chance de sauver la fille. Et veillez bien à ce que les gars qui iront chez lui inspectent le garage.

Ils perdirent encore quelques précieuses minutes à planifier la suite des opérations, puis Rourke raccrocha.

— La pauvre petite, murmura Remy, soudain fatiguée.

Il l'enlaça et la serra contre lui en l'embrassant sur le front.

— Écoute, je préférerais que tu ne sortes plus aujourd'hui, d'accord ? Reste ici avec Katie et Mme O'Reilly. J'ai besoin de savoir mes troupes en sécurité.

Elle se blottit contre lui en appuyant sa tête dans le creux de son cou.

— Sois prudent.

Rourke enfila sa tenue d'aviateur : pantalon en whipcord, bottes, et blouson de cuir marron qui le tiendrait plus ou moins au chaud quand il se retrouverait à un kilomètre et demi au-dessus du sol, dans le cockpit ouvert d'un biplan fait de bois, de câbles et de toile.

Une fois prêt, il enfourcha sa moto, quitta la ville sur les chapeaux de roue et longea la St. Bernard Highway jusqu'à un petit terrain d'aviation, où se dressait une ancienne laiterie convertie en hangar.

La première fois que Remy Lelourie l'avait abandonné, l'été de ses dix-neuf ans, Rourke était parti à la guerre pour lui montrer de quoi il était capable – fidèle en cela à la grande tradition des hommes au cœur brisé. Dans son cas, la guerre en question avait été celle de 14-18. Il avait intégré une flottille française composée de volontaires américains, l'escadrille Lafayette, au sein de laquelle il avait d'abord appris à piloter un avion de chasse, puis à s'en servir pour abattre des appareils ennemis à l'aide de deux mitrailleuses tirant huit cents coups à la minute.

Il avait trop aimé voler pour ne pas continuer une fois rentré, si bien que, ayant un jour amassé de gros gains aux courses, il s'était acheté un Spad provenant des surplus de l'armée.

La pluie avait cessé et un timide soleil perçait derrière les nuages lorsqu'il bifurqua sur un sentier qui coupait à travers un pré en direction de l'aérodrome. Une manche à air lui indiqua que le vent se levait.

Il roula le Spad hors du hangar. Il avait largement le temps d'atteindre Galveston avant la nuit, mais, parce que le retour s'effectuerait dans l'obscurité, il s'astreignit malgré sa fébrilité à quelques vérifications.

Il passa la main sur les haubans et testa la tension des câbles de vol, tout en se félicitant d'avoir révisé l'appareil quelques semaines plus tôt.

Son inspection achevée, il remplit le réservoir d'essence. Cinq minutes plus tard, il décollait. Il vira sur l'aile en altitude et mit le cap sur l'ouest, suivant la douce lumière dont le soleil nimbait le bayou Lafourche.

Le crépuscule teintait d'argent les brisants du golfe du Mexique et de rose-orange les plages de Galveston quand il atterrit sur un terrain d'aviation au nord de la ville. Il emprunta un vieux tacot au propriétaire, un ancien pilote de haute voltige, et se fit expliquer le chemin jusqu'à l'adresse que lui avait fournie l'opératrice au téléphone.

Il repéra sans peine la pension – une vieille demeure victorienne de deux étages dotée d'un large perron de bois – et arriva pile au bon moment . une jeune fille vêtue de la jupe noire et du chemisier blanc des employées d'épicerie s'avançait sur le trottoir depuis un arrêt de bus. Il attendit qu'elle ne soit plus qu'à quelques pas de lui, descendit de sa guimbarde et lui barra la route.

— Bonsoir, mademoiselle Mercy Bloom.

29

Gillian Daly était allongée, nue, dans le noir, avec les rats.

Elle sombrait parfois dans un doux néant blanc où elle évoluait seule et où rien n'était susceptible de la blesser. Elle s'y réfugiait le plus longtemps possible, jusqu'à ce que quelque chose la rappelle à la réalité : une crampe, la soif, la faim, la douleur, la course d'un rat sur les briques. Un mauvais souvenir.

Elle avait une fois repris conscience au son de hurlements et supposé qu'une autre fille se faisait violenter à côté d'elle, avant de s'apercevoir que ces cris étaient les siens et qu'ils émanaient de l'intérieur de sa tête. Elle-même était incapable de les proférer à cause du chiffon fourré dans sa bouche. Elle parvenait à peine à respirer avec, aussi demeurait-elle immobile, aspirant tant bien que mal un peu d'air et tendant l'oreille au maximum, à l'affût du couinement des grandes portes coulissantes et du crissement du gravier sous des pas.

La peur avait grandi en elle à mesure que le temps passait sans que sa tante Judy apparaisse. Et puis il s'était mis à pleuvoir de plus en plus fort et les gens s'étaient faits moins nombreux autour d'elle. Un tramway avait surgi dans un bruit de ferraille, mais elle n'avait pas eu le courage de monter dedans et de s'asseoir au milieu d'étrangers, parmi lesquels se trouvait peut-être... Mais son esprit avait écarté cette pensée et, juste à cet instant, un taxi s'était arrêté au bord du trottoir. Le père de Mercy Bloom avait baissé sa vitre et l'avait interpellée pour lui proposer de la ramener chez elle. Il n'est pas prudent de rester seule, lui avait-il dit. Même sous l'horloge de D.H. Holmes.

Elle avait eu atrocement mal lorsqu'il l'avait violée, sans compter que, face à sa résistance, il l'avait presque assommée en la giflant. Son visage lui semblait à vif et tuméfié, et elle avait l'impression de saigner entre les jambes. Ce n'était pourtant pas ça le pire. Le pire, c'était de savoir qu'il reviendrait, qu'il la violerait encore, et qu'il la tuerait ensuite.

Papa, hurla-t-elle derrière son bâillon. Des larmes lui brûlèrent les yeux. Elle les ferma en étouffant ses sanglots. *Papa, sauve-moi. S'il te plaît, papa, je serai sage, papa, s'il te plaît, s'il te plaît, il faut que tu viennes me chercher maintenant. S'il te plaît, viens, papa, s'il te plaît...*

Oh, mon Dieu ! Elle rouvrit les yeux et constata que le jour déclinait dehors. Elle ne distinguait plus les particules de poussière en suspension dans l'air, ni les chevrons apparents du plafond. Tout au plus une légère lueur filtrait-elle par la rangée de fenêtres au verre dépoli situées en hauteur.

Elle tenta de bouger. Seigneur, cela faisait mal, si mal !

Il l'avait attachée les bras levés à un radiateur, lui-même fixé au mur de brique. La chaîne, lourde, épaisse et en fer, avait été enroulée autour de son poignet gauche, puis du droit, avant d'être bloquée par un cadenas au pied de l'appareil. Elle l'avait tant meurtrie que sa chair avait l'aspect de la pulpe. Comme un fruit pourri.

Elle renversa la tête en arrière, pivota sur le côté en gémissant pour essayer de mieux la voir et tira dessus en un effort dérisoire pour briser les solides maillons.

L'ayant heurtée bruyamment contre le radiateur, elle eut

soudain le doux espoir d'avoir peut-être alerté quelqu'un. Elle se démena donc encore, jusqu'à ce que la douleur et l'épuisement aient raison d'elle.

Au moins avait-elle fait fuir les rats.

Elle ne connaissait pas cet endroit. Un peu plus tôt, à la lumière du jour, elle avait eu l'impression d'être dans un ancien garage. Une pile de pneus pourrissait dans un coin et quelques pare-chocs cabossés étaient appuyés contre un mur. Des bidons d'huile vides, un entonnoir et des chiffons graisseux jonchaient le sol çà et là. Au milieu, un élévateur hydraulique – de ceux utilisés pour travailler sous les voitures – occupait presque tout l'espace. Et il y avait des outils débordant d'une caisse à côté d'un établi.

Des outils...

Elle avait distingué une clé anglaise par terre, tout près de l'élévateur.

Gillian plissa les yeux dans l'obscurité pour la retrouver. La clé était noire, comme sa chaîne, et rouillée au manche, mais ses mâchoires lui avaient paru robustes. Assez en tout cas pour lui servir éventuellement de levier et casser l'un des maillons. Peut-être pourrait-elle se libérer, si seulement elle réussissait à l'attraper.

Petit à petit, elle déplaça son corps blessé et ensanglanté, inspirant par à-coups, criant derrière son bâillon, jusqu'à ce que la chaîne soit étirée au maximum. Et elle allongea le bras, força, tendit les doigts aussi loin que possible, les tendit encore...

Il manquait dix centimètres.

Remy Lelourie versa un peu plus d'huile de rose dans son bain, ferma les robinets, ôta son kimono de soie rouge et entra dans la baignoire avec précaution tant l'eau était brûlante.

Trop même, grimaça-t-elle. Elle s'y glissa lentement, s'habituant peu à peu à la chaleur.

En bas, dans la cuisine, Mme O'Reilly battait des œufs en neige dans un bol. Il ne pleuvait plus et, par la fenêtre qu'elle avait entrebâillée afin de laisser s'échapper la vapeur, elle entendait le flic-floc des gouttes tombant de l'avant-toit et des bananiers, ainsi que Katie qui jouait dans la cour. Sa corde à sauter claquait sur les pierres mouillées tandis qu'elle chantait : « J'avais un chiot, il s'appelait Petit Tim… »

Ajoutés à son bain parfumé, ces bruits familiers auraient dû l'apaiser, mais ses pensées la ramenaient toujours à cette pauvre fille ligotée quelque part, où elle subissait Dieu sait quelles horreurs. Et à Day aussi. Sans raison apparente, elle s'inquiétait pour lui.

Elle l'avait déjà regardé effectuer des tas d'acrobaties avec son Spad. Des loopings, des spirales, des chandelles, des vrilles, et cette manœuvre particulièrement spectaculaire et audacieuse appelée immelmann. Un vol de deux heures le long de la côte relevait d'une promenade de santé en comparaison. Et puis, il ne courait aucun danger à Galveston. Il n'avait rien à craindre de Mercedes Bloom, hormis ce qu'elle lui révélerait. Otis Bloom était quant à lui à La Nouvelle-Orléans et ignorait que la police le recherchait. Peut-être même croupissait-il déjà en prison à cette heure, espéra-t-elle.

Elle se répéta tout cela, mais ne parvint pas pour autant à étouffer son appréhension. Comme quand on s'éveille au beau milieu de la nuit, persuadé de la présence d'un intrus chez soi.

Remy frissonna. Elle se sentait soudain vulnérable, nue dans cette baignoire. Elle s'était redressée et avait saisi la serviette posée sur un tabouret à côté d'elle quand elle surprit un mouvement dans le miroir au-dessus du lavabo.

Elle se figea, rivée sur le reflet de ses yeux écarquillés, avant de fixer un point derrière elle. La porte de sa chambre était entrouverte, révélant le bout du grand lit à baldaquin. Elle retint son souffle et perçut le léger bruissement d'une étoffe frottée contre une autre, suivi du craquement du plancher.

Elle le vit alors dans la glace… une silhouette massive qui se levait du lit.

Remy Lelourie ne s'était jamais crue hystérique, mais cette fois elle poussa un cri digne d'une cantatrice d'opéra.

Et l'homme prit la fuite.

Il fonça dans le couloir, dévala les marches jusqu'au rez-de-chaussée et jaillit dehors par l'entrée principale pendant que Mme O'Reilly et Katie grimpaient quatre à quatre l'escalier à l'arrière de la maison. Remy enfila son kimono et se précipita dans la chambre. Là, elle hurla une deuxième fois, un peu moins fort peut-être, en découvrant les mots inscrits sur le mur au-dessus du lit. En lettres de sang.

Le message se distinguait des précédents. Il était pire :

Où je veux. Quand je veux.

Daman Rourke écouta le récit de Mercedes Bloom et combla lui-même les blancs – par intuition, supposition ou expérience. Avec le temps, il s'était familiarisé avec les facettes les plus noires de l'âme humaine.

Mercedes dormait avec son père depuis l'âge de onze ans. Sa mère était au courant. Elle avait même quitté le lit conjugal pour celui de sa fille, laissant cette dernière à la merci de son mari.

Loin de nier son péché, Otis Bloom se rendait chaque Vendredi saint dans un confessionnal afin de s'en laver. Il s'adressait chaque fois à des prêtres différents, dans des églises différentes, et un jour même dans une ville différente.

Certains avaient été plus choqués que d'autres, mais après qu'il leur eut montré combien il regrettait, tous avaient accepté de l'absoudre et d'en rester là. Ils insistaient bien cependant sur le fait que se repentir ne suffisait pas. Il lui fallait s'engager à ne plus jamais recommencer, à faire pénitence et, au cas où il serait encore soumis à la tentation, à prier Jésus-Christ de lui donner la force de résister.

Peut-être que, à l'instant où, en tant qu'émissaires de Dieu sur Terre, ces religieux avaient effectué le signe de croix marquant leur pardon, Otis Bloom s'était sincèrement cru capable de changer. Pour lui, se repentir n'avait jamais été bien difficile, et il avait besoin de cette absolution. Ce qu'il ne voulait pas en revanche au plus profond de lui-même, c'était ne plus toucher à sa fille.

Il obligeait cette dernière à l'accompagner et l'envoyait dans l'isoloir sitôt qu'il en était sorti. Ainsi qu'il le lui avait expliqué, ce péché était aussi le sien. Il fallait être deux pour baiser, lui disait-il. Deux pour expérimenter *la petite mort**.

Jusqu'au jour où, par insouciance ou arrogance, Otis Bloom avait décidé pour la première fois de soulager sa conscience près de chez lui, au Saint-Rosaire. Mais il avait dû avoir affaire au père Pat, devina Rourke, et *elle* avait refusé d'en rester là.

Adossé à la clôture de la pension, Rourke prit ainsi connaissance du cauchemar vécu par Mercedes Bloom, tout en observant des nuages noirs de pluie s'amonceler au-dessus du golfe du Mexique.

L'adolescente, qui s'était assise sur un rocking-chair en osier, exerça des poussées sur le sol avec son pied durant tout le temps qu'elle se confia à lui. Seul le grincement continu du fauteuil troublait sa voix monocorde.

La nouvelle du crucifiement du père Pat et des meurtres des Fantastics avait fait trop grand bruit pour ne pas être relayée par la presse de Galveston, mais Mercedes Bloom semblait n'y avoir prêté aucune attention, et ne fut pas le moins du monde horrifiée quand il l'en informa. Et tandis qu'elle lui décrivait en détail tout ce qu'elle avait subi au fil des ans, Rourke songea qu'elle avait en effet tout d'un ange de marbre. Son cœur et ses sentiments avaient été pétrifiés par la perversion d'Otis Bloom.

Seul le père Pat avait réussi à émouvoir cette enfant de pierre, avant de tenter de la sauver.

— Il m'a assuré que papa était le seul fautif et que je n'avais rien à me reprocher. Et puis il m'a montré comment je pouvais mettre fin à tout ça.

Rourke l'imagina se transformant, coupant ses cheveux crantés, montant dans le tramway qui l'emmènerait non pas chez elle, mais à la gare, vers une nouvelle identité, une nouvelle ville et une nouvelle vie – toutes fournies par le réseau du père Pat.

Elle avait suivi à la lettre ses instructions, sauf une.

— Il ne voulait pas que je prévienne qui que ce soit, pas même Nina ou les autres Fantastics. Seulement, je m'inquiétais pour ma mère, parce qu'elle allait s'imaginer qu'il m'était arrivé malheur. Alors un soir, quelques semaines après m'être installée ici, je lui ai passé un coup de fil à un moment où je savais que mon père travaillait et je l'ai tranquillisée. Je lui ai parlé très vite, sans préciser où j'étais, et j'ai raccroché tout de suite après. Je lui ai juste dit que le père Pat avait trouvé un moyen de m'éloigner de papa et que j'allais bien.

Et Ethel Bloom, poussée par un sombre mobile qu'il ne souhaitait pas élucider, avait tout rapporté à son mari.

Rourke se remémora le prêtre tel qu'il l'avait vu la première fois, crucifié sur une poutre dans une usine désaffectée. Son passage à tabac, les bougies sous ses pieds, les clous dans ses poignets, tout cela visait à lui faire avouer où se trouvait Mercy Bloom.

L'adolescente pour qui le religieux était mort leva soudain ses yeux d'ange de marbre vers Rourke.

— Maintenant que le père Pat est mort, vous pensez que je pourrais rentrer à la maison ? Je n'aime pas pointer les marchandises à l'épicerie, et la dame qui dirige la pension est une vieille rapiat. On n'a droit qu'à un bain par semaine et elle surveille tout, jusqu'au nombre de sucres qu'on prend avec notre café.

Rourke ne répondit pas. Même si sa vie en avait dépendu, il aurait été incapable à cet instant de prononcer le moindre mot. Le silence s'abattit entre eux, brisé par le grincement du rocking-chair et le chuchotis du vent soufflant sur le grand orme du jardin.

— De toute façon, trancha Mercedes, je crois que le père Pat se trompait au sujet de papa. Il n'a jamais vraiment eu l'intention de me faire du mal. Il ne cessait de me répéter que j'aimerais ça, et parfois c'était vrai.

Rourke utilisa le téléphone de la pension et arpenta de long en large le petit salon encombré en attendant que l'opératrice le rappelle et le mette en liaison avec son commissariat.

Il tomba sur Fio.

— C'était bien elle, lui apprit-il. Mlle Mercedes Bloom, saine et sauve – enfin, façon de parler. Elle vit à Galveston… Vous avez coffré son père ?

La voix de son coéquipier, entrecoupée par les grésillements de la ligne, lui parvint très assourdie.

— Il n'était pas chez lui et il ne possède pas de garage, juste une vieille remise remplie de bric-à-brac. On a découvert sa femme au lit, ivre morte. Nate Carroll l'a suffisamment dessoûlée pour lui arracher qu'elle ignorait où était Bloom. Encore que… d'après Nate, elle savait ce qu'il faisait à sa fille.

— Et il a raison.

— Putain ! Enfin, nos hommes sont en train d'arrêter tous les taxis en circulation, même si le chef doute qu'il soit dans la rue. Il le suppose plutôt avec la fille Daly.

— Mince ! Bon, je me dépêche. Il y a un orage qui se prépare mais je vais essayer d'arriver avant lui.

La ligne sauta et grésilla de plus belle, et c'est à peine si Rourke capta ce que Fio ajouta ensuite :

— Mlle Lelourie et ta Katie ont eu…

— Quoi ? cria-t-il.

Mais la communication fut interrompue.

Il actionna le support du combiné et recomposa le zéro, sans succès – l'opératrice était injoignable. Le vent avait dû emporter des fils quelque part. Il déambula dans la pièce en tentant de se persuader que si Katie et Remy avaient eu des ennuis sérieux, Fio l'en aurait d'emblée averti.

Il retenta sa chance en vain avec le téléphone, puis décida de ne pas s'attarder davantage. Mieux valait partir sur-le-champ s'il voulait regagner La Nouvelle-Orléans dans la soirée.

Mais le tacot qu'il avait emprunté n'avait rien d'un bolide, si bien que Rourke piaffait d'impatience lorsque enfin apparut le terrain d'aviation. De grosses bourrasques secouaient son appareil, sifflant entre les fils tendeurs et tirant sur les cordes qui l'arrimaient au sol. N'était la lumière grise qui persistait dans le ciel, il faisait presque nuit. Rourke se tourna vers l'ouest où des nuages noirs obscurcissaient l'horizon.

— La tempête approche, commenta l'ancien pilote en l'observant procéder aux vérifications d'usage.

— Il faut que j'y aille.

— Vous avez fait la guerre ?

— Escadrille Lafayette.

— Voler, tuer, regarder ses amis se faire descendre les uns après les autres... Je suppose que ça donne aux hommes le désir de mourir.

Rourke sourit intérieurement de cette sommaire analyse psychologique.

Il décolla sans problème, mais fut vite rattrapé par la pluie et dut se débattre avec le manche pour maintenir son appareil stable. Il continua ainsi, à basse altitude, en se repérant au tracé de la côte et aux lumières des rares habitations nichées au milieu des bayous et des marécages.

Il estimait avoir échappé au pire quand un grain se profila devant lui, tel l'à-pic d'une falaise. Il n'eut que quelques secondes pour régler ses commandes avant de s'enfoncer dedans.

Une couverture noire et humide l'enveloppa aussitôt, et il rencontra un trou d'air en même temps qu'une pluie glaciale lui cinglait la figure. Il pesa de toutes ses forces sur la gouverne de profondeur. Ballotté par de violentes rafales, le Spad tangua, décrivit des lacets, tangua encore. Tout en luttant pour ne pas lâcher le manche, Rourke comprit qu'il n'avait pas d'autre choix que de s'élever au-dessus de l'orage.

Les gouttes de pluie se transformèrent en glace sur ses lunettes de protection à mesure qu'il prenait de l'altitude et le Spad trembla sous les assauts répétés du vent. Parce qu'il redoutait que le carburateur ne gèle, Rourke ne quitta pas des yeux son altimètre, tout en tendant l'oreille au bruit du moteur. Comme en réponse à ses craintes, il perçut des ratés – signe qu'il perdait de la puissance. Son regard se porta sur l'anémomètre. Celui-ci ne fonctionnait plus. Il le tapota durement, mais rien n'y fit, il affichait toujours zéro.

Rourke savait qu'il avait évolué trop longtemps dans le noir pour avoir encore le sens de l'équilibre. Privé d'anémomètre, il n'avait pas eu conscience de voler de plus en plus lentement. Trop lentement compte tenu de son angle de montée. Bientôt, son avion ne bénéficierait plus d'assez de portance...

Le Spad décrocha soudain. Il vibra et, fendant l'obscurité, se mit à plonger en vrille vers le sol.

Assise sur la chaise de son père, Katie Rourke fouillait le tiroir supérieur de son bureau à la recherche de chewing-gums. Il en avait aux fruits la dernière fois qu'elle était venue au commissariat, mais ils avaient disparu.

À défaut, elle prit un élastique, l'étira entre deux doigts, visa le nez d'un homme figurant sur le trombinoscope et tira. Raté.

— Vous devez être mademoiselle Katie Rourke, déclara une voix rauque à son oreille.

Après la peur bleue que leur avait procurée l'affreux bonhomme entré chez eux, Katie manqua sauter au plafond.

Elle se retourna et toisa cet inconnu à la moustache aussi raide qu'un goupillon et au crâne si chauve et brillant qu'il semblait en cire. Il lui fut d'emblée antipathique.

Elle examina la salle des inspecteurs autour d'elle au cas où quelqu'un d'autre l'aurait remarqué. L'endroit était désert. Tout le monde courait après le suspect, à l'exception du capitaine Malone, resté dans son bureau avec Mlle Remy et Mme O'Reilly. Tous trois buvaient un café derrière les vitres aux stores levés. Mme O'Reilly avait eu ce qu'on appelait des « palpitations », mais elle avait l'air d'aller mieux à présent.

La fillette observa de nouveau l'homme au crâne de cire et lui décocha le sourire qu'elle réservait aux bonnes sœurs.

— Comment vous savez que je suis Katie Rourke ? Je pourrais très bien être n'importe qui d'autre.

L'homme s'esclaffa et s'empara d'une photo encadrée sur le bureau de son père.

— Je t'ai reconnue là-dessus.

Katie la lui ôta des mains et la reposa à sa place. Elle n'appréciait pas qu'il touche aux affaires de son père.

— Elle a été prise avant que je me coupe les cheveux, le renseigna-t-elle.

— Oh..., répondit l'inconnu, amusé. Dis-moi ma puce, ton papa est là ? Il faut qu'on discute lui et moi.

— Pourquoi ?

— Je l'aide sur une enquête, expliqua-t-il avec un sourire carnassier.

Katie demeura perplexe. Elle n'aimait pas ce type, mais son père lui répétait toujours qu'il n'était pas charitable de se méfier des gens sans raison, simplement parce qu'on en avait envie. Elle décida donc de se montrer gentille.

— Papa est parti avec son avion, mais il va bientôt revenir. Mlle Remy, Mme O'Reilly et moi, on l'attend ici parce que... parce que.

Sur le point de lui raconter l'incroyable aventure qui leur était arrivée, elle se ravisa. Elle n'était pas prête à pousser la gentillesse aussi loin.

— Vous aidez mon père au sujet de cette fille qui s'est enfuie ? lui demanda-t-elle plutôt. Parce qu'il pense l'avoir trouvée

— Hé, c'est super !

L'homme s'éloigna, avant de faire demi-tour. Son pardessus noir claqua contre ses jambes, comme les ailes d'une pie.

— Cette fille... comment s'appelle-t-elle ?

— Mercedes.

— Mercedes ? Ma foi, c'est un très joli nom, n'est-ce pas ? Tu sais dans quelle ville ton papa voulait aller ?

— Non. Je ne crois pas.

— Tu en es sûre ? Réfléchis bien.

Elle fit mine de lui obéir, puis mentit de nouveau :

— Non, il n'en a pas parlé.

La porte du capitaine Malone s'ouvrit à cet instant et la tête chauve du visiteur pivota aussitôt vers elle. Il se pencha ensuite vers Katie, si près qu'elle distingua le tremblement qui agitait les pointes de sa moustache.

— Quand tu le verras, dis-lui bien que je suis passé ici, d'accord ?

Sur ces mots, il s'écarta d'elle et s'esquiva en pressant le pas. Remy s'approcha de Katie. Toutes deux le regardèrent franchir la porte battante et disparaître dans le couloir, son pardessus noir battant toujours contre ses jambes.

— Vise un peu ce que le capitaine Malone a déniché dans son bureau, fit Remy en donnant un paquet de chewing-gums aux fruits à l'enfant. Qui est cet homme ?

— D'après lui, il aide papa à retrouver la fille qui s'est enfuie. Mais il racontait des bobards, à mon avis, parce que si ç'avait été vrai, il aurait dû savoir comment elle s'appelait.

— Bon Dieu ! s'exclama Remy en empruntant à Rourke l'un de ses jurons favoris. (Elle effectua un drôle de petit pas en avant, puis en arrière, comme si elle hésitait sur la direction à prendre.) J'ai bien l'impression que l'homme recherché par toute la police de cette ville vient d'entrer dans cette salle et d'en ressortir sans être inquiété !

Gillian Daly n'avait pas renoncé.

Par trois fois elle avait sombré dans le même néant blanc, avant d'en émerger. Elle avait tiré, tordu sa chaîne, tendu la main au maximum, mais quelques centimètres la séparaient toujours de la clé anglaise. Elle pleura, cria en silence, s'escrima encore. Peine perdue.

Elle n'y arriverait pas. Jamais elle n'atteindrait cette clé à moins de desceller le radiateur du mur. Elle s'y employa donc et se démena jusqu'à ce que la chaîne lui entaille les poignets et macule le sol de sang.

Elle s'affaissa, tremblante et épuisée. Il lui semblait qu'on essayait de lui arracher les bras tant ils la faisaient souffrir. Sa poitrine se souleva pour inspirer. Les larmes et la sueur brouillèrent sa vue.

Je te hais ! hurla-t-elle derrière son bâillon à l'homme qui allait la tuer, à Dieu, au destin et à elle-même. Et elle mit tout ce qui lui restait d'énergie dans une dernière tentative, tout en sachant que jamais le radiateur ne se détacherait. Jamais.

L'une des extrémités finit par se décoller du mur, si violemment que l'appareil pivota et la heurta à la tête, l'assommant presque. La douleur irradia sous forme d'éclairs blancs devant ses yeux, effaçant tout sauf son besoin d'attraper l'outil avant le retour du monstre. Elle le sentait comme un souffle chaud sur sa nuque. Elle le sentait proche.

Bien que le radiateur fût toujours fixé au mur par un pied, elle put cette fois desserrer un peu la chaîne et obtenir plus de mou. Assez pour empoigner facilement la clé avec sa main droite.

Ses doigts se refermèrent autour…

— Salut Gilly.

30

Gillian Daly ne l'avait pas entendu. Il fut là tout à coup, penché sur elle, menaçant, décidé à en finir.

Elle essaya de le frapper au visage.

Il vit venir le coup et le para sans aucun mal. La terreur avait cependant décuplé les forces de l'adolescente, si bien que son geste eut pour effet de libérer l'autre pied du radiateur.

Le rire de cet homme devant son échec la priva des derniers lambeaux de sa raison. La peur le céda en elle à la fureur et elle n'aspira plus qu'à le mettre en charpie. Elle visa ses jambes cette fois, mais il l'évita facilement et lui expédia sa lourde brogan dans l'avant-bras, qu'il cassa net. Elle le comprit en entendant le craquement sec de son os, avant même d'éprouver la douleur.

La clé tomba à terre. Alors qu'elle rampait vers elle, il la rattrapa, la roula sur le dos et l'écrasa sous son poids.

— Ce n'est pas bien, Gilly, dit-il en soufflant fort. Ce n'est pas bien du tout.

Elle rua et se débattit, mais il était trop lourd. Et lorsqu'elle tenta de se servir de la chaîne contre lui, il saisit celle-ci et l'enroula de nouveau autour du radiateur, après lui avoir envoyé son poing dans la figure. Bien qu'il ne fût plus accroché au mur, l'appareil joua toujours son rôle en lui bloquant les bras au-dessus de la tête.

L'homme s'agenouilla à cheval sur elle. Malgré les larmes de douleur et de panique qui l'aveuglaient, elle devina qu'il souriait, et ce sourire fut pour elle la chose la plus horrible qu'elle eût jamais vue, parce qu'il le faisait paraître gentil. Il donnait à croire que jamais il ne pourrait la blesser.

— Ne pleure pas, Gilly. Ne pleure pas, lui murmura-t-il d'une voix si tendre – comme celle de son père quand elle était petite et qu'elle se réveillait après un cauchemar : il lissait alors ses cheveux en arrière, embrassait sa joue mouillée et lui chantonnait une berceuse.

— Je vais bien m'occuper de toi, ma belle, compte sur moi. Très très bien, même…

Tandis que le Spad poursuivait sa chute en vrille, Rourke garda les yeux rivés sur l'altimètre et le compas gyroscopique tout en s'efforçant désespérément de reprendre le contrôle de l'appareil. L'air qui sifflait à ses oreilles le brûlait, le sang quittait ses mains et ses pieds, son champ de vision s'obscurcissait…

Mais soudain, le nez de son avion creva les nuages et il discerna quelques lueurs éparses ainsi qu'un sentier côtier. Sauf que le monde était à l'envers et que les eaux noires se précipitaient vers lui à une vitesse vertigineuse.

Peu importait qu'il n'eût plus que quelques secondes à vivre : il ne lui en fallait pas davantage parce que les lumières et l'océan lui avaient permis de retrouver ses repères. Il poussa la manette des gaz. Son avion cessa son mouvement de spirale avec une secousse qui le fit grincer des dents, puis l'hélice fendit l'air à quinze mètres de la surface de l'eau. Aspergé d'embruns salés, Daman Rourke éclata de rire. Il avait vaincu la mort une fois encore, et cette victoire lui était toujours si douce, si douce.

Les éléments se déchaînaient autour de lui. Des éclairs

zébraient le ciel et dansaient au-dessus de sa tête comme des marionnettes se mouvant par saccades au bout d'un fil, mais il distinguait à présent le réseau plus dense des lumières de La Nouvelle-Orléans. Il rit de plus belle. *Sauvé !*

Une demi-heure plus tard, Rourke fonçait à moto sur le revêtement glissant de la St. Bernard Highway, aussi vite que s'il avait eu le diable à ses trousses. Ce flirt avec la mort lui avait fait l'effet d'un rail de coke.

Il savait où Bloom retenait la fille.

Il coupa le moteur de son Indian Chief trois rues avant et progressa sans un bruit jusqu'à l'usine de macaronis. Là, il examina le garage de l'autre côté de la rue – celui qu'avaient investi les forces de l'ordre deux semaines plus tôt au cours d'une opération très commentée par la presse. Le grillage et le panneau Victory Gasoline grinçaient bruyamment sous le vent. Des déchets tourbillonnaient autour des pompes à essence.

Rourke s'avança à pas feutrés vers le bâtiment de bardeaux gris corrodés noyé dans l'ombre. Bien qu'aucun signe de vie ne fût perceptible, il remarqua le cadenas neuf fermant la clôture et les nouveaux graffitis dessinés à la craie à l'entrée du garage pour conseiller aux vagabonds de fuir les lieux.

Il envisageait d'être prudent pour une fois et de courir à la borne d'appel, non loin de là, afin de contacter le poste de police du quartier et de demander l'envoi de renforts, quand il entendit un petit cri, comme le miaulement d'un chaton.

Il longea le grillage et finit par dénicher un trou qu'il parvint à élargir. Il s'y faufila, accrochant au passage son blouson de cuir sur les barbelés.

Les grandes portes étaient entrebâillées. Il s'en approcha prudemment en braquant à deux mains son revolver devant lui. L'ouverture était assez large pour lui permettre de se couler à l'intérieur en silence.

Il stoppa net sitôt qu'il eut franchi le seuil et attendit que ses yeux s'accoutument à l'obscurité.

L'odeur d'urine, de sang et de sperme lui confirma sa présence avant même qu'il l'aperçoive. Reste qu'il lui aurait fallu du temps pour la découvrir, cachée dans son coin, si elle n'avait pas de nouveau gémi.

Il la rejoignit lentement, en s'immobilisant tous les deux ou trois pas pour balayer les recoins les plus sombres du garage avec son arme. Il avait une bonne vue d'ensemble de ce dernier à présent, et Bloom n'était pas là.

Le corps de la fille avait la pâleur d'un cadavre aux endroits où il ne saignait pas. L'un de ses bras était plié à un angle peu naturel et ses poignets attachés par une lourde chaîne reliée à un radiateur cassé.

Rourke s'accroupit à côté d'elle et lui effleura l'épaule d'une main.

— Gilly...

Elle sursauta d'épouvante et hurla en lui décochant des coups de pied. L'un d'eux atteignit son revolver, qui glissa par terre jusqu'à tomber dans le trou de l'ancien élévateur hydraulique.

Rourke la prit dans ses bras, lui murmura des paroles apaisantes, l'appela par son nom, tant et si bien qu'elle se calma peu à peu. Tout en la calant sur ses genoux, il se courba pour démêler la chaîne. Elle leva alors vers lui un visage dont l'expression n'était plus vraiment humaine...

Un visage empli de terreur.

Rourke entrevit un éclair noir, comme une aile de chauve-souris, et pivota en se protégeant instinctivement de son bras tandis qu'une clé anglaise s'abattait sur sa tempe.

— J'étais sûr que vous retrouveriez ma Mercedes, inspecteur, déclara Otis Bloom.

Rourke cligna des yeux pour se débarrasser de la sueur et du sang qui l'aveuglaient. Il tenta de discerner quelque chose, mais son regard se voila tandis que la nausée s'emparait de lui. Un chiffon graisseux empestant l'essence lui avait été enfoncé dans la bouche.

Bloom craqua une allumette et un flot de lumière jaune chassa l'obscurité autour d'eux.

— J'ai bien peur que quelqu'un ait coupé l'électricité, déplora-t-il en posant sa lampe-tempête sur un plan de travail. Enfin, j'espère que vous allez me dire où elle est sans me causer trop de désagréments.

Rourke avait tourné la tête vers la lampe, et ce simple mouvement suffit presque à lui faire reperdre conscience. Il grogna et s'affaissa contre les liens qui l'empêchaient de s'écrouler par terre.

Il était ligoté à une chaise haute au moyen de cordes de ramoneur enroulées autour de sa poitrine, de son bras gauche et de ses jambes. Une autre, fixée à un étau, maintenait son bras droit tendu en travers d'un établi.

Bloom lui avait ôté son blouson avant de retrousser la manche de sa chemise et de le positionner de telle sorte que le dos de sa main soit au contact du bois. Rourke comprit aussitôt pourquoi, et un cri enfla dans son crâne. *Oh mon Dieu ! non…*

Otis Bloom se pencha jusqu'à n'être plus qu'à quelques centimètres de lui. Sa moustache raide pointa vers le haut en un sourire.

— Je regrette, je n'ai que peu de temps pour vous extorquer ces renseignements. Je me concentrerai donc sur un poignet, sans plus de façon. Cela devrait vous inciter à prendre au sérieux mes menaces. Vous me raconterez ensuite ce que vous savez, et c'en sera fini.

Il se redressa et passa de l'autre côté de l'établi. Tout en luttant contre un nouveau haut-le-cœur, Rourke sonda la zone d'ombre derrière l'élévateur, en quête de la fille. Elle était toujours là, jetée dans un coin comme un tas d'ordures, apparemment morte. Il la vit bouger et s'empressa de porter son regard ailleurs pour ne pas attirer l'attention sur elle.

Bloom revint vers lui avec un petit bagage à main en tapisserie qu'il plaça à côté de son poignet.

— Vous vous trompez à mon sujet, dit-il. Vous me croyez atteint d'une maladie mentale, alors qu'il existe une explication parfaitement rationnelle à tout ceci. (Il défit le fermoir et ouvrit grand son sac.) Voyez-vous, j'ai pensé que Mercedes s'était confiée à sa meilleure amie avant de me fuir. J'ai donc fait monter Nina Duboche dans mon taxi sans autre intention que de discuter avec elle mais, à mon grand regret comme vous pouvez vous en douter, les choses sont allées un peu trop loin et je n'ai plus eu au final qu'un cadavre entre les mains...

Bloom le dévisageait d'un air absent, comme s'il revivait les viols et la strangulation. *Tu y as quand même pris plaisir, salopard*, jugea Rourke.

— Je l'ai bel et bien tuée, inspecteur, mais j'ai vite résolu le problème. Mercedes aime parler au lit, et j'étais donc au courant de la liaison de Nina avec ce ramoneur noir. Je me suis arrangé pour qu'il soit accusé et le tour était joué. Quant à retrouver ma fille... j'étais dans une impasse.

Il sortit de son sac un maillet au manche long d'environ trente centimètres et à la tête renforcée d'acier. Il le prit bien en main, lorgna Rourke et sourit.

— Vous imaginez donc ma surprise et mon ravissement lorsque, un soir, ma très chère et très accommodante épouse m'a révélé que ce stupide prêtre avait aidé Mercedes à se sauver. Je mourais d'envie de lui régler son compte, mais ce que je voulais encore plus, c'était qu'il réponde à une simple question.

Bloom jongla avec le maillet en narguant Rourke. Dans la douce lueur de la lampe, ses yeux brillaient d'une joie malsaine.

— J'avoue que je me suis beaucoup amusé, et en déployant qui plus est une grande ingéniosité, à mon avis. Vous a-t-on dit que les paumes de ce saint père s'étaient mises à saigner durant une messe ? Je le servais ce jour-là et j'ai été témoin du phénomène. Peut-être s'agissait-il d'un vrai miracle, mais cela m'étonnerait. Je lui ai d'ailleurs fait remarquer qu'il aurait dû consulter deux ou trois ouvrages pour s'informer sur la manière de crucifier quelqu'un dans les règles. Et puis je lui ai offert une petite démonstration.

Il lança une dernière fois le maillet en l'air, le rattrapa avec un ample mouvement du bras et le posa sans hâte près de Rourke. Celui-ci déglutit convulsivement. Il refusait de laisser la peur l'envahir, mais le fait est qu'il *avait* peur.

Bloom le sentit et se reput de son angoisse.

— Où en étais-je ? soupira-t-il ensuite. Oh oui... Malheureusement, le père Pat s'est trouvé être aussi têtu qu'une mule, et il a fallu en plus que je sois interrompu par un gamin pleurnichard. D'où une nouvelle impasse.

Il plongea la main dans son sac pour y puiser les clous. Rourke l'observait, l'estomac noué par l'appréhension.

— Une nouvelle impasse... du moins jusqu'à ce que je songe à vous, inspecteur. Je suis en effet l'un de vos plus fervents admirateurs. Je vous ai bien étudié : votre intelligence est de celles qui viennent à bout de tous les obstacles, vous êtes accro au danger, et vous ne reculez devant aucune menace, parce que cela s'apparenterait pour vous à une faiblesse et que vous êtes terrifié à l'idée d'être faible.

Bloom avait étalé les clous à côté du maillet et se tenait à présent accoudé dos à l'établi, les pieds croisés, comme si tous deux avaient été en train de deviser tranquillement.

— À mesure que je cernais votre personnalité, continua-t-il, il m'est apparu que peut-être vous réussiriez là où moi j'avais échoué. Je n'avais qu'à assassiner d'autres Fantastics pour que vous n'ayez de cesse de découvrir le pourquoi de ces meurtres – un pourquoi qui vous mènerait ensuite à ma fille.

Il pinça le menton de Rourke et l'obligea à lui faire face.

— Ainsi donc, nous avons commis ces péchés ensemble, inspecteur Daman Rourke. (Il attendit un peu et le lâcha ensuite.) Je pense que nous sommes prêts maintenant. Puis-je vous suggérer de détourner les yeux ? L'épreuve sera bien assez pénible comme ça.

Rourke n'avait aucune envie de regarder, mais pour rien au

monde il ne le lui aurait montré. Ses doigts se contractèrent au contact d'une pointe sur sa chair, puis se déplièrent lorsque Bloom abattit le maillet.

La tête d'acier frappa le clou à quatre reprises jusqu'à ce qu'il transperce sa chair et se fiche dans l'établi. Si cela fit du bruit, Rourke n'entendit rien tant les cris dans son crâne le rendaient sourd au reste.

La sueur ruisselait sur son visage. Il haletait. Son cerveau hurlait *non, non, non*, alors même qu'il voyait très bien l'extrémité noire du clou saillir de son poignet et des filets de sang couler sur le bois taché de graisse.

Bloom reposa son outil et contempla son œuvre avec fierté. Puis il se baissa et, une main sous le menton de Rourke, l'examina face à la lumière. Il avait l'air rêveur, doux et lointain à la fois.

— Vous avez eu mal, n'est-ce pas ? Oui, j'en ai bien l'impression.

Il lui retira son bâillon et s'en servit pour essuyer sa transpiration et ses larmes avec une délicatesse obscène.

— Je n'insulterai pas votre intelligence par de faux serments, enchaîna-t-il. Vous savez qu'il me faudra vous tuer, je n'ai pas le choix. Mais à quoi bon faire de votre mort un calvaire, inspecteur ? Dites-moi où elle est et je vous ménagerai une fin agréable.

Rourke remua ses lèvres sèches en ne laissant échapper qu'un son à peine audible, si bien que Bloom fut contraint de s'approcher davantage.

— Allez vous faire foutre, rétorqua-t-il en lui crachant à la figure.

Piqué au vif, Bloom leva le bras comme pour le gifler, mais réussit à se maîtriser.

— C'est au mot près ce que m'a répondu le père Pat, ricana-t-il. On ne s'attendrait pourtant pas à ce qu'un prêtre connaisse un tel langage, et encore moins à ce qu'il en fasse usage. Mais il est vrai que les gens ne sont plus eux-mêmes quand on les pousse dans leurs derniers retranchements.

Après avoir quelque peu reflué, la douleur assaillit de nouveau Rourke avec une férocité qui le fit presque s'évanouir. Le sang giclait de sa blessure. Trop de sang.

— Voulez-vous que je m'attelle à l'autre poignet ? s'enquit Bloom. Ou préférez-vous d'abord quelques promesses ?

Lui qui avait semblé forcer sa nature pour s'exprimer lors de leurs précédentes entrevues devenait à présent intarissable. Il parlait encore lorsqu'il se dirigea vers son sac de voyage – pour y chercher de nouvelles pointes, supposa Rourke, qui se réjouit malgré tout à l'idée que Bloom allait bientôt être confronté à une troisième impasse. L'homme avait été négligent cette fois et avait probablement touché une artère, à en juger par le sang que Rourke perdait. À ce rythme-là, il rendrait l'âme bien avant de pouvoir placer un mot.

Bloom revint vers lui avec une flasque de brandy et l'obligea à en avaler une bonne rasade. Le liquide descendit si vite dans la gorge de Rourke qu'il manqua s'étrangler.

— Je vous veux *conscient*, inspecteur. Et je veux que vous m'écoutiez.

Rourke eut un rire à mi-chemin entre la toux et le hoquet, mais un rire réel.

— Qu'est-ce que vous essayez de faire ? M'assommer de paroles ?

Bloom saisit le maillet et l'aplatit sur le clou planté dans son poignet. Le cri de Rourke résonna entre les chevrons du toit.

— Ça vous amuse ? gronda-t-il, noir de rage. Rira bien qui rira le dernier... J'ai aussi surveillé votre amie, inspecteur. Je l'ai suivie dans mon taxi en épiant ses moindres faits et gestes. Elle l'a peut-être remarqué d'ailleurs. Elle ne vous a pas paru effrayée ces derniers temps ?

Une décharge électrique fulgurante traversa le bras de Rourke, son sang se glaçait. Il se savait maintenant capable d'endurer n'importe quel supplice jusqu'au bout, mais il ne supporterait pas de mourir avec en tête l'image de Remy étendue sur la rive du fleuve, nue, violée, une corde de ramoneur autour du cou.

— Tous les flics de la ville sont à vos trousses, articula-t-il d'une voix rauque.

— Et ils font preuve d'une grande efficacité si l'on considère que je suis entré au commissariat il y a seulement quelques heures et que j'y ai eu une petite conversation avec votre fille avant de repartir... Une sacrée gamine, votre Katie. Je me l'enverrais avec plaisir, elle aussi.

Une rage sans nom envahit Rourke, d'une violence telle qu'il aurait jailli de sa chaise s'il n'avait été attaché. Chaque muscle, chaque fibre de son corps vibrait de cette fureur... et il sentit bouger son poignet autour du clou.

Il s'affaissa contre ses liens, le cœur en proie à des battements désordonnés. Il avait un moyen de s'en sortir... Pour se libérer, ce n'était pas le clou qu'il devait extraire de son poignet, mais l'inverse.

Bloom sourit en s'appuyant sur lui.

— Réfléchissez-y donc, inspecteur, lui souffla-t-il d'une voix basse et douce, semblable à un amant lancé avec lui dans un pas de deux. Je pourrais les prendre toutes les deux, votre Remy et votre petite fille. N'importe où. N'importe quand.

Il recula. Levant la tête, Rourke écarquilla les yeux et vit alors émerger des ténèbres une fille nue et ensanglantée brandissant à bout de bras une clé anglaise.

Bloom perçut sa présence et se retourna juste au moment où Gillian lui assenait un violent coup sur le crâne. Durant quelques secondes, le chauffeur de taxi resta figé, debout, comme tenu par des fils, avant de s'écrouler.

Elle le fixa un instant puis, l'air étrangement serein, tel un spectre, marcha vers Rourke. Il douta qu'elle fût réelle jusqu'à ce qu'elle jette la clé par terre et s'accroupisse devant la chaise pour s'attaquer d'une main aux nœuds de ses cordes.

Il s'évanouit à plusieurs reprises, mais ne le comprit que lorsqu'il revint assez longtemps à lui pour se découvrir détaché de ses liens. Les yeux baissés sur son poignet, Gillian versait des larmes silencieuses en répétant : « Comment je fais pour l'enlever ? Comment je fais ? »

Il glissait une nouvelle fois dans l'inconscience, le corps vidé, lui semblait-il, de tout son sang, quand, à travers le voile noir qui opacifiait peu à peu sa vision, il constata que Bloom remuait.

— Gillian… courez ! parvint-il à murmurer. Courez !

Elle fit volte-face à l'instant même où Bloom se redressait comme une créature surgie d'entre les morts. L'adolescente tenta de s'enfuir, mais déjà il fondait sur elle. Il la renversa sur le sol, où elle s'effondra lourdement, et entreprit de l'étrangler.

Rassemblant ses forces, Rourke bondit de sa chaise. Son poignet se dégagea du clou avec un bruit de succion humide.

Bloom lâcha aussitôt la fille et, d'un coup de brogan dans le ventre, projeta Rourke contre l'établi.

En riant, il ramassa ensuite une corde dont il enroula chaque extrémité autour de ses mains pour la tendre.

— Nous n'en avons pas fini tous les deux, l'avertit-il en respirant péniblement.

La souffrance de Rourke lui ôtait toute perception. Ses genoux se dérobèrent sous lui et il s'affaissa lentement. La clé anglaise était là où il l'espérait, là où Gillian l'avait laissée tomber. Les doigts de sa main valide en agrippèrent le manche.

Il perçut alors le rire de Bloom, le claquement d'une corde. Il entrevit le pardessus noir qui s'avançait vers lui.

Rourke se redressa vivement et lui écrasa l'outil sur la tête, pile entre les deux yeux.

Il attendait que Bloom reprenne connaissance.

Il avait noué une corde de ramoneur autour de son cou et coincé la clé dans la boucle à la manière d'un garrot. À présent, allongé sur lui, il ne guettait plus qu'un signe de vie de sa part.

Lorsque enfin les cils du chauffeur de taxi papillotèrent, il colla ses lèvres tout contre son oreille.

— Tu vas mourir, lui dit-il en souriant.

Bloom s'agita vaguement. Il était trop faible.

Gilly, agenouillée à côté d'eux, se mit à ramper vers la sortie. Craignant qu'elle n'aille chercher de l'aide, Rourke lui attrapa la jambe avec sa main libre. La douleur monta en lui depuis le trou béant dans son poignet.

— Pas tout de suite.

Elle aurait pu le repousser, mais ne le fit pas. À la place, elle le rejoignit afin de pouvoir elle aussi regarder Bloom en face.

— Il est mort ? s'enquit-elle.

— Bientôt, répondit-il en commençant à tourner la clé.

— Tant mieux.

31

Rourke émergea d'un gouffre noir en se sentant soulevé par des bras forts.

— Putain, Day ! grogna une voix bouleversée. Qu'est-ce que t'as foutu ?

Puis, une éternité plus tard, il se retrouva dans un endroit où tout était blanc, même l'air. Paulie lui oignait le front.

Je suis en train de crever, pensa-t-il. Et il rit parce que c'était tout de même un comble après avoir traversé tant d'épreuves.

Il ouvrit l'œil dans une chambre d'hôpital et comprit que, non, il n'allait pas crever finalement.

Assise sur le bord du lit, Remy s'inclina vers lui et appuya sa tête sur sa poitrine.

— Ne me refais jamais ça, Day

— D'accord. J'essaierai.

Il dut ensuite s'endormir parce qu'il l'entendit annoncer :

— Très bien, ma puce. Il est réveillé maintenant.

Et Katie se pencha pour lui planter un gros baiser humide sur la joue.

— Bonjour, trésor, s'égaya-t-il.

Elle pouffa et l'embrassa encore. Cette fois, son uniforme scolaire émit un bruit de papier froissé.

— Qu'est-ce que tu as là ? Un cadeau pour moi ?

Elle tira une feuille de sous son pull et la lui tendit.

— Je t'ai dessiné notre chat, déclara-t-elle.

— Il est très joli, ma chérie. Mais depuis quand avons-nous un chat ?

— C'est lui qui nous a adoptés, l'informa Remy.

— Et il s'appelle Cannelle, papa. Parce qu'il est de cette couleur.

Rourke feignit d'admirer de plus près le dessin afin de leur cacher ses yeux embués de larmes.

Il n'était pas censé avoir beaucoup de visites, mais elles ne cessèrent de se succéder.

Paulie vint le premier, les joues rouges et le corps bien sanglé dans sa soutane noire, comme s'il voulait se fortifier avec.

— Je t'ai administré l'extrême-onction, lui apprit-il.

— Je sais.

— Et quand je t'ai demandé si tu regrettais tes péchés, tu m'as ri au nez.

Rourke s'esclaffa de nouveau.

— Eh, normal ! J'avais bu.

Paulie afficha un air pincé, mais finit par lui décocher un sourire bien à lui en tordant un coin de sa bouche.

— Je suis venu solliciter tes conseils, enchaîna-t-il.

— Oh ! c'est pas vrai...

— Tu m'as dit que certaines choses valent les sacrifices que l'on doit consentir pour les obtenir. Alors j'ai décidé d'effectuer une retraite spirituelle afin de retrouver le chemin de la prêtrise.

Rourke observa son frère tout en l'écoutant s'épancher sur son projet. Sans qu'il s'expliquât pourquoi, quelque chose en lui lui évoquait Mercedes Bloom.

Ce doit être ses yeux, pensa-t-il. Ses yeux de marbre.

Sean Daly passa lui donner des nouvelles de Gilly.

— Elle était dans un sale état quand on l'a ramenée, mais elle se rétablira. Ce que ce fils de pute lui a fait subir...

— Vous aviez raison au sujet de votre fille. C'est une bagarreuse.

— Ouais.

Les traits du syndicaliste se durcirent, mais Rourke devina qu'il luttait en réalité pour ne pas se laisser submerger par l'émotion.

— Je n'ai pas de mots..., lâcha-t-il enfin. Bon sang, je ne pourrai jamais assez vous remercier. Vous avez sauvé ma Gilly, mon bébé...

Rourke se raidit lui aussi.

— C'est elle qui m'a sauvé. Elle aurait pu ramper hors du garage pendant que Bloom était... occupé avec moi. Mais elle a préféré l'affronter. Elle vous a fait honneur, monsieur Daly.

— Sean. Appelez-moi Sean. (Il marqua une pause.) Je voulais juste que vous sachiez... Si un jour vous avez envie de devenir chef de la police, prévenez-moi et j'userai de tout mon pouvoir pour vous y aider.

Fio lui apporta de l'alcool en douce. Tous deux discutèrent du dénouement de cette affaire et Rourke divertit son coéquipier en lui racontant que Bloom ne voulait plus se taire.

— C'était un malade, quand même, conclut Fio.

Il était en train de sillonner les rues de la ville à la recherche du taxi de Bloom lorsqu'il s'était souvenu de la concession de voitures volées. Saisi de la même intuition que Rourke, il avait déboulé sur place avec sa sirène à fond au moment où Gillian surgissait nue dans Chartres Street en hurlant qu'un homme perdait tout son sang à l'intérieur du garage.

Il ne mentionna pas le garrot de fortune autour du cou de

Bloom ; Rourke, quant à lui, ne lui avoua pas qu'il avait recouvré brièvement ses esprits quand Fio l'avait sorti du garage.

Rourke songea qu'il s'attachait décidément beaucoup à son collègue, mais parce qu'il était bien en peine d'exprimer pareil sentiment, il opta pour cette question :

— Tu t'es acheté un nouveau chapeau ?

Le jour où il retourna à son travail, Garrison Hughes vint lui remettre les photos du bal masqué. Bien qu'il n'en eût pas eu besoin, au bout du compte, Rourke lui régla son dû, assorti d'une histoire pour son journal – un marché était un marché, et il appréciait le journaliste.

L'inspecteur était à quatre-vingt-dix pour cent convaincu qu'Otis Bloom et Roméo n'avaient formé qu'une seule et même personne. Après avoir examiné la blessure de Remy et écouté sa description de l'arme, le véritable puits de sciences ésotériques qu'était le vampire avait décrété qu'il s'agissait d'une lancette chirurgicale. Ils n'en avaient trouvé aucune chez Bloom, en revanche ils étaient tombés sur un livre traitant des saignées médicinales. De plus, le chauffeur de taxi avait employé les mêmes mots que Roméo lorsqu'il avait dit à Rourke que Remy paraissait effrayée et qu'il pouvait la prendre où il voulait, quand il voulait. Et la chambre qu'il partageait avec sa fille était tapissée de posters et de photos de l'actrice.

Sauf, sauf, sauf… Si Bloom avait réellement compté sur lui pour le mener à sa fille, alors pourquoi lui avait-il tiré dessus depuis le toit d'un hôtel ? Et pourquoi avoir fait exploser sa voiture ?

Rourke n'était donc sûr qu'à quatre-vingt-dix pour cent de l'identité de Roméo, et il ne doutait pas que les dix pour cent d'incertitude restants lui occasionneraient longtemps encore des sueurs froides.

Il étudia les photos parce qu'il les avait payées, mais elles ne lui révélèrent rien d'intéressant. Les arlequins travaillaient tous pour les studios Bright Lights, en dehors d'un médecin du Charity Hospital accompagné de sa maîtresse, une infirmière.

Rourke rangea les clichés dans la boîte contenant le dossier sur le crucifiement du père Pat et inscrivit « affaire classée » dessus. Il s'apprêtait à la sceller avec du ruban adhésif quand il la rouvrit pour y piocher l'agenda du prêtre.

Qui êtes-vous ?

Il se demanda s'il approcherait un jour la vérité plus près qu'à l'instant où, dans l'usine de macaronis désaffectée, il avait vu le père Pat cloué à une traverse. Qui avait-il été, ce prêtre qui n'en était pas un ? Cette femme qui n'en était pas une ?

Une personne extraordinaire à certains égards, dotée d'un esprit profond, compatissant, et d'un courage sans commune mesure. Cependant, Rourke savait qu'il ne pourrait jamais songer à elle sans une pointe de mélancolie et de déception.

Car le père Pat et toute La Nouvelle-Orléans avaient laissé Titus Dupre se faire condamner à la chaise électrique pour un meurtre qu'il n'avait pas commis. Certes, on pouvait invoquer l'ignorance à la décharge des habitants de la ville, mais pas à celle du prêtre. Il... Elle... avait forcément soupçonné Otis Bloom d'avoir tué Nina Duboche, et pourtant il... elle... avait gardé le silence. Parce que parler aurait exposé au grand jour la raison d'être de son réseau et que, pour lui, la mission de l'Amicale des femmes catholiques importait davantage que la vie d'un garçon de couleur.

Rourke en revenait ainsi toujours à cette question à laquelle, plus qu'à toute autre, il aurait aimé répondre : qu'est-ce qui, dans le cœur de Patrice LaPage, l'avait incitée à entrer dans les ordres ? Avait-elle été une meurtrière avide d'absolution ? ou une sainte en quête d'un sanctuaire ?

Certains mystères, supposa-t-il, étaient destinés à ne jamais être levés. Surtout ceux du cœur humain.

Ce samedi-là, l'équipe de *Fine Lame* acheva le tournage du film et Rourke décida au dernier moment d'y assister.

Les scènes n'étant pas réalisées dans l'ordre, celle du jour correspondait non pas à la fin mais au début de l'histoire, avant que l'héroïne devienne pirate. Sur le point de perdre son innocence, elle participe à un bal des débutantes quand son frère vient lui apprendre que l'homme dont elle est éprise depuis toujours a disparu en mer.

Le chef-opérateur, Jeremy Doyle, avait expliqué tout cela à Rourke en même temps qu'il chargeait les magasins de ses caméras et vérifiait l'intensité de l'éclairage sur les appareils de contrôle.

Aux yeux de Rourke, le plateau avait des allures de chaos sous contrôle. Peter Kohl jeta soudain son script en l'air en criant que la lumière n'était pas bonne.

— Je veux au moins deux spots de plus. On va la filmer en gros plan.

Max Leeland, posté sur le côté, marqua son mécontentement.

— Les critiques ne raffolent pas des gros plans.

— J'emmerde les critiques, et leurs mères aussi ! riposta Kohl, la mine cependant joyeuse.

Le patron du studio se tourna vers Jeremy Doyle, qui haussa les épaules.

— La caméra aime Remy sous tous les angles.

Deux lampes à incandescence furent donc apportées.

— Et qu'est-ce que c'est que cette tenue ? grommela encore Leeland. On ne voit pas assez ses seins.

Tout le monde l'ignora.

Remy attendait au milieu de ce qui ressemblerait à une salle de bal à l'écran – du moins Rourke devait-il le croire sur parole. Elle paraissait s'ennuyer ferme, mais un assistant alluma alors une rangée de projecteurs et, comme sur un signal, elle s'anima de l'intérieur telle une fleur déployant ses pétales.

Le réalisateur s'avança vers le chef-opérateur.

— Jere..., lui murmura-t-il. Cadre bien son visage et termine par un fondu.

— Tout est prêt ! lança quelqu'un. Moteur... Action !

Doyle actionna la manivelle de sa caméra tandis qu'un jeune homme armé d'une épée et vêtu d'un pantalon court et d'une ample chemise bleue se dirigeait vers la jeune fille esseulée. Il s'immobilisa, laissant un temps nécessaire au public pour lire l'intertitre annonçant la terrible nouvelle du naufrage, puis mima la tragédie à l'intention de l'héroïne.

Celle-ci se figea, accusant le choc, et toute vie sembla l'abandonner. Sur ses traits ne se reflétait plus que la désolation. En un instant, la jeune fille avait cédé la place à une femme dont le cœur avait traversé l'enfer et en était sorti réduit en cendres.

— Coupez ! ordonna doucement Kohl.

Un silence admiratif s'ensuivit, avant que toute l'équipe se mette à applaudir.

Le même soir, après le dîner, ils allèrent se promener. Rourke observa son visage passer tour à tour de l'ombre au soleil. Le trottoir rougeoyait encore et la brise venue du fleuve répandait des odeurs de banane et le parfum de ses cheveux.

— Tu me regardes comme si tu ne me connaissais pas, Day.

— Ce que j'ai vu sur le plateau aujourd'hui... Je sais que tu ne peux pas renoncer à être Remy Lelourie sans y laisser une partie de ton âme.

Elle glissa son bras sous le sien et nicha sa tête dans le creux de son épaule.

— J'ai réfléchi à la façon de modifier le contrat pour ne faire qu'un ou deux films par an.

Ils marchèrent sans un mot, tendrement enlacés, leurs hanches se heurtant de temps à autre. Rourke se sentait grisé de bonheur.

Ils parvinrent devant un drugstore dans la vitrine duquel une affiche vantait des cornets de glace. Au souvenir de la fille qui avait trouvé une bague de fiançailles dans le sien, Rourke faillit supplier Remy de l'épouser. Mais il se retint. Non, plus tard, plus tard... N'en demande pas trop.

Noël arriva, et avec lui un hiver si rude que l'eau gela dans les tuyaux. Fio râlait en affirmant que le froid de La Nouvelle-Orléans s'infiltrait en vous jusqu'à vous ronger la moelle.

Mme O'Reilly eut droit à un cadeau de la part de Katie, et Rourke frémit rien qu'à imaginer ce qu'il contenait. La brave gouvernante prit toutefois son courage à deux mains... et découvrit en l'ouvrant une paire de moufles rouges.

— Ton cadeau à toi t'attend dehors, lui dit Remy.

Et elle le guida jusque dans la rue.

Il était jaune. C'était le même modèle et il datait de la même année. Et il était en meilleur état parce que personne ne lui avait jamais tiré dessus...

Quinze jours plus tard, il la conduisit à la gare dans le roadster Stutz Bearcat qu'elle lui avait offert.

La foule les bouscula sur le quai tandis que le train crachait des nuages de vapeur au-dessus d'eux.

— Tu viendras bientôt me rejoindre ? le pressa-t-elle.

— À grands sons de trompe.

— Tu verras, tu te plairas en Californie.

— Certainement pas.

Rourke ne plaisantait qu'à moitié. Il était un enfant de La Nouvelle-Orléans de la tête aux pieds, même s'il se disait qu'il réussirait bien à supporter la côte Ouest quelques semaines par an, le temps pour elle de tourner ses films.

Il l'accompagna jusque dans le train et referma derrière eux la porte de sa voiture Pullman pour l'embrasser longuement. Ils échangèrent tous les mots que s'échangent les amants quand la séparation est douloureuse, mais pas amère, et que les retrouvailles promettent déjà d'être douces.

Il descendit au coup de sifflet du chef de train et resta sur le quai, d'où il contempla son visage qui s'éloignait peu à peu.

32

C'était une voiture privée, mais il savait qu'elle ne lui en voudrait pas.

Il fit coulisser la porte et s'appuya contre le montant pour ne pas être déséquilibré par les oscillations du train.

— Je peux ?

Elle s'écarta de la fenêtre. Les émotions défilèrent comme des saisons dans son regard, puis elle rit et repoussa ses cheveux en arrière. Dieu qu'il l'aimait quand elle faisait ça.

— J'ignorais que tu étais à La Nouvelle-Orléans ! s'exclama-t-elle.

Roméo sourit.

Note de l'auteur

Je dois avouer que j'ai pris quelques petites libertés avec l'histoire durant la rédaction de ce roman. J'ai ainsi retardé de six mois l'ouverture du Saenger Theatre afin que Remy Lelourie puisse en être l'invitée d'honneur. Et si Remy avait réellement existé, son film de vampire aurait été le premier du genre à passer sur les écrans américains. (Le *Nosferatu* allemand de 1922 ne sortit aux États-Unis qu'en 1929.) L'école pour filles Saint-François-d'Assise, la ville de Paris en Louisiane et l'église de Notre-Dame-du-Saint-Rosaire sur Coliseum Square sont le fruit de mon imagination. Enfin, si la chaise électrique fut utilisée pour la première fois à New York en 1890, la Louisiane ne testa ce procédé « plus humain » qu'en 1940, année où il remplaça la pendaison comme mode d'exécution officiel de cet État.

Composition : Facompo, Lisieux

Impression réalisée sur CAMERON par

BUSSIÈRE CAMEDAN IMPRIMERIES

GROUPE CPI

à Saint-Amand-Montrond (Cher)
en avril 2004
pour les Éditions Belfond
12, avenue d'Italie
75013 Paris

N° d'édition : 4023. — N° d'impression : 041985/1.
Dépôt légal : mai 2004.

Imprimé en France